中 阿 典 籍 互 译 出 版 工 程

مشروع تبادل الترجمة والنشر بين الصين والدول العربية

宿眠回旋曲

［埃及］赫伊里·沙拉比 著

盖伟江 罗莹 译

五洲传播出版社

图书在版编目 (CIP) 数据

宿眠回旋曲 / (埃及) 赫伊里·沙拉比著；盖伟江, 罗莹译. -- 北京：五洲传播出版社, 2024.1

ISBN 978-7-5085-5099-2

Ⅰ. ①宿… Ⅱ. ①赫… ②盖… ③罗… Ⅲ. ①长篇小说－埃及－现代 Ⅳ. ①I411.45

中国国家版本馆CIP数据核字(2023)第168267号

出 版 人：关　宏
责任编辑：杨　雪
装帧设计：管　斌
内文设计：高　洁

宿眠回旋曲

作　　者：赫伊里·沙拉比（埃及）
译　　者：盖伟江　罗　莹
出版发行：五洲传播出版社
地　　址：北京市海淀区北三环中路31号生产力大楼B座6层
邮　　编：100088
发行电话：010-82005927，010-82007837
网　　址：http://www.cicc.org.cn，http://www.thatsbooks.com
印　　刷：北京市房山腾龙印刷厂
版　　次：2024年1月第1版第1次印刷
开　　本：710 mm × 1000 mm　1/16
印　　张：27.75
字　　数：360千字
定　　价：98.00元

目录

献给赐予我灵感创作这首回旋曲的埃及最伟大的诗人、封斋饭催醒人[①]福艾德·哈达德[②]，同样献给不断向我施压、敦促我最终写就这首回旋曲的挚友易卜拉欣·曼苏尔。

——赫伊里

① 封斋饭催醒人是指斋月里每天凌晨叫醒人们吃封斋饭的人，这一职业现已基本消失。作者赫伊里·沙拉比有同名著作，此处是将诗人福艾德·哈达德比作封斋饭催醒人。

② 福艾德·哈达德（1927—1985），埃及现代最重要的方言诗人之一。

为何我会对你如此一往情深
我不停地追赶着你的脚步
穿过了一条又一条的小巷
我的心如何还能保持平静?

福艾德·哈达德

译序

赫伊里·沙拉比出生于埃及北部沿海卡夫拉·谢赫省一个名叫沙拜斯·艾麦尔的小村庄，曾经一度隶属于杜苏高镇。作家在作品第12章“废墟”中引入的人物哈立德·沙拜斯，从其姓氏便能看出是沙拜斯这个小村走出的人物，同样，作品中的制片人贝克·杜苏高就是杜苏高人，而作家赫伊里·沙拉比本人也可以视作杜苏高人。当然，埃及的行政区划不同于我国，层级不是一一对应，很多规模不大的村镇都叫某某城市，相互之间的关系比较模糊。赫伊里·沙拉比在家乡接受的小学教育，后来到离家乡不远的达曼胡尔和亚历山大求学，但因为痴迷文学创作耽误学习而未能拿到文凭，所以小说中的“我”的家乡是亚历山大城。作家本人在这些相对家乡而言的大城市中，深刻体验了举目无亲的孤苦生活，饱受城乡差异带来的白眼，为了生计尝试过各种卑微的职业，例如作品中提到的推销油漆公司的产品，后来闯荡开罗拿着写就的文字到报社广播毛遂自荐等。从小说情节与个人经历的契合程度来说，《宿眠回旋曲》简直可以看作一部自传体小说。

杜苏高镇位于埃及最北部，俯瞰地中海和尼罗河入海口的拉希德支流，南距开罗 160 多公里，西距亚历山大 80 多公里。杜苏高镇历史悠久，交通便利，自法老时期就是商业重镇。此外，杜苏高镇也是伊斯兰神秘派别苏菲派的重要活动中心，历史上著名的苏菲派长老易卜拉欣·杜苏高（1235–1277）家乡就是这里，以他名字命名的清真寺现在是著名宗教旅游景点。众所周知，苏菲派[①]以冥想闻名，对于音乐有独特的体验。由此就不难理解赫伊里·沙拉比作品中的神秘主义色彩了。

赫伊里·沙拉比是个多产的作家，对小说、戏剧、诗歌、评论等均有涉猎，但以长篇小说为主，纳吉布·马哈福兹[②]曾这样说："在阿拉伯文学圈里，赫伊里·沙拉比第一次别开生面地、令人目眩地展示了埃及的农村，同时又从一个乡下人的视角对开罗的市井生活进行了独特而深刻地展示。"在赫伊里·沙拉比获得过的众多奖项中，就有 2003 年开罗美国大学颁发的"纳吉布·马哈福兹长篇小说奖"。

另外，在国际上，赫伊里·沙拉比的作品被翻译成多种文字，拥有广泛的读者群，加拿大 Ambassadors 集团还曾提名其冲击诺贝尔文学奖。

在埃及国内，赫伊里·沙拉比有"流浪小说家之王"的称

① 苏菲派：伊斯兰神秘主义派别的总称，亦称苏菲神秘主义。

② 纳吉布·马哈福兹（1911 年 12 月 11 日—2006 年 8 月 29 日），埃及作家和阿拉伯世界最重要的知识分子之一。纳吉布四岁时就被送到私塾学习《古兰经》，接受宗教启蒙教育。1988 年他被授予诺贝尔文学奖，他是第一名获诺贝尔文学奖的阿拉伯语作家。

号，这其中的“流浪”二字，既有年少磨难的因素，也与成名后依然我行我素、愤世嫉俗的个性有关。阿拉伯语的“saaluk”一词历史上可以指“脱离部族的人”、“流浪者”、“游吟诗人”等，其感情色彩颇像时下汉语某些网络流行用语如“屌丝”、“地青”、“草根”等，在很多阿拉伯国家的方言中都满含戏谑调侃的意味。赫伊里·沙拉比出生时家境已经从历史悠久的大户人家败落到为日常生计而疲于奔命。而另一方面，家人却不轻易向外人诉苦求助，勉力保持那份固有的尊严。作家本人从小就外出打工，做过农场童工、熨烫学徒、裁缝学徒、小贩等，饱尝了人间辛酸。家族变迁和个人经历的这种双重性和矛盾性，直接铸就了作家傲骨兼自卑的性格，在小说主人公身上、在作家本人身上都有非常明显的投射，而这，也正是本书《宿眠回旋曲》的最大看点。尽管不是作家本人知名度最高的作品，但《宿眠回旋曲》具有很高的价值，堪称作家最精彩的作品之一。作品中的“我”心高气傲，自认才华不输任何人。事实上，作家本人也是如此。有不少评论家认为，如果有足够的机缘巧合，赫伊里·沙拉比不会让纳吉布·马哈福兹一人独美。作品中很多人物迷恋短篇小说创作，也偶然提到过“纳吉布·马哈福兹只是一个长篇小说家而已”，耐人寻味。

回旋曲是一种埃及民间歌曲，多用方言写成，歌词多有重复，类似音乐体裁中的回旋曲。贯穿这部作品始终的一条主线就是：一个文学青年从乡下勇闯大开罗，每天晚上都要为住宿的地点发愁，日复一日年复一年地回旋，即便有了临时的安身之处，入眠也总是受到各种意外因素的打扰。

这部小说的特色和价值，泛泛而论，体现在文艺和史料学术两个方面：

一是文艺价值。从文学创作的角度来看，作家擅长肖像描画，每个人物出场，都有一番详细的五官、身材和着装的描写。作家本人在其他作品中也有类似的写作风格，这一点深得评论家的赞赏。

二是评论家通常认为赫伊里·沙拉比是阿拉伯作家中较早尝试“魔幻现实主义”风格的人。小说中的细节描写，无论是自然景观，人情世故，还是心理体会，亦真亦幻，天马行空般飘忽跳跃，同时又抽丝剥茧，如手术刀般锋利，给人留下很深的印象。

这部作品也有巨大的史料和学术价值。这种价值可以从五个方面展开：

第一，作家本人的经历可以从作品中找到很多佐证。例如，作家的童年时期，正是埃及52年革命的前夕①。作家本人童年在旧式农场中打工，饱受白眼甚至打骂，在作品中有鲜明地映射。另外，对着装的细致描绘，对裁缝工序的专业描述，也是作家本人童年学徒经历的生动写照。作家本人在小说写作的间隙，也进行了一些关于戏剧史的学术研究，发掘了很多冷门的戏剧作品，并大力在广播节目中推介或者努力鼓动剧团进行演出，作品中很多人物都和舞台表演相关，可以佐证作家本人对推进阿拉伯戏剧艺术做出的贡献。

第二，作家在作品中鲜明地阐述了自己的文学观点，诸如艺术创作和现实的辩证关系，对某些大作家迫于生计搞些社会

① 埃及七月革命（Egyptian Revolution of 1952），也称“七·二三革命”。1952年7月23日由埃及自由军官组织执行委员会领导的民族民主革命。这次革命是埃及历史的转折点，它推翻了法鲁克王朝，由自由军官组织改组的革命指导委员会掌握了政权。

问题调查，进行了委婉而无奈的揶揄。对媒体和文学的关系，作家也有详细的论述，概括起来就是媒体为严肃文学提供了良好的载体，媒体在面向普通文化水平的读者时，不能只着眼新闻报道，更应该通过严肃的文学批判提升民智，关注国家、民族和人类的命运。“我”是一个坚持严肃文学梦想的青年，尽管迫于生计到报社谋职，但不肯迎合媒体造假造势的写作风格，即便在那些慷慨解囊资助自己的报社负责人面前，也想方设法坚持自己观点。

赫伊里·沙拉比长期与新闻媒体打交道，对这一行业非常熟悉，在这部小说中体现地非常明显。很多评论家认为，赫伊里·沙拉比为报纸广播写作的方式具有学术般的严谨，毫无媒体风格的浮夸与散漫，这一点难能可贵。

作品中多次提到用方言进行创作的诗人，有真实的，有虚构的，也能佐证作家深刻根植的地域自豪感，以及作家一贯的融合普通话和方言的创作路径。

第三，作品中实名提到众多埃及现代文学艺术领域的著名人物，如作家中的阿巴斯·马哈茂德·阿卡德（1889–1964）、塔哈·侯赛因（1889–1973），马齐尼（1889–1949），穆罕默德·侯赛因·海凯勒（1888–1956）、陶菲克·哈基姆（1898–1987）、音乐家中的乌姆·库勒苏姆（1898–1975）、利亚德·松巴提（1906–1981）和阿卜杜·哈利姆·哈菲兹（1929–1977）等。这些作家的兴趣与创作往往延伸很广，同时相互关系错综复杂，既有文人相轻的亘古传统，也和未必相同的政治宗教观点有关。这给理解作品带来了很大的背景难度。晦涩而隐秘的典故，向来是一把双刃剑，在各个民族的文学作品中似乎都是如此。

第四，作品描写了埃及革命所实施的国有化对埃及社会以及人们情感和行为造成的巨大冲击。“自由军官组织”控制了国家一切资源命脉，自然包括新闻媒体的国有化，在这种背景下大人物的政治投机，小人物的自保、虚荣、勾心斗角，作家都进行了细致的描绘。

第五，作品中的人性处处彰显着矛盾和冲突，对理解当时的埃及社会的变迁和分裂很有帮助。水烟袋、大麻、香烟以及咖啡和茶贯穿作品始终，既能激发创作灵感，又是打发长夜的手段，但对于“酒”这种同样可以令人麻醉的东西，作品中却多次表示不屑。作家对情爱与性爱的描写，带有鲜明的男权色彩，对女性人物的描述，多和性暗示有关，对负面男性人物最常用的描绘则是“渗出肉欲的嘴唇”。作品多处暗示“我”和朋友一起出入歌舞厅、赌场、妓院，甚至与一位婚姻不幸的老乡发生了关系，同时却又突出“我”自命清高，无情嘲讽以肉体博取成名或者交换利益的文艺圈子。作家具有鲜明的人文关怀，表达对底层人民的同情，但面对一个被人玩弄一夜只拿到一点残羹冷炙的老年妓女，主人公却和他要好的朋友对其落井下石，骗走了她的手包，心安理得地享用了她的食物，可以说是作品中最刺痛人心的场面。

最后，迫于文化和语言的差异，本人添加了不少注释，希望不是画蛇添足，而能对读者理解作品有所裨益。

译者：盖伟江

2017 年 11 月

第一章　夜幕降临

我们坐在一个类似农村堂屋的昏暗的房间里，尽管某个角落有一盏突出的椰枣形小电灯。

很明显，在深夜的胡同里奔波周折了许久之后，在经历了一番有些危险的讨价还价之后，精疲力竭的我们才来到了这个“宵座”[①]。

我们盘腿坐在干硬的垫子上，倚靠着深色的枕头。这枕头透着油污，硬得像是填了石子。我们面前摆了一个大盘子，里面是一个切开的橙子，没有人动手，我自然也没有足够的脸皮去拿一片，虽然我已经口干舌燥。因为明显能看出来，主人不过是为了应酬，将这个橙子作为一种待客的装饰品端了上来。据我了解，这个堂屋的主人是贝克·杜苏高[②]先生雇的一个群

① 宵座是城里一种通宵开放的提供茶饮和卷烟但不提供住宿的简单馆舍，供客人聊天刷夜之用。

② 贝克是源于土耳其统治时期的一种尊称；杜苏高是埃及北部城市。以地名作人名的习惯，类似中文的柳河东、韩昌黎等。

众演员。确切说，是贝克·杜苏高先生把我们带到这儿来的，让我和我的布景工程师朋友以及编剧朋友能抽两口，升华到一种高度陶醉迷离的境界。

堂屋的主人，也就是那位群众演员在廉价的垫子上铺了一大块油毡，上面放着一个大陶炉，周围堆着一个水烟筒、十块儿水烟石、满满一盘蜜制烟草，以及一杯浑水，供他清洁水烟石和上蜜之后洗手之用。贝克·杜苏高先生是个颇有名气的制片人，一直在那里把柠檬大小的烟石块儿掰成黑石子儿一样的小块儿，并在每一小块儿上留下大大的指纹。那位群众演员挑了一个火块儿压进过滤器里，又把烟石固定在水烟筒的眼儿上，然后把烟管递给贝克·杜苏高先生，说“晚上好。”贝克先生连续深吸了几口，然后吐出一串迅速升起的蓝色烟圈。烟管递到了我的布景师朋友嘴边，接着又轮到我的编剧朋友，最后是我。我每次都推辞，但他们可劲儿地催：“哥们儿，点上吧，真的，以安拉的名义。”我轻轻地试着吸了几口，就又是咳嗽又是流泪，简直难受死了，但同时我感受到一种莫名的迷幻：我仿佛舒展着双翅在高空翱翔；仿佛忘记了就在不久之前，我还在疲惫地寻找过夜的地方，口干舌燥，饥肠辘辘；仿佛忘记了我每到一处找寻工作或问询朋友，都会随时冒出门卫或巡警，用浑浊的臭脸挡住我的去路!

我们准备走了，于是我跟着他们站起来，并像他们一样同那位演员道别，我也像他们一样感谢了他的款待，他好像也回了我一句：“欢迎下次再来！”

然后我惊讶地发现，我们已经沿着旋转楼梯和相互交错的台阶，下到了无边的黑暗中。一个男人，应该是那个演员，在上边喊着提醒我们注意栏杆，不要倚靠，因为中间有多处断裂。他要我们沿着墙走，脚不要碰到那些靠近拐弯处的狭窄台阶。他的声音在上方离我们越来越远。我们倚着墙，手牵着手，歇斯底里地笑着，连身体也跟着剧烈地晃动起来，于是我们只得停下来喘息片刻，然后再继续向黑暗、潮湿和霉味深处走去！

我确信我们可能会一直这样没有尽头地往下走。然而，我眼前突然出现了一扇敞开的门，透出微弱昏暗的光。我喘了口气，兴奋地走了进去，而此时我的同伴们还在继续往下走。我大笑着喊他们，说我找到通往街道的门啦。突然，其中一个朋友迅速往上走了两个台阶，拉住了我，尴尬地在我耳边小声说道："你错进了别人家，哦，先生们，不要见怪。"此时我才发现：这是一个宽敞的客厅，没有人，也没有任何家具摆设。于是我只好又和他们一起往下走。黑暗不断加深，我试图用脚去触碰地面寻找下一级台阶，然而徒劳。于是我们纷纷张开手臂去摸索那扇关闭的门，结果只能手臂碰手臂。我能清楚地分辨出黑暗、潮湿、霉味中传来贝克·杜苏高先生的声音，仿佛他还沉醉在玫瑰色的梦里。他说："新鲜出炉的报纸现在已经到了车站的自助餐厅，咱们去喝杯精制奶茶吧。"然而没有一个人回应他，因为我们的脑子全在手里端着，而且那分散的墙壁上粗糙的黏糊糊的盐渍，不时让我们的身体打冷战。其实，根本就没有出去的门。

第二章　逆风

终于，我面前的街道开始渐渐清晰起来。我知道自己应该走进一条街角有家烤肉店的小巷，在宽大光滑的花瓣形石板上磕磕绊绊地一直走，周围全是用来排污水和雨水的水槽。我要去的那座房子很特别，因为它有些新，优雅的双面石柱也与别的房子不同。上方有三户人家，第一户是我的一个老乡，虽然和我没有任何亲缘关系，他却相当了解我父亲和其他亲人，他也知道我为了求学来到这个陌生的城市。以前的节日假期里我们每每在镇上相遇，我能隐约感到他对我的欣赏敬重，因为我可怜的老父亲正吃力地抚养我那一众兄弟姐妹，而我全然不屑这种贫困，背井离乡外出求学。他总是劝我去他家坐坐，也跟我描述过他家的位置，直到我完全记住了。

我到了他家里。他非常热情地招呼我，妻子和孩子们把我团团围住，逗我开心，劝我留下来吃晚饭。孩子们向我展示着他们在学校的聪明机智，还拿出他们从沙特买来的杯具，我知道他们曾在那里跟着一位承包商干了五年多。他们给我端来各种各样的饮料，证明他们有不止一台榨汁机。方方正正的客厅里，摆着三个本地沙发和几把包裹着的“艾斯尤特”[①]式椅子。一张特制的桌子上，彩色电视播放着戏剧；架子上，大收音机放着乌姆·库勒苏姆[②]；而茶几上，大录音机则正在放着艾哈迈德·阿德维亚[③]！

尽管有点吵闹，但我似乎很喜欢这一家人。他们像迎接先知来访一样的细致和周到，竟让我有些局促了，仿佛内心深处有种东西让我不能完全放开。女主人开始津津有味地讲述家乡的往事，令我想起了家乡，想起了当时还是个小美妞的她。那时大家都很喜欢她，努力围绕她编制歌曲和民谣。然而面对这些回忆，我只能以苍白的微笑来回应，或者偶尔干笑两声，或者心不在焉地点点头。家乡那些古老的笑话，经久不衰，再现了亲人们真实的生活场景，一旦提起就会让人情难自禁，狂笑到肚子痛，笑到眼流泪。然而即便这样的笑话，我现在也只是用不愠不火的笑声来回应。按照惯例，我本应参与其中，添枝加叶烘托氛围，但我并没有这么做。我感到这种家庭式的热闹，全是因我而起，所有的声响都是为了取悦我而发出的。的确，这一切背后有他们喜欢炫耀的本能，但我成了场面的主人：一旦我偏向某种声音，其他声音立刻就沉默了！

我好像知道我这莫名焦虑的原因了！这次会面来之不易，此时的焦虑太煞风景，令我陷入深深的忧伤，个中原因呢，可

---

① 埃及省区之一，生产一种名牌座椅。

② 乌姆·库勒苏姆（1898—1975），享誉世界的埃及歌唱家，阿拉伯近现代歌唱和表演艺术的旗帜性人物。

③ 艾哈迈德·阿德维亚（1945—），埃及现代著名民俗歌手。

能是我正寻找机会和老乡独处一会儿。我几乎就要成功了，然而天真无邪的孩子们用热情把我完全包围了！一种苦涩的尴尬压迫着我：如果我在孩子们面前表现出想和他们的父亲独处，他们一定会非常不安！一定会生父亲的气！一定会问出什么事了呢？

事情看起来非常严重，因为事实上我为此行一早制定的计划，现在看来只能取消了。当时我盘算着如何在脸上勾画悲伤忧愁的表情，然后诉说在这个没有良心的城市里，我丢了一样重要的东西，比如钱包，那里面可是我未来几周的生活费呢，还有要买的新教科书，我想过发个电报回去告诉家里这个消息，但又不想太惊扰他们，所以还是等到返乡时再说吧！我要告诉老乡，我也想过向我们一伙人住她家楼顶房间的女房东借点儿钱！这一切套路背后，就是我希望这个老乡能突发仗义，借我一笔大钱！也许，他会把手伸进鼓鼓的衣兜，塞给我几个埃磅，然后我就能暂时宽松一下了。也许他会说，我们是兄弟嘛，富余的挥洒一点儿给不足的，何必惊动家里呢？然后，我仿佛看见自己昂首挺胸迈向城里窗明几净的餐厅，陶醉在烤肉的香味中。我心潮澎湃，从未意料到我竟可以如此饥饿！再然后，我看见自己坐到一家以前从未去过的豪华咖啡馆，服务生在我面前弯腰放下一个装满杯碟子的大托盘，再后来，我看见自己和同学们坐在学校食堂的院子里，我一马当先端着一盘奶油布丁，那便是我像他们一样大笑的原因，此刻我才发现原来同学们如此值得去爱，去陪伴……

耳畔传来勺子绕着玻璃杯内壁滑动的响声，我一下子重新回到了老乡家里，到了另一个房间：一张行军床，一些看上去比我们睡楼顶房间使用的废弃军用毛毯还要破旧的床上用品。我想了起来，现在这个房间是老乡结婚以前住的。现在和他单独在一起，本是一个表示那个古老而重要的心愿的机会，然而我却记不清这个心愿具体是什么了！……我突然感到一阵恶心，感觉整个内脏都要作呕。我稍微动了动，暗示他我准备告辞了，尽管我内心深处想再停留片刻，因为一个千载难逢的良机就在我眼前！我感觉更加恶心了，还伴随着一丝隐约的苦闷。没有任何前兆的，我搓了搓手，对老乡说："有什么可以帮你的吗？"他突然站起身说："亲爱的，谢谢，我有什么可以帮你的吗？"我激动地说："你有什么需要的，尽管说。"他有些邪恶地坏笑着说:"看来你境况不错咯？"对于这种隐晦的羞辱，我有些生气了！我本来表示要帮助他，而他却转弯抹角地暗示要帮助我！我心跳加速，呼吸也急促起来。于是我不计后果地说："当然不错了，感谢安拉！你要什么吧，我有！有信仰的人手头总是宽裕的！"他抬起眼皮，半邪恶半亲密地盯着我的眼睛，我的关节都开始颤抖起来！我担心万一他别有用心地说："那好，给我看看你有多少钱吧，我好放心！"我决定得趁早离开了……然后我跑在一条昏暗的湿滑街道上，宽大的石板间交错着废水槽，街道两旁的房屋仿佛无精打采的老虎，睡眼惺忪地互相看着。这位老乡朋友的喊声从一楼阳台追随过来："你听我说，不要太幼稚！"我好不容易摆脱了这条巷子，踏入灰蒙蒙的无边天地，可耳朵里还是回响着他那玲琅清越的嘲笑！裹挟着雾气和尘土的狂风肆意翻转，几乎将我从地面拔起。我不知道该往哪儿走，但我能够推开从四面八方向我袭来的狂风。

第三章　黑色雪片

我沿着大街一直走，它宽得几乎令我察觉不到两旁绵延的楼房了。这是一座小城，在恒久的宁静怀抱中睡着。我筋疲力尽，徘徊犹豫，像是要去这条街道的某个地方办点儿事。

我明显已经忘记这趟差所为何事了，尽管我来的时候兴奋中掺着彷徨，或者说彷徨中掺着兴奋。也许，办完差事我还得沿着这条完全陌生的街道继续前行，别无选择。如果我知道这趟差事的性质，也许就认识这条街道了；如果我认识这条街道的话，也许就会明白这趟差事的性质了！

突然，街道一片漆黑，浓雾弥漫，视觉先是模糊，接着短暂消失了。我好像很熟悉这种浓雾，尽管面对它我感到一种隐秘的恐惧，我的心怦怦直跳，以至于我能清楚地听到，我坚信，此时此刻这是世界上最大的声音！我感到，虽然危险，但彻底的安宁马上就要来了。

我的心跳逐渐放缓，浓雾渐渐散开，就像一件处处补丁的破衣服，不是缺经线就是缺纬线。很久以前，我就开始设想，当我突然开始进入这样一块褪色的织物时会有多恐怖，我仿佛看到它会在我的大脑里刻下它的印记。

我惊讶地发现身后已经走过了数十片这样的织物，而我面前总是同一片布满深黑丝线的布面，穿插着一块黑色稍浅却像地平线一样宽大的布面，退向无边无际的远方。

我的双脚因为害怕而哆嗦起来，头发竖起，瞳孔放大。我注意到挡住天际的黑块开始像雪片一样纷纷落下，露出片片鱼肚白，马上又显得像是面向未知领域打开的窗户。这些窗子开始一点点打开，强行把黑暗的空隙变成黑色的锥团。白色又很快介入，瞬间将黑色锥团变成灰色线条织就的篮子。很明显，我走在两排樟树、木麻黄树、指甲花树、柳树和橄榄树中间；很明显，某个能工巧匠对他们进行了几何般精致而新颖的修剪……我终于意识到，我走的这条街，确是第五大街，确是在麦阿迪[①]区！

很明显，我在一个漆黑的夜里长途跋涉，不知道从什么时候开始，只知道最后骑上夜色之马，走到了这个时刻。我知道夜晚的黑暗还将持续几个小时，期间四周的街道等着我去刷白、揉搓和打磨，直到灰色的天际表皮消融，透过太阳的光线……到那个时候，我才可以快速走向街道深处那栋威严的大楼，敲响我的发小、也是我在这个城市唯一朋友的家门。他这时应该已经睡醒，吃完早餐，准备出门上班，这样我便能用他的床睡上几小时。

① 开罗著名富人聚居区，“麦阿迪”在阿拉伯语中是“渡口”的意思。

第四章　灰烬

我并不能确定自己是谁,但我清楚地知道这是“苏莱曼”[1]大街，这是大都会电影院，这是迈阿密剧院，这是艾克西奥咖啡馆。这一切都表明我来自这座城市。似乎所有的这些地方，甚至连街道的地面，它们都完全认识我：它们与我——如同我与它们——之间，有着久远的回忆，虽然它们暂时模糊得如同掩藏在灰烬中的火块儿。

我穿了一件旧衬衫，一条更旧的长裤，一双总是抱怨地板生硬的破鞋。我手里没有包，口袋里也没有钞票。我把手插在里面有破洞的裤子口袋里，从任何一个方向都能摸到双腿间那个枯萎的椰枣。在我的脑海中，仿佛警察的手粗鲁地从颈后揪住我的脑袋，几乎要把它扭断。不知为何，我感觉我应该找个地方藏起来。

我急切想知道自己是谁，干什么，和这座城市以及这个地

① 开罗市中心著名繁华商业街。

区什么关系。我记忆中这个城市就像是个白天打开夜晚关闭的老鼠夹子。我猛然发现自己已经靠着美洲商店门口人行道上的铁栅栏站了好久。店铺的外灯全都熄灭了，看上去像是个废弃的老房子……我不知道自己是从解放广场方向，还是从铁门广场方向来的。我感到腿脚肿胀，仿佛有一群蚂蚁把我架起，拖向洞中。这一点证明我刚刚还在走着，只是走不动才停了下来。那么我是从哪儿来的，要到哪儿去呢？这个问题正困扰着我。

清脆的脚步声从远处传来，我环顾四周，盼着能遇到一个活物，一个可能认识我的人，或者一个从现在开始新认识的人……

我不知道自己站了多长时间，周围的脚步声越来越大，最后化身成许多人影，时不时从小巷出来，到了大街上，最后又消失在另外的小巷。远处开始出现几辆汽车，逐渐走近，又径直走远，来从四面，去向八方。手推车在后街吱吱作响，那一定是卖蚕豆和青豆饭的。这种声音多么令人振奋啊，就如同公鸡的啼叫宣告漫长的失眠即将结束一般。我感到一丝心安，一线希望去了解很多关于我自己的事情。突然，街道上本就昏暗的灯光瞬间全都熄灭了。大楼、人行道、商店、人影、汽车，全都涂染了一层深蓝色的鞋油，像是老农民的阴沟淤泥色大袍。

我想起来啦，我来自某个村子，想必还有家人还在那里，而且还是族里的旁支。我的睫毛被眼屎糊住了，我试着清理一下，露出眼睛看看前方的路。我用手背去揉眼睛，结果却碰到了架在鼻梁上的眼镜。于是我想起来我来自一个书香世家，过去常常读读写写，最后不得不带上了眼镜。我记得当时读书遇到很多麻烦，但并不记得个中细节了。我摘下眼镜，揉揉眼睛，泪水夺眶而出。突然我眼前一黑，感觉天旋地转，整个地面都在晃动，于是我只好把身子靠过去扶着铁栅栏。

我用头靠着插在铁栅栏中的路灯柱子，就这样过了很长时间。突然，空中传来一阵刺耳的声音，将寂静击得粉碎。我惊恐地转过身去，原来是商店老板们正从里面升起卷帘门。明亮的天色在街上伸展，行人、汽车、自行车和手推车从四面八方活动起来，报纸也纷纷在我身边的人行道上、在商贩的手中铺开。

我想起我心中曾经暗藏着一个关于读书写字的伟大梦想，我想起我已将这个梦想遗忘许久，我想起我甚至连一片干面包都挣不到，我想起几个小时前我还在为睡觉发愁，生怕露宿街头。刹那间，恐怖的噩梦仿佛已经永远从我的肩头消散了，我振作起来，想到了小径、巷子和路口。我高兴极了，冲到街道中间，融入涌动的人潮，仿佛也像他们一样急着赶赴某个约会。我开始感到一丝的安心了。

第五章　锁

我把手插在裤兜摇摇晃晃地走着，其实我什么也没喝。我也不记得自己吃上顿饭是什么时候了。道路两旁密密麻麻的大楼里，从某间房子里飘来锦葵汤和红烧兔肉的香味。街上空无一人，笼罩着瘆人的寂静，偶尔传来几声铁皮碰撞的叮当。原来在一条路边小巷头儿上，一群猫争夺翻倒的大盒子，垃圾散落在湿滑的地面和肥皂色的污水坑里，刺鼻的臭味简直要人命。

我远远躲开猫咪的战场，寂静中耳畔似乎还有隐约的簌簌声。高层的一些窗户和阳台还亮着。我并不知道现在走的是哪条街道，但是我已经走了好长的路，长到无法用里或米来计算，而必须用月和年作单位，同时终点依然那么遥不可及……我好像认识这条街上某些地标，很多建筑对我而言并不陌生，甚至有些我算是相当熟悉了。可能是因为在过去的某一天里我因为某些原因进去过，走过它们的楼梯。我似乎在一条我所熟知的街道上行走，那么，我肯定有个具体的方向，否则我也不会在这条路上走了。我想起来，这座城市里的街道长得都差不多，房屋、商店和人形也都很相似，于是我的心像只受惊的鸽子一般悸动起来。我感觉仿佛身后藏着一个问题，在迈出下一步之前必须马上解决它。然而，这个问题又迅速从我脑海中撤走了——尽管我还没弄清楚问题到底是什么。它看起来就像一个焦灼的惨剧缠上了我，牵着我在如此深夜里行走在这条街上。

带着些许韵律的咔嗒声从我身后传来，越来越近，越来越大，渐渐变成了急促的小跑的声。只见一辆双驾敞篷马车，从我身边掠过，两旁挂着两个灯笼，洒向沥青地面微弱的红光。我瞥见车里坐着几个穿着大袍戴着头箍的阿拉伯游客。我这才意识到，我必须马上停下来喘息一下，或者至少弄清楚我现在要去哪里？去干什么？

我刚刚停下脚步，就强烈地想瘫在人行道上深深睡一觉，永远都不要醒过来。我还没来得及行动，一股寒意就从耳朵到脚趾覆盖了我。脚掌心儿的冰冷就像火苗一样刺人。我马上想起脚趾下面破了洞的鞋底。路上的泥巴混着积水透过鞋底渗进来，把袜子变成了另一层黏糊糊的粗糙鞋底。我只要一停下脚步，就立马感觉冷起来了。所以我不得不继续走……

我刚起步就停了下来，看向周围和地面，似乎是要寻找某个曾经拥有后来又丢失了的重要物件，到底是什么呢？我的心颤抖起来，像以往一样，喉咙也干了。我借着远处灯笼传来的微光盯着地面。灯笼悬挂在那个房子的一角。房子上面几层都突出着苍老锈蚀的遮阳棚。房子的墙壁是首尾相接的碎砖堆成的。我发现鞋里有个小石子，粘着我脚走了好长时间。我只记得我一追上它，就用鞋头把它踢到好远的地方，然后再追上，再来一脚……这个小石子的旅程到哪里结束呢？它不肯偏离，也不在人行道上跳跃，而是或笔直或蜿蜒地滚动，然后又飞快地弹回来。它到底是我的脚还是石子？鞋子迟早会彻底报废的，如果能坚持长久一点就好了。

我想起来，我一直穿这一件衬衫。我不记得什么时候穿上的，也不记得什么时候买的，更不记得它本来是什么颜色了。但是我记得我缝了几十次扣子，缝了无数次扣眼儿。衬衫领口的做工很次，线头秃噜了，像萝卜叶子。我试图把开散的线头掖进褶子里，然而并没什么用，还弄断了很多根针。衬衫的布料很奇怪，不知道是棉呢还是麻。我身上的裤子硬得磨人，好像是不久前的某个早上从另一座城市的一个熟人那借来的。当时我在他家做客，穿的裤子破了，于是他把这条裤子给了我。裤腿很长，膝盖鼓了出来，结着一层肮脏的汗渍，在暗处都油光发亮。

我感觉一股浊气炙烤我的脸颊和耳朵，惊悚我的身体，让我僵直趔趄。我双手插在裤兜里，给大腿一点点温暖。

我到了一个类似小型广场的地方，这里空无一人，就像是街道的环岛。广场中央杵着一根柱子，柱子顶端是个生锈的灯笼，看上去坏了好久了。我想起来我来到这里，仿佛很久之前，又好像刚刚发生。当时我走过柱子，走进这条位于名作“埃及之母”地区的小巷子，去拜访我的好朋友白德尔·萨夫万。他是位电视导演，有位在吉萨省某政府部门当公务员的达曼胡尔[①]老乡。两人住在巷子右手边第三栋房子二层的一个套间。我每隔几个星期就会去他那住上一晚。如果这房子是他一个人

① 埃及北部城市，大湖省省会。

的话，我肯定就在那常住了，可是事实上，这原本是他朋友租的房子,他是后来才加入进来和他合租的。这套房子一室一厅，还有个小卫生间和一个像鸽笼一样小的厨房。卧室里有两张小铁床，每张只睡得下一个人。他朋友睡的那张床稍微宽二十厘米，于是就让我睡他旁边，但是他又很胖，所以通常我的半个身子都悬在床外面，一晚下来我骨头都快要散架了。即便这样他早上还咕哝昨晚没睡好。他也知道，如果不是屋子的地板破得衣不蔽体，我早就四仰八叉地睡地上了！那样一来，他也能在床上自由翻身，并把整条毯子全部裹在身上。

这些我都知道，所以，我决定掉头回去，虽然我并不知道还有什么别的地方可以去。当我站直了身子准备用右脚把那颗石子儿踢到通往吉萨广场的那条大街上时，我却看到自己用左脚踢了，于是它就偏向我这一生之友住的那条巷子里去了，一直滚到门口。我有点恼怒，朝它追过去，暗自想着一定要再把它往回踢一脚，让它回到原来的支路上去。但是当我面对房门时，我却摸黑走了进去。这个门口每块地砖我以前都认真研究过，一直到隐蔽在角落里的楼梯口，我也知道如何绕过没有扶手的那一长段距离。我叩响了门，这个铁门由两片深色长方形门扇组成，门上还有一个扇形网格小铁窗。我听到屋里回荡的敲门声，心跳加速，为深更半夜贸然把别人吵醒而深感惭愧。我脑海里冒出一个声音，叫我不要再敲第二下了，而应该转身回去，虽然我的手还停留在门上。当我想听从这个叫我回去的声音时，我想起来一件令我心跳再次加速的事情。为了进一步确认，我用手在两扇门中间上下摸索锁栓，想看看门有没有上锁。万一锁了，那我就得继续寻求免于露宿街头的希望。门没锁，我抓到了开着的锁栓！我不知不觉中已经再次敲了门，粗暴而迫切！我马上想起来我应该像当时想的那样离开，但这时我听到了床的吱吱声。我已经转身准备下楼了，却听到有点惊恐的起身落地声。我害怕得颤抖着慢慢走下了一级台阶，非常后悔刚才的举动。这时，门后传来一个声音，掺杂着惊恐、愤怒、抗议、责怪、敌意和威胁，我瞬间睡意全无。“谁？”我本想不予回应，但是我走下第二级台阶发出的声音暴露了我的存在，于是那个疑问的声音变成了威严的命令：“谁在外面？”我只好又转过身去重新走上楼，说：“阿卜杜师傅，是我呀！”我以为我的声音并没有发出来，尽管我听到了它在胸腔里的轰鸣。突然，悬挂在门前的灯亮了，就像是一张网瞬间罩在了我头上。那个疑问的声音突然恐怖地大叫了一声，他的手从里面鼓捣着插销，“到底谁在外面？”我轻轻地咳嗽了一声，清了清嗓子，用颤抖的声音喊道：“阿卜杜师傅，是我呀！”“萨米吗？”这时声音里的敌意已经减轻了一点。我回答“是的！”他用勉强的友好的语气说：“萨米，白德尔先生走了！他一个月前参军了，不会再回来了！萨米，请进！”过了好一会儿，我也没弄明白他这句“请进”是什么意思。门口的灯突然灭了，我听到他走回卧室的脚步声，紧接着是他那笨重的身体躺上床时引发的吱呀声。

我从大门出来潜入巷子，迷茫地站了好久，感觉丢了某件进门前原本还在身上的东西，我的心又开始怦怦直跳了。我开始努力回想到底丢了什么，丢在哪里了。我的双眼渐渐适应了巷子里的昏暗，小路上的灯光也稍微照亮了这里。这条巷子就像个等我的女人在召唤着我，坚信我会拔腿回到她的身边。刹那间我的大脑不再纠结，我微笑着朝那颗小石子走过去，轻轻用脚踢了一下，它缓缓滚到那条支路的开头。然后，我背朝着小巷追上了小石子，又用鞋头把它往大路上踢去。这一踢——在我看来——强劲有力、怒不可遏，让它跳到了老远的地方，几乎都快看不见了。我跟着它一路小跑，感觉害怕极了，生怕把它也弄丢了。

第六章　沸腾的牛奶

喧闹彻底消失了。可能我自己也消失了，化作了乌云阴影里盘旋的一个念头。我感觉自己仿佛在空中，倚靠一团彼此交织的声音。然后我也变成了其中的一个声音，也许是支乐曲，淹没在此伏彼起的海浪声中。由于转得很快，地球看起来像是静止不动的；由于噪音太大，大气好像是无声的，尽管它散发着疑虑的芬芳，因为它的深处似乎有剧烈的震动。我感觉自己一会儿沉在底部，一会儿浮在表面，一会儿又在荒郊野岭。像一缕轻烟从沉重的块团儿里剥离，一起飘向无边无际。这一块团儿在另一端捡起我，于是我就落入从空中降落的云朵的怀抱。

我在云层中看到了好多铺满草席的铁皮屋子，还有一个嘈杂的咖啡馆，透过客人们脸上的表情可以看出里面喧闹异常……我还看到了一些荒凉的小巷，旁边的楼房样式老旧，颜色暗沉。房子墙根儿还有锡焊炉里燃烧的稻草留下的痕迹，散发着新鲜出炉的焖蚕豆和焦糖点心的香味，夹杂着灰烬和垃圾的气息。

虽然巷子里没有行人，没有一点生活的迹象，但我还是相信，在这些房子里，在这些向着昏暗敞开的大门后面，一定有人在晾晒毯子，上面爬满了各种虱子、跳蚤、臭虫和蚊子。男人们肚子里飘出饥饿的气味，身体散发出恶心的汗臭味；女人们干瘪清瘦，却洋溢着雌性光辉。几步之外是个厕所，它的门很破旧，似乎深深地扎进了地底下。厕所后面是个庭院，庭院中间放着个火炉，旁边堆满了稻草和木柴，还摆满了各式各样的陶罐，就像是一群传说中的鼓肚耗子……

我没有走到巷子里面去，而是它们飞快地爬进了我的体内。我注意到在那些庄严的高墙下面有些隐蔽的草棚，那面高墙也许是“伊本·图伦”①清真寺，或者“盖拉温”②清真寺，或者是“白尔古高”③清真寺，又或者是“谢赫王”④清真寺。它也可能是一个古老修行院或者宏伟城堡的残存，后来被改造成了烟雾缭绕的大烟馆或者某个恶棍经营的香烟和甜点铺子。路上终于有了行人，一群衣着胡搭乱配的男男女女站在一根倾斜的小柱子旁边。很明显，他们在等车；很明显，他们已经等了好几个世纪，同时又做好了可能要再等上几个世纪的准备……

巷子带着他们蠕动，就像是一条藏在云层中的彩带，渐渐变成了一片漆黑的阴影。随后我站在了很高的地方，底下的街巷看上去像是一根根突出的条纹，人头攒动，车水马龙，熙攘的商贩和行人，边上还有一列列火车趾高气扬地奔腾而过，像

---

① 伊本·图伦（835—884），埃及图伦王朝建立者。

② 盖拉温（1222—1290），埃及马穆鲁克王朝著名君主。

③ 白尔古高（1339—1399），埃及马穆鲁克时期著名将领、君主。

④ 谢赫王（1369—1421），埃及马穆鲁克时期著名君主。

蠕虫一样消失不见。这所有的一切都是静默无声的，但我相信，就是底下那个最大的声音把我渐渐地升到了这个高空中。但是，这一切都迅速缱绻，变成一片新的黑幕。我眼睁睁地看着它不断扩展，越升越高，露出斑驳的光点，就像是焊接时候迸发的火花。

突然，我感觉自己的脚步越来越沉重，我看到自己在云层中行走，我认出了自己的双手、双脚、前臂、小腿、头和脖子。我身上一有个什么东西被辨认出来，云团中就有个东西脱离出去了。当我整个身体都被辨认出来了的时候，我的心脏开始剧烈地跳动起来，经过了这么长时间的寂静之后，我第一次听到了惊恐的气喘声。如果不是几缕轻烟像脐带一样把我拴在云块上，我还一直以为自己陷在无边无际的空虚之中。我的确开始往下坠了，这几缕轻烟也延展变细，随着我一起下坠。令我惊讶的是，我并没有像预料的那样，一下子撞上坚硬的石头，就连急剧的降落也是另一趟漫长的旅程，途中，风从四面八方调戏着我。

我撞上了一个坚硬而又光滑柔软的东西，我的鼻子撞上的它，感觉到它是块平滑轻薄的木条，马上我知道了它是两边栏杆的扶手。我瞪大了眼睛，看着我与地面之间这片巨大的空白。我颤抖着，尖叫着，紧紧抓着旁边的栏杆，防止自己继续往不知尽头的遥远地面掉落。我颤抖着闭上双眼，脑袋嗡嗡作响，膝盖插在铁栏杆之间不听使唤。我的喊叫融入手边的乌云，就像暴雨中的鸟儿一样。我的思绪开始回归，于是我逐渐冷静下来，意识到自己正站在“阿拔斯”[1]区的一栋破旧

① 开罗街区，为埃及统治者阿拔斯·希勒米一世（1813—1854）修建。

的高楼楼顶。很久之前，我来到这个楼顶拜访一位新认识的朋友，他住在我身后这个角落的一个独立的小房间里。我本来是想慢慢熬夜，撑不住了再来找他投宿。但我发现了门已经上了锁。我只好倚着栏杆，好让因为爬了这要命的楼梯而怦怦直跳的心平静下来，让急促的呼吸平缓下来。我试图把背挺直，但我感觉它僵硬得像是被一座潮湿的大山压弯了。当我感到脚下稳稳地踩到了屋顶的地面时，便安心地睁开了双眼，往空中望去……乌云开始消散，最顶上的云朵开始变成沸腾牛奶一样的颜色，凝固的泡沫互相挤压，逐渐被天空吞没。

第七章　瞳孔

我冻得直发抖，可是手边却并没有可以用来抵抗寒冷的东西，我知道自己脱离了自己的身体，正睡在一个荒无人烟的偏远的地方，然而身体的剧烈颤抖马上又把我弄醒了。我感觉风从四面八方朝我吹来，我的身体蜷缩在了一起，还在不停地哆嗦着。我身上长满了灼热疼痛的冻疮。我知道自己正蜷作一团睡着，下巴埋在两个膝盖之间，胳膊弯放在头上，抵御着刺骨寒冷的不断侵袭。我似乎坐了起来，想往右面坐正一点，这时我注意到自己睡在一辆私家车狭窄的后座上，在这里我只有坐直了才能转身。我的脑子几乎要晕厥，提醒我的身体尽可能地摆脱一点重量，好准备马上动身走人，因为汽车主人很快就要来停车场取车了，所以我必须在他来之前出去，并且要留出足够的时间把座位整理好，把车内那股过夜的味道排掉。我想起来，这辆车的车主不是这个停车场每月定期交钱的租客，只是要求在这过一夜的过路车。由于车主来取车会稍晚一些，于是我把车往里挪了一点，挪到了柱子后面靠近最后一面墙的位置，前面还停着好几排车，由停车管理员根据惯例按照离开的先后顺序排列。也是因为这个原因，管理员才挑了这辆车让我睡，他则搂着媳妇儿睡在楼梯下面专门给大楼佣人住的房间里，和停车场只隔了一条狭窄的过道。由于突然想起来一件更重要的事情，我差点惊坐起来，于是我拿出胳肢窝里夹着的小本子，开始核对昨晚临时停在这里的过路车数量。一般这种车是很多的，这也是停车场的真实收入来源。核对的时候我的脑海里主要是回想它们的车身颜色，而非它们的车牌号。我相信，我昨晚睡的那辆车现在还没有记录在册，所以它便不用交费了，反正这个钱也是我和管理员私下里收取的。我并不能奢望小费，因为管理员“哈姆丁”才是娴熟地负责清洁、抛光和挪动车辆的那个人。他熟练地握着方向盘，分毫不差地倒车，不会蹭到柱子或旁边的车。尽管我知道账目非常精确，但我还是怀疑哈姆丁，因为他就是那个让我开始这种偷盗行为的启蒙老师。

看起来，我似乎是在曼苏拉城的知名律师哈比卜·哈比比先生的工作室上班的。他的工作室位于著名的图里勒西式街区一栋堂皇的大楼里，聚集了众多的职员、代理、文书、佣人和年轻的实习律师。他每天要去代盖赫利耶省的各大法院打上几十场刑事和治安官司。他的敞篷福特车比山顶的火把还要显眼。只要他往被告身边一站，被告就会减压许多。他带来的这种安全感，比无罪宣判还要来得舒服。哈比卜·哈比比先生不仅是一位大名鼎鼎的律师，他作为报业人的名望和光彩也毫不逊色。一名真正的报业人，而不是随便一个在报纸上写写文章的业余爱好者。他撰写的重大新闻调查，通常能够影响法律和司法界的舆论。他经常在知名报纸《消息报》上用整版追踪政治犯的审判。他还在这份报纸最后一页有一个占四分之一版面的固定专栏，每周在上面发布各种司法新闻、法律事件和法庭活动。他拥有法学和英语文学两个学士学位。他是位高明的演说家，声音洪亮、条理严密、思维冷静、言简意赅、明白畅达，同时措辞又非常丰富。他的辩护演说是一种无与伦比的壮观，好多人都特意打听各大法院的开庭时间慕名而来，因为他的工作室在所有县市都设有办事处。他本来就出身于一个富裕家庭，而且工作室所在的大楼是他的私产。大楼的地下全是停车位，面积大到都可以在里面骑马了。

尽管如此，他是个格外亲切和蔼、温柔善良的人，也有着广阔的眼界，以至于两年前的某一天我莫名其妙闯进他的工作室要求见他的时候，他竟然答应三个小时之后接见我。这是他的办公室主任告诉我的，他要我在休息室等着，那休息室是个很大的大厅，里面有几个沙龙和入口，有好多套艾斯尤特沙发。我坐在众多形形色色的访客之间：男人当中既有披乡村斗篷的，也有戴毡帽的，也有不戴帽子但梳着头发的，而女人当中既有穿着礼服的贵妇，也有苗条的太太，或者给瘦骨嶙峋的婴儿喂奶的赤脚女人。

这并不奇怪，因为哈比卜・哈比比先生不止一次担任过代盖赫利耶省选区在国民议会中的议员席位。当我要求见他的时候，他爽快地接待了我。他的身躯伟岸丰满，他的脸就像是农民家里烤在炉子里的大饼，但是五官十分协调，搭配在一起显得英俊潇洒。他的嘴很小，但是嘴唇却很饱满，鼻梁也颇为挺拔；高度的金框眼镜后面，两只眼睛炯炯有神；鼻子下面的胡须非常整齐，像只甲壳虫；头发乌黑，不长，梳得干净利落，从靠近耳朵的地方往左侧分着，鬓角有些长；他的脖子很短，以至于完全淹没在了敞开呈钝角的衬衫领子里。中间的领带结拉长得就像鸡的脖子；他的肩膀宽厚结实，披着象牙白的鲨鱼皮坎肩儿，黑色的长裤是赫尔德羊毛，从他身上散发出来的香水味洋溢在铺满五颜六色的厚地毯的大房间里。房间里的家具和羽饰都很奢华，办公桌巨大无比，宛若一件镶嵌贝壳的艺术品。桌上面堆着几十份文件、日程和书卷，还有卷烟和烟袋。四周的墙上全都是书柜，精装卷册的书脊上闪耀着烫金大字。角落里有几面镜子，天花板和墙上有几个风扇。即便是许诺的天堂也无法和这个房间相比！

他微笑着向我示意，于是我坐了下来。他威严地挪动了白胖的手，上面满是绒毛和斑点，手指上还带着好几个精致的金戒指，递给我一盒烟，我有点哆嗦了，本想推脱说不会抽烟，给他留下个好印象，但是他手上的动作坚决果断，执意要我拿一根。那是一盒细长的外国烟。我说："谢谢。"他抽出一根烟递给我，我只好接过来，然后一个年轻小伙子端了杯咖啡进来，他穿着条纹制服，上面用一种美妙的字体隐含着工作室的名字。哈比卜・哈比比先生说："愿意为您效劳！"我说我是他的读者，我也喜欢文学写作，但是我没有工作，所以希望到他的工作室上班，因为我有过一点律师事务所的工作经验。他以出乎我意料的轻松口吻问我工作过的上一个工作室叫什么。我告诉他是我老家"卡福尔・谢赫"[①]省卡林市的安瓦尔・胡贝工作室。那我为什么辞职呢？我只好宣称，"我来曼苏拉在我姨夫

① 埃及省区之一，"卡福尔・谢赫"的字面含义是"老人的村庄"。

的指导下继续接受私塾教育。他是个教育家，就住在离曼苏拉不远的一个村子里，我每天都在他家过夜。”他亲切地问：“你带证书了吗？”我递给他两年前拿到的小学毕业证，一份折叠得快要碎了的旧报纸，还有一期艾敏·胡利[①]的《文学》杂志，上面刊载了一封署我名的信函，其中有一句“来自某某作家”，那个作家其实就是我。我还递给他一个小本子，上面是我写的一些诗歌、歌词和散文随笔。他极其平静而耐心地翻阅着，我简直无法相信，像他这样一位成功人士，竟然会花时间和精力去仔细阅读我的这些东西,而没有一丝的鄙视和嘲笑。紧接着，他抽出一个新的文件夹，把这些纸全都放了进去，并在封面注上了我的名字和住址。然后他按了下铃，于是办公室主任走了进来，他把刚刚那个文件夹交给主任，指着我说：“这位先生马上就要和我一起工作了，带他去见萨达维先生，让他协助他一起处理‘集锦’版的工作。”然后他对我说：“先生，我给的工资是每月三埃镑，但是你的工作不仅仅是在这里，我还要派你去停车场记账，并负责监督工作，你每晚都要记下所有来车的号码！至于住宿问题，你可以找家简易的大众宾馆对付，为此我会给你每月多加五毛钱，如果你的表现让我们满意，我会给你漂亮的奖赏让你心花怒放！同意吗？”我几乎要被激动所淹没：“当然！这是我莫大的荣幸！”办公室主任用提醒的口吻说：“我们这里早上八点开始上班！着装必须干净得体！”我高兴得眼泪都快出来了，回答道：“好的！”哈比卜·哈比比先生说：“你一定会开心的，但是你不能做任何有损工作室名声的事情，你是我们的门面！一定不要学那些从代理处拿

① 艾敏·胡利（1895——1966），埃及现代著名文学家。

小费的小伙子们，我们会以我们的方式付你小费的。相信安拉！”我说：“尊贵的先生，太感谢了。”

半夜的时候，我和管理员哈姆丁坐在佣人专用楼梯前的走廊里喝茶抽水烟，他问我：“三块五毛钱？你可是有小学毕业证的人，你能接受这个工资？他那年龄最小的文盲佣人每个月也能拿七块五呢,那个给你端咖啡的孩子的工资都有九个埃镑，这还没算上小费！无论如何，哈比卜是善良慷慨的好人，就算是免费，也有人愿意服侍他，因为他配得上！但是这么点钱怎么够你打理自己呢？你老爱抽烟喝茶，还喜欢写点东西，而写作是最需要烟茶提神了。听着！别去花钱住那些满是臭虫虱子的破宾馆了，晚上就住我这吧，你可以睡在任何一辆车里，唯一的条件就是你得早点起床！你以为哈比卜在意那点钱吗？你心太单纯了！过去我每天都仔细记录，把账本交给他，但他从来没有打开看过，他是个福人！绝对不会查你的，他生性就不会怀疑人，但他办公室主任是条虫子，他向哈比卜暗示一些事情，但他也是一个善良的好人，一根烟就能满足他了，一盒烟的话，简直就是大礼！你和安拉真令我伤脑筋！只要你脑子稍微灵活一点，你每晚都能挣上三毛钱。那些交月租的车是固定的，但是还有很多过路车啊，他们交一晚上的钱，然而只停留几个小时！我们为什么不挣这个钱呢？他那么有钱，这栋楼、办公楼以及工作室都给他创收，他在老家还有农田。他眼高，绝对不会在意我们背着他截留的这点分分厘厘！我跟你说，我俩和他平分地盘！一车归他，一车归我们。我在曼努菲亚省还有一大家子等着我养活呢！而你背井离乡，还要抽点喝点。你要是穿得邋遢就去上班，他会立刻打发你。所以说啊，三个半埃镑够你买衣服、治病、睡觉，再抽点喝点吗？脑子灵活点儿吧！伊本·阿鲁斯[①]说得好：敢于冒险的人吃香喝辣，而畏首畏尾的人只能愁死！”我有点提心吊胆地说：“要是他派人查账，我们就死定了。”他两个眼珠子飞速转着，方正而凹陷的脸颊上皱纹愈发浓密，坏笑从那门牙臼齿都坏掉了的大嘴里露了出来，在我耳边小声说：“这你不用担心，我都安排好了，那些登记在册的车呢，我们搁停车场里，那些我们收钱的车呢，我们让它们停在旁边马路上，这样它们既可以说归我们管，又可以说不归我们管，而且我也相信，不会有人背后调查咱们的！安拉自有安排！”我似乎相信，这种事一定早就开始了，但我又觉得它到目前为止还没发生，我光想想它就已经心惊胆战了。然后，我站在一所法院门口，手里拿着几份文件在等哈比卜先生或者代表他的工作室其他某位先生。很明显，我犯了大错，因为我本应该在昨天的某个时刻就到这样一个法院去，等待法警叫卷宗上的号码，然后拿着文件走向台上坐着的任何一位律师，以哈比卜先生的名义请求这位律师能够停下来花点时间看一眼这个案子，或者把这个案子的开庭时间推迟到原律师在场的时候，因为他由于某种突发原因还没有到场。但我因为和管理员哈姆丁熬夜抽烟来着，就忘了这件事，很晚才到这里，所以我到的时候案子已经取消了。然后我看到哈比卜先生走过来了，于是我走过去，拿着文件跟在他身后，走到律师大厅去，他接过我手上的文件，翻了一下，从中抽了一份，把剩下的还给了我，然后平静淡然地说：“告诉你，今天我们回工作室的时候，就是你被开除的时候！”我突然惊坐起来，艰难地睁开

① 埃及著名民间文学人物形象，早年放荡不羁，后忏悔并劝人向善。

眼，把我的脑子从未知的地方召唤回来。

突然我发现自己躺在一张行军床的边缘，占了不足两拃的空间。我旁边的那个人紧紧裹着毯子。我想起来他并不愿意我睡他旁边。房间不大，四方，在地下室的一个套间里。套间除了这间卧室，还有另外一间卧室在小走廊边上，一个狭小的客厅和卫生间。我想起来了，入户门侧面小走廊边上的那间卧室，住着我一个朋友——短篇小说家穆萨德·凯米勒·达赫卜。我和他从在亚历山大时就认识，当时我们同在一个假想的文学协会里，一群业余爱好文学写作的朋友们。他爸爸在穆哈拉姆·贝克街[①]开了家炒货店，卖瓜子和花生，有时也用称重的方式买来大堆的旧书杂志，折成包装袋。自从穆萨德小学毕业考试不及格之后，这个折包装袋的任务就被正式安排给了他。他在把它们折成纸袋之前都要把上面的文字读上一遍，于是渐渐地，他就着了魔，先是阅读的魔，然后是文学的魔。于是他开始模仿着读到的东西进行写作，尽管他的作品还缺乏当时通行的写作规则，但已经包含了真诚、热情和尝试。他到了半疯癫半清醒的状态，从他脸上看出来的首先是疯癫，他那张粗犷的胖脸完全被大框眼镜吞没了，两只眼睛大得吓人，大嘴板牙，不分场合的连续不断的嘹亮笑声，整个一街头混混的形象。言谈也是坊间巷里的低俗类型，混杂着华丽的辞藻和激进文人的口号。无论是谁听他盲目自信地侃侃而谈，肯定都会被其中的杂糅、矛盾和隐晦所震惊。但是只要他认真说话，就会蹦出些不错的想法，些许深刻的观点，还有一些从大哲学家、宗教人士、孔夫子或是街头老百姓那里得来的哲理。他总是通宵

① 亚历山大市中心著名富人区。

达旦地在本子上遣词造句，早上醒来的时候眼睛都睁不开，然后就开始和他父亲日复一日地争吵，引得每个路过的人都驻足观看，于是邻居顾客们就开始劝和，一天剩余的时间里，他们俩都互不理睬。最后他父亲受不了，把他从店里和家里赶了出来。于是，他便开始了自由自在无拘无束的生活。他在巴瓦利诺区[①]鸡肉街的一栋老房子顶上租了个铁皮间。尽管他父亲也知道，他还是去另一家炒货店买了灰瓜子、白瓜子和去皮花生什锦，用纸筒或袋子包装好，放在开敞大篮子里，到皇家电影院去卖，他在座位间穿梭着叫卖："花生、瓜子！花生、瓜子……"完了他给影院承包人付佣金。他人聪明大胆、脸皮厚，还善于观察。他了解所有著名作家、诗人和思想家的长相、动态和作品，甚至还知道他们避暑度假的时间、地点和钟爱的海滩。于是他突然找到他们，向他们不加任何美化地介绍自己，展示自己的作品，成功地引起了他们的注意和好奇心，并且颇受欢迎，于是他们纷纷热情地阅读他的作品，并给予他和他的作品最好的评价。其中有个人对他赞赏有加，他是个进步的政治作家，偶尔也写点文学作品。他在晚报上负责编辑一个版面，满载劳动人民的照片和社会主义课题。他非常欣赏穆萨德·凯米勒·达赫卜，专门写了一篇长文介绍他，倾注了他对劳动阶级、无产者和底层人士的所有自豪，并为他刊登了剪辑和照片，在文化界文学界引起了强烈反响。于是马斯欧德机智地利用了这个机会，他把那页报纸剪下来用挂号信寄给了文艺界各部门的重要领导。这招果然奏效了，其中一位领导对他产生了兴趣，为他在一个带点文艺色彩的部门里谋得一个不起眼

① 亚历山大中心街区，隶属于上文出现的穆哈拉姆·贝克街。

的文员职位。于是，他便抛下了刚刚娶到的贫穷妻子，搬到了开罗，开始了知名作家身份的生活。各大报纸杂志出于宣传造势而不是真实评价，争相刊登他的小说，然而当人们仔细阅读起来的时候就发现他的小说并没有想象中的好，于是他们也懒得刊登他的小说了。他找他们理论，他们也渐渐厌烦了他的厚脸皮和大嘴巴，对他没几句好话，直到最后直接跟他挑明了。他变得神经兮兮，让人无法忍受，疯癫愈发严重，成了迫害妄想症的俘虏，觉得自己完全被人疏远，觉得所有人都憎恨他，都糟践他的成功和天赋。他几乎不再和办公室里的任何人说话，一回到家就马上把自己关在房门里读读写写，控诉人性的卑劣，直到睡意袭来。

阿朱扎区农业博物馆街的那套房子本来是他一个人租的，租金是每个月六埃镑。他不接受和任何人合住，因为他本来是想和妻子一块住的，但是当他把妻子带过来的时候却发现她的相貌和水平完全不配自己著名作家的身份，并且她还会像父亲一样和自己吵个不停。于是他便把有孕在身的妻子送回了亚历山大，不管不问，直到她生下一个女孩。后来他又休了她，然后让她回来，再休，再回，折腾了不少花销。他开始觉得房租有点太高了。后来，命运之手把我们的朋友拜尔迪斯·马哈穆德·拜尔迪斯带来了。他是我们“文学先锋协会”第二个从亚历山大搬到开罗的成员，当时穆萨德·凯米勒·达赫卜是这个协会的领头人，理由是他将父亲店里的月台用来当作协会会议的固定场所。会上的讨论通常围绕马斯欧德的小说，他关于生命、人们和祖先的激进观点，以及所有作家的愚蠢，也会涉及尤素夫·伊德里斯[1]、尤素夫·沙鲁尼[2]、爱德华·哈拉特[3]、纳吉布·马哈福兹[4]的小说，或者彼尔姆·突尼斯[5]的歌谣，阿卜杜·拉赫曼·谢尔卡维[6]和萨拉赫·阿卜杜·索布尔[7]的诗歌，以及无一遗漏的外国电影。这个协会里，只有拜尔迪斯·马哈穆德·拜尔迪斯是个真正气息的作家，其次就数穆萨德·凯米勒·达赫卜了，如果不是他那不合情理、有时不被理解的写作疯狂的话。

拜尔迪斯跟我最为亲近，也是我在协会里面唯一的朋友。我过去是个四处流窜的小贩，后来成了个层次高一点的商人，开始根据书面订单为一家大油漆公司推销产品。在我的策划下，下午五点的时候，我的每日行程都会在沙忒比[8]街区收尾。我会走向哈米多咖啡馆，喝着茶抽着烟等拜尔迪斯。

他家就在咖啡馆对面，门前是一条狭窄的小巷子，后窗外面也是一条狭窄的小巷子。他家的大门进去有个很高的楼梯，房子都是古希腊古罗马的风格。这个时候拜尔迪斯已经差不多帮他父亲算完账了。他父亲是名建筑承包商，算是中产，除拜尔迪斯和另一个小男孩，其他孩子都是女儿。当时拜尔迪斯已

---

① 尤素夫·伊德里斯（1927—1991），埃及现代著名小说家。

② 尤素夫·沙鲁尼（1924—2017），埃及现代著名小说家。

③ 爱德华·哈拉特（1926—2015），埃及现代作家。

④ 纳吉布·马哈福兹（1911—2006），埃及著名小说家，诺贝尔文学家获得者。

⑤ 彼尔姆·突尼斯（1893—1961），埃籍突尼斯裔诗人，擅长方言诗歌创作。

⑥ 阿卜杜·拉赫曼·谢尔卡维（1920—1987），埃及现代作家、伊斯兰思想家。

⑦ 萨拉赫·阿卜杜·索布尔（1931—1981），埃及诗人。

⑧ 亚历山大城著名街区，亚历山大图书馆所在地。

经读完普通高中，但是由于他总是开小差，沉迷于小说，所以接下来三年内还是没拿到高中毕业证。他离开学校，无所事事，每天白天读读写写，等父亲回到家就最多帮他算上两小时的账，整理整理账本，给工人支付工资。

他知道我在等他，所以一从父亲那里脱身就马上拖着那修长瘦弱的身子，像农村小孩那样挥着胳膊风风火火地赶来。他的胖脸像极了一颗饱满诱人的淡黄色芒果，紫色边框中的白色眼镜镜片中间的鼻子又扁又小，头发短短的，卷卷的，梳得整整齐齐，他总是穿一件很贵的上衣，搭配不同颜色的裤子，一件镶着好多贝壳纽扣的手工羊毛马甲，打着领带，通常他还会在腋窝下面夹上几本杂志或者书。

他的眼睛里总是闪烁着温暖而稳重的沉思，当他大笑或者激动的时候，他的声音里总是掺着美妙的叮当声。他很少激动，但是经常会放声大笑，他经常的大笑源于他聪明过人，观察入微，善于发现各种细节，所以他的笑声往往都很有感染力，也能引起别人的注意。而马斯欧德的笑则完全不同，通常是自我膨胀式的不屑的嘲笑，所以他的笑里往往包含一丝白痴，也显得很莫名其妙。

拜尔迪斯一到，马上就开始跟我讲他今天读过的杂志和那些被艾哈迈德·巴哈丁[①]称为惊世天作的世界小说名著，并且不屑尤素夫·伊德里斯享有的星光，因为这种明星范儿会让他脱离群众。接着我们开始往电影院走，途中会遇到他的朋友法鲁格·阿里沙，他在咖啡馆旁边开了一家鞋店，是个中等身材

① 艾哈迈德·巴哈丁（1927—1986），埃及著名报业人，曾主编科威特《阿拉伯人》杂志。

的年轻小伙子，第一眼看上去像是意大利人，然而他是个纯粹的土著。他有时会跟我们一起去看电影，有时会请我们去后街的另一家店抽水烟，还会叫上一群街上的小孩。于是我们便在另一家咖啡馆的露台上坐一整晚，期间我们肆无忌惮地讲着或押韵或散板的笑话，还比赛谁能够滔滔不绝地用严肃认真的口吻讲上一刻钟的无聊的空话，而通常赢的人都是拜尔迪斯，因为他那批评家的脑子里满是广播电视节目的套话，或者各种会议上人们争相发表却往往相当于什么都没说的那些无关痛痒的大白话。

从拜尔迪斯那里我学到了一个好习惯，并完完整整地付诸实践,而且地点也是同一个咖啡馆,在那我认识了穆罕默德——马哈塔·拉姆勒广场[①]最大报摊的老板。他特别平易近人，总在我们面前夸耀爱德华·哈拉特在上大学的时候是他的常客。我每天早上路过的时候，他都给我拿齐三家大报，还有当天出版的所有周刊月刊和最新出版的书。我横过了马路，走过特里亚农豪华咖啡馆，拐到一条干干净净、水泥地面发亮可鉴的小巷中，径直俯瞰大海。巷子里面有家职员、工人和门卫经常光顾的平价咖啡馆，它也会给大楼里的公司和商店送外卖饮料，一直到索菲亚·柴鲁尔[②]大街中部。

刚好两个小时，从上午八点到十点，我浏览一遍所有的这些报刊书籍，从中选了我感兴趣的进行了细读，然后我就要把它们还给穆罕默德，为此我会付给他一分或两皮亚斯的租金。如果遇上一本我很喜欢的书，我也会租上一天或两天，或者赊

① 亚历山大城最著名广场，字面意义是“沙子停留的地方”。

② 埃及著名政治家柴鲁尔之妻。

购买下，纳吉布·马哈福兹的三部曲就是我在他那赊购的全套。同样我还买了谢尔卡维的《土地》、阿卜杜·索布尔的诗集《我的同胞》、贾辛[①]的诗集《月亮与泥土》、伊德里斯的《欢乐共和国》和哈拉特的《高墙》。这些书基本上我买一半，拜尔迪斯买另一半，然后我俩交换着看。

拜尔迪斯特别喜欢参加各种比赛，比如他连续四年获得"小说俱乐部"短篇小说奖，最高到第二名。他的获奖小说刊登在《新使命》《解放》《警察》《广播》《我的小说》等杂志上。有一次，阿拉伯语协会举办长篇小说比赛，他也报名参加并获得第三名。另一个机构则举办小说续写比赛，将贾迈勒·阿卜杜纳赛尔总统年轻时只写了四页关于拉希德战役[②]的《为了自由》补齐。拜尔迪斯报名参加了比赛，但是阿卜杜拉赫曼·法赫米获得了一等奖，拜尔迪斯拿到一个还不错的名次。这就是事情的导火索，在这之后拜尔迪斯就搬到了开罗，并找到了某文化机构的一个高官，他在当时也是一个著名作家，于是拜尔迪斯就向他请求，在之前我们的朋友穆萨德·凯米勒·达赫卜工作的同一家单位谋得一个类似的职位。

拜尔迪斯有两个儿时的朋友也在开罗工作，因为他们每周都会回到亚历山大的沙忒比看望家人，所以我便也认识了他们。第一个是萨义德·尚卡尔，身材中等，皮肤黝黑，总是面无表情，嘴巴很大，一口乌黑的板牙全都挤在了一块，鼻梁上还悬着一副大眼镜。虽然他的着装和外貌看起来都很粗犷，但

---

① 贾辛（1930—1986），埃及左翼诗人、漫画家和演员。

② 1807 年在尼罗河入海口城市拉希德发生的抵抗英国入侵者的著名战斗。

实际上却相当温柔幽默。他讲话的时候总是挤眉弄眼，故弄玄虚，像本地孩子。他在一家大承包公司当管道工人，收入还不错，因为拜尔迪斯的关系，他也略微懂点政治和文学。他每晚睡觉前都会花上半个小时，读他已经读了一周的侦探小说或穆罕默德·哈斯宁·海卡勒[①]的杂文。

第二个是法赫里·哈拜克，高高瘦瘦的，总是面有愠色，就像一张紧绷的毫无表情的面具，也像是一件初出茅庐的笨拙的雕塑家完成的陶塑,一点也不生动。他说话带点鼻音,嘴很小,看上去就像没有嘴唇似的。他沉默寡言，但是会用那两只炯炯有神的闪着光芒的眼睛参与对话，好像有刻不容缓的任务要办一样。他和尚卡尔在同一家公司上班，但他干的是会计的活，因为他有中级贸易文凭。他穿着考究，仿佛模仿消亡的贵族子弟一样，会在敞开领口、敞开胸前扣子的衬衫外面套一件运动马甲。他每天都会买一份《消息报》，故作优雅地夹在胳膊下。

拜尔迪斯把他俩带来和穆萨德·凯米勒·达赫卜一起合租，穆萨德每月交两埃镑住那间宽敞的主卧，拜尔迪斯就和他的两个朋友住另一间卧室和客厅，那个客厅小得只剩下开门的空间了。尽管如此，拜尔迪斯还是在里面放了张书桌和一把凳子。

自从拜尔迪斯离开之后，我就感觉自己也没有继续留在亚历山大的必要了。等待机会的到来可能会遥遥无期，我感觉自己应该离开了，我决定离开。我卖掉了多年来忍饥挨饿攒钱买来的书籍，各种衣服塞满了三个大箱子。这些衣服是我通过一个亲戚从外国货船上用很便宜的价格买来的。虽然便宜，但

---

① 穆罕默德·哈斯宁·海凯勒（1923—2016），20世纪最著名的埃及和阿拉伯报业人之一。

并不妨碍它们布料昂贵做工精致奢华，以至于我穿上之后就有了独特的贵族气质，跟个电影明星一样。于是我来到开罗，开启了一项艰巨的任务：找工作。但我相信，我很快就会找到工作的。一个在港口城市做过街头小贩的人，绝对不会嫌弃大首都报社、出版社和广播电视台里的类似工作。

在开罗，除了拜尔迪斯我再也没有熟人了，我只能投奔他。于是在一个深夜里，我提着行李出现在了他家门口。他热情地招待了我，他两个朋友对我也很是热情，法赫里还在他的床上为我腾出了一个地方，让我睡在他旁边。这个房间里放着三张铁床，其中两张都只能睡下一个人，只有法赫里的床稍微宽一点,并且还有点别的优势。卖书得来的钱加上以前的一点积蓄，我最初身上差不多有一百埃镑，就用这些钱买吃的喝的，分担住宿费用。

我坐在扎马莱克区[①]的柏柏尔人咖啡馆喝浓浓的奶茶，兴致盎然地读一会报纸杂志。我到办公室去拜访一些编辑和作家，想要结识他们。我傍晚的时候才回到套间，晚上和大家坐在一起谈论穆萨德・凯米勒・达赫卜的自我封闭和他那些疯狂的轶事。我们也高兴得像孩子般冒失地聊着作家、诗人和名人们的八卦，兴奋地发现他们原来也是有血有肉的真实存在，而不只是一串名字，我们只能远远地读他们的作品或有关他们的消息而已。

一直到了那天，我把手伸进口袋里找不到一皮斯特[②]，我过去一直不愿去设想这一天的到来，所以我完全没有为它做

---

① 扎马莱克区，开罗城西著名富人区。

② 埃及辅币单位

过任何打算。在跟着朋友们蹭吃蹭喝了一顿又一顿之后，我一到饭点的时候就离开套间，到大街上晃悠到半夜再精疲力竭地回去睡觉，渐渐地，我在他们脸上再也看不到任何笑容或是欢迎的表情了。

我还是躺在床边上，试图换个姿势让身体舒服一点，哪怕是几分钟也好。我想起来，过去的几分钟里，我一直在想着这件事情。尽管如此，我还是用粘着眵目糊的眼睛看向房间的四周：每个人都躺在床上紧紧裹着毯子。如果不是因为地上什么铺盖都没有，我就躺地上去了。于是我的身子像以前许多夜晚同一时刻所做的那样：背靠床的护栏，身子蜷缩着，头埋在双膝之间，我感觉有艘未知的神秘小船载着我穿行在漆黑的、却很美丽舒适的迷宫里。很快，我感觉我的手臂沉重起来，充斥着强烈的胀痛感，我的脖子快要被压断了，我浑身赤裸，我尽可能遮住自己的羞处，于是我试图挺直身子去拿件外套，但我无法移动身体的任何一个部位，在这个尴尬的时刻，我身上的每个隐私都暴露无遗。黑暗中,有无数的眼睛在朝我暗送秋波，它们就像些粗鲁邪恶的小星星在黑暗的帐篷中闪烁着。我几乎要愤怒地流出眼泪了，但是内心深处的某个声音却在安慰我：事情没有想象的那么严重，我心中有张王牌，我将靠它战胜并摆脱未知的危险。

突然，我感觉自己可以抬起头和伸直脖子了，我惊讶地发现那些星星一般的眼睛越来越大了，把我完全淹没在了它的光亮之中，好像我成了这些眼睛中的一个黑点。

我坚信，我这么坐着是在等待某件必然会发生的事情，马上我就知道了，那便是，必须打开门，或是应该打开门。马上我就知道了已经发生了什么：我在大街上走得精疲力竭了，感到刺骨的寒冷，于是我便想随便找个鸡窝过夜也好。

在遭受了无数的冷嘲热讽和冷眼相待之后，我本来并不想回拜尔迪斯的套间，但我双脚已经不由自主地走向了农业博物馆街，然后带着我走到了拜尔迪斯家。尽管如此，我看到我的手已经伸着敲响了门。我听到某个神秘的窗口溜出来正主持"城市之光"节目的播音员贾拉勒·穆阿沃德[①]的声音，正在介绍沙赫鲁拉·萨巴赫[②]穿的裙子。他说："时间已经接近凌晨两点了，可晚会还有很多有趣的环节。"穆萨德房间的窗户透出微弱的光亮，传来他均匀的呼吸声和偶尔的咳嗽声，还有翻身时候行军床的震动声。就算我一直敲门敲到早上也不会有人开门的，因为穆萨德没有想过会有任何客人的来访，也不需要任何客人的来访。如果是他父亲冲他大喊大叫，刻薄地问他是谁，他想要什么的话，他可能会和他说上十来分钟，可能也会一言不发让父亲独自在那叫嚷。至于睡在里面卧室的那三个人，可能已经睡死过去了，根本听不到敲门声。就算听到了，他们也会认为除了我，没人敢在这么深更半夜的时候敲门，如此一来他们中就更不会有人愿意费力从毯子里钻出来开门了。我坚信这一点。同时，我也相信，我不会继续敲门了，哪怕他们为我开了门，我也不会走进去的。那么，我为什么走到这儿来呢？马上，我知道了，是深埋在内心深处的一个念头把我带到这儿来的：我已经准备好了随便找个门洞，在门里或门外睡将

---

① 贾拉勒·穆阿沃德（1920—1997），埃及著名播音员，曾任文化新闻部长。

② 沙赫鲁拉·萨巴赫（1927—2014），黎巴嫩歌手、演员。

就一晚但是马上又牵出另一个念头：我能够投宿的唯一不会招来流言蜚语的大门就只有他的家门了。那样的话，至少如果有人怀疑我把我当小偷抓起来了，我还有申辩的理由。说我是小偷的控诉是没有人会接受的，但我确实是个睡眠的专业小偷。如果我说我的朋友们住在这个套间里，我敲了门，他们没有听到，于是我坐在这里等他们等到睡着了的话，还是很有说服力的。那扇门很有特色，因为它在一条狭窄的死胡同深处，大街上的行人是看不到我的，并且它的门檐很宽很大，所以我这么蹲坐着，门在我身后，就算门卫从这条巷子里经过的话，也不会注意到我。由于担心和恐惧，栖息在我脑子里的瞌睡鸟儿已经开始骚动起来，随时准备飞走了，于是它用尖利的小嘴啄着我的头，提醒我注意那根白线，那根从黑线中剥离出来的白线，提醒我站起身，放心地继续走在自然光中，趁着他们当中有人起床买焖蚕豆之前。我感觉脑袋中的鸟巢在轻轻地摇晃着，试图稍微减缓瞌睡鸟的焦虑。只要一听见屋里的起床声和龙头下的洗漱声，我就会立马逃走。当时，我感到焦虑极了，因为我开始听到一张床的震动声，于是我把所有的感官都调动了起来，仔细等待着下床的声音或者洗漱的声音。我只知道一只脚径直朝我的脸用力地踢了一脚，我的牙都快被踢掉了，眼睛也肿了。我就要淹死了，但这一脚把我从深深的水底拯救了出来，一回到岸上，我就马上找回了呼吸，我紧紧地抓住了那只踢我的脚。原来那是法赫里·哈拜克的脚，他在翻身的时候想要摊开腿，但是我的身子挡住了他，于是他的腿便粗鲁地搁在了我的脸上。他也惊醒了，恍恍惚惚地骂了几句，揉了揉眼睛睁开看着我，含糊地嘀咕了几句，我感觉那是在为刚才发生的事情向我道歉。

接着他便又裹起毯子重新睡了，在床上给我留下了不到一拃的空间。我挺直了身子，把整个身体挤在了这一拃的地方，用手抓着头边的铁栏杆。我冻得直哆嗦，于是试着用身体贴近毯子的绒毛。但是那个睡着的人一感觉到我靠近他时，就在毯子里翻身，提醒我越界了，我就稍微挪一挪。我带着某种渺茫的希望努力入睡，试图注视着这个熟睡的人，好确定他是不是睡着了，这样我就能拽点毯子稍微盖盖。我的脚偷偷地一点点儿挪动，够到了脚边摊开的毯子的一角。他没有把毯子拽回去，于是我便让脚保持这个动作，感受着毛毯粗糙的绒毛。很快，温暖便潜入我的腿，然后一直蔓延到身体的各个部位。我相信那个熟睡的人几分钟后肯定就会翻身把毯子拽过去盖住他自己的腿，但到那时，我已经安心地睡了一小会儿了，也许这一小会儿的时间抵得上一辈子。

第八章　泥土做的

我脚踩着踏板蹲在地上，通过肮脏湿滑的地面我才知道，这里是厕所。我看上去好像是个年轻小伙子。我屁股下面的蹲便器大开着口，就像是我在阅读课本上看到的鳄鱼嘴一样。我头顶是泥巴砌的楼梯，乌木做成的两条横梁上面，栏杆弯弯曲曲往上延伸。我面前是一个黑色的陶罐，它两个耳朵中的一个已经断了，罐口也碎了，罐脖子也没了。我用手握住好的那只耳朵，轻轻摇了摇，看里面还有没有水，但我只听到了沙粒和石子的声音。我两肋累得发沉，屁股向马桶里喷着疲惫的泡沫。土墙上挂着一个嘶嘶作响的煤气灯，从灯芯升腾而起的烟垢沾染了墙壁，微弱的灯光在墙上映出好多模糊的吓人的影子。

我开始找厕纸，但是没有找到。我在地上摸索着，想找个大石块儿，但是地上只有浸透着臭水的泥土席子。我不知如何是好。我感觉家里应该没有水，可能是因为母亲还在镇上的医院治疗慢性沙眼，父亲——第一次——无法靠自己来医治母亲了。我知道厕所外面有个大院子，一半由席子、枣椰树叶和废铁条等东西作为顶棚盖着。我知道祖母乌姆·欧兹现在正睡在这个大院子里，这个院子有三扇门，相当于一个大卧室。一张大床一直延伸到靠近门口的地方，旁边有一个大饼炉子床上铺着一条红绿蓝相间的纸草席子。席子的色泽因为岁月久远，加上一代代襁褓中的我们的尿渍而愈发深沉。祖母乌姆·欧兹每周五都在家对面的那条水沟里洗草席，然后把它摊在水沟旁边，或者挂在门前的绳子上晾干。

大卧室旁边是一个干草仓库，当然也用来放小麦、玉米、大米和我叔叔的孩子们送来的粮食，因为他们觉得，我爸作为家族最后一位长辈，也是最后一位穷长辈，不应该活得这么有失体面。对于我们而言干草是必不可少的，因为我那刚刚去世的叔叔的两个儿子阿卜杜·瓦杜德和西德基同我们住在一起，放着别人购买的牛羊。这些牛羊像安拉的寄托物一样交给我们照料，从吃喝拉撒到生病治病。作为交换，我们和出资人分享牛羊的奶和幼崽。我父亲过去是华夫脱党的领导人，现在又是社会主义联盟书记处成员，所以他走动了一番，让阿卜杜·瓦杜德和西德基分得了两费丹[①]国有化的地主农业改良地。至于第三间房，则是个大羊圈。在三间客厅上方放着三把长椅，通过一段土梯可以爬上去。第一把长椅是我父母睡的；第二把长椅是阿卜杜·瓦杜德和他年轻貌美的妻子睡的，他妻子整个白天都在放牛放羊；第三把长椅是西德基睡的，而他的未婚妻黛芙则睡在一房之隔的我叔叔家里。

多亏父亲在选区村庄里名声好，他才能把我弄进镇上的小

① 费丹是埃及土地面积单位，约合 4200 平米。

学读书。驴夫每天送我去车站，傍晚又到车站等我放学。每天的火车里有最美的早晨，最欢乐的愿望，还能期待下一站或者下下站就会上车的女孩的脸。怦怦跳动的心，绯红的脸，放飞和平鸽的眼睛，互相问候着“早上好！”检票员都认识我们，知道我们的姓名和家庭住址。这列火车仿佛成了一本百科全书，庇护着爱情故事的发芽和成长，代代绵延。站台上卖桶装汽水的小贩不知疲倦地叫卖着。人群的熙攘叠加火车震耳欲聋的汽笛很闹心，但我们喜欢听。突然，我们注意大片的树林，还有快速掠过的柱状闪电，消失在遥远的天际。当鼻子突然捕捉到燃烧的柴油混合润滑油的气味时，坐火车的兴奋就达到了巅峰。如果突然飘来热乎乎的油炸丸子味儿，如果火车的喧闹声中混入一种新的被霓虹灯照亮的喧闹，我们知道，城里到了，我们应该准备下车了。于是我们中的一些人站了起来，从狭窄的木架上取下包裹、箱子和篮子，然后尽快走向靠近门口的位置，以便停车的时候能够第一时间下到站台上。一些人脸上闪烁着对城市魅力的渴望，另一些人脸上则洋溢着到达和逃离的喜悦。

现在，我蹲在一个小木屋的蹲便器的踏板上，这一定是火车的卫生间。踏板的开口是一种亮白色金属做的，干燥但被鞋子踩得很脏。锈迹斑斑的铜管下面连着个水龙头，很明显，这个水龙头如果不是外皮坏了的话，当时应该是开着的。我伸手晃了晃手龙头的开关，结果发现它滑丝了，开和关都不够严密了。空气中飘散着浓烈的狐臭味。我很害怕，很焦躁，感觉肚子又呱呱叫了，而刚刚我才排空了那些气体和固体。尽管我确信肚子里没有啥东西了，但这种焦躁感一点儿也没消停。我现在听到的肚子里的一切翻转声，不过是刚刚结束的那场虚假暴动和侵入我体内的气体的残余。该死的这些东西让我的腹肌费劲了力气，让我几乎要脱肛了。从我脑子里的一条遥远的后街，闪来一个念头说：“原因不在你的肚子里，而在你身体的另一个地方。”我试图找到原因所在，我想起来父亲曾经一本正经地嘱咐我，不要心不在焉，要时刻提防城里那些游手好闲的熊孩子，要清醒地记住每堂课，每个单词，要尽可能地精打细算，因为每一皮亚斯都可能派上用场。万一考试不及格，丢了东西，被人嘲笑脑子不好，就干脆找块地埋了自己，或是找辆火车吃了自己。母亲也曾叮嘱我，要我时刻瞪大双眼，注意来往的火车汽车，在镇上大街走的时候要紧靠人行道的墙，不管天气怎么样，睡觉的时候都要盖好被子。与人交往，特别是对教书的先生，嘴巴要甜一点。对同学要与人为善，不先犯错。要稳重，善解人意，不接受别人的邀请，不跟陌生人去陌生的地方。这么多的警告和训诫，我只要想起一条，心就剧烈悸动，生怕遇到某个场面时遗忘了它们。

刺鼻的狐臭。很明显，尽管非常不情愿，现在我还是这样蹲在这里，某个未知的原因阻止着我站起来离开这个地方。我重新把手放在水龙头上，又一次绝望。我脑子闪过一堆纸张和纸片，生怕风戏耍它们，虽然它们仍然躺在我的口袋里。我想从中挑一张擦屁股，又怕它们都是课程表、名片，或者要给别人送去的信件。突然我害怕地哆嗦了起来，担心到了我要下车的车站了，那么我就必须马上起来离开这个地方。从外面传来的敲门声越来越大，并且敲个不停，令我心烦意乱。我几乎就要激动地朝敲门的人喊起来：“如果你们知道我的窘境，你们就不会催我了，你们就会同情我了。”我确实喊了，但是肚子里伸出一只无形的手握住了我的声音，我感觉有股强劲的力量阻止着我和门外的人沟通，哪怕他们手中就有能帮上我的东西。尽管如此，我还是准备站起来了，我决定屁股也不擦就这么站起来了。脏东西会一直粘在我的裤子上，这条裤子我还要穿上好几个星期，被人看到就羞死了。特别是我母亲，她一直当我是在镇上学习的男子汉，我却愣是像小孩子一样拉在自己身上。我发现，就算是撒谎说身上的某封信丢了，我也不会受到什么惩罚，于是我动手从口袋里抽出一封信，给它派上它有生以来最坏的用场。我满是遗憾，好像从很久很久以前，我就在担心这件事情了，没想到最后它还是发生了。我并没有在口袋里找到任何纸，我想起来，可能是母亲把它们和我的零钱一起放在篮子里了。我突然陷入极度的惶恐和躁动,左顾右盼，几乎要因为缺氧而晕厥过去。

我慢慢抬起几乎要撞到地上的脑袋，一下子清醒过来。我叉着腿站在蹲便器上，没有解开裤腰带，为此我自己都吓了一跳。我看向周围：一间不大又不小的屋子。四周的墙壁上都是干净明亮的白色瓷砖，地上也一样。我的右手边是一个精致的水龙头，它的开关是个镍制的大圆环。水龙头连着一根半米长的破水管，很容易就可以伸到屁股下面，喷出花洒般的细流，但我并不需要冲洗。我的肚子彻底空了，什么也没有，我的脑袋更空。此时，我知道了这个屋子其实是个公共卫生间。耳边袭来隔壁各个厕所的声音。这些厕所连在一起，中间只有很矮的隔断，没有顶棚。屁声混杂着呻吟声，铁皮水壶在地面滑动的声音和水龙头喷涌的声音。我感觉不久前有人在敲我的厕门，那个敲门的人可能最终失望了，或者打开了旁边的厕所。

我知道自己可以弄清楚那个敲门的人到底是彻底失望了，还是已经打开了旁边的门，而且我很擅长做这样的事情。我把膝盖跪在地上，两只手撑着地面，头歪着，这样我就可以通过门缝看见外面，因为厕所门与地面之间隔着一段恰到好处的距离。于是我看到一双双站在我厕所门旁的脚，我知道他们都在等我出去，或是等其他人出去。

当其中一双脚开始朝着我的门走过来的时候，我的心剧烈地跳动起来，于是我迅速蹲直了身子，马上我意识到腰上的皮带还没有解开。为了保险起见，我解开腰带脱下裤子蹲下来。于是我这么做了。我开始嘲笑自己，虽然我并非想要那么做，但是既然我已经蹲下来盥洗，怎么会裤子都还没脱呢。我好不容易坐正了才把屁股露了出来。我的肚子又重新开始翻滚，一股气息蓄势待发，只有把它释放出来我才能感到淋漓尽致的畅快。但是这种舒爽刚刚启动，我心深处有个隐隐预约的念头要我压制一下这股气息的释放，因为一旦爆出放屁声，那我的行踪就暴露了，后果将不堪设想。尽管如此，我还是匆匆放了一个短屁，它的气味在我身后迅速散开，和从隔壁厕所释放的臭屁混在一起。我极力地憋着，于是出来的声音听起来就像是秋叶的沙沙声。我知道为什么我蹲在这里却没有脱裤子了。我再一次嘲笑了自己，然后小心翼翼地站起身重新穿上了裤子。但起到一半的时候，我又感觉应该让裤子就这样不要提起来，因为我又突然想起了一件事。

似乎我相信自己很安全，可以稍微睡一会儿，哪怕是睡上半个小时也好，然后我才能恢复力气继续在城市的马路上行走。我来到这座城市，奔着新闻这一众行业帝王的朝廷而去，然而城市却连街上的一块地砖都不肯给我[1]。但我至今还是不明白：我现在到底是在哪个公共洗手间的厕所里睡觉？它到底位于哪个区？

外面过道里的脚越来越多了，我的心猛烈地跳动起来，我跪在地上透过门缝往外看，看见两只脚像踩着舞步缓慢而稳重地移动着，其中一只脚眼看就要贴到另一只脚了，马上又后撤。两只脚如此交替重复着同一个动作。它们穿着九十九皮亚斯一双的Bata牌塑胶凉鞋，鞋口可以看见灰色的袜子。于是我知道了鞋子的主人是谁。他是彻夜开放的米斯尔车站自助餐厅的服务员阿卜杜大叔。我可以从上面看见他白色围裙的边，并且可以听到硬币在他的口袋里叮叮当当的响声。他焦急地等在厕所门口，等着任何一扇门打开，于是我知道了餐厅的厕所又像大多数时候一样坏了，知道我正在米斯尔站卫生间的厕所里，我也清楚地知道，这并不是我第一次来上这个厕所，这也不是我常去的唯一厕所。

突然，我听到了急促的敲门声，我的心便随着敲门的节奏在肋骨之间猛烈地跳动起来。于是我开始准备做先前就打算做的那件事。但是我听到阿卜杜大叔用和善但近乎绝望的声音强调说：

“不！不！这扇门在傍晚之前是不会坏的，好像门卫把它锁住之后离开了。”

敲门的人说：

“那人是想用它挣钱吧，他把这当作他的私人厕所，如果每个人都付给他一分五厘钱的话，他就能拿去吃顿晚饭了。”

阿卜杜大叔说：

“两个厕所都这样，这位爷把厕所像电话间一样给锁住了，

---

[1] 阿拉伯语中balat本义是石板，地砖，常隐喻指国王的朝廷。

害得人们用不了厕所。”

敲门的人说：

“这太不合理了，像这样一个大车站，这么多职员、工人和各地来的乘客，竟然只有三个厕所好用，太可恶了！”

于是他开始用力地摇晃着门，几乎快要把它掰下来了。阿卜杜大叔说：“悠着点儿！那头是女洗手间，你可以去找找，看门卫是不是和他的女人在一起。”

敲门的人走了，阿卜杜大叔也走了，脚步声和动作都稍微平静了下来。我屏住几乎要迸发的呼吸，四处张望，生怕我会忍不住胸中的烟痰而咳嗽出来。我只好用嘴呼吸。突然，我发现了一个皮质的文件夹，像是个钱包，它的形状我并不陌生，我渐渐地认出它来了，我看出来这是我自己的东西。它是我的诗人朋友法赫尔丁·伊斯玛仪借给我的。他是个不苟言笑的牙医，总是绷着个脸，走路时像只孔雀一样昂首阔步，神气十足。他热衷于作诗，尽管他心中没有任何生动的感情，甚至可以说，什么情感也没有。他那批借调到也门去的牙医都解散了，而他怀揣几千埃镑回来，坐拥一辆活动顶棚汽车和位于扎马莱克区的一个大套房，没有妻子，也没有女朋友，等着随便找个站街女。关于诗歌他只知道尼扎尔·格巴尼[①]的诗集，文学界和新闻界人士他只知道一些三流的小角色。一位记者朋友把他介绍给了我认识，因为那位记者朋友想要摆脱他，所以才把他推给了我，希望我能够听听他写的诗，随便指导指导。我那位朋友已经读过他的诗了，很嫌弃，觉得作品没什么可说的，也没什

① 尼扎尔·格巴尼（1923—1998），叙利亚著名诗人，作品多围绕女性和情爱话题，褒贬不一。

么可批评的，于是决定客气地摆脱他。这位记者为了调戏我的虚荣心，跟他说我更懂诗歌，更懂他的品位。我真应该第一次见面的时候就直接明确地给出我的真实意见，说他的诗歌尝试很幼稚，但是他的汽车、套房和也门挣的钱说服了我稍微晚一点再作评价。他让我在他的套房里断断续续地住了几个晚上，确切地说，那些夜里，通过我刚刚当上演员的朋友萨米尔·艾布·哈希什，我们成功地勾搭上了一个失足妇女，我们玩了她一整夜，抽大麻卷烟，喝红酒，当然烟酒都是法赫尔丁买的。除了这些晚上，我就再没有在他家里住过了，因为他就像只叩头虫，看到有光的地方，就像蝙蝠一样胡乱盘旋。他四处打听，哪里有晚会可以见到我告诉他的那些著名作家、记者、诗人和评论家，而这些信息他以前一无所知。还四处打听这些人中谁认识谁，谁是谁的朋友，谁对谁能构成影响，谁和谁很亲密，以便他能认识一个，约到军官俱乐部共进午餐，开车送他们去任何想去的地方，然后第二天晚上同这位名人一起刷夜。短短几个月之后，我就在我们国家最大的报纸上看到了他写的诗歌，这些诗歌和以前那些幼稚的诗歌截然不同，原来他已经很好地了解了游戏规则，掌握了一些诗人的宝典，像沙奇尔·塞耶卜①、班雅提②、阿卜杜·索布尔③、希贾齐④、费图里⑤、阿多尼

① 沙奇尔·塞耶卜（1926—1964），伊拉克著名诗人，阿拉伯现代自由体诗重要代表。

② 班雅提（1926—1999），全名阿卜杜·瓦哈卜·班雅提，伊拉克著名自由体诗人。

③ 阿卜杜·索布尔（1931—1981），全名萨拉赫·阿卜杜·索布尔，埃及自由体诗人。

④ 希贾齐（1935—），全名艾哈迈德·阿卜杜穆阿提·希贾齐，埃及诗人。

⑤ 费图里（1936—2015），全名穆罕默德·米夫塔赫·费图里，苏丹自由体诗人。

斯[1]和哈利勒·哈维[2]。他对他们进行模仿，创作出跟他们的诗歌毫无区别的诗歌，别致新颖，活灵活现。他终于用巧妙的战术成功地攻入了文学世界。我从他那得到的唯一好处就是这个精巧的皮文件夹，它有弹性，可轻松塞下好多文件和书籍，既可以把它夹在腋下，也可以拿在手里，看上去优雅、气派、结实，是法赫尔丁在俄罗斯进行短期培训时带回来的。要不是因为他还带回来了两个，或者三个同样的，他是绝不会送我一个的。我把所有文件和书都装进去了，再也不用发愁它们被汗水浸透破损了。

我把包从地上拿起来，握在手里，打开。我从中拿出一本书，把头埋在书里，每到这种尴尬的时刻，我都会这么做。我看出来，这本书是路易斯·阿瓦德[3]的《革命与文学》。因为某种原因，我把这本书放了回去，重新抽出一本，是阿卜杜·阿齐姆·艾尼斯[4]和马哈穆德·艾敏·阿利姆[5]的《论埃及文化危机》。我不知道为什么包里会装着这两本书。我打开书，又慢慢睁大了眼睛，以为可以开始读书了，或者可以摆脱门外越来越大的喧闹声了。清晨的阳光爬上墙，然后从门缝里溜了进来，烦人的喧闹声也越来越大，我知道我已经失去意识好几个小时了。尽管如此，我依旧感觉头疼欲裂，头昏眼花，不知道身边正在发生什么，仿佛这些事情发生在别人身上，一个潜藏在我身体里的别人。在众多喧闹声中，我听出了看护小便池的

① 阿多尼斯（1930—），叙利亚著名诗人。

② 哈利勒·哈维（1919—1982），黎巴嫩诗人，自杀身亡。

③ 路易斯·阿瓦德（1915—1990），埃及作家，英语文学学者。

④ 阿卜杜·阿齐姆·艾尼斯（1923—2009），埃及文艺批评家。

⑤ 马哈穆德·艾敏·阿利姆（1922—2009），埃及左翼思想家。

白尤米的声音朝门这边靠近：

“锁完全锁死了，怎么回事？要么是锁，要么是门的问题，无论怎样，我要去附近找一个最机灵的开锁小伙儿。”

我害怕极了，但还是镇定地把书放回了包里，而没有发出任何声音。然后，虽然心还在怦怦直跳，我还是挺直了身子，祈求安拉庇佑。突然我震惊了：既然这个卫生间是锁着的，那我是怎么进来的呢？马上我想起来，原来我早就为此做了诡异而精密的计划。我观察这个安静的卫生间好长时间了，一直在研究它的状况。我发现它总是大门紧闭，以为它是弃用的，感觉是个不错的地方，我能在这里睡上几小时，并且它也是个远离寒冷和巡警的好地方。警察们从来只敢对我这样的流浪汉耍横。于是我也开始观察紧挨着它的那间厕所，等如厕高峰一过，等隔壁厕所以及隔壁的隔壁都完全空了的时候，就不会有人看见我进去了。等到时机一成熟，我马上钻进它隔壁的厕所锁上门，扒着下水管爬上中间的隔墙，然后迅速稳当地爬到了这间锁着的厕所里。之后我就保持着这个坐姿眯了几个小时，等着不久之后，或是很长时间之后再找机会以同样的方式出去。

突然，所有的声音都戛然而止，仿佛全世界都灭亡了。我知道这是暴风雨前的平静，虽然我没有亲眼见过，但我在书中早就读到过了。突然，传来一个刺耳的笛声，伴随着尖锐的轰鸣，地面开始剧烈地震动起来。我知道现在火车已经到站了，厕所门外广阔的空间扩散着隐忍的噪声，把轰鸣声驱赶到了好远的地方。我用两只手紧紧地护着头，生怕它离我而去永不复返。那时的我是个小毛孩儿，和一群熊孩子轻浮地追着中午的火车汽笛跑，要是没有这辆火车的到来的话，我们就没法出来吃午饭了。我们朝着田埂上的樟树和马毛树跑去，开心地唱着："我们想念的老爸啊……赶紧，去迎接他！"。我用手把干面包搓成了粉末之后，吞咽着。然后冲到水沟边，趴下来把嘴伸到死水里，喝个痛快，然后在喉咙里回味着淤泥的味道，仿佛是在品尝面粉做的甜点。后来我又看到孩童时的自己，盘腿坐在我们老家旁边的池塘岸边，拿着一块蓝色的淤泥在津津有味地啃着。因为有一天我听伙伴们说吃泥巴能够强身健体，延年益寿，我很喜欢泥巴的味道，感觉它的味道和很多煮熟的或是油炸的食物差不多。然后我又被管家的棍棒驱赶着，嗓子里的火焰仿佛烧到我瘦弱的身体上。我的脚上腿上全都沾满了泥巴，怎么甩都甩不掉，甚至用水渠里的水也洗不掉。我号啕大哭起来，感觉这个世界上没有任何一个人能听到我的声音，也没有任何一个人在意我，对我施以援手。管家拿着竹棍在后面紧跟着，仿佛他所有的权力都冲着我，因为除了我之外再也没有其他人了。他简直像中了魔，对我说："生疮吧，狗崽子！"我尖叫着战战兢兢地继续往前走，竹棍鞭打着我的屁股、肩膀、脖子和头。我磕磕绊绊地走着，任我想挺直身子，最终还是跪倒在地。我的任务就是要摆脱竹棍。眼泪灼烧着我的脸颊，我闭上双眼，踏着荆棘，淹没在亚麻和芦苇荡中。我的脚陷进了淤泥里，倒在蓼蓝丛中，腐烂的味道沁入我的喉咙和鼻腔。我停止了尖叫和痛哭，臣服于某种永恒的舒适。

我听到自己急促而疲劳的呼吸声，就像是污水渠里冒泡的声音一样。我知道自己最后躺在黏糊糊的污水沟泥里，我抬起头，眯着眼，或许是寻找管家的影子，然而我却看到了母亲站在我面前，她的眼睛得了沙眼，眼睫毛也没有了，但看起来还是很大，像喷着火花的枪口一样。她捶胸哭喊着："妈妈的心肝儿啊！"她卷起裤腿，走到了蓼蓝地里，伸手抓住我，把我拽了出来。我看到自己从污泥里出来了，像只邪恶的鲶鱼一样身上滴着黏稠的墨汁。母亲把我拥入怀里，擦我身上和头上的泥巴，特别是眼睛和喉咙处。她把我翻转过来，头朝下脚朝天，用力地摇晃着，沉重的蓝色疲惫从我嘴里倾泻而出。我的灵魂一从喉咙里出来就马上缩了回去，就像电动清扫车一样装满垃圾，倒出，再回去装满。母亲把我摁进附近的水沟里，又拽出来，然后又摁进去，又拽出来，我不知道她害怕地惊叫了多少次，最后终于移除了大山，她才长舒一口气。我的神态刚刚有点恢复正常，母亲就把我放在岸边，脱下我身上的破烂儿，并用她的黑袍子擦我的身子。我颤抖着尖叫着。我扑到她的怀里，头靠着她的肩膀，仰头看着天空，张着嘴巴等待胸腔里的心脏安静下来。我感觉母亲开始走了，感觉自己逐渐消失。但是母亲刚把我放在地上，我就看见自己立刻哆嗦着站了起来，令我惊讶的是，我身边一个人也没有。我颤抖着跑出房间，院子里一个人也没有，连祖母乌姆·欧兹也不在。我喊了几声，却只听到回声。我打了个颤儿。我知道牲口肯定出事了，所以大家跑去拯救牲畜不要淹死。我很害怕，打开了门的插销，走出家门跑到了路上。路上空无一人，我觉得乡亲们肯定都跑到远处农场的事发地去了。我继续往前走，希望碰到个人能告诉我发生了什么。

我本以为现在是傍晚了，但其实这是黎明，太阳已经开始升起，把天空、树木，屋顶的稻穗和柴火都染成了泛红的金色。我以为只有我一个人，但是当我不经意间转过身的时候，却发现我的身体周围全是竹棍，后面站着一个和蔼的、嘴上垂着两片胡子的全职护卫。我知道他是要把我押解到镇上学校去的。学校护卫们的任务就是强行把孩子从家里和农场里揪到学校里去，不管家长们愿意与否。这正是执行了塔哈·侯赛因[①]的论断："教育对于每个孩子都像水和空气一样不可或缺。"我的脚上腿上还是牢牢地粘着一层泥巴，我感觉有点羞愧。马上我的眼前出现了一群孩子，他们穿着或皮鞋或凉鞋，围着白色的肚兜，脸蛋像鲜艳的玫瑰花，手里拿着书包和食品包裹。我融进他们中间，脚上的泥巴也已经不那么沉重了，但还是打着赤脚。我注意到我提了一个布袋，它本来是条旧的裤筒，里面塞满了书和本子。这些本子是我唯一的自豪之源。如果没有它们，我就没有资格和他们肩并肩地坐在一起。这些笔记本比我还洁净许多，整齐有序，字体优雅，基本上没什么错误，几十条的评语不是优就是良。但我非常嫌弃这群孩子，所以我总是一个人躲角落里读书或写作业。我也喜欢在手工教室的角落里做泥塑。看，这是我的照片，有生以来第一次贴在小学毕业证的表格上。再看，这是我的照片，印在了报纸上。这是我，走下傍晚的火车，几乎像杂技演员一样跳起舞来，为自己修长的身材和男子气概感到洋洋得意，我也感觉此时此刻我成了家乡一个独立的个体，我有了存在，我每月挣工资，我可以向我的小甜甜莱伊凡——一个富有的木材商人的女儿求婚。

不一会儿，我发现我又躺在了母亲的怀里，她睡在医院洁白的床上，眼睛缠着绷带，肯定是刚做完一个新的手术，她的一生中总共做了几十个手术，我们时时刻刻都在为她担心。我

① 塔哈·侯赛因（1889—1973），埃及现代盲人大文豪。

对她说：“今天我拿到了一个大证书！我要去首都开罗从事我喜欢的工作了！”她高兴极了，想要把眼睛上的绷带解开好看看我，但是屋子里马上响起了类似警报的声音，禁止她这样做。她只好缩回手摸我的脸，把我的头放在胸上，她没有哭，而是开心地笑了，因为医生不让她哭。我也大声地笑了，以此来掩饰决堤的泪水。火车的轰鸣声越来越远，我好像还要赴个约，于是我把母亲脸上亲了个遍就跑了出去，这次我提的包就好看多了，像是古代的贵族老爷们提的包。我穿了一套缝制得非常精美的衣服，穿了一双福艾德街上老字号买来的鞋子，但是袜子里面的双脚还是带着泥土的感觉。没过多久，我就气喘吁吁地跑在田间路上，远处有辆虚幻的火车马上就要到站了，火车上除了无边无际的乌云，什么也没有……我绊了一跤，倒在地上。

我把头从厕所的地面抬起来，摸索着磕碰的伤口在哪里。突然听到门口的喧闹声和开锁匠用尖锐工具鼓捣门的声音。他猛烈地摇晃门。我又重新跌倒在了原来的位置，我发现这和我原本想做的完全一样：昏倒在地。我必须把戏演好，暗示他们我身体不好，然后找个合情合理的出路。比如谎称我把门稍作处理，打开进来之后，关上门，就再也打不开了，而且我晕眩、疲惫、神经抽搐或有其他类似的疾病。令我震惊的是，戏比真实还精彩，因为我真的摔在了地上不能动弹，但我能听到他们混乱的呼救声，我听到服务员阿卜杜大叔心疼地说他认识我，知道我的父母都是好人，他知道我得了瞌睡病，无论在什么地方一坐下就会睡着，所以我肯定是在厕所睡着了。我强忍着笑，虽然我也不认为自己此时能够笑得出来。我假装睡得很美，这时我被搬到了一个舒适的沙发上，应该是一辆私家车。这辆汽车的主人自告奋勇送我去最近的医院。然后我就彻底断片儿了，就这样过了好长时间，我才开始注意到我身边的嘈杂，我的身体完全无法动弹，我知道自己躺在医院的病床上，我的躺姿也更加僵硬了。过了好长时间，我都以为自己被放在木头棺材里面了。棺材包裹着我，就像镯子贴着手腕。不一会儿，我听见一群吵吵嚷嚷的人进了门，我听到一个很雄浑的声音，我知道那是侦查队警官的声音。他放声大笑，笑得那么嘲讽又清澈，几乎让我俩秘密地、心照不宣地共享欢乐。他冲着我走来，兴高采烈地说：

“再来一次？我拿命担保，这小子的故事我非常清楚。”

第九章　月亮的释放

我看到自己在爬一个螺旋状的楼梯，它的台阶很窄，栏杆是空心的铁管儿。台阶的地面鼓起了好多包，俨然一张长满粉刺和青春痘的脸。梯头纵横交错，栏杆有的往右延伸，然后又直接往左边拐过去了，好像一条传说中的身体已经腐烂的蛇，只剩下肋骨还立在这个漆黑的深井中间。

我不知道是从什么时候开始爬的了，我也不知道它的尽头在哪里，因为只要我一抬头往上看，就会看到一张由无数的线圈和黑块组成的铁网，这张铁网努力向担惊受怕的月亮示好。月亮一直战战兢兢地待在漆黑的云块中间，它们像一个个无知傲慢的圆顶，又像是传说中残暴的独裁者的脚。

月亮胆小怯弱，楼梯像蛇一样蜿蜒盘旋，一颗紧张郁闷的心，心跳声从井底逐渐上升朝着月亮逼近，我知道这是我自己的心。

我不知道自己到底是在往上爬还是在往下走。我在一个很高的梯头上，高到我都不知道下方是地面了，那么，刚刚我一定是在往上爬的。可是，上空的月亮悬挂在好远好远的地方，躲躲闪闪，那么，我刚刚一定是在朝着底部往下走的。

我踮着脚站着，虽然身体因为害怕而哆嗦，但我还是尽量保持着平衡。我相信自己可以像捏颗足球一样握住自己那颗不安的心脏，可是我一碰到自己的胸部，它就跳到了外面，越跳越远，几乎快要撞到铁网上了。乌云渐渐从月亮的脸上散开，于是光圈稍微变大了一点，慢慢落到深井里，铁网的脉络越来越多，银色的光亮在井壁上和铁网上投射出铁网线条圆圈和黑块的形状。于是我认不清铁网线条的影子了，我无法区分这是影子还是原本的铁栏杆，一靠着栏杆我就好像摸着它的影子，我的鼻子几乎可以触碰到上面的台阶，它们就像是盘绕在我的身边一样。泥土的气味扑鼻而来，可是马上又消失了，紧随其后的是不知道从什么地方飘来的垃圾臭味。

我的眼里微微闪着光，就像是一段漫长的充满艰辛和痛苦的旅程之后流的汗水一样。我站的台阶是那个我感觉很熟悉的梯台上面的第三级，这级台阶是长方形的，一边是圆柱栏杆，一边是紧挨着墙壁的过道，楼梯两侧都有独立的栏杆，三级台阶上面，又有一个完全相同的梯头，在过道上正对着梯头的位置，有一扇关着的门，很明显这扇门从来没有打开过，因为门上乌漆墨黑的,还积满了腐臭的泥土。门旁边有扇关着的窗户，过道尽头是个像巨人那么高的敞开的长方形窟窿，宛若一个盛满了黑色灰烬的炉子筒道。垃圾的恶臭时不时变淡，凸显新鲜出炉的油炸食物和铁网蔬菜烤本地牛肉的香味，还有炭烧咖啡的味道，和奶油、食用油、洋葱和大蒜的味道。

马上，我知道自己困在一栋很高的居民楼的佣人专用楼梯上。我身上穿着一双很旧的Bata牌塑胶凉鞋，一条不合身的灰色亚麻长裤，一件深蓝色的半袖衬衫。我手上什么也没拿，但是腋下小心翼翼地夹着个很重要的东西，马上我知道了这是份旧报纸，很多页，不知什么时候我把它卷了起来。但我想不起来这段时间我一直拿着他是为了做什么。

尽管很害怕，但似乎我与这个楼梯，以及与这栋大楼有着某种密切的关系。月亮渐渐消失在了高高的云墙后面，然后仿佛被释放了一般，也许它跳起来从云墙上面逃走了。似乎它唤来了一个虚假黎明的前奏，向它通报这个边缘时刻楼梯上发生了什么。然后这个时刻开始爬过边缘，试图潜入正文里，哪怕只是作为双括号里的一个数字。

我似乎和在三级台阶下面的那个梯台也有点暧昧的关系，由于某种原因，我离开了它，也由于某种原因，我来到了现在站的这个梯台，原因可能就是这个像炉子筒道一样的长方形窟窿，它和下面那个梯头的窟窿很像，总是用一扇锈迹斑斑的大门锁着，这就说明了，这层楼的居民从来都不会踏入这个梯头。我似乎知道藏在这个像炉子筒道一样总是朝下面那个梯头敞开的长方形窟窿后面的一切，我也知道如果我离开楼梯，通过那个连接着梯头的过道，走进这个窟窿的话，我就进入了这栋大楼的中心地带，可能是七楼或者八楼的位置。

我看见自己乘着电梯在下降，想起来，刚才上楼的时候还有三个人和我一起，他们肯定是我的朋友。我从他们中认出舒克里·胡代里·艾敏，他是著名报纸作家阿卜杜·卡威·赛阿达维的秘书。没错，绝对是舒克里·胡代里·艾敏。他比主人还神奇，即便不是主人的完全翻版。他自已虽然是赤穷的农民出身，但还是学着主人优雅地讲话，从典型的农民嘴巴里抛出些华丽响亮的辞藻，他说话的时候往往要像大师哲人一样庄重地打着手势，听的人几乎都要上了他的当，把他当成知识渊博、博闻强识的百科式哲学家，但是几分钟后人们就会发现这些深刻响亮的句子不过是毫无文化底蕴的空话而已，他不过就是把他主人整天讲给他听的那些东西重复一下罢了。但是任何一个即便发现了这一点，也很快就会愈发地喜欢他欣赏他，因为他一个大字不识一箩筐的农民已经做得相当不错了。阿卜杜·卡威先生最初是把他带来当跑腿佣人的，但后来发现他骨子里有些发展潜能，地位可以稍高于佣人。于是就把他当佣人、秘书、代理、司机和正式发言人一并使用，甚至为他抵挡那些老来要债的债主。马上，他的这些行为惊艳到了所有人，人们开始恭维他，夸赞他的聪明机灵，人们能从他身上看到他主人的完全翻版：一样的动作，一样的想法，一样的话，他与主人唯一的区别就是不能睡他的女人，尽管他的女人已经厌倦了他那永不熄灭的欲火。

像主人一样，他总是在各种杂货店、蔬菜店、酒馆、水果店、香烟店赊账。像主人一样，一旦他冷酷又自信地点这点那，让店主包好，完了轻描淡写地说：明天我来结账！任何店主都不好拒绝，因为舒克里·胡代里·艾敏和他主人一样，语气中的自信和威严是不容挑战的。他唯一胜过主人的一点就是在搪塞债主方面。如果主人似醉未醉地走在大街上时，路过某家赊账的店，马上就会调头或者钻进旁边的小巷。舒克里·胡代里·艾敏从不这么干，如果碰到债主，他是自信地迎上前去。只要他从某个商贩那里路过，哪怕人家忙着没有注意到他，他也会主动提醒人家自己的存在，要么就是大声地跟人家问好，要么就是走进店里，站在一群顾客中热情地打招呼。他巧舌如簧，总是提前就准备好了各种合理的借口和不可抗拒的理由。不正是他屡屡帮主人从债主的围追堵截和各种危急的处境中摆脱出来吗？

他主人的家里总是高朋满座，因为他既是诗人，又是音乐家、演员、编剧、电影导演，还拥有一个剧团。因此，在整个文艺界和文化界，舒克里·胡代里·艾敏也跟着成了名人，在某些地方他的光芒甚至还盖过了主人。访客们过来刷夜、赌博、放纵，甚至严肃地讨论事情，舒克里总能从中转达出很多东西，哪怕是空洞无物的。他随时随地都准备像主人那样对各种重大的政治、文学和艺术话题侃侃而谈，简洁流畅又严肃认真。他总是勾引失足少女或者诈骗一个有点钱的跑龙套的孩子。他习惯用尖锐威严的语气谈论政治和艺术，也用同样的语气和妓女、蔬菜商、屠夫、咖啡店服务员和擦鞋匠说话。他中等身材，不胖，但肢体结实粗壮，因为以前干多了砍柴、犁地、手工除虫的活儿。脸方方正正，干巴巴，像个蔫了的长西瓜。五官很有棱角，两片厚嘴唇饱经烟草的炙烤。他的眼睛稍微有点小，但是炯炯有神，永远都放着光。他面容中的宽厚和镇定，和他二十二岁的年龄一点都不符。他两眼之间，两腮之间，总有准备动作，准备讲能让你笑疯的重口味笑话。无论夏天还是冬天，他都穿套装，主人的私人裁缝为他剪裁的，脖子上打着主人用过的豪华领带，衣服上还有好多镀银的纽扣，他每天刮胡子时都喷茉莉香水，以至于他的脸都带点绿色了……我不记得是什么时候认识他的了，但我应该是像其他所有人那样认识他的，如果你问任何一个认识他的人是怎么认识他的，那么就算他们是很亲密的朋友，他也一定不知道怎么回答，他绝对想不起是在个什么样的特别场合里结识的舒克里·胡代里·艾敏。他可以想起来几十个，甚至是几百个与舒克里·胡代里·艾敏见面的私下场合和公众场合，但是具体到什么时候第一次见面、怎么认识的、谁介绍他俩互相认识的，对于任何一个认识他并与他交好的人来说，都会像我一样，完全想不起来。因为你可能在任何一个地方见到舒克里·胡代里·艾敏，你也可能不经任何人介绍就与他熟络起来，也许是他陪你或者你陪他去喝两盅，吸两口，猎艳找小姐，也许是由他为主人或某位债主策划一个场面，表演一段激烈的争吵。

我本来很确定他和我坐的同一部电梯，然而我又想起来，也许在坐电梯之前我俩就是一同走过来的。我想起来，我们俩只要是进了这栋大楼，或者上了这部电梯，就习惯性地无视对方，尽管我们俩都知道对方和自己去同一个地方。但是我们通常都更喜欢一前一后到达，然后故作惊讶。所以，他肯定是突然消失在某个地方了，这样我们就不会在同一个时间敲同一扇门。我总是试着弄明白他躲哪儿去了，没用，因为舒克里·胡代里·艾敏总是飘忽不定，来无影去无踪，可能地面一裂，他就出现了，再一裂，他便消失了。所以尽管他穿着优雅的套装，说着明白的道理，但他身上还是携带着很多小虫子的技能，因为只有小虫子才能藏到如此狭小的缝隙中去。尽管我像他一样是个农民，和土地有着密不可分的联系，但我总是试图从他身上学习这种技能，结果只是徒劳。

我站在电梯门口的一个大厅里，我面前有四扇互不相邻的门，一扇在那个像炉子筒道一样、通往佣人专用楼梯的长方形窟窿旁边的隐蔽拐角处。那些我以为刚刚还和我一起乘电梯的人消失得一点影子也没有了。我再次感觉自己像个莽撞的不速之客，感觉他们悄然消失了，把我一个人留在了电梯里。我不知道他们为什么要逃走。很明显，我是来这个大厅办事的，目标应该是这些寂静得可怕的门中的某一个。然而这些门后却没有一点动静，甚至连呼吸声都没有。这不是用来居住的房子，因为我清楚地看到了每一扇门上挂着的铜牌子，有的上面还有用黯淡的彩灯照亮的大广告牌：某某法律审计，某某供职最高法院和议会的律师，尼罗河化工公司……娜芙蕾提提广告摄影传媒服务公司，我似乎就是要去这个房间的。于是，我踮着脚尖轻轻地走到了它门前，试图通过门上的猫眼往里看，却发现从门外是看不到里面的。我跪在地上，歪着头透过底下的门缝往里看，想看看里面是不是有灯光，然而我眼前却是漆黑一片。我站了起来，又重新朝电梯门走过去，可能是想要下楼到外面去吧。电梯门是关着的，升降井里什么也没有，漆黑一片，空气中弥漫着一股铁锈味。我用手扶着电梯的铁门探头往井底张望，在好深好深的地方看到了电梯箱的顶部。我按了下电梯开关，然而什么也没有发生，我知道电梯肯定是断电了，我想起来这种事情在晚上八九点之后经常发生，并且这个时候大门通常已经从里面用锁和链条关上了，门卫也正和老婆孩子躺在位于佣人专用楼梯门旁边、普通楼梯下面的房间里呼呼大睡呢。我想起来，这栋大楼里除了顶层和下面的少数几层楼之外，其他的楼层都是办公室和公司，那个门卫不像任何别的门卫，比市长还要狂妄嚣张。他是努比亚[1]人，身材高大，皮肤黝黑，眼睛就像两个闪亮的中间开孔的银币，额头很窄，头上总是围着个白色的丝质大头巾。他心胸狭窄，性格暴躁，说话粗鲁，有迷路的人或者路人落在他手里，那他就瞎了，倒霉死了。若有小偷或者夜里偷偷溜进来的人落到他手里，那他不管三七二十一就会掏出胸前口袋里的匕首给对方的肋部来上一刀。所以他每个月都会光顾警察局三四次，每个状子都有一个伤者，而到最后，这个伤者肯定是无辜的，肯定有他深夜爬楼的正当理由。然而这个叫马哈朱布的门卫最后肯定能在大楼主人的担保之下放出来。这栋楼的产权以前属于巴德拉维家族某个成员，后来被监管，最后以某种神秘的方式转到了某个“自由军官”组织的大人物名下。

我用手摸了摸手腕上那个旧表，这是我唯一不肯变卖或者抵押的东西，而其他很多东西被我变卖或者抵押了，最终从我生命中永远地消失了。表上的指针显示现在已经接近午夜，那么我一定很早之前就上楼来到这儿了。我似乎知道门是关着的，也知道电梯断电的事情，我也知道自己是在下午短暂的上班高峰时混在人群中上来的，然而我不知道这段时间我到底是在哪里藏身的。

我突然意识到，这栋大楼上面的所有楼层里就只有我一个人，这样我就感到放松多了，因为这就意味着没有人看见我，那我就可以盘腿坐在地上，这样我脚上腿上由于长时间的行走和站立熊熊燃烧的火焰就终于可以平息下来了。于是我坐了下

---

① 努比亚的地理范围历史上基本相当于苏丹，现在则通常指埃及南部和苏丹北部。

来，突然听见了裤子撕裂的声音，我吓得马上站了起来，伸手去摸大腿之间开裂的地方，在屁股下面摸到了一个好长的口子，我既后悔又愤怒，郁闷得差点要用头撞墙，恨不得把脑子打碎，谁让它总是让我掉坑里呢。我开始在大厅里来来回回地走，看到电梯门旁那些光泽的大理石台阶，我便坐在一级台阶上，把头靠着一侧的水泥栏杆，我试图把自己埋进无边无际的虚空之中，然而这时突然一道光射过来，像闪电一样，还伴随着一声急促的咔嚓声。我的心剧烈地跳动着，几乎都快从喉咙里跳出来了，直到我意识到那是门卫打开佣人专用楼梯间电灯的声音才平息下来。我听见他的脚步声，还有电梯下面厕所门打开关闭的声音，过了好久，我又听到了厕所门唧唧地响了两次，紧接着是一串脚步声，然后是叽叽咕咕的说话声，接着又是咔嚓一声，大厅地面上的光影也随之消失了。

我的眼睛一直盯着那块写着“娜芙蕾提提广告、摄影与传媒服务公司”的广告牌，公司主人是阿卜杜·阿利姆·伊舍里。铭牌放在一个塑料盒子里，盒子里面有盏红色的小灯，灯光微弱得只能照亮牌子上的字母。

我走进了一个有好多办公桌和书架的长方形大厅，我感觉这是《警察》杂志的总部。我腋下带着一个深色的皮包，里面装着好多我从那些常去的报社偷偷带走的废纸，上面写着一些我预先就知道报社会因为这样或那样的理由拒绝刊登的文章。尽管如此，我还是执意要求和主编见面，并把这些东西给他看，哪怕他看一页也好。也许他会认为我的写作手法适合编辑工作，于是安排我写点东西，或者做点按件计酬的工作。

我经过了阿卜杜·阿利姆·伊舍里的办公室，尽管他年纪还不到三十岁，却已经成了这个杂志的首席摄影师。他不高也不矮，虽然总是穿得很简单，经常就是昂贵的衬衫、长裤和皮鞋，但是却显得格外的风度翩翩，活像个电影明星。他的衬衫扣子总是开到了胸前，露出一大片浓密的黑色胸毛，他的脖子里全是肌肉，只是被肥肉覆盖住了，就像块古铜色的花岗岩雕塑一样。他脑袋很圆，三角形的脸像个月亮，上半部分消失在漆黑发亮、梳得刻意杂乱的头发里，他的头发从右边分开，但是从两边冒出来的碎发又从上面遮住了这条线，像是被粗暴开发的处女森林里一条杂草丛生的小路。三角脸的下面部分很好看，像一颗番石榴。他的脸颊上是两个不明显的酒窝，一张口就透出隐约的微笑。但通常他的微笑还没有完全绽放，就已经爆发出清纯、剧烈而又有些压制的笑声。这个时候，他宽阔瘦弱的肩膀也随之晃动，透过透明的衬衫，勒出里面带有圆环和吊带的背心的纹路。他两只和善的黑眼睛里总是闪烁着岁月沉淀的仁慈，并且还浸染了悲伤、痛苦和智慧。他是个彻彻底底的好人，温柔、善良、懂礼貌、知羞耻。你可能会以为他是那种含着金汤匙出生的达官贵人子弟，但是当他和你熟悉之后——他很快就会和你熟悉起来的——当他给你讲述他小时候在贝德拉辛①的贫苦生活时，你一定会吓一大跳，因为没有钱，没有一个学校接收他。他奋发图强学习摄影，后来成为一名摄影记者。通过报界，他被别人请去给各种聚会、婚礼和晚会摄影，挣了不少钱，于是在位于市中心的福艾德街最高的一栋大楼里租下这套房子，开了一个私人摄影店。也是通过报界，他迷上了电影拍摄，于是成为一位著名摄影师的助理，后来成为

① 吉萨省的一个城市，居民多从事农业。

首席助理，直到最后成为一名独立摄影师，也就是电影圈里所说的 Cameraman，或者就像他自己称呼自己的“摄影人”。当国内的“阿拉伯电视台”创办之后，他加入进去成了一名专业摄影师，于是把以前的那个摄影店改成了一家专门制作电视电影广告，并给大型公司设计传单的公司。于是他也拥有了自己的汽车，在埃及银行有了存款，还在另一套房子里安置着一个娇妻，每隔几分钟就给她打电话汇报自己的即时行踪动向。

这似乎是我第一次造访《警察》杂志。我感觉他的眼睛在盯着我看。我感到恐惧和陌生，小心翼翼地，我在每一张办公桌前都停下脚步询问主编在哪里。然而没有一个人抬头看我。似乎他们所有人都很反感我的突然闯入，也很嫌弃我鲁莽的毛遂自荐。他们每个人都无一例外地回了我一句“去问主编的勤务吧”。当我灰心失望地准备夹着尾巴羞耻地调头离开时，听到有个带着小镇式温柔的农民声音在呼叫我，就像是慈爱的母亲的声音一样，“亲爱的，过来吧！”我转过去看见他正弯着腰冲我打招呼。当他的手握住我的手时，我感受到了强烈的真诚和怜爱，仿佛是在为我刚刚受到的冷落道歉一般。他牵着我，让我坐在了他旁边的椅子上。然后收回手，拿出了一盒美国香烟递给我，“烟”。这是个命令，我只好拿了一根。他迅速打着了他的登喜路打火机，把美丽的火苗放到我的烟下面点着了它。然后他按了下铃，于是愁眉苦脸的勤务就进来了，一脸嫌弃地看着我，像是在责问谁放我进来的。但是阿卜杜·阿利姆·伊舍里低声对他耳语说：“给这位先生端杯茶来吧。”我喜欢从他嘴里蹦出来的先生这个词，因为我能感受到他说这句话时的严肃和真诚，而毫无奉承的感觉。于是茶端上来了，阿卜杜·阿利姆·伊舍里坐着椅子转了半圈，对着我轻声说：

“你找主编？有什么事？”

我已经在书桌上金字塔形状的木牌上看到了他的名字和职位，我知道在写稿和编辑的事情上他做不了主，但他终究是编委会成员，也就是说，他不是大街上一个普普通通的摄影师，而且他的友善让我无法抵抗，于是我马上毫不拐弯抹角地对他说：

“我有些文章想在你们杂志上发表。”

像皮影戏一样的微笑在他的酒窝上跳跃，他说：

“欢迎啊！”

这个微笑是真正友好的。

他接着说：

“你肯定知道我们是份有些特别的杂志，叫作《警察》！那也就意味着，我们是一家真正的媒体，或者说职业媒体，所涉话题也是媒体话题。你是业内人士，自然能够找到比我更加合适的表述，你一定明白我的意思的！”

我说：

“是的，我明白。我写的就是一些埃及农村的犯罪手法和犯罪动机的东西，其中包括公开的动机也包括隐秘的动机，还有犯罪种类。”

他的酒窝像是一个隐蔽的鱼钩，几乎要成功地钓上一个微笑，把它拖向嘴角的岸边。但是那个笑容马上就隐藏到他闪烁着赞赏之光的双眼，就像两个绽开的棉桃。他用颤抖的声音喊着：

“太棒了！太棒了！快给我看看！”

我激动地打开包拿出纸，上面的字迹工整漂亮，我还特意把大标题用黑色方框或者圆圈装饰了，主页非常激动人心，导语部分也特意大写加粗了，还在底下加了黑线。他惊喜万分地翻看着，他读了几行，然后站起身对我说了句：

“我先告辞！”

接着他就往里屋走过去了。我目送他离开，我的心脏怦怦直跳，跟着他精致的浅灰色羊毛长裤里的屁股扭动的节奏。他走进了一个房间，在里面待了好长时间之后，笑容满面地回来了，说：

“大叔，高兴吧！主编亲自读了你所有的文章，同意一期或两期之后发表它们！”

他坐下来，有点遗憾地补充说：

“但是……”。

似乎他要说的话实在是难以启齿。他犹豫了一会儿，然后接着说：

“但是很遗憾，杂志社不会给稿费。”

说完他沉默地看着我的眼睛，好像是在试探我的反应。看上去他好像马上看懂了这个灾难般的消息在我眼里留下的痕迹，马上对我说：

“顺便问一下，你有钱吗？”

我愣住了，不知道该怎么回答，但他没等我回答，就把手伸进裤子后面的口袋里掏出一个贵重的、鼓鼓的皮包，在一叠钱里抽出一张绿色的一镑票子，上面狮身人面像的脸染着傍晚的红光。他飞快地把它折了起来塞进了我胸前的衬衫口袋里，这一连串动作在一眨眼间就完成了，没有任何人看到。我能从他温柔的眼神里看出他希望我不要拒绝。我全身所有细胞都充斥着喜悦，这根本不容许我拒绝。那张钱一碰到我的胸口，我面前所有的门就全部敞开了，鼻子里溢满了烧烤的香味，廉价宾馆的床垫挠着我的肋骨，胸腔里满溢着空气，脑海里浮现出好多文章，闪现出傍晚时分街道旁摆满桌椅的亲切的咖啡馆，生活成了纸、笔和寻觅安居之所的想法。生活成了一盒烟，一杯咖啡，一条涌动着美貌、香水和色彩的街道。我什么也没说，而是低头把脸朝向地面，徒劳地装出什么也没看到的样子。这时，阿卜杜·阿利姆·伊舍里用温暖的语气低声对我说：

“你就把我当作你的亲兄弟！你有任何需要的时候就尽管来找我，不要扭捏。顺便说一下，我还有另外一个办公室，下午你可以随时去那找我。”

他从面前的日历上撕下一张纸，写上了他在福艾德街的公司地址。

尖锐的喊叫声，隆隆声，还有追赶的脚步声，把我震醒了。我正蹲在大理石台阶上。我把头从膝盖中间抬起来，我知道一群小猫在后面的佣人专用楼梯上围着垃圾桶在打架，这些垃圾桶就放在顶层的厨房门前，楼主和他一大家子都住在这一层。

我又重新看向写着阿卜杜·阿利姆·伊舍里名字的房门。我注意到门缝里透出一丝光线，这就说明里面肯定有人，确切地说应该是“阿忒夫·松布勒”，尽管他什么本事也没有，阿卜杜·阿利姆·伊舍里还是用他来管理公司。

我看到自己在黄昏时分走进了这间屋子。显然这是我第一次来，它干净整洁，家具简约，令我很是惊讶。大厅是个正方形的，面积很大，差不多是四乘四平方米的大小，地上铺着一层印有各种图案的开心果绿地毯。四面的墙都贴着接近海绿色的条纹墙纸。房间里还有一张款式现代的黄色长方形书桌，桌子上放着一块玻璃，玻璃下面压着各种场景的彩色照片和各种公司名片和名人名片。书桌前有几把软皮椅。从这个大厅过去，是一条能容下两个人并排走的过道。这条过道通向三个并排的房间，站在这三个房间的大阳台，透过长方形的窗户往外看，就是两条大马路。过道右边有个洗手间，还有一个面积大得完全可以用来做起居室的厨房，但是阿卜杜·阿利姆·伊舍里把它隔出来一部分改成了冲洗照片的暗房。于是这间朝向福艾德街的房间就成了他的办公室，比很多部长和大人物的办公室还要好。隔壁房间是艺术秘书办公室，用来摆放机器、设计图纸和宣传画，并用来起草材料，把想法变成用来宣传的艺术品，或者其他和公司业务有关的东西。这个秘书办公室里没有一个和公司签约的正式职员，他们都是在艺术界或新闻界里一些半吊才子，或是怀才不遇的才子。他们每天晚上都来，跟吃大户似的，有活干就象征性拿点儿报酬，没有活儿干就在一起畅快地喝着咖啡、品着茶、抽着烟、用着阿卜杜·阿利姆·伊舍里付费的电话，这一点诱惑着他们能坚持来这里。伊舍里把第三间房用来作为行政办公室。里面有几个柜子，放着各种文件和书面材料，此外还有四张 Ideal 牌办公桌，分别坐着四个年轻员工，他们白天在报社或其他单位上班，晚上就来阿卜杜·阿利姆·伊舍里这里工作，并且他们都拿固定薪水，因为他们做的是核心工作：接见客户、谈项目、签合同、行政监督执行和制作进程。他们也负责整理账本并安排好一切细节，随时应对突如其来的核查。这些小伙子永远都是笑容满面的，也都很有教养。我从他们的房间走了过去，想着挑一个人问一下阿卜杜·阿利姆在哪，结果我有些唐突地来到邻着福艾德街的那个房间了。它的门半掩着，里面什么也看不见。我正打算敲门的时候，桌子后面出现一个白皮肤、蓝眼睛、长脸、头发浓密卷曲的高个小伙子，他眼里的光芒，有些类似贵族的严肃，也有点像劫匪路霸的威胁。他的嘴唇很薄，鼻子很长，颧骨很高，双唇微微紧缩，露出有些狡黠、很邪性的微笑。我还没开口问他他就主动对我说：

“在下阿忒夫·松布勒，公司副总，有什么可以帮您的呢？”

我说：“我想见我朋友，阿卜杜·阿利姆·伊舍里先生！”

他用农民式的慷慨语气说：

“欢迎！请休息片刻！他马上就来！”

然后他把我带到了俯瞰福艾德街那个屋子的阳台上，给我指了指一把枣椰树叶做的凳子，我坐下了，他也面对着我在另一把枣椰树叶凳子上坐了下来。我用自己计划的方式做了个自我介绍。令我惊讶的是，他早就认识我了。更令我惊讶的是，以前我在很多地方见过他多次，然而我却并不知道他的确切职业。显然现在我才真正认识他。他来自松布勒家族，一个位于大文学家阿卜杜·卡威·贝克家乡旁边的小村庄，只身一人来到了开罗，因为他骨子里痴迷电影表演艺术，阿卜杜·卡威也知道这一点，所以希望能助他一臂之力，除了阿卜杜·卡威先生之外还有很多人愿意帮他，可他有些懈怠了。他们也不是很积极，直到最后来了一个他们确信他配得上的好机会。如果这个机会只是表演的话，那么这个世界上早就到处是他的电影了，他也早就挣得盆满钵满了。可问题是，他只接受男一号的角色，因为他拥有男一号——至少是埃及电影里的男一号——的所有特质。他这样说：

“不然你告诉我，埃及男演员里谁比我更棒？伊马德·哈姆迪[①]？凯迈勒·辛那维[②]？鲁史迪·阿拜扎[③]？舒克里·萨尔汗[④]？这些人只是顶着明星光环罢了，演起戏来比牲口还蠢！”

他认为他们都没有自己那种表演天赋，他们也缺乏一个重要的因素，那就是文化，而这一点他认为自己是有的。在他看来，解决方案只是需要一位像拉姆西斯·纳吉布[⑤]那样大胆的冒险敢用新面孔的制片人，然而，这个时代里只有一位拉姆西斯。

他是这么对我说的。他从一个压得歪七歪八的烟盒里抽出一根递给我，然后和我说了好多话，从中我得知他和阿卜杜·阿利姆是通过舒克里·胡代里·艾敏认识的，他俩是发小儿。舒克里每晚都会来这里，他们经常一起在这里过夜，一瓶烈酒，几根大麻卷烟，甚至是几杯粗茶，就磨到了第二天早上。接着他对我说：

“如果你愿意的话，希望你有时间就来这里和我们通宵夜聊。”

显然他知道这个地方对我的价值，像这样一套房子可以成为一个令我感激涕零的绝佳安身地。显然他读懂了我脸上的激动和兴奋，他也为此而感到高兴，我对他说：

---

① 伊马德·哈姆迪（1909—1984）。

② 凯迈勒·辛那维（1918—2011）。

③ 鲁史迪·阿拜扎（1926—1980）。

④ 舒克里·萨尔汗（1925—1997）。

⑤ 拉姆西斯·纳吉布（1921—1977），埃及著名导演、制片人。

“我会在你能想象的最短时间之内来的！”

他像个帮我跨过艰难一步的救命恩人般说：

“如果你愿意的话，今晚就来呀！从现在开始，几个小时之后，这些人就都走了，舒克里就会来，到时候我们可以一起聊聊文学和艺术。顺便说一下，我写了一些诗歌了、故事、随笔和观点，阿卜杜·阿利姆先生给我在《读者来信》上发表了好多，但是这些天我都没时间写作，我感觉我们在一起一定能激励我重新拿起笔来。我听说你写广播剧，我看到新闻说你给‘阿拉伯人之声’写一些广播文学故事,也许我对你也有点用呢。如果您能劳驾和导演打声招呼，用我演些角色，那么看您的面子，我也会答应的。这样练练声音也不错，对演员而言，广播也是个广阔而重要的舞台。”

这个夜晚过得真快，我从来没有经历过，因为到五更的时候，我发现自己竟然不是穿着衬衫和鞋子，而是只穿着内裤和吊带背心，倚着椅子边缘躺在天鹅绒地毯上，手里还夹着一根点燃的香烟，面前放着一杯早已冷掉的茶。离我不远的地方，阿忒夫·松布勒以同样的姿势躺着，舒克里·胡代里·艾敏也以同样的姿势躺在工作椅上。显然我们都已经烂醉如泥了，我们消灭了一大堆香烟，里面卷了舒克里·胡代里·艾敏从马阿鲁夫区买来的大麻，因为他就住在那里的一条小巷子里。不知道从什么时候起，我们的谈话就停止了。似乎我们走散了，迷路了，各自向着神秘的、欢乐的方向，没头没脑地瞎走一通。

我知道今晚这个座位很稳固，以后我也能常来。但裤子后面的口袋一直让我分心，那里藏着钱包，里面放着我的身份证和小本子，还有我今天从广播台拿到的五埃镑，那是我为德米特里·卢克导演的《从生活而来》节目写的一集广播剧的酬劳。这张绿色的票子令人肃然起敬，我小心翼翼地把它藏在小本子的秘密夹层里，计划每天只从里面剥出几厘用来吃饭，好让它尽量养活我一段较长的时间，因为我不知道下笔收入啥时到来，从哪里来。我也不想在这个城市再次尝试三天以上的饥饿日子。我的裤子挂在身后的椅子靠背上，我有点担心，尽管我能从这两位朋友那里找到归属感，但我还是担心弄丢那五埃镑，毕竟它现在就是我的整个未来。尽管如此，我感觉自己还是没有理由不花上五毛钱请这两个朋友吃顿晚餐或早餐，或抽块大麻，就算是没有这五埃镑，我也必须这么做。不然的话，我就不得不把它全部花在我们三个人身上了。既然我有这么多钱，那我就没有借口拖着不请吃饭，因为他们两个也都把身上仅有的分币拿出来花了。我计划明天就去把这张钱破开，把大头儿藏起来，然后把打算花掉的那点钱刻意展示出来，暗示他俩这就是我所有的钱了。

然后，我看到自己在福艾德大街和它的支路上转悠，我在每一个咖啡馆前都要停留片刻，在“群众演员咖啡馆”门口更是磨蹭了好久。显然我高兴坏了，我高兴的原因是因为我口袋里的那块大麻，我在找阿忒夫·松布勒跟我一起回套房，去和舒克里·胡代里·艾敏一起分享，他肯定会带来从主人派对的残余中收集的几瓶酒，就像他经常做的那样。

我看到自己在敲套房的门，然而并没有人应答。但是门后传来叽叽咕咕的说话声和杯子的碰撞声，于是我又开始使劲地敲门。那块我很久以前攒下来的大麻还在我的口袋里，那是一位著名演员送我的，作为我给他介绍了一位优质大麻卖家的回报。我感觉不会有人给我开门了。我的心颤抖起来，突然想起来，舒克里・胡代里・艾敏那次肯定看到我了……很多天以前，当时我站在广播台的即时兑换窗口，他一直在那晃荡，看见我换了五埃镑零钱，他肯定告诉阿忒夫・松布勒我有很多钱瞒着他俩了。我相信，舒克里・胡代里・艾敏永远也不会原谅我这种“可恶”行径，他也不会接受任何解释。我想起来，为何很多个夜里我都以现在这个姿势站在这扇门前，却没有一个人为我开门了。尽管如此，我还是纳闷我怎么又来了，又来敲门。其实我知道，阿忒夫・松布勒和舒克里・胡代里・艾敏已经将我永远地赶出去了。

然后我飞快地喘着粗气跑进一个黑暗宽敞的隧道，我相信不远处就有可以出去的楼梯。我感觉几乎快要昏过去了，于是马上瘫坐了下来。我气喘吁吁地坐在阿卜杜・阿利姆・伊舍里在《警察》杂志的办公室里，他就坐在我旁边，他慢悠悠地询问我如此神经兮兮地突然出现的原因。我也不知道自己为什么而来，但是似乎我在试图站起来离开。我怕万一舌头打滑，让阿卜杜・阿利姆知道阿忒夫・松布勒和舒克里・胡代里・艾敏两人在他的套房里过夜、喝酒、胡闹，两人就麻烦了。我很慌乱，责怪自己不要贸然采取这样卑鄙的举动，毫无疑问，那会让阿卜杜・阿利姆看不起，给我打上小人的烙印。于是我站起来准备离开，他极力挽留我，想弄明白我造访的原因：

“需要钱？不！有困难了？跟人置气了？不！不……那是什么事？”

“就只是拜访你一下而已……”

“那就坐下来喝杯茶吧。”

我忐忑不安地坐了下来，感觉有根绞绳缠在我的脖子上。不知道从哪儿飞来的一口滚烫的唾沫牢牢地粘在了我的额头，像毛毛雨散落到我的眼睛里，我感到一阵恶心，愤怒地往四周张望寻找那个对我做出如此无耻行为的人。

我颤抖着，就这样过了好长时间，我已经蹲在佣人专用楼梯的梯头上了，但是那口唾沫还是粘在我的额头上，于是我伸手把它擦掉了。一只鸽子站在我正上方的铁栏杆上，又朝我的额头抛了一口唾沫，我再次恶心地把它擦掉了。晨光将天空、楼梯和梯井全都染上了光辉的碧绿色。我知道——好几个小时以前——没有一个人给我开门的时候，就像我每次游荡累了没人给我开门的时候一样，绝望地在梯头上铺了层报纸躺下，伸展，睡沉了。

我又这么蹲了好长时间，在这期间我以为自己没法展开身子了。我马上意识到，我应该观察一下门卫的行动，然后等到他像往常一样径直走进梯井下面的厕所，从里面关上门之后，我再踮着脚尖走到梯井下面，走到大楼后门轻声地打开门栓悄悄溜出去，然后再把手从门上的铁窗伸进去从里面把门关上，把它恢复到原来的样子。我把报纸收起来细心地卷好夹在腋下，我站在一级台阶的角落里，把自己完全藏在那张铁网中。月亮已经完全解脱了，覆盖在它脸上的云层也已经完全消散，大地渐渐明朗。门卫出现了，咳嗽，嘟囔，放屁，我的心剧烈地跳动起来。等他走进厕所从里面把门关上之后，我的心跳就平静下来了，但是双腿却开始颤抖，我小心翼翼地往下走，月亮极度好奇地地观察我，调皮地朝我倾斜，然后和我沿着一级一级台阶下到了井底。

第十章　石碱草

我确信自己没有睡着，我只是尝试了一下这种从来没有人设想过的睡觉方式，就算有人想过，也不会真去实践的，除非他是个怪人，又或者他像我一样强迫自己成为一个怪人。我知道，我应该注意到这个事实，无论睡得多么死，也不能有一刻将它抛之脑后。我应该让身体的一边进入熟睡状态，让它视时间和地点的情况一点点膨胀起来，但是无论它怎么膨胀，我的身体还应该有一部分是清醒的，好提醒我还没有变成众多包裹中的一个，被堆在这个站台或那个站台上，这个仓库或那个仓库里。

于是，我现在注意到了身边出现的嘈杂喧闹声，和一次又一次几乎快要把我震碎了的强烈震动：挤、拽、推、敲、搬，这令我在包裹里蜷缩得越来越厉害，真希望我可以变得重一点，变得像沙子一样重，如果可以的话，最好变得像铁块或石头一样重。那样我就不会滚动，从而把骨头压碎，更不会从高处摔下来，把骨头摔碎了。我意识到自己蜷缩在一个箱子里，被放在通往埃及的运送垃圾的火车行李架上，我也知道自己是在吉萨站被放上来的。我的计划里面，就是利用火车从吉萨到阿斯旺[①]的时间好好睡上一觉，这样就不用经过买票剪票，或者事发被带上枷锁扭送到警察局去。这是一段不错的旅程，大概要四十八个小时，要是火车在同一线路上折返往复，时间还会更长，折腾得我无聊透顶，身体疲乏，许久之后才会有睡意，虽然强烈的睡意一直住在我身体里不曾消停过。我必须藏在箱子里，这样箱子才能留下来，我也会变成一件不能审判也无法苛责的行李。那样的话，这个箱子才能一直待在架子上，直到主人把它拿走，或者自己离开。

在某一个凄惨而神奇的时刻，我脑子里突然闪现了一个念头，抱着随便试一试的心理，我毫不犹豫地那么做了。这是个悲惨的仙境呢？还是个仙境般的悲惨呢？我不知道。但我知道，那个时刻，我心灰意冷，万念俱灰，一心只想从这个世界上彻底消失，不留下任何关于我的记忆和印记。当时正是科普特历五月[②]中旬，寒气刺骨，后半夜才刚刚开始，我手里提着这个装满破旧衣服的大箱子，冷得浑身哆嗦，牙齿几乎要扎进舌头里，口中嘟囔着莫名其妙的胡话，我在通往拉美西斯广场[③]的共和街上贴着人行道的墙往前走，尽量避开地上的水洼和稀泥。那个广场是个永远的避难所。鉴于我手上提着一个装满衣服的大箱子，那我应该是在旅途中，任何一个见到我的人，无论是

---

① 埃及南部城市，著名阿斯旺大坝所在地。属于通称的“上埃及”地区。

② 科普特历法的五月大致相当于公历一月份。

③ 拉美西斯是古埃及著名法老。拉美西斯广场是开罗最拥挤广场之一，也是埃及火车站所在地。

警察还是熟人，都会这么理解的。并且去拉美西斯广场，也让我无须解释为何走在这条街上。这条街上大家都藏在非常安全的地方，小虫子也不例外。至于站在埃及站广场上，走在启程远行和回家的人群中间，则可以让我暂时避开所有人的目光。除此之外，我想到了自己经常投奔“铁门”[①]的另一个原因，也许就是我感觉它可以随时将我送回故乡。尽管我几乎就住在铁门这里，每晚也必定回来，然而每当我走近它，都会欣喜万分，仿佛来到这里就意味着很快就能见到亲人朋友和儿时的伙伴了。

车站广场空无一人，入口也寂静无声，闪亮的雨点敲打着宽大的彩色石板，路灯光彩昏暗，五彩的霓虹灯柱在地面投下影子，仿佛漫步在一片明亮的灯光海洋中一样，车站的自助餐厅也看起来门庭冷落，门前摆着铺着镂空格子台布的桌子，桌子周围放着有金属扶手的皮椅，桌子上面摆着烟灰缸，但都没有人坐。但是如果你透过大窗户往店里看的话，就会看到里面坐着好多顾客在喝着咖啡、品着茶、抽着香烟，有些人专注地读着报纸，另一些人则打着呵欠、伸着懒腰、不停地看着手表。餐厅门前——紧挨着火车站台栏杆的地方——有个小报亭，售卖报纸、香烟和冰镇汽水。报纸、杂志和书籍全都摊在地上，或者是搭在金属架子上。报亭主人穿着一件帆布大衣，带着一个粗糙的上埃及[②]头巾，外面裹着一个大羊毛围巾，坐在狭窄的报亭里面的角落里吆喝着，只能看见一个大脑袋，上面镶嵌着两颗暗淡无神的眼珠子和一把被烟熏黄的胡须，像极了还没熟的玉米棒子上的须儿。站台上那些象征性的寒酸的大铁门全

① 埃及火车站旧称“铁门”站。

② 上埃及即埃及南方，相对于北方来讲就是乡下。

都关上了，门前一个人也没有。

我走进了那个灯海里的广场，左手提着包，右手举着一份旧报纸盖在头上挡雨，雨下得时大时小。那个包很昂贵，以至于我把它看得比自己都重要，我记得它是很久以前我从一个朋友那借来的，我承诺从城里回来的时候就还给他。然而从那以后我就再也没见过他了，所以我就把它据为己有，一直跟我到现在。这个包的材质很罕见，是一种很厚的漆布，但是却像天鹅绒一样柔软，据说这种布叫作绒面革。这个包的设计初衷就是装得下远途旅行的一家人的行李，而且它的特点就是只要能把东西用心压缩一下，其外观看起来和单人旅行包差不多。如果你想把它空间变大的话，就解开箱子外面的那圈扣子，它的长度就像个麻袋了，但仍然很协调很美观。肋条和金属头儿非常结实，人踩上去都没事儿。如果这个箱子被好几个普通袋子才能装下的东西塞得满满当当的话，也可以用两个对着的拉链拉上，它们刚好在中间的位置汇合，然后再拿把小锁把两个拉链头儿锁在一起，上面还可以再绑上两根有小挂钩的带子。

箱子在我手上时被压缩成了小包，里面只有我为数不多的几件破烂儿衣服。我拎着它走在广场宽阔的站台上，像个在候车的旅客一样。当时我什么打算也没有，脑子里什么想法也没有。但是当我稍稍走歪了，朝着车站大楼里一个屋顶走去时，我走进了一扇拱门，然后进入到了一条有圆形屋顶的走廊，走廊尽头往两边各有一条与之垂直的走廊。除了一个穿着松松垮垮的黄色套装的人，再也没有别的人了，我猜他要么是个邮差，要么是个仓库管理员或者从事类似工作的人。他拖着两条骨瘦如柴的腿朝着我走过来，一只手里晃着一串钥匙，另一只手里则晃着一根点燃的香烟，冉冉升起几缕烟雾。我走到了对面的过道，往左边看去，看到了一个小房间，里面摆着一张桌子和一把椅子，还有一个老头儿，两只胳膊放在桌子上撑着脑袋呼呼大睡。房间门上挂着一块铜牌子，上面写着：加急。门前有一片空地。我往右边看去，看到了一个站台一样的地方，它前面停放着几节货物火车上拆下来的车厢，在铁轨上摊放着。站台有两扇门和四扇绿色的窗户，全都紧闭着，还有三把长方形的木椅子，它们不仅有靠背还有扶手。其中一把长椅子上躺着两个身穿蓝色衣服的男人，他们胸前都挂着一块刻着数字的铜牌，我猜他们应该是搬运工。站台的顶棚是人字坡，但是雨水还是随着阵阵风透过木板中间的缝隙里飘了进来，于是站台像被水冲刷了一遍一样，椅子也湿透了，我奇怪的是，这么冷的天气里那两个搬运工怎么还能睡得这么沉。

我找不到一个能免费坐的位子，哪怕是坐上几分钟放松一下双腿也好。于是我坐在了对面第一把长椅上,把包放在身边。多年以来，我在亚历山大和开罗之间辗转，早就养成了在任何地方任何时候只要一坐下来马上就能睡着的习惯。只要我的身体一找到支撑点，马上就累得像垮塌的山体一样倒下去。哪怕是坐在我想要应聘的部门主管面前，我也会感到这样的沉重在我身体里蔓延，眼前的世界越来越暗，天空灰蒙蒙的一片，就像大山的影子一样一下迅速逼近，一下又火速退回，就在这进进退退之间，和我谈话的人脸上的阴影散去，我只能听见他单调的声音，马上这个声音在远处响起来，一会儿又退了回来。我艰难地睁开眼看着和我说话的人的脸，想看看能不能从他的表情里找到任何结束谈话的意思。至于谈话的核心内容，我认为我并不感兴趣，我也不会为错过它而后悔，因为在听之前我早就知道，最终的结果无非就是种种诸如机构臃肿或预算紧张的借口。唯一与我有关的就是这个暗示对话结束的一瞥，这样我就能稍微休息片刻，睡上三四分钟。如果和我谈话的那个人很慷慨，或许就会出于安慰，给我要杯茶或冷饮，我就可以稍微慢点儿喝着，一方面是为了表示知足，另一方面则是为了拖延一点时间，好继续在那柔软的皮椅上多休息一会儿。通常和我说话的人都会毫无怨言地任由我拖着时间，因为我没有让他伤脑筋，没有争辩什么，而是非常坦然地接受了结果，包括他可能无意吐露的那些伤人的字眼儿，因为他的谈话我压根就一个字都没听进去。

雨点放肆地鞭打着我，就好像有人故意用它们瞄准了我的眼睛一般，全都落在我的眼镜片上，挡住了我的视线。我使劲眯着镜片下的眼睛，看见了从货车上拆下来的那儿节车厢，它们看上去是个坚固的避难所。然而我连起身跳下站台的力气都没有，更别说爬上某个车厢，藏到里面去。我的视线重新回到了躺在对面长椅上的两个搬运工身上，我看到其中一个在蓝色长袍外面还套了一件厚胶布夹克，布料就像是帐篷布一样，也像极了我的箱子的布料。于是我想，要是这个箱子是件夹克该多好啊，那是我此时此刻最需要的东西了。接着我又想，要是这个搬运工能够用他的夹克来交换我的布包该有多好。可我马上毫不留情地否决了这个念头。我试着把腿往前伸直了，给身体找个舒服点儿的姿势。显然不会有任何人觉察到我的存在，至少三四个小时之内我不会被赶出这个地方。我坐了起来，整个身子全都躺在椅子上，用箱子垫着头。尽管我缩成一团，把下巴埋在膝盖中间，但还是冻得直哆嗦。讨厌的雨点肆意地敲打我，几乎要在我身上刻出一块屋顶瓦片，灼热刺痛，令我根本无法入睡，我只好哆嗦着坐起来，绝望卷缠着愤怒裹挟着我。我感觉走起来还要好一点，至少能暖和一点。于是我拿上包，准备离开。我的脑海里突然闪现出它被彻底展开的样子。我感到我内心深处舒展灿烂地笑了。于是我重新坐了下来，把箱子展开，它变成了一个大麻袋的大小。我把它彻底展开，想要把它披在背上。我这么做了，但突然又觉得如果把它从背后穿上会更好，于是我把头钻了进去，接着又轻轻地把肩膀也钻了进去。于是它被撑得更大了。我尝试着这样入睡。然而我又意识到，可以把屁股也放进去。于是双腿也钻进箱子里，整个身体全部都陷了进去，并且在里面我还能扭头和抬手，甚至可以随心所欲地转身，就算这样箱子本身也纹丝不动。我把脚底下的衣服抽了出来，叠好之后放在脑袋下面当枕头，接着我把鞋也脱了，垫在衣服下面让枕头更硬实一点。我两只脚紧紧地并在一起，用左脚的一个脚趾头推着拉链头在拉链条上流畅地滑上来。当拉链头稍稍上来了一点，到了我能用手够到的位置，我伸出两个手指分别从外面和里面两边捏住拉链头把它拉了上来。于是从下面一直到胸口的位置都封上了。我可以伸手去把脑袋下方那个拉链头也拉下来，但我觉得没有这个必要，因为箱子的两头是完全缝合的，就像是奥西斯[①]在历史大背叛仪式上躺在其中的那个密封的棺材一样。雨水再也飘不进来了，但是空气还是可以在我头上找到缝隙钻进来。一切都安静了下来。微弱的灯光穿过拉链锯齿状的缝隙钻了进来，在我的胸口画出一条条

① 奥西斯是古埃及神话中的死神、地狱判官。

弯弯曲曲的线，仿佛鳄鱼美餐之后张开大口，吸引小鸟来为它清洁牙齿上的食物残渣。

我本以为温暖能让我入睡。但似乎几分钟前还在偷袭我的睡意已经离我而去了，并没有跟随我一起进到箱子里面。我的大脑现在一定带着我那还清醒着的一部分理智围绕长椅站着，准备随时提醒我有人侵犯我。我特别感激这个伟大的箱子。我愤怒地想起来，在过去的很多年里，对于各种箱包我都是厌恶的。因为它们是我肩上最沉重的负担，压得我喘不过气来。我每次一抵达任何一个安全的地方，第一个愿望就是放下包空手走，除了自己身体的重量再也不想有任何负担。我每次一抵达任何一个安全的地方，脑子里的第一件事情就是脱下臭袜子用水洗洗，再洗洗磨破的脚趾头……

我看向一面干净的大镜子，看到自己对面有一个头发开始斑白、脸庞开始褶皱的中年人，他脸颊凹陷了下去，脸上没啥血色。从他身上我看到了很多好久之前我就开始在脑海中想象的我将来的面容。我似乎有个妻子和几个孩子，尽管我没有任何关于他们的记忆了，不管是样貌还是名字，都不记得了！我似乎折腾许久之后，有了一份稳定的工作，好像是一家国有企业的文员！在我看来，公司类似大迈哈莱[①]或者卡福尔·达瓦尔[②]精细纺织公司。我从小就一直梦想进入这两家公司中的任何一家工作。那面镜子突然变大了，于是我从中看到自己左肩

① 埃及西部省著名工业城市，纺织工业重镇。大迈哈莱的结构，类似中文的大马家庄、小马家庄。

② 埃及大湖省著名纺织工业城市。

上挂着一个漂亮的皮包。我穿着一套优雅的套装，胸前有个口袋，从其边缘露出一块三大金字塔[①]形状的彩色毛巾，毛巾末端夹着两只 Parker 笔，一支水笔，一支干性笔。看到这些东西，我马上想起来，自己正要去赴一个似乎很重要的约会。马上，我想起来我是要去见一个人，可能是某位部长，也可能是别的大人物。紧接着我又想起来，我在一家著名的流动报社担任编辑，我已经在这工作好多好多年了，以至于现在都想不起是什么时候开始的了。我可能是要去对一位政府高官进行新闻采访，我现在担心的事情是，目前为止，我还没有确定好采访的主题，也没想好要问的问题。也许就是因为这个原因，我恼怒而焦躁，快要发疯了。我强忍着愤怒，开始努力构思几个通用的要点，又或者想几个能够引出话题的开头也好，然后我就可以像往常一样，把接下来的交给临场发挥，通常，临时想出来的反而更令人惊喜。但是我还不知道自己要和谁聊呢，我感觉头都快炸了。我想要摆脱面前镜子里的那张扭曲的脸，写满了忧伤和厌恶，每一下眨眼都像刀子一样在刺痛着我。他的下巴胡须浓密，白色、金色、灰色的胡子混杂在一起。我的下巴也感觉有些痒，我用手掌心挠着那些扎人的胡子。在我的内心深处，我知道，并且确信我现在能够从中看到自己的这面镜子是装在大衣柜里的，我多希望家里也有一面这样的镜子啊。一股清爽的香水味扑鼻而来。我现在应该要离开了，有很多模糊不清却紧急万分的事情在召唤着我。我站在镜子前往后退了几小步，镜子似乎变得更大了，它大得似乎可以盖住一整面墙。于是镜子里马上变得不止我一个人了。出现了几个面对着我坐在竹椅或包了层

① 三大金字塔即著名的吉萨三大金字塔，其中胡夫金字塔最为著名。

皮料的木椅上的人。旁边还有一个男人坐在一个靠背很高的椅子上，他的手肘搁在椅子旁边的扶手上，胸前挂着一块白色的大罩衣，罩衣的一头围在脖子周围，整张脸都被肥皂泡沫覆盖住了，另一个男人站在他身后，衬衫和长裤外面套了件白色的袍子，头发梳得整整齐齐油光发亮，脸颊红润，咧嘴笑着，手里握着刮胡刀游走在坐着的人的脸上，刮胡刀经过的地方，皂沫儿褪去，露出红润白皙的皮肤。刮胡刀下坐着的那个男人用锐利的目光注视着我，那目光里大多是友好，还带着一点点隐隐约约的怀疑。突然，他特别粗鲁地对理发师开口了，话语中还带着点试探和玩笑的意味，但并不轻浮，也不讨厌：

“古人说，万物的结局都是一样的，这句话说得真对。”

理发师掸去了嘴唇上悬挂着的笑容上的灰尘，说：

“当然！当然！后来就再也没有这样的名言了，只剩下‘门槛是玻璃做的，阶梯是塑料做的’[①]、‘困境中的沙乃布’[②]‘巴拿巴夫人’这样的作品了。”

剃须刀下坐着的男人说：

“天呐，你说得对，师傅。他们给我们带来了失败，他们现在的任务就是清除我们，清除我们仅存的那一点智慧。”

理发师用意味深长的语气说：

“我们的家园，和其他的东西，全都被榨干了。消耗战！他们肯定是为了榨干我们！”

剃须刀下坐着的男人说：

“他们的目的是耗尽敌军和他们的武器弹药，摧毁他们的

---

① 埃及歌唱组合“快乐三人组”演唱的歌曲之一。

② 埃及著名喜剧电影。

力量，好让他们没法参加决胜之战。”

“尊敬的先生，决胜之前之后，分别是什么呢？”

“战争结束了，和平就到来了！很遗憾，现在的时代还弥漫着浓雾。”

我们都笑了，理发师戏剧性地把头埋进了颤抖的双肩中，他们中的一个评论道：

“挫败我们的人已经死了，来了一个用桩刺酷刑折磨我们的人。”

另一个人说：

“有时他们也把现在的浓雾叫作安逸，萨达特总统每年都说那是安逸的一年，尽管他自己也抱怨浓雾，也许和他本来开货车有关。”

“浓雾阻挡了司机的视线？哈哈！”

理发师这么回答。一个好像有辆卖焖蚕豆的小车的男人接着说：

“在一个秃子头上找头发的人真是太可怜了。”

“今天之后，你们就不要期待有好日子过了。秃子的脑袋只能用来敲打听个响儿喽！”

我们哈哈大笑起来，他旁边的一个瞎老头说：

“想用斧头上的铁熬出肉汤的人真可怜呢！伊本·阿鲁斯[①]是这么说的。”

理发师喊起来，但是却又好像是在鼓励人们继续畅所欲言：

“大家够了！可别把我们都送进监狱了！”

好像有辆卖焖蚕豆小车的男人说：

---

① 埃及民间传说中的著名喜剧人物形象。

“放心吧，监狱已经拆除了，现在靠的是绞肉机，谁站在它前面挡路，立马就被剁碎，难道国家还需要监狱吗？还需要为此头疼吗？”

我们忍着不笑出声来。理发师仔细地把下巴刮干净之后，就开始拔除耳朵里的细毛儿。我们都突然地陷入了嗡嗡响的沉默，就这样一直持续了好一会儿，那个男人还在用锐利的目光盯着我，现在目光里又带着点悲伤和愤怒的嘲讽。

我不认为我认识他或者以前见过他。同样，我似乎也不认识这个理发师，以前也从来没来过这家理发店。于是我努力地擦亮回忆，想要挤出一些信息。我几乎都快要从空中找到并抓住然后去理解这些信息了，就像人们说的那样，然而它们又飞走了，从我的视线里消失了。

我觉得自己是来这里剃胡子剪头发的，并且为了赶潮流，我也要像这些坐着的人那样，把鬓角的头发剃掉，他们已经长得好长了，一直长到了太阳穴的末端。店里刚好还有一把空椅子，好像在等着我似的。于是我后退着朝它走了过去。刚一坐下，我马上就想起来，我刚刚在这个位子上坐了一小会儿，接着又站到镜子前看了一下自己的脸。然后我明白了，我可能是为了某个重要的场合，特地来这个豪华的理发店打扮一下自己。马上，我也想起来，从这个理发店出去之后，我就要回到我的家乡向一个素未谋面的姑娘提亲，我只是听说她会是一个体面的新娘。坐在理发椅上的那个男人已经理完发了，他摸着光滑的下巴，朝我走过来，身后跟着三个小孩儿，用刷子给他的脖子扫碎发。他伸手向我问好，我站起身也向他问好。他对我说：

“你好！你是某某某对吧？”

他显然很有教养，并且对我也很亲切。

我说："对，我就是。您有何吩咐？"

他又热情地打了次招呼：

"你显然已经忘记我了。"

我用掺杂着羞愧、怀疑和不安的语气说：

"我眼力不好，请原谅！毕竟岁月不饶人啊！"

他似乎在寻找什么东西，能让我清楚地意识到事实：

"难道你不想要回你的箱子了吗？"

我的关节潜入一股凉意。尽管如此，我还是感觉到额头上汗如雨下。他指着一把理发椅笑着说：

"你继续吧，我就在理发店对面的那家咖啡馆等你，我们一起喝点茶，抽两块水烟石。岁月啊！"

他塞了不知几皮亚斯给理发师和那几个小孩，往门口走去，而我朝着椅子走过去。门上的金属帘子发出叮当的响声，他从中穿了过去……

我看见自己跌跌撞撞走在一条繁忙的大街上，很可能是阿比丁区的果园街[①]，是的，确实。能证明这一点的就是街上那个隐蔽的拐角，冷不丁从主街轻巧地突出来，形成一条狭窄的小巷子，它就像是两排古老高楼中间的一根长条，大楼精巧的飞檐、明亮的窗户和厚实的阳台，在那个时代都是无与伦比的，隐约可见一丝残余的庄严。这个魔幻的拐角很不起眼，很容易错过。你以为你还走在果园大街上，却突然发现周围一片安静，

---

① 果园街所在的阿比丁区，是开罗著名城区，聚集了众多部委机关和外国使馆。

某种神秘的力量让嘈杂的喧闹声渐行渐远了，汽车的喇叭声、小贩的叫卖声、行人的喧哗、作坊铁锤的敲打声也全都消失了。没有了尘土、垃圾、下水道反味儿，取而代之的是格外干净的像是清真寺的地面，宽大交错的石板，看着像大理石或其他类似的材质。各栋楼房的大门突出着，阳台上太太们倚靠着飞檐，丰满的胳膊肘儿就像挂在够不到的枝头上的芒果、梨、苹果和杏子。她们和对面的邻居们在亲密地轻声说着家长。飞檐上挂着五颜六色的绳子，绳子上面滑动着篮子和纸盒子，用来装信，各种小东西和互相借用的物件儿。沿着巷子的两边全是晾衣绳，上面挂满了色彩缤纷、各式各样、大大小小的衣服，就像一面面和平的旗帜在空中飘扬，还散发着肥皂的香味。在阳台的飞檐后面，是长方形的门和窗户，百叶帘半开半掩着，露出厚厚的天鹅绒帘子，然后是轻薄的纱帘儿。如果厚天鹅绒帘稍稍打开，隐现薄薄的白色纱帘儿，就像风撩起了少女的衣服，闪现透明的勾人的内衣一角。乌姆·库勒苏姆的歌声从一家的阳台飘进另一家的窗户，也飘到商店的货架上，歌里唱着“月华初上的夜晚，我向谁去？这就是爱情啊……”

这条巷子像口袋一样深，我非常了解它，甚至迷恋它，我一生中最大的梦想就是住在这里，或者和一群儿时的小伙伴坐在某扇大门前的椅子上，或者坐在地上。我实在是太希望这样了，以至于我都不知道自己是确确实实住在里面，还是我俩的关系就只是我一厢情愿的梦想而已。我不知道是什么时候第一次发现这里的。我相信一定是它牵引着我来到这里的，我一走进这里，就好像进入了一个希望的子宫。这似乎是一趟我周游许久之后最终一定会踏上的归程。似乎我的兄弟姐妹们在阳台上正焦急地等着我的到来,看到我走进巷子便兴奋地手舞足蹈。似乎我的母亲正睡在一张柔软的床上，这张床肯定就摆在某个阳台的门后面，被厚厚的窗帘挡着。很快，我兄弟姐妹们的尖叫声高亢起来，把母亲也吸引到阳台上来，确定我是真的回来了，哪怕是“连侯奈尼的两只鞋也没带回来”。①

我肯定母亲变胖了一点，带着手镯，因为长久坐在垫子上而屁股浑圆。兄弟姐妹们的面孔一定越来越像母亲。姑娘们像金发贵妇，男孩们则朝气蓬勃地在巷子里四处喧闹。他们肯定像过节一样迎接我，然后我们一起坐在大阳台上，三三两两一起，任清新柔和的空气拂面，沐浴着阳台上的灯笼发出的暗淡灯光，灯笼上方的屋顶就像帽子一样扣在上面。他们肯定会缠着我，让我讲如何刷夜，如何在异乡街头茫然游荡。他们肯定会特别感动，特别是我的那些姐妹们，她们会为我遭受的失败，以及数倍于此的苦难而哭泣，我也会忍不住哭泣，但我会在母亲从厨房端来亲手泡的茶之前快速地擦干眼泪。我会在她面前故作开心地笑。我会用眼色示意刚刚听了我故事的人，让他们装作什么都没听到，就像给一个东西扣上陶罐一样。到时候我的内心深处肯定是高兴的，因为我暂时摆脱了那些忧愁，因为我发现有人在同情我，在替我分担。有那么一个人能够与你感同身受，能够重视你，这是件多么美好的事情啊！那就是传说中的亲兄弟啊，但偏偏有人说：兄弟，不一定要母亲所生……

所谓愿望，即使再美好，即使无法实现，也会让愿望的主人获得广阔庭院中的一角。这个角落，或者能容下某个奇迹，或者

① “带着侯奈尼的两只鞋回来”是阿拉伯语著名典故，故事大意是为了捡两只鞋把骆驼丢了，因小失大。

最终变成一条细线，然后随着时间的流逝，这条细线会越来越结实。当我像个与家人走散了的迷路的小孩一般，漫无目的地在这个巷子里来来回回游荡的时候，我总是这么对自己说。我手中的旅行箱依旧保留着昔日的辉煌，锁链顺滑光亮，手柄结实坚固，能够装下我所有的衣服、刮胡套装、书本和一条褪色的磨得角都没了的毛巾。这就是我从亚历山大带来的残余的一些衣服。

那些日子里，我有份稳定的工作，拿着固定的薪水和额外的佣金，但后来我愚蠢地放弃了这份工作，傻乎乎地去追求从事新闻文学工作的梦想。这个箱子也是亚历山大留给我的另一个恩赐,它现在的样子变得很配一个从事文学工作的人的身份。它并不沉，但也不轻。每走几步，我就把它从右手换到左手，再从左手换到右手。我好希望随便找个地方放下它，随便找个方法摆脱它。我提得太累了，太累了，太累了，一个好多天流浪街头没有睡觉的身体怎么能够既要支撑起自己身体的重量，还要拎着一个箱子夜以继日地寻找安身之所呢？突然，我感到一阵头晕目眩，只能努力控制着自己不要晕倒在马路上。

通常我会走到最近一家咖啡馆的人行道上，尽管已经累得筋疲力尽了，但我还是瞄准了一个远离服务员视线的椅子，如果这把椅子要是在咖啡馆和隔壁商店之间就好了！那我就可以瘫坐在椅子上，用手掌撑着头缓口气，用力把双腿蜷在椅子下面，好让血液滞留，不再流汗或胀气。袜子的恶臭味潜入我的鼻孔。我开始在心里默念开篇章，祈求安拉保佑服务员尽量晚一点再发现我。可能他偶尔也会从我身边经过看我一眼，但我会努力用坚定的眼神让他们误以为我喝了东西买了单正准备起身离开呢，一旦他走过去了，我就再找各种理由迟迟不起身，比如故意解开鞋带再重新系上，或者打开箱子，假装忙碌地瞎弄，或者把头靠在椅子扶手上，或者故作高傲，用强力的眼色示意服务员停下来，然后彬彬有礼地向他要杯水，一旦他转身离开，我就马上站起来悄悄地混进拥挤的人群中。

现在的问题并不是疲劳，也不是需要找块地躺下来，而是我想换衣服，因为如果我等到晚上再换的话，那我必定会被警察抓起来的，因为我现在的样子和捡烟头的流浪汉或者打铁学徒差不多。也许现在我全身上下最重要，最值钱的就是这副绿色镜片的眼镜了。并且我身上的衣服，除了脏之外，味道也实在令人无法忍受，因为我前些日子穿着它要么睡在紧邻城区的农场地里，要么睡在餐厅仓库装货的麻袋上，要么就是睡在咖啡馆的屋檐下面，所以它上面到处都是饭汤的污渍，仿佛是被铝厂工人或煤矿工人的千斤顶弄脏了一样。我感觉它现在像是一件很厚的坚硬皮衣一样。我知道箱子里根本没有干净的衣服，但我也还是要脱下脏的，换上一件不那么脏的。但是我可以在哪里换呢？我可以像以前习以为常的那样，找一间公共卫生间，拿着箱子进到里面一间厕所，不一会儿就换上衣服出来了。此时此刻，我不知不觉地就被带到了这条巷子，仿佛它是在挽留我一样。也许，安拉的心就藏在这儿的某个角落里。

这条小巷里有三家店，第一家在右边，它外面的样子俨然是在诠释着一种逝去的荣耀。它的橱窗上挂着一块牌子，上面用大大的三一体[1]写着：费提·阿扎齐“御用熨衣工”。整面

---

① 三一体为阿拉伯语书法体的一种，字型复杂，字体雍容华贵，有“阿拉伯书法之母”之称，多用于书写中堂、条幅、匾额、《古兰经》的书名和各章节的标题，以及建筑物上的装饰文字。

橱窗都刷上了绿色的油漆，但是因为常年日晒雨淋，颜色已经很淡了。进门左手边，有一个像针线博物馆的橱窗一样的玻璃展示柜，但是除了最底下堆着一堆衣服，有的是干净的，有的是脏的，其他的什么也没有。橱窗内侧摆着一条像医院的移动手术床一样的长凳子。橱窗后还站着一个高个子男人，似乎有点驼背，褐色皮肤中还带着一点点灰，就像鲶鱼的颜色一样；脸很长，刮得干干净净的下巴像个煎锅，脸上爬满了密密麻麻的皱纹，就像是“翻云覆雨”过后的床单；嘴唇很厚，并且下嘴唇还要比上嘴唇丰满得多，它往下垂着的样子格外引人注意；牙口破败，上颚有两颗相距遥远的门牙，下颚的四颗牙齿全都是茶锈烟渍。右边熨斗旁边的杯子里，茶水永不枯竭。好莱坞香烟在长凳上面烧出了好多个黑点，尽管他总是小心翼翼地把烟放在轧平机边上，然后当他再次找烟抽一口的时候，却只能在轧平机下面的木板上找到它。店铺很宽敞，右边的角落里还有一把凳子，一个年轻的学徒正坐在上面工作。左边角落里，在第一把长凳后面有一个半砖砌成的小房间，门上挂着一块黄色的亚麻布窗帘，里面放着一架静音瓦斯机，靠一根弯弯曲曲的长管子与远处的燃气箱相连。燃气箱上有个大阀门和一个木质的挤压手柄。红红绿绿的火苗在丝网下面嘶嘶作响，丝网上面摆放着四个熨斗。

第二家店是家干净的欧式杂货店，它的大门就像平常家庭的门一样，没有一点商店的样子。但是如果从内部看上一眼，你就会诧异于它井井有条的格局、一尘不染的清洁，架子上的东西总是变化，玻璃门，抽屉，就像药店的货架一样。橱窗上挂着一块小铜牌，上面写着“蓝色多瑙河”，下面还有几行希腊字和英文。不用等到巷子里的居民开口，这家店的外观就已经告诉我们，老板本来是一个希腊人，但他和其他外国人一起被驱逐出去了，于是店铺的产权就转给当时给他打工的工人，可能就是总是像个总理一样坐在店内靠入口处大桌子前的那个威严可敬的先生。他坐在那里收钱或者开小额支票，每隔一会儿，他就会用手调整一下鼻子上的金框眼镜，以展示那枚镶着红色玛瑙的大金戒指，他会用多门语言一本正经地和顾客交谈，从来不笑，也从来不开玩笑。店铺从外面看的话，尽管没有绚丽的广告，却总是在诱惑你进去，因此，我常常看到人们艳羡地走进去，卷上一两支，像是一些迷失的瘾君子突然看到一些从来想都没有想过的品种一样。第一次看见那位威严的先生的脸时，我就知道，绝对不可能跟他赊到账。所以我通常都是进去转转就离开了。最滑稽的是，他也习惯了我这样做。他看着我，我就打声招呼，他也十分认真地回复我，他问好的时候腰都几乎弯到了九十度。

至于这条迷人小巷中的第三家店，即最后一家店，则是家奶制品店，它的店牌上写着“本地特产”，画着一头奶牛和一头水牛站在沟渠旁边的树下，周围是碧绿的田野。自从有了这家店，你只要一走进这条巷子，立马就能闻到鲜奶、酸奶、奶酪和蜂蜜混合的香味。它的老板是一对双胞胎兄弟，他们中一人看店值班的时候，另一人就休息或者采购。商店里有一个大玻璃柜台，同时，它也是个超级大冰柜，里面放着店里所有种类的集锦。柜子旁边有两张桌子，都铺着整洁的桌布，供客人坐在上面就着热牛奶吃点烤面包片。

这是我生命中第一次看到这样的双胞胎，除了职业一样之外，再也没有相似之处了。并且，他们中的第一个面容英俊，另一个的脸则丑得像猴子一样，然而心地却比第一个善良的多，而且高高瘦瘦，第一个却矮小臃肿。第二个人声音细柔，第一个却声音粗犷。声音细柔的这位喜欢唱歌，时常自己低声哼着穆罕默德·甘迪勒[①]和阿卜杜·穆特里卜[②]的歌。声音粗犷的这位则只会絮絮叨叨，或者和保守的顾客们互相讲些粗俗的笑话，顾客们总是嘲笑他而不与他正面冲突。他叫“哈桑”。那个高高瘦瘦的叫“侯赛因”，店名也是“哈桑和侯赛因兄弟店”[③]。这两个名字的组合，总是成为整条巷子善意的笑柄，而且“哈桑”和“侯赛因”这两个词刚好对应画中的水牛和奶牛，所以有些别有用心的顾客总是问哈桑同一个问题：“哪个是水牛？哪个是奶牛？”哈桑已经习惯了爽朗地大笑着回答：“够了，哥们儿。”要是某天我的口袋里有了十皮亚斯的横财，就会在傍晚时分趁侯赛因在的时候，到店里去喝杯满得快要溢出来了的鲜奶，上面是一层赠送的奶皮。至于烤面包片，侯赛因则是不收钱的，或者你说多少就多少。但是哈桑就相反，他简直锱铢必较。

我绕着熨烫店晃悠了好久。然后我停在了门上的玻璃柜前，好看清垂直玻璃板上刻着的很小的重叠的红字：湿洗、蒸汽干洗、上色、可送货上门。当我看到“湿洗”这个词的时候，我

① 穆罕默德·甘迪勒（1929—2004），埃及著名歌手和影星，深得乌姆·库勒苏姆的赏识和提携。

② 全名穆罕默德·阿卜杜·穆特里卜（1910—1980），埃及著名歌手和影星，擅长演唱本书题目中的“回旋曲”。

③ 哈桑和侯赛因是历史上著名的兄弟组合，“侯赛因”的字面意义就是“小哈桑”。

的心几乎要跳起来了，然后我冲进了店里：

“你好……你好……”

“麻烦你一下，我有脏衣服要洗。”

“好的，我们竭诚为您服务。”

那个老头这么说。接着，他说：

“孩子，过来招呼一下这位贝克爷。”

然后他从容地打量着我，好像是在提醒我，出于品味和慷慨，他才给了我“贝克”这个称呼，其实我根本不配。但是他黯然迷离的眼睛里透出的善意告诉我，他这么做是想鼓舞我的士气。我笑了。那个小学徒只是应着：

“来了，哈吉[①]！”

但待在原地没有挪动半步，于是老人冲他呵斥道：

“小子，快过来招呼贝克爷。”

那孩子嘴里含着满满一口水吹泡泡，咕噜着说：

“来了，费提哈吉！来了，师傅！”

似乎这次孩子的语气让费提师傅满意了，所以他决定不用孩子干了，他把熨斗放在案板上，用那被烟熏得蜡黄的细长手指指着我手中的箱子说：

“先生，给我看看吧。”

我把箱子小心翼翼地放在柜台打开，他盯着我身上穿着的衣服，仿佛在用那满盈的嘴说：“你自己也需要洗一洗了。”我只好借机指着自己的衣服，带着一丝歉意说：

“以前这些衣服都是我自己洗。”

---

① 哈吉是一种加在名字前面的尊号，通常是去过麦加朝觐的人才有此殊荣。

他豪爽地说：

“为什么不呢？脏衣服不会拒绝的！我们也绝不会拒绝的！”

我有点犹豫地说：

“现在的问题就是我得找个地方把这些衣服换下来。”

他用肘儿指着身后的机器房间说：

“进去换衣服吧，你随意一点，把帘子放下来遮着就可以了，你慢慢来，不用着急。”

我毫不犹豫地拿着包走进了那间屋子，放下门帘，打开包，我发现里面两件衬衫都皱得不像样子了，一件是 Shetland 羊毛冬季衬衫，另一件是半袖的夏季 Shourbagi 纱罗布衬衫。那件冬季衬衫要稍稍干净一点，因为冬天一结束我就把它脱下来了，并且它还是深色的，所以不显脏。因此，尽管天气湿热难忍，我还是必须穿这件。有三件背心和三条内裤，全都散发着霉味，我只好假装没闻到。此外还有两条外面穿的长裤，一条是灰色法兰绒羊毛冬裤，另一条则是土黄色的亚麻裤子，两条裤子都很肥，膝盖的地方还鼓了出来，闪亮的油污都快让它硬结了。我感觉换衣服一点意义都没有，于是便合上了箱子，走了出来。费提师傅说：

“您什么时候来取呢？”

我说：

“时间您定。”

他说：

“那就下周吧。”

我说：

“你慢慢来，我不着急。”

他有点怀疑地看着我：

“一切听从安拉的安排吧。”

我感觉他的舌头在嘴里转动，似乎想要伴着茶水把什么东西融化掉。我猜他一定是个资深瘾君子。我对他说：

“顺便说一下，我把这个包都放在你这里吧，这样你熨好之后就可以把衣服直接放在里面。”

旁边桌子上的水花溅到我的脸上。老头愤怒地瞪了一眼小学徒，然后代他向我道歉：请原谅……

我走出了干洗店，又走出了巷子，手里没有了箱子，别提有多高兴了。我终于摆脱了箱子，给它找了归宿，天呐，责任我自负。

下个星期，再下个星期，再第三个星期。一个月都快过去了，我还是没有回去取包，费提师傅肯定在咒骂我了。月末的时候，老天给了我两个惊喜：“苏丹之角”电台旗下的一份广播杂志，可能是由麦蒙·纳杰尔编辑并出版的《航空邮件》杂志，播出了一个由我编剧署名的时长五分钟的故事，为此支付给我了四埃镑，这可是一大笔财富，及时地松快了缠着我脖子的干旱的绳索，于是我用它买了一件新衬衫，马上去了“御用熨衣工”店，费提师傅热情而惊讶地接待了我，我把洗衣费给了他，还给了点小费给那个学徒，我买了茶和糖，用熨烫机上的蒸汽沏了一壶，还买了几根烟大家一起抽了。我也去了哈桑和侯赛因的奶品店，享用了由鲜奶、酸奶和纯白奶酪构成的午餐，花费不过毛毛雨而已。

我还经过了“蓝色多瑙河杂货店”，那位可敬的先生，我向他问好，他也半站半躬身回了我的好。多么隆重的一天！

然后鲜奶和奶酪就彻底干涸了。不知道过了多少个星期，这期间我完全都不知道钱的正面背面长什么样子了。于是我去拜访在广场街《金字塔报》报社工作的诗人萨拉赫·杰辛[1]，尽管我们已经好长时间没联系了。像往常一样，我捋着自己那乱糟糟的头发，他马上明白我是想理发和剃胡子了。于是他把那只能够创作精品漫画的小手伸进大肚子下面的裤子口袋里摸索，抽出一张面值五十分的票子递给我，我接了过来，开心地手舞足蹈飞奔而去。我马上花了五皮亚斯剃了头，紧接着又奔"御用熨衣工"而去，安拉突然给了我一个好灵感，我便花了十皮亚斯左右买了咸鱼和沙丁鱼、一堆大饼、柠檬和洋葱并带着过去。那天的店里仿佛是个宴会，费提师傅喝着茶，诚恳地说：

"你怎么不见了呢？你可以随时过来换衣服啊。

不管你有钱没钱，我是说真的！

我们是兄弟，生活里不分大小。"

我相信他，于是我那么做了。我每隔十天或者更少的日子就去他那一次，我在他那换衣服，把脏衣服扔给他让他帮我洗好熨好，我也不结账。为了消除破产留下的痕迹，他总是请我喝茶，请我抽皱巴巴的烟，偶尔还端上饭菜，但我都坚辞不就。我欠费提师傅的债务越积越多，以至于我的箱子加上里面的衣服也不够偿还了。

我的衣服破了，于是我从朋友马哈茂德·萨利姆那借了一套，穿我身上又大又长，我都假装没看到。然后他给我买了一

---

① 萨拉赫·杰辛（1930—1986），埃及诗人、演员、漫画家，具有左翼思想倾向。

套内衣，并介绍了三个和他一样都是来自杜姆亚特[①]的学生给我认识，他请求他们让我和他们一同住在伊巴白区的简陋宿舍里，他们也欣然接受了。从此，我就不再需要那个箱子来装衣服了，我也没有钱付给费提师傅，于是我渐渐地完全忘记了他。直到学期结束，那几个学生全都回家了，我便又突然重新回到了以前的状态：用额头乱撞寒冷的黑夜的岩石，手里提着一个学生嫌丑而丢掉的廉价胶布手提袋，里面塞着我所有的衣服，奔向漆黑的未知之地。

我的双脚仿佛被一根石碱草拴着，双脚一分开，草绳就伸开，双脚一并拢，草绳就缩起来然后重新伸开。我就像一个人在旅途当中，给养耗尽，孤立无援，不知所措……

我感觉大地在围着我旋转，光芒散开，我面前是一块金属帘子，街上的灯光从缝隙中穿进来。我的太阳穴上感到火辣辣的刺痛，原来是理发师把我的椅子转到了门的空白处，示意我可以下去了。于是我从椅子上下来，努力找回似乎已经完全消失了的脑袋，尽管我注意到，镜子的一角有一个长得很像我的人，在那抚摸着好像是我的头的一侧。然后我注意到理发师的手把我的眼镜递给我，于是我感觉光明又开始回来了，这个地方也渐渐宽了起来……

在正对着理发店的咖啡馆里，刚刚那个躺在刮胡刀下的男人一边给我倒茶一边说：

“天呐，好久不见！你的箱子已经成了我家里一个标志性的东西了，你能想象它还在阁楼上，放在一堆旧家具中间么？”

---

① 杜姆亚特是埃及北部尼罗河支流之一，也有同名省区和城市。

我看见自己走在亚历山大城的滨河大道上，手里提着一个比我的身体还要重的箱子。我还是个小孩，那个包里装着五十包洗衣粉，重五十多千克，我必须把它们卖到杂货店和农贸市场去，如果安拉怜悯我保佑我全部卖出去的话，那我就能挣五十皮亚斯了。似乎我已经拎着这个包走了好多年了，但是一包也没卖出去，所以那该死的重量一点也没有减轻。我好希望它有四个轮子，那我就可以把它放在地上拖着走了。我消瘦的身体全身上下都会汗如雨下，胃里也饥肠辘辘，喉咙里也干渴难耐。我看到前来消夏的人们举着汽水瓶痛快地一饮而尽，然后用云彩爆裂一样的声音打着嗝，而我买点豆子饼和素丸子的希望都全部寄托在我卖出第一包洗衣粉挣到一皮亚斯上。我在每一家店门口都要停下来带着农民式的羞涩问一遍："您要买洗衣粉吗？"得到的回答永远都是："我已经有了！"于是我只好拖着箱子走向下一家店，尽管我早就知道回答会是"我已经有了！"。

在一家我认识老板而且老板也认识我的商店门口，我累得饿得快要倒下去。我感觉这位老板每次看到我都很同情我，但他从没买过一袋，他向我坦白了原因，那就是他只在一个代理那里买这种洗衣粉，因为他还卖很多其他品种。他让我在门旁休息。于是我把包放在地上骑了上去。然而他突然对我说："嘿，卖花的，小子，你有一镑零钱么？"我说："没有！"他说："去找卖汽水的换点零钱吧！把你的箱子给我，总比放在大马路上被人顺走好。"我感觉他要我的箱子是做抵押。于是我说："好的，大叔！"我把包挪到了商店门槛里，拿上钱就往马路尽头卖汽水的小贩那走去。走了好久之后，我突然清醒地意识到我把整条街都走过了，我面前就是滨河大道了。我终于甩掉了那个沉重的箱子，高兴得打着转儿飞奔起来。我知道，那个杂货店主认识各家洗衣粉工厂的老板，我也确信他会打电话告诉他们这个消息,但是我就像突然之间毫无征兆被释放的犯人一样。我感觉到我和故乡亲人之间的距离已经变得很近了，很容易就能见到他们了。

“先生，请喝茶。不经意间你就已经长大了，而同时我却老了，这是第一次我没看到你手上提着包。”

我看到自己溜进吉萨站，混在一群要坐火车去上埃及的旅客之间，我手上拎着一个大大的臆羚皮包，它已经被我完全展开了。我淹没在一群女人中，看起来就像是一个替他们提包的搬运工一样。正因为这样, 大门处的一个职员送我离开, 还说:“快点回来啊！”我一个劲儿点头，没有转脸看他。我和这群妇女乘客并排而走。她们看起来像是一个由中小学教师和校长组成的教育代表团。我和她们一起进了火车门，然后离开了她们，一直走到了还没有完全坐满的二等座车厢，于是我把包放在了长方形的架子上,然后爬上架子坐在了上面。几分钟之后，每一个盯着我看的人都把我忘了,沉浸在了自己的私人世界里。车厢里以惊人的速度变得越来越拥挤，就像是宗教里的末日审判，我急忙巧妙地换了个坐姿，把我的四肢一点点地藏进箱子里，直到我整个身子都完全藏在了里面，然后我用手指拉动拉锁一直拉到我的头顶上，把自己完全锁在了箱子里。

“点上吧！”

我抓住水烟枪的头，茫然地抽了几口。巡逻警车的笛声在不远处的某个地方响起来，我害怕地往四周看了看。那个男人说：

“你怎么了？”

当时我躺在箱子里，完全伸展着，痛苦而害怕地呻吟着。显然我刚从睡眠之海的深底里被拽出来，我睡了好长好长的时间，以至于睫毛上的眼屎都变硬了。我从身边别人的交谈中了解到，一个在吉萨车站值守最后一班夜岗的清洁工发现了架子上的这个箱子，决定把它交到寄存处去，用钩子把它拖下来放在座位前面的桌子上，于是我的身体和头全都重重地撞在了坚硬的物体上。清洁工被包里发出的喊叫声吓了一大跳，尖叫着跑开了。不等我弄清楚到底怎么回事，就看到整个世界都乱了套，还听到了远处传来的巡逻警车鸣笛声。没过多久，我感觉有很多手把箱子打开了,无数双眼睛俯冲下来注视着我的眼睛，警察的手惊恐万分地在我身上摸索，于是我立马坐了起来，然后站直了。由于过度惊慌，我说不出话来。我乖乖地任由巡警的手摆布。巡警把我连同箱子一起拖上警车,带到了吉萨警局，然后把我交给了侦查队长，专门给我开了一个笔录单子。我递上自己的身份证，还有好几个大人物的名字和电话。他当着我的面跟这些人一个个打了电话，从他们那里获取了足够的信息证明我的身份、拮据的经济条件和悲惨的运气。在拘留所里待了二十四小时之后，他把我放了，警告我不要再耍这种小计谋，否则，我就是真对自己犯罪。滑稽的是他竟然没收了我的箱子，我猜他一定是将其据为己有了。

“当着先知的面，你清醒点好吧！我没想过你已经变得这么不幽默了。你怎么了？发生了什么？你结没结婚啊？”

我爆笑起来，我想他应该是故意这么搞笑的：

“为我祈祷吧！我这就去向咱们家乡的一个姑娘提亲。”

他也兴奋地笑起来，脸颊红了，血色涌上他的胖脸。我似乎开始熟悉这张肥胖的像是充气的脸，和这个流畅的洪亮声音：

“好好好！一切都很如人意！过去的这些年里，我一直在替你发愁呢，这都什么日子啊！你显然已经忘记了饼和盐，但我可是一刻也没忘记过你啊！不是因为你十多年前在我这里留下了‘朱哈的钉子’[①]，而是因为我们都是上埃及人，从来不疏远。”

我完全相信他说这话的诚意，我也相信自己很喜欢他，所以我恨自己竟然把他忘了，把他的名字也忘了，简直太不仗义了。可能是因为他的长相变了，有点像那些吃了太多好东西而大腹便便的帕夏老爷了。他递给我他的外国烟，我从里面拿了一根，把水烟袋放在一边。他用一个金色的打火机给我点着了，然后给他自己也点了一根。我的身体里涌出一阵久远的熟悉的记忆芳香，它告诉我，这个人很亲密，物质上一直很舒适，他属于上埃及一群有些特别的人们。马上，我想起来，他来自一个有高贵雅号的部落，这个雅号因为家族的好名声、慷慨和善良而代代相传，好像是个带着宗教色彩的家族……“阿什拉夫”[②]，对的，这个部族的雅号就叫“阿什拉夫”，这个家族的族长的头衔就是“阿什拉夫的首领”。我内心深处涌现出一个幸福的欢乐时刻，令我从脚底到骨髓都颤抖起来。我几乎恸哭

① 朱哈是阿拉伯民间文学中著名喜剧人物形象，相传他卖了自己的房子，但要求买主保留他钉在墙上的一个钉子，他有权随时回来查看。后来他经常回来打扰，甚至蹭饭，买主最终不堪其扰，弃房而去。

② “阿什拉夫”在阿拉伯语中是一个名词的复数，意思是名人，贵族。谢里夫、沙拉夫都是同义。

失声，滚烫的眼泪早已从眼眶里像雨水一般喷薄而出。晶莹的泪光中，闪现着一个老朋友的名字，和他的家族雅号联系在一起，叫作“某某·谢里夫”，根据我的记忆，这个名字既动听又文雅，还很高贵，凯迈勒·谢里夫，或者杰莱勒·沙拉夫？还是希莱勒·谢里夫，或者希莱勒·沙拉夫？我用手掌猛地拍了一下额头，颤抖着喊了出来，由于过于激动，声音几乎哽咽了：

“你是希莱勒！你好么，多年不见啊！”

我站起来用力地抱着他，亲着他的脸：

“你还在当会计吗？”

他高兴地合不拢嘴，笑得整张脸都挤在了一起，漏出一口被烟熏蓝了一点的整齐的大白牙，他笑着说：

“是的。”

我高兴地说：

“在文物局？”

他说：

“是的。但是我老早以前就出国了，我在利比亚待了七年，然后回来了。后来又出国了，在科威特待了大概两年，然后又回国。又出了第三次国，在沙特待了一年半，然后又回来了。从那之后，我就再没出去过了，我娶了一个当会计的同事，她叫纳杏德·舒尔巴杰，你应该认识她，她过去就坐在我的办公桌旁边，那个瘦弱的棕皮肤姑娘，她外公是里夫基·帕夏·塔拉特[①]。因为她对外公部分遗产的优先继承权，我们在她外公的府邸里买了个套间。我必须为她买一套和她长大的地方差不多的房子，所以，我们一起出了国。安拉眷顾，她现在就住在

① “帕夏”是源自奥斯曼土耳其统治时期的一种尊号，等级高于贝克。

比去世的外公的府邸还要豪华许多的房子里。他外公从来没用过大电冰箱、全自动洗衣机、卡带录像机，不知道中央空调，也没见过我们在去舍拉子旅游时直接买回来的地毯，更没开过奔驰车。你呢，现在有什么打算？”

“你离开之后我也马上动身走。”

“我还想带你四处看看呢！别走了，我请你吃午饭。”

“留到下次吧。”

“你跟我去的话，绝不会后悔的，但是要是现在走了，可能一辈子都会后悔。”

说完他突然哈哈大笑了起来，我也笑了：

“一切都由安拉做主，我们听从命运安排而已。”

他笑得更欢了，继续絮叨着说：

“我今天必须要请你吃饭，就现在。你就午饭之后再走吧，听着！到时候我就开着我的奔驰车送你去火车站！吃顿饭不会超过半个小时的，一切都备着呢。纳杏德看到你的时候肯定会高兴坏了，我的孩子们也是，他们都很了解你。我们家里经常回荡你的名字，难道你忘了你在我这留下的‘朱哈的钉子’吗？直到今天，我们家里都还是会说：‘把某个东西放在谁谁谁的箱子旁边！’或者‘从谁谁谁的箱子后面把某个东西拿过来！’又或者‘小心点，别碰坏你们某某叔叔的箱子！’他们要是看到某某某真人来到家里了，肯定会开心死了。我不会让你把箱子拿走的，它已经成了我家面貌的一部分，尽管我知道里面还放着好多故事、小说、剧本和杂文的草稿。你现在肯定已经不需要所有的这些东西了，你要是翻翻它们的话，肯定会是一种极大的享受，当然你要是想要的话，就把箱子里面那些纸张带走吧。走吧，快点！”

我拿他没办法，只好答应了，和他一起站了起来。我相信，就算是我要他送我回家乡，他也会毫不犹豫地答应的，这就是我的朋友希莱勒·谢里夫。某天我就突然开始喜欢他了，他是个纯粹的人，自己看准的事情就一定要做，哪怕用点强力或者噘嘴。总是让我们不要拖延执行他提出的要求，他总是在我们弹尽粮绝的悲惨时刻请我们享用美味的午餐，或者借给我们五十皮亚斯，或者几个四分之一镑，不数，也不指望我们归还。他送我们的千层饼、蜂蜜、老奶酪，都能把我们淹没了。他还用那只粗大的手亲手给我们泡茶喝，另一只手就在我们面前神经质地挥舞着，对着我们中的一个人说：“不要再说废话了！别再当傻帽儿了！革命是啥，属于谁？我呸！埃及人民被鞋子抽打，如此而已！忍气吞声吧，老爸！”

我们曾经一同住在拉美西斯大街上的一座公寓里，名叫佛罗里达酒店，那时我靠写广播剧或电视连续剧挣上几埃镑，虽然播出时都是署一些名人的名字。

在希莱勒的建议下。我想的第一件事就是预付一个月、两个月或尽可能长一点的房租，有时我把所有的钱都用来预付了房租，然后靠好心人的救济生活，希莱勒·谢里夫当然就是这些好心人中的一个。通常我预付的房租用完了的时候，酒店老板还会给我宽限一两个月。如果我知道近期挣不到钱了，就悄悄地把房退了，等到手里有了钱再住进去。所以，我总是提着一个小旅行包走向街头，包里装着我所有的衣服、生活用品和我写的作品。每天晚上都要临时寻找容身之所。

希莱勒·谢里夫当时住在俯瞰大街的一个房间里，一个最好看、最重要的房间，因为他是这里的常客，就算是长假的时候，他也会付钱把它锁着然后带走钥匙。我就住在他隔壁的房间，我的隔壁房间住着一个在一家著名地毯厂当管理员的小伙子，他粗鲁、愚蠢、幼稚、无聊，所以我们之间除了是邻居外再也没有任何关系。但是我和希莱勒·谢里夫以及他的一帮同事朋友却关系密切，他们每天晚上都会来和我们一起夜聊，我们总是整晚坐在他房间的阳台上谈天说地，讲讲最新的政治笑话，我向他们简单介绍我最近看的书和小说，他们中的一个则向我们介绍他看的外国电影，另一个则要么讲他同事们的奇闻轶事，要么就是说阿赫利俱乐部和扎马莱克俱乐部的比赛，议论上埃及的人们，说他们非常单纯，单纯得让人发笑；要么就是谈论下埃及的人们，说他们的单纯善良。

希莱勒则从布拉格区的报业大街上买来一块大麻，取下一小块之后就把剩下的藏在枕头下面，告诉我们那块小的就是他最后剩下的了，然后我们就把它卷在两根烟里围坐成一圈传着抽，等到第二根烟快没有味道的时候，他就把手伸到枕头底下，接着抽出来，声称要去厕所。不一会又回来了，再次把手伸到枕头底下，红着脸呆萌地笑抽了，说他又找到了一块迷路的，还可以再卷两根烟。一般到后半夜最后一刻，我们就会穿着睡衣和人字拖，穿过拉美西斯大街走到贾拉[①]大街，最后走到报业大街，随便找家通宵营业的大烟馆买根“八分之一”大麻烟，再回到公寓接着伺候我们的大脑，直到第二天早上，所有人都在原地四仰八叉躺着直到上班的时间才离开。通常希莱勒很快

① 贾拉一词在阿拉伯语中有“撤军”之义，很多阿拉伯国家城市都有以“撤军”命名的街道或广场。

就会醒来。他醒来之后的第一件事就是买上几份新鲜出炉的晨报。我们一般都是用根绳子拴个篮子从阳台放下去，让小贩把报纸放在篮子里，我们再把篮子拉上来。我们可能会和卖报的小贩就钱的问题开上好久的玩笑，比如钱到底是他拿走了呢？还是从篮子里掉出去了？等他弯腰在地上到处翻找的时候，我们就会嘲笑他。有时我们把本应带着钱的篮子放下去之后，他接住一看会发现里面是根卷烟。有时，他会直接走开，不想钱的事。直到意识到我们是在和他开重口味的玩笑，他才爬上楼找到我们房间和我们理论。那时候希莱勒总是不厌其烦地继续开着玩笑，把报纸上的坏消息怪罪到小贩头上，找借口不给他钱，怪他没有把刊登好消息的报纸给我们。小贩友好地忍受着这些，说："贝克爷，我上哪去给您弄好消息呢？"希莱勒就会说："你说的对，孩子！"然后真正悲痛地叹了口气，把钱付给了小贩，还外加一分五厘钱的小费或一根烟。他实在是太善良、太慷慨了。为了不跟我分开，他替我分三次付了六个月的房费，希望我的情况能好转一点。然而，又是三个月过去了，情况还没有好转，我又不得不悄悄地秘密把房退了，以避免给他造成任何困扰。我和酒店老板约好不久之后就来还钱，然后我把东西都收拾了放在包里，我拉上包对希莱勒·谢里夫说：

"我要回家一趟，就把这个存在你那吧，最多一周之后我就回来。"

他立刻说：

"你有路费吗？"

"我会见机行事的。"

"有我在你为什么还要去见机行事？"

说完他走向立在房间角落的衣帽架，从裤兜里掏出一沓子钞票，从中拿出两埃镑递给我说：

“替我向大伙儿问好！”

我知道拒绝毫无意义，便说：

“谢谢，谢谢！”

我接过这两埃镑放进了裤兜里，走过去拥抱了他，然后强忍着泪水出发了。我记得过了好几天，我也没有动力去把这两埃镑花掉，但是我的生活每况愈下，我消失得越久，就越不好意思去见希莱勒，也越来越害怕去见酒店老板。我料想，希莱勒肯定已经替我把那笔钱交了。因此，我更加沉迷于逃避，我尽量避免出现在酒店周围的整个区域内。但是对希莱勒和坐在临街阳台上彻夜畅聊的思念，驱使着我深夜里偷偷地到酒店门口转悠，抬头看看那个阳台，我会看到希莱勒的身影，他独自一人坐在那贪婪地抽着烟，听着卡带收音机里播放的乌姆·库勒苏姆的歌曲。我差点就叫出他的名字，差点就上去找他了！但我还是闭上嘴，带着一颗伤痛的心转身回去了。直到有一天，我用假嗓给酒店打电话问希莱勒的下落，他们告诉我他已经彻底离开酒店，去了一个谁都不知道的地方。我也打电话到他工作的地方询问他的下落，被告知他停薪留职去休假了。

我们踩着五颜六色、华丽昂贵的地毯，从一个房间到另一个房间，我们身后是一位美艳动人的仿佛是泡沫做成的妻子，开心地放声大笑着，孩子们聪明伶俐，烂漫可爱，惊讶疑惑地凝视着我。

我走在一条荒无人烟的大街上，这里好像是一座不久前刚刚被敌人摧毁的城市，原来生活在这里的人全都逃走了。只有垃圾堆上和废墟通道中上还残留着一点新鲜的生命的痕迹。我似乎刚刚出了一趟很重要的差事，累得精疲力竭，但我还不相信我已经完成了这趟差事。我现在还不知道要往哪走呢。我的记忆里只有一张美女的脸，阁楼厨房的一个角落，堆满了破家具、废品、泡菜坛子和粮食罐子，角落尽头露出了一个光秃的、拉锁锈迹斑斑的箱子，还有一个慈眉善目的男人，我觉得那十有八九就是我的老朋友希莱勒·谢里夫，他指着那个箱子说："那永远都是你的箱子，总有一天你会回到它身边的。"

第十一章　行者

通常深夜里都会藏着一个后备的避难所，或许人们已经将它遗忘了，甚至完全对它绝望了，所以人们绝对想不起它，它可能已经彻底从人们的记忆中抹去了，所以它明明近在咫尺，人们却还在茫然地寻找着别的避难所。但是，夜越来越深，失望的荒漠越来越辽阔，天际越来越昏暗的时候，对这个藏在黑夜外衣下的未知的避难所的感觉就会越来越强烈，这个避难所就像是隐藏在外衣褶皱中的小洞一样，只有极其微小的生物才能进去……但是，每个微小的生物都绝对不会找不到避难所。

“伊巴白”宵座就是其中一个小洞。我们朝它走去，一路上走过了好多曲曲折折的小巷子，它们已经被夜晚用铁幕般的黑暗把大门关上了，尽管前面的苏莱曼大街不分昼夜都沉浸在通明的霓虹灯中。这条大街的中间岔出安提克杭[①]和阿卜杜·哈

① 安提克杭，字面意义是“古玩店”。

利格·撒尔瓦特[1]大街，还有一条大街横向穿过，那就是商博良[2]大街，这条街的尽头是高等法院和记者工会大楼。这三条街就像是几条和着沙子的石灰碎块儿，把阴森破败的马阿鲁夫街区分成了好几块。

每一个走在这三条大街上的行人都会以为自己还是生活在灿烂明亮的市中心呢。但如果是个像我一样在找寻开罗的深夜外衣上的破洞的人，他就会深入这些只容得下一人通过的小巷子，如果迎面走来一个人的话，那么两人都得侧着身子紧贴着墙才能通过。尽管住在这些巷子里的居民五十多年前都接到了拆除令，但这些房子并没有被拆除，也没有一个人离开。而且房主把房子租给了新来的人，自己搬到了政府为他们在别处新建的回迁房。这些房子都很矮，上面的楼层都被拆掉了，有些四五层的房子还保留着原貌，房子的阳台都是铁的，非常紧密，飞檐和栏杆全都锈迹斑斑，有的有土黄色的遮阳棚，密实的肋条很多都脱落了；窗户上没有玻璃，而是用厚纸板封着；这些阳台看上去就像是长满烂疮的身体上的伤口一样。那些破旧的门只能半开，因为门后的地面一点也不平整，地面上堆了好多废品和瓦砾，或许还能派上用场。如果瓦砾堆里藏有被潮湿、垃圾和随地的粪便气味吸引而来的蛇蝎，那也没关系，反正它们各自相安无事。

通常，眼睛是能习惯黑暗的，所以，在这些巷子里待上短短几分钟，你马上就能捕捉到大衣上星星点点的暗淡色彩了，

---

① 阿卜杜·哈利格·撒尔瓦特（1873—1928），埃及君主时代政治家，曾两度出任首相。

② 商博良，埃及学奠基人。

那便是彻夜不熄的带冒烟灯芯的汽灯，从墙上的小孔、像鸡窝门一般小的小门上、像坟墓一样孤零零的茅屋的小孔里，星星点点地散发出微弱的灯光。

拆房造出的广场，周围的瓦砾堆还没清除。如果你也像我一样是生活在胡同里的人虫儿，那么你的眼睛必定能够熟练地从小孔中偷窥，非常自然地歪着脑袋偷看，甚至弯腰探身进去，说句“你们好”，或者“小伙子们晚上好”，甚至他们要是认识你的话，你都不用主动开口。万一他们不认识你的话呢，那你就可以提示他们其实你们是熟人，你只要随便说一个常来的人或者一个邻居的名字就够了。然后你会看到几个小孩堆积到你身边，裹着毛毯、麻布袋、旧大袍，或者躺在女人的怀里，或者零零散散的到处都是。你一定会找到欢迎你的人，他会为你腾出块地方，好让你盘腿坐在上面，或者会推醒熟睡的人给你腾出地方，或者让他们到外面去，这取决于你的样子能给他们带来什么意想当中的好处。大麻贩子会给你展示他那有的大麻种类。房屋的主人会给你准备一个块蜜制烟草，至于火，则总是燃烧着的，他会让你抽上 20 块儿、50 块儿、甚至 100 块儿，一块儿的价格是两分五厘钱。这样抽下来，你简直欲仙欲死。

然后你走了出去，你又走进了巷子的黑暗中，随时可能踩到小猫小狗或动物粪便。几步之后，你就会进入商博良大街，再从它进入苏莱曼大街，或者安提克杭大街，或者阿卜杜·哈利格·撒尔瓦特大街，你会发现这些街道和万事万物全都变了颜色，变得澄澈干净起来，细节面貌也开始显露出来，你的内心会被前所未有的宁静包围起来。但是，要想达到这种夜生活刚刚开始的美妙状态，你至少得有五十皮亚斯，这个数够你抽平价压缩大麻；如果你想抽上等"汉布"[1]，就需要一个整镑了，这样的一个晚上简直不能再爽了。花上这样一份儿钱，你就可以待在窝里度过长夜漫漫，外加迷离的灵魂享受了。

他们中有些人很富有，有钱抽烟调节情绪，有钱过夜，有钱慢慢地游荡。比如"法伊格"，一个年轻的漫画家，身材苗条，不高也不矮，脸红红的，额头很窄，颧骨突出，皮肤白得透明。如果他因为生气或高兴激动起来的时候，脸色就像是血红色的红茶倒进了装满牛奶的杯子里一样。他常常容易激动，大多数情况下是高兴的激动，他也很幽默风趣，总挖苦人。他那孩子般的温柔灵动的双眼，散发着聪明的光芒，就像是两只还没学会飞翔的小鸟一样。他嘴唇很厚，上面总是挂着永恒的、比嘴还要宽阔的微笑。一头黑发很浓密，他总是剃成和彬彬有礼的农民子弟一样的发型，也就是鬓角短短，梳理随意。他的刘海无论多么短，都会在比一个大苹果还小的额头投下阴影。要说感情细腻，那他的朋友中无人能比，哪怕是在整个城市里，也找不到一个类似的。所以，人们都会不由自主地喜欢他。至于他的线条和艺术造诣，那更是没得说。他写的线条就像是浑然天成的一般，仿佛有股神秘的灵感在带动着他手中的笔朝着一个提前定好了的目标移动一样，他的一笔一画和我们在科普影片中看到的玫瑰花瓣绽放时的动作一模一样。他随意地寥寥数笔，纸上就出现了一群迷人的闭月羞花般的埃及女人，或者挥汗如雨乐在其中的工人农民，或者大腹便便、穿着昂贵优雅的套装、眼里透着精明的掮客。总之，他的线条里全是埃及的风貌，既捕捉那些顺滑的似是而非的东西，也揭示隐藏的深刻的

① 一种产自摩洛哥的精制大麻。

矛盾。

他不久前刚从扎格齐格[①]城过来，很快就交了好运，漫画作品受到了无与伦比的好评。他真是占尽天时地利，过来的时候恰逢一份杂志正在创办，于是便被杂志社抢了过去，一夜之间，变成了那些毕业于美术院校的杂志社画家中最著名的明星，虽然他从来没进过大学，也没有专业学过艺术。

他挣的钱越来越多，于是在市中心租了一套房子，我感觉他应该从来没有见过这套房子晚上的样子，因为一般刚到下午的时候他就抽"汉布"大麻调节情绪，然后跑到酒吧或者某个朋友的家里去通宵打牌。到了夜里最后一更，他就找个通宵营业的地方，坐在一群朋友中间谈天说地，一直聊到报纸来了，他们再一起读报。"伊巴白"宵座就是他在大多数夜里经常会去的地方，如果他当时离那儿并不是很远的话。

太阳一升起，他就赶往杂志社，打开办公室，一直画到中午十一点左右。当编辑们陆陆续续地来到报社开始上班的时候，他已经结束工作要离开了。回家之后他一直睡到傍晚，然后就开始了他的每日日程。所有人都迫不及待地等着他的到来，因为他是一副真正的安慰药膏，抹上之后伤口很快愈合。他慷慨大方，幽默风趣，擅长段子，他口袋有什么手里就有什么，然后朋友们的手里嘴里也就有什么。

他的朋友圈不大，就那么几个大家都知道的人。尽管如此，要是有人贸然前来，他也会出于人道的考虑接纳他们，同时他还能在必要的时候威慑住他们，阻止他们干某些事情。比如哈奈非·高迈尔，跟他在同一家杂志社当艺术编辑，是杂志主编

① 扎格齐格，埃及城市，东方省省会。

圈子的人，他俩是法学院的校友，但是其他方面他俩却天壤之别。

主编是个知名作家，有很深的群众基础和强大的舆论影响力，跟阿拉伯地区的各种高官，甚至是世界上其他国家的达官显贵都有着广泛的人脉，在发动“七月革命”的革命者眼中也有着特殊的地位，甚至极大地影响了同代人的未来。

至于哈奈非·高迈尔，则一辈子都只是个碌碌无为的艺术编辑，他最多也就是混迹艺术圈里或者小艺术家的夜场里，采编点艺术新闻。

人们都说是大麻毁了他，侵占了他所有的时间，让他没法读书跟进，但其实他本来就有点不正常，也没有什么文化和天赋。于是，他日渐消瘦，脸小得跟戴胜鸟的头一般，两只眼睛总是闪着吓人的光芒，看起来就像是随时准备着迎接相机镜头一样。额头前还总是垂下一缕浪漫随意的刘海。虽然他干着艺术编辑的工作，但他内心的梦想却是当一名声名显赫的演员，这个梦想渐渐泯灭了，他渐渐觉得哪怕是一些群众演员的角色，哪怕是在荧幕上有个一分钟的镜头，也很满足了。正因为这样，他总是喜欢坐在苏莱曼大街“巴西咖啡豆店”门口的马路牙子上，心想或许行人会注意到他，指指点点、眼神示意或者窃窃私语，或向他问好，但这从来没有发生过。看到这种场景，大麻贩子会卖他二厘五的货，让他赊着账。烟贩则通常也会宽限他几天再还钱。

在“巴西咖啡豆店”里，服务员给他递咖啡的时候都是毕恭毕敬的，就像他们招待艾尼斯·曼苏尔[①]、纳比勒·艾乐

① 艾尼斯·曼苏尔（1924—2011），埃及作家。

菲[1]、萨拉赫·撒尔汗[2]等常来光顾的明星一样。

他是法伊格的朋友中唯一每晚都来“伊巴白”宵座的，也只有他，让法伊格最终舍弃了这家他本来极为推崇的宵座。法伊格最烦的就是哈奈非的那些谬论，以及他总是试图拉着自己去评论政治家、作家和艺术家，所以他极其讨厌哈奈非，却又优雅轻巧地说：“我在巷子里就跟你告别了，所以你现在应该不在这了，我也应该离你而去了。”要是他只烦人到这种程度就好了，他还总是点上一大堆的茶、冷饮、咖啡和烟，可能有时还要擦皮鞋、吃几个三明治，然后让法伊格陷入买单的困境。如此一来，法伊格只好等到夜里最后时分或黎明破晓前才来宵座，随后打辆出租车去位于伊马德·丁街尾的杂志社上班。

哈奈非·高迈尔知道在这家咖啡店里，他只能听到一些与自己完全无关的政治新闻，或者一点文学动态，而在他看来，那些写文学作品的人都是半疯子，他们呕心沥血弄到纸上的玩意儿，不仅根本没人看，还不容易找到出版商，甚至很有可能把作者送进监狱。然而，哈奈非·高迈尔只要能找到一家通宵营业的地方，就会拐进去坐上一会儿，尤其这样可能遇上常来的熟人，而且坐坐也不用花钱。特别是像“伊巴白”宵座这样位于市中心，离所有黑夜巢穴都近的地方。

“伊巴白”宵座是家小店铺，它原本就是由两面墙隔出来的一片空地，就像是一面开向大街的通光窗，相邻的两所房子都靠它采光。显然伊巴白先生占据了这个采光点，做了屋顶和木门，还放了条小长凳和好多空架子，把它改造成了一家小店

① 纳比勒·艾乐菲（1926—1999），埃及著名演员、导演。

② 萨拉赫·撒尔汗（1923—1964），埃及演员。

铺，卖点香烟、蜜制烟草、阿司匹林和尼龙袋装煤球，并在旁边放了台可口可乐公司提供的冰柜,他把这个冰柜固定在地上，用了几天之后就抛弃了，给柜门上加了根锁链之后，用它来储存一些日用品，那也是因为店铺里实在是没有摆放可口可乐箱子的空间了。烟草公司的代表每天都开着三轮车从他那经过，放下前一天顾客订的东西，然后拿他卖的钱走人。没有人知道他干这个挣了多少钱，但是所有人都知道他并不指望靠这个挣钱，这家小店只是他用来打发时间的地方罢了，因为他以前曾经是邮局的职员，十多年前就退休了。所以每个月的退休金就完全够他买烟抽了，至于吃的穿的住的，则感谢上苍，全由孩子们供着。他的大儿子是个知名律师,在市中心开了家工作室，在商博良大街一栋新建不久的大楼里也有一套房子，这套房子就在父亲的小店附近。所以伊巴白坐在店门口台阶上看到从对面大楼五层的窗户用绳子吊下来的篮子，就知道里面肯定放着自己的晚餐。于是他掸掸身上的灰尘，站起身小跑过去，从篮子里取出饭盒之后，就把篮子举到高一点的地方，这样他那玩偶般漂亮的小孙女就能把篮子拽上去了。然后他又回到店里匆匆开吃，当他用牙齿全掉光了的嘴巴咀嚼着食物的时候，厚嘴唇上方脸上所有的皱纹都会动起来，于是他那深陶色的脸看上去就像一个堆着层层烟头儿的烟灰缸。时不时地，他还会抬起那只沾着食物的手，用手掌推推像袜子球一样的秃顶脑袋上的羊毛帽子，在帽子底下挠几下，然后把帽子扶正，继续吃饭。如果这时从隔壁咖啡馆来了个顾客要买盒卷烟或一袋煤，或一包蜜制烟草，那他就会接下钱，用手指一下东西的位置，然后顾客自己走过去拿。

律师朱姆阿·伊巴白——伊巴白的大儿子——尽管从来没有从过政，却很热心政治。他偏向华托夫党人的立场，支持革命，但他总是担忧革命人士诉诸暴力、像帕夏老爷们一样养尊处优。他同情阿卜杜·纳赛尔总统，因为他在应对外患之前还要解决内忧，特别是那些美国中央情报局的走狗们，一直从内部打击革命，离间革命人士和民众，动摇人民对总统本人及其意图的信心。他总是在祈求安拉保佑纳赛尔总统，帮助他对付那些执行美国情报局指令的助手们。这些婊子养的，正在把国家变成一个大监狱，一半是统治者，一半是被统治者的。无论统治者还是被统治者，都互相盯梢告密。就像他们过去算计国家的财富，把国家变得贫穷，用国家所有的财富来满足他们的享乐一样……

他最喜欢在晚上十一点，商博良大街上的咆哮消停下来的时候，坐在父亲的宵座门前了。他从咖啡馆拿把椅子，紧靠宵座，不一会儿，服务员就用盘子端着一杯咖啡过来，接着又拿过来润湿的水烟袋。他就挺着个并不难看的大肚子，用庞大的身躯安稳地坐在椅子上。他总是用红色格子睡袍裹住身体，腰上用一根腰带绑着，里面露出从胸口到小腿的丝质睡衣。大袍领子围在他那又粗又短的脖子上，于是他那颗又大又圆的脑袋就像个长在雕花花盆里的西瓜，他那丰满的洋溢着健康和血色的大脸一年四季都刮得干干净净。

大多数时间里，他都是默默地坐着，抽着水烟袋，如果别人问他关于某件事或某个问题的观点，他就表情扭曲，痛苦而嫌弃地答上一两个字，让你以为他对一切都不满意。如果店里人多了，并且来了他熟悉的要人或他的朋友，他那洪亮自信的声音就会带上介于演讲和表演两者之间的语气。他常常会说一些华丽动人、引人注目的词藻，这些词藻意义准确、思想深刻。他总是谈论埃及，谈论埃及的天然条件赋予埃及的角色，那就是带领阿拉伯地区和全世界走向安宁的福祉；他会谈论肥沃的尼罗河谷上，必将重新升起良心的黎明。他会谈论以色列所带来的致命的迫在眉睫的威胁；会谈论阿拉伯民族主义和他们继承了黑暗时代的卑鄙敌人；会谈论阿拉伯民众可以发挥的广泛角色，以及文化人士如何驾驭这种角色；会谈论旧世界从内部土崩瓦解的必然性等等，无休无止。

要是他的朋友和同事艾斯阿德·哈米德来了，他就更加陶醉了。艾斯阿德既是律师，又是职业政治家，是阿拉伯社会主义联盟中央委员会成员，当过民族议会议员。他父亲是开罗有名的富人，坐拥好多家代理机构，经营范围覆盖了各种犁具、工程器械、电器和医疗仪器等。他在市中心有好多家大型商铺，在其他街区和小城市也有多家分店。但是作为律师的艾斯阿德·哈米德——尽管他也爱财，说话时也常常带着隐隐夸耀父亲财富的语气——却总是站在穷人的队伍里，替埃及伟大的农民工人、埃及的缔造者们说话。埃及在古希腊历史学家希罗多德眼中是尼罗河的馈赠，而他认为埃及事实上是农民的馈赠，而且尼罗河本身也是埃及农民的馈赠，他们从远古时代就驯服了尼罗河，给它带上辔头，让它的河水往他们想要的地方流。

他很高，高到引人注目的程度，很苗条，脸像希腊土耳其人一样白，额头很窄，脸颊绯红，小小的脑袋两边头发稀薄，耳朵旁的鬓角很长，从密实的额头到脖子上方的后脑勺，有一块很宽的地方都是秃的。他完全摆脱了贵族的习气，虽然他现在仍然属于贵族阶层，承认也罢否认也好。所以他能放下身段和一群穷人一起坐在这个土阶上。

他妻子是一个电视话剧团演员，女人味十足，身材有点丰满，屁股很翘，腰部纤细到用两只手就能完全捂住。她目光敏锐，你要是看到她，肯定会把她当成一个靠谱儿的本地家庭主妇。你压根儿不会想到，她居然是个演员。这么迷人的身体要是踏上舞台，随着两个臀瓣儿的节奏一步一摇，地球上所有的雄性恐怕都要把持不住了。不过，她确实个不错的演员，演技熟练，令人信服。当然，她的身材也确实令人神魂颠倒，心猿意马，让你恨不得一等她从舞台下来就上她。

神奇而滑稽的是，她也是著名律师兼政治家丈夫艾斯阿德·哈米德的另一个隐约的自豪来源。他经常不经意地在说话过程中提到自己的妻子：

“今晚是苏海尔开车送我来的，因为我的车坏了……苏海尔亲手给我做了牛奶燕麦粥，好吃的快令我丧失理智了！苏海尔担心我的健康，警告我不要过度熬夜！……就因为那个傻瓜艺术编辑写的一则极不负责任的评论，苏海尔昨晚彻夜未眠！！”

一些前来的座客只是知道这个高贵的苏海尔是他的合法妻子，而其中大部分人都知道她叫苏海尔·沙班，是电视话剧团的演员。但是律师艾斯阿德·哈米德假想所有人都知道她是他妻子，所以他澄澈的小眼睛里会闪烁着享受的愉悦光芒，因为他感觉所有人都嫉妒他能俘获如此一个迷人迷到爆的身体，这种强烈的自信，还源自他妻子的好名声。所有人都口耳相传他痴迷入侵女人阵营，为了满足那永不安分的性器而一掷千金。

尽管苏海尔·沙班水性娇嫩，还是无法耗尽他的熊熊欲火，虽然有很多政要、情报官员、艺术家、商人、军官、阿拉伯王子都想方设法勾引她，有时威逼有时利诱，但她终究还是个直愣的农民，伶牙俐齿，说话刻薄得令人哑口无言，必要的时候，她还可以破口大骂，所以艺术圈里再也没有一个人敢调戏她，哪怕他手里掌握着她的电影职业未来。他们对她说过的最露骨的情话就是：大地啊，好好保存地面上的东西吧。因此，她很少在舞台上露脸了，几乎不参演电视剧，至于电影，更是永远地向她关上了大门，尽管她全心准备着演些艳情角色，只要不超越正常表演的范围。所有的导演和制片人都对她想入非非，以为她很容易得手。于是她便无情地揭他们的丑，让他们灰溜溜转身离去。但是这种丑闻也让想启用她的人望而却步，哪怕是出于好心。

律师艾斯阿德·哈米德先生的确应该为她感到自豪，因为他清楚地知道，在他到来之前，宵座里所有的人都在议论他妻子的来头，特别是最近关于她的各种传闻，比如，连情报机构都想要招募她。

他跷着二郎腿坐着，身子底下的椅子看起来似乎只是一根苗条的支柱，支撑着一棵断了树干的椰枣树。他穿着黑色西装，松弛的上衣的衣领是双排的，长裤是浅灰色的法兰绒羊毛，外套里面是一件淡色丝质衬衫，脖子上歪斜系着一根 Solka 牌高档领带，领带下面的领口的扣子开着，领带围成的圆圈比脖子要大，领带下面垂着的部分还用镶着宝石的金夹子别在衬衫上。

几分钟后，“伊巴白”宵座旁边卖烤肉的师傅从店里搬过来了一张桌子，把它放在了律师艾斯阿德先生面前，并在上面铺了一层好看的印花桌布，让店里的小伙计端来一盘什锦沙拉：西红柿、绿蔬、芝麻酱、茄子和泡菜，还有新鲜出炉的大饼。艾斯阿德麻利地把大饼撕成小块儿，漫不经心地在沙拉里蘸一下，然后扔进嘴里。从他的脸上，丝毫看不出他在咀嚼东西，或者有些费力。但是短短几分钟之后，所有的菜都被一扫而空，他面前只剩下半张大饼了。直到飘来一股烤肉的香味，接着端上来几盘烟雾升腾的烤肉，他马上卷起衬衫的袖子，撩到肘子处，露出右手手腕，自告奋勇一手用叉子优雅地压着烤肉，另一只手则用刀切，由于他的动作过于讲究和慢条斯理了，所以你几乎都看不见他送往嘴里的小块肉。就这样，他的两只手一直保持着一手摊平一手切割的动作，直到小伙计来收拾盘子的时候，我们才猛然发现他在吃的过程中已经喝掉好多罐儿可口可乐了。

他面前的桌子被撤走了，换成了一个放咖啡的铜制小茶几，茶几上面摆着个咖啡托盘。然后他就开始一边说话一边用他那长长的手臂在空中画着地图，灵巧的手指中间还夹着一支纤细的 Lucky Strike 牌香烟，烟盒就摆在咖啡托盘旁边，烟盒上摆放着个 Dunhill 打火机。如果听者能够不把注意力放在他那优雅的动作、昂贵的衣服和天然炫耀着丝质印花袜子的皮鞋上，那他就能在听的过程中发现，艾斯阿德·哈米德说的话很重要，他在谈论伊斯兰社会里的穷人革命、艾布·宰尔·安法里[①]的社会主义、欧麦尔·本·海塔卜[②]的公平正义、自由资本的鲁莽、苏联外交政策的驴性、阿拉伯人的自我迫害以及在一切欧

① 伊斯兰教初创时期“圣门弟子”之一。

② 伊斯兰教早期著名的四大“正统哈里发”之一。

洲事物面前的自卑感、威胁吉祥革命的反革命，以及开始逐渐渗入到我们文学和剧作中的虚无主义荒诞文化，这种文化让青年人变得绝望悲观，充满暴力和毁灭。他用温柔的语气谈论着这一切，话语中还带着强烈的自信的男子气概，自信骄傲的语气中也不乏对别人的尊重，因为不管他们来自什么社会或文化层次，他都毕恭毕敬地对待他们。所以每一个来到这个宵座的文学爱好者，哪怕是第一次来，艾斯阿德都会称呼人家为某某先生，当他和他们说话的时候，就仿佛是在和陶菲克·哈基姆或萨特说话，总是会用上好多西欧人铸造的学术术语和思维模式：存在先于本质、你不会踏进同一条河两次、我思故我在等等。而他根本不在意，当他同一个几乎不懂写作规则的毛头小子谈话，仿佛他是萨特或萨拉迈·穆萨[①]一样；或者热烈地和一个心底单纯、迷恋物质主义的年轻人争辩，让他去承受可怜愚蠢的人类所遭受的所有战争和灾难，仿佛他是卡尔·马克思一样，这是件多么荒唐可笑的事情，更不用说他和那些喜欢歌曲和民间歌谣的流浪汉的说话方式了，每当他遇到一个流浪汉，他就会对他说："尊敬的先生，如果您愿意让我请您抽根烟或喝杯咖啡的话，那将是我莫大的荣幸。"

事实上，虽然他富裕的外表可能会让来宵座的顾客有距离和隔阂感，加上他身上印刻的旧式贵族特质，但是在这个外衣下，却掩藏着一颗纯粹的本地心，就像这件华丽的进口外衣下面其实是一条需要系裤带的裤子、一件缝着好多贝壳扣子的背心和一件长袖汗衫，他的秃头脑袋上还围着一条大马哈莱出产

① 萨拉迈·穆萨（1887—1958），埃及现代著名思想家、社会改良家，诺贝尔奖得主马哈福兹的老师。

的毛巾，而头秃的方式也很有趣：头中间光秃的地方像一条带子，像一条铺好的道路穿了过去。当夜晚快要结束，宵座开始整理桌椅，留下的也都是熟悉的老朋友的时候，他可能会给你讲些带有古老的本地色彩的笑话,也可能会凑到你耳边低声说：和我一起吃晚饭吧？还没等你回答，他就已经点上晚餐了。因为你的犹豫不答，在他看来就意味着同意，就意味着你在寻找合适的拒绝借口。所以他抢先宣布他拒绝接受任何没有理由、不实诚的托词。他还可能借给你一埃镑、半埃镑或一毛钱，而不要你还。

他认为自己应该负责调节来自亚历山大的方言诗人希拉杰·贾迈勒的情绪，他刚来到开罗，在《晨光》杂志社当了个有名无实的编辑，这里也是画家法伊格工作的地方。他来这里工作，走的是杂志社一名大画家的关系。这位画家也写写诗，出于一种对绘画的苏菲式的爱好。贾迈勒把自己当作埃及方言诗歌学派的守护人，然而法伊格把他当成密友，把他拉进了自己的朋友圈子，并为他的诗歌配图，带他一起参加一些轻松的艺术旅行。

希拉杰·贾迈勒与商博良大街的关系不仅仅产生于那些隐藏在马阿鲁夫区小巷深处的大麻馆。这些大麻馆对于法伊格和希拉杰而言再亲切不过了，因为他俩可以说是高档的“汉布”大麻的拥趸，这种大麻能让他们的想象像匹烈马一样，带领他们勇闯笑话和段子的天地。

还有另外一个原因也将这位诗人和商博良大街紧紧地联系在了一起……

自从这位诗人来到开罗，加入到这家以大胆和坚韧闻名的老牌杂志社之后，他就经常邀请那些编辑或艺术家同事去他在亚历山大的家中做客，向他们引荐那些他自己深感自豪的传统而淳朴的亲人。诗歌艺术在他们心中扎了根，爷传父，母传子。他带着这些同事在亚历山大可怕的巷子里逛个够，让他们品尝母亲做的亚历山大风格菜肴。他们当中就有人这样爱上了他妹妹——秘书处的一个技术职员，他认定了她做新娘……她真是个好新娘，一个优秀的家庭主妇。他为她在商博良大街一栋三层的楼房里租了套房子，正对着“伊巴白”宵座，房子临街的这面有很多长方形的阳台，都是市中心主打的法式风格。房门口是条宽敞的走廊，走廊入口处住着个胖胖的老妈子，棕色的脸，满口金牙，总是笑容满面的，嘶哑的声音里既带着男性的爽朗又带着女性的温柔，所以能给人一种强烈的依赖感和安全感。她在走廊入口处摆了个大冰柜，里面在冰块下面装满了汽水，那些冰块她要么按整块卖，要么按小块卖，走廊剩下的地方都堆满了汽水箱子。因为冰柜里的汽水一直冷冻着，所以成群的路人停下来，络绎不绝，站在那里非常陶醉享受地喝着汽水，无论男女老少。老妈子叫纳瓦勒，她自己本身就是一大独特美妙的景观，在她周围，在街道两旁处处是各种卖水果和蔬菜的推车。正午或傍晚时分，喝得醉醺醺的人们会从某些隐秘的藏身之处出来，站在冰箱旁的台阶上喝个痛快，时而放浪时而克制地笑着，说着一些除了他们自己谁也听不懂的话题，仿佛在这个熙熙攘攘的世界中，他们自己就是一个独立的小世界。纳瓦勒老妈知道这些房子里所有居民的事情，哪怕连其中的隐秘部分也瞒不过她。

所以诗人希拉杰自然会来到这里，住在妹夫的房子里。妹妹给他腾出了一间临街的屋子，在里面放着张单人床、一张书桌和一把椅子。我有幸在亚历山大就和诗人成为朋友，这一点让我有了随时去拜访他的权利。我去的时候都打着小算盘能碰上他吃早餐或午餐，然而我连着去找了他好多次，这一点从来没有发生过。

他经常身无分文，那点微薄的工资勉强能维持他的吃穿，可是别的开销和烟钱就不够了。至于抽的大麻，则都是由法伊格自愿供应的。既然如此，他就不可避免地要赊账买烟了。最简单的方式就是从窗子探身出来，喊伊巴白师傅要一大盒 Belmont 香烟，然后伊巴白就会随便找个孩子去把烟放到吊下来的篮子里。伊巴白的账簿是个很小的笔记本，因为诗人是他那里唯一赊账提货的顾客。伊巴白的小本买卖不允许诗人拖一个月不结账，如果诗人长时间断了奖金、激励或其他馈赠的话，他就会逐渐不来“伊巴白”宵座刷夜了。

有一次，律师艾斯阿德·哈米德在纳瓦勒老妈那里给他留了个口信，大概内容就是“该发生的已经发生了”，诗人从中理解的意思就是“艾斯阿德先生已经替他付过账了”。所以只用一个晚上或多一点的时间，我们就看到希拉杰·贾迈勒又重新恢复了他的夜间习惯，他在将近黎明的时候从法伊格那里的派对回来了。然后，不是偷偷地溜进对面的楼梯，飞快地穿过走廊径直回家，而是迂回朝着宵座走了过来，和我们坐上一两个小时，朗诵他最近写的诗，引用了很多他以前的旧作。他念诗的时候颇为陶醉，非常讲究，带着话剧式的深情而颤抖的腔调，时而把眼皮垂在两只上了色的眼睛上，这与他小麦色的皮肤一点都不搭，好像他从一个金发碧眼的外国人那借了两只眼一样；两片丰满性感的嘴唇悲惨凄苦地颤抖着，手臂和手指不停地击打着节拍。

只有当没有任何其他的专业诗人在场的时候，方言诗人希拉杰·贾迈勒的兴奋才能达到顶点。要是突然有其他诗人来了，或者是来自上埃及的老游吟诗人奥斯曼・阿斯旺尼突然现身，他的热情马上就熄灭了。奥斯曼・阿斯旺尼似乎对一切都不在意，无论现世还是来生。他穿着破烂的松散大袍，肩上披着一床旧毛毯，那是他的被罩和床单，只要睡意来袭，在任何地方任何时候，他都可以铺床就睡，人行道上、海岸上、火车上、汽车上、马路上。他从根本上抵制工业化的交通工具，除非不可抗拒的因素如生病或目的地太遥远，否则，他的双脚就是最好的车船，可以带他去任何地方。他很高，就像木头横梁一样，灰色的皮肤，表情严峻，眼里总是蒙着一层灰尘，并带着舟车劳顿的辛劳，头发黑黑的，像羊毛一样卷卷的，头顶的帽子是褪了色的。

看第一眼的时候，你会以为他是个叫花子，又或者是个乌姆・哈希姆疯人院的疯子。你可以随心所欲地猜想，但是如果你对他稍稍露出鄙夷、轻视或者傲慢的神情，那你就捅大娄子了。你将会上你人生中闻所未闻的礼仪方面的残酷一课，他会不带脏字地骂你，直到你弯下腰亲吻他的脚面，去求他遥不可及的原谅。就算是他原谅了你，这种宽恕也永远无法抹去你心中的痛楚。如果你聪明伶俐，心大，擅长倾听，慧眼识人，那么你会发现你突然得到了一个难得的机会，和一个活在当代的传统文化伟人坐在一起呢。他可能是穆太奈比、麦阿里、布赫图里或艾布·努瓦斯[①]，诗歌是他最大的本能，是他的坐骑，他心中是韵律的庄园，胸中是骆驼的节奏，伴随着火车、轮船和飞机的轰鸣嘶吼。他脏腑间潜藏着愤怒的火山。恭敬吧，跪拜吧，你最好乖乖地这么做！看吧，你前面后面上面下面，都是大炮，不要抬头，不要抬头，否则脑袋会被削掉的！

他像这样念诗的时候，整个身体都是扭曲的，每一块肌肉每一个器官都参与朗诵，就像是在进行礼拜中的某个仪式一样，更像是在同时经历死亡、新生、阵痛和烈火焚烧一般。也因为他，国家安全的探子们都盯上这个宵座了。一些青年慕名而来，他在这里的消息已经在所有的咖啡馆传开了，从“羽毛咖啡馆”到“果园之花咖啡馆”，再到“斯芬克斯咖啡馆”、“拉巴斯咖啡馆”、“自由咖啡馆”、“Stella 啤酒仓库咖啡馆”。一到后半夜，你就会看到“伊巴白”宵座人满为患，甚至把隔壁咖啡店的门口都挤占了，所以咖啡店老板在半夜打烊之后会把店里的椅子都交给伊巴白师傅看管。

这些青年们得费一番周折才能成为“伊巴白”宵座的常客，尤其是那些还不怎么出名的人。艾斯阿德·哈米德先生面对一些陌生面孔的时候，必然会在讲话过程中有所保留，只要他看到这些面孔没有惊喜或惊讶的表情，那么他就会立马转变话题，或者就是只听不说了。如果那些令他不安的陌生面孔走了，他就会重新开讲。通常，他目送他们离开的时候，都会咕哝一些话，诅咒告密者和国保探子，他们的差事真是又费钱又无聊。

---

① 穆太奈比（915—965）、麦阿里（973—1057）、布赫图里（821—897）、艾布·努瓦斯（756—814），都是阿拉伯古典诗歌中引领时代和流派的巨擘。

此时，奥斯曼·阿斯旺尼就会抛给他一个带着强烈的嘲笑意味的圆杏般的犀利眼神，然后用嘶哑的声音攻击他，咧着嘴坏笑着使眼色，并且直言不讳地跟他说：

“你的这个特点告诉我，你过去是共产党员。”

此时艾斯阿德就会自豪地一笑，似乎是在肯定阿斯旺尼的看法，并且补充道：

“大叔啊，你可别陷害我们。”

于是，其他人便明白，律师艾斯阿德·哈米德先生的政治自负受到了华丽的取笑。同时，奥斯曼·阿斯旺尼也毫不隐藏他的烦闷，他会挽留那些起身要走的人，拉着他们说：

“时间还早呢，先生们！我们欢迎你们留下来，特别是你们中的特务！！”

至于律师朱姆阿·伊巴白，则选择在一旁呆呆地安静地看着。在大多数夜里，他都是第一个离开的人，好像他的正式任务就是坐在那里等人都聚起来了便离开一样。

他做得很好，因为他刚准备离开的时候，萨利姆·舒哈拜尔就来了。这货是地球上最蠢的人，没有之一。法伊格也这么形容他，艾斯阿德也认同，所以朱姆阿特别尴尬，因为就是他把萨利姆带来的。只要萨利姆·舒哈拜尔一走进来，艾斯阿德就开始烦躁不安，解开衣领仿佛要脱掉衣服一样。于是所有人开始笑，因为他们也有同样的感觉。

没多少人知道萨利姆·舒哈拜尔其实是这个宵座建起来的原因。他三十岁左右，红色皮肤，中等个头，身体瘦弱，脖子很长，脑袋像个甜瓜一样，容貌规整，古铜色的脸上只有两只眼睛、一个鼻子和一张嘴唇很厚的大嘴巴，嘴巴歪着，透着愤世嫉俗的微笑。他的舌头有些锋利，说话喜欢带外国腔调，尽是些精心打造的响亮口号，话语里还总是带着明显的嫌弃和傲娇的语气。他说的话，好像是在喉咙里反复揉搓的面团，出来的时候平坦舒展，拖着响亮而空洞的尾音，就像锅盖发出的声音一样。他的嗓音宽广流利，深藏着一种尖锐响亮的努比亚腔调，但是这种响亮都融化在声音的宽广中了。他讲起话来始终像是贵族帕夏在训话佣人和随从一样。他看上去才二十刚出头，那张刮得白白净净的脸庞，似乎证明岁月将从上面滑过，而不留下任何痕迹。

众所周知的是，他是来自卢克索的上埃及人，家里父辈祖辈都是卢克索人，但是这并不妨碍他透露自己真正的根源，事实上，他的父亲是苏丹人，母亲是上埃及人，或者反过来说。但是这也没有妨碍他宣布自己的第三个根源，因为突然有一刻人们清楚地发现其实他来自曼努菲亚省，他有几个舅舅住在某某城市，几个叔叔住在另一个城市。每当他提到这些出身中的任何一个时，他都深信听者可能知道他以前亲口道出的其他数个出身。然而这对整个事情不会有丝毫改变。

关于他的住处也有同一种现象。众所周知，他住在哈里发区一栋老房子房顶的一个设施齐备的房间里，并且大家也知道他经常在陶菲格大街口儿的一家公寓下榻，他在那里和几个知名的面孔合租了个房间，他通常只在酒店的早餐桌上才能见到他们。此外，大家还听说他住在扎马莱克区的一个优雅的小套间里，很多受他邀请前去喝茶的人可以作证。而事情的真相是——就像一些人挤眉弄眼低声说的——他从一些外国租客那借来一些陈设齐全的套间住上一两天，说那是他自己的房子。

他在《消息报》对外部当编辑，把法语翻译成阿语。他逢人便说他的法语是在文学院法语文学系学的，又到处宣扬他在一家私立院校专门学过法语，或者宣称他在去巴黎留学的时候直接和法国人接触学的法语。在另外一些传言中，人们发现他那并不是去留学，而是盲目旅行去法国找工作的。也有种传言是，他算是逃亡到法国去的，因为那段日子纳赛尔的情报机构四处抓捕共产党人，或者说穆兄会成员。这位老兄，萨利姆·舒哈拜尔，大家都知道他既是共产主义者，又是一名穆兄会成员，也是一名信仰劳动人民力量联盟的纳赛尔主义者。

他十分热衷于社交活动，当然条件就是他可以在其中占据重要的领导地位。他总是努力制造出一些活动来，并非真正地管理这些活动，或者只是为了当个一把手，仅此而已。记者工会大楼里有很多大礼堂，可以为会员们所用。但是通常为会员们所用就是他打着活动的旗号，为个人所用而已。他寻思着要利用这些礼堂建立一个电影俱乐部，每周在里面放映一部国际大片。于是他把大家聚集到食堂、花园或楼顶，展示这个想法，从成员那里收会费，理由是他租这些片子要大笔费用，因为都是些国际有名的大片嘛。他开始往各大电影发行公司跑，劝说他们免费在记者工会的礼堂放映电影，表示这也是对电影的免费宣传，因为那些看过电影的记者就会在他们的文章中为这些影片美言一番。他知道所有电影发行公司的名字，也了解与他们打交道的方法。这不足为奇，因为他每天下午，都在苏联塔斯社担任翻译，还常常在苏联文化中心、意大利歌德中心、法国文化中心举办文化活动。他手里经常拿着从美国和伦敦各大中心和出版社给他寄来的带着邮戳的报纸和杂志。你可能会经常看到他陪一群外国人走在市中心，他声称那都是他的朋友，都是他的客人，但是一些认识他的不怀好意的人则说他不过给人家当导游罢了，他还带人家花高价买了好多东西，然后再悄悄把商店老板拉到角落里，拿他该拿的回扣。偶尔你还能看到他带着一个外国姑娘，去一些出格的地方。他总是能够迅速地和人结识，然后以惊人的勇气攀附他们，这一点无人能比。

突然间你就发现他坐到了你身边，穿着一件相当于上衣的短外套，领子很大很收束，下面是一件带脖儿羊毛背心，材质是那种高档进口货，但是很旧了，饱浸日积月累的汗臭味。外套扣子很多，从不解开，领子外面围着一条精细的羊毛围巾。他的手总是插在大衣口袋里,就像是藏着某个偷来的东西一样。只要一坐下，他就会把手掏出来，掏出一包二十根的 Belmont 香烟，可能是进口的。他从里面抽出一根点着了，把烟盒放在面前的桌子边缘，打火机摆在烟盒上，让你不会产生那盒烟你也可以享用的错觉。他深吸一口烟，一脸奸笑看着你，料定你肯定饥渴难耐了，肯定在等着他请你抽，料定自己的动作肯定已经引起了你的不满。他知道这一点，但还是不肯放弃这种荒唐的把戏："来一根儿？"但是烟盒却丝毫未动。如果你和他很熟，就会给他的肩膀来上一拳，然后拿起烟盒主动为自己点上一支。因此，画家法伊格就深知跟他的相处方式，只要他一看见桌子上的烟盒，马上就会轻巧地抽走烟盒，并给出暗示，他将为自己点上一根了。如果萨利姆·舒哈拜尔注意到了这一举动的话，他就会带着呆萌的微笑看他，却什么也做不了，担心法伊格会继续恶搞。他的心紧张地跳动着，眼睁睁地看着法伊格打开烟盒，撕开内层的包装纸，把其中的一排烟露出来一点，然后递给在座的人。结果每个人都拿上一根，说声谢谢。至于那些不抽烟的人，他也一定要给人家，于是每人拿上一根。要是他们注意到那是萨利姆·舒哈拜尔的烟，就会更加享受地执意拿上。

突然，你看到他坐在了你的身边，然后熟练地找了好多话头直接就加入了对话，因此，不一会儿，你就会发现自己已经陷入了一段尴尬而敏感的对话，本来和你一点关系都没有，还可能让你受到很大的伤害。他会突然问你："你对这个有什么看法？"他会让你觉得他是在询问你的观点。他知道你对于这件事情是非常不满的，他也知道这件事情所有大大小小的细节，熟练地把这些信息整合起来，像一个天生的但没有什么严肃内涵的记者。他知道如何在公共场合竖起耳朵，然后把听到的谈话内容刻到脑子里的存储带上，永不抹去。他也精通阅读新闻和文章，知道如何从中捕捉到某些可能作者都没有注意到的信息，虽然那些信息并不是文章的主干，但他还是会把它们在脑海里巧妙地整理好，以获取可能对自己有利的信息：比如总理今天飞到了某个国家，那么某某也就必然跟着去了，然后，某家办公室就可以有资格做这做那了。你可能会突然听到他喊出你母亲的名字，而他从未见过她，那个名字你从未在任何地方跟任何人面前提起过。你绝对想不到他是在你的出生证明上看到的，因为一次偶然的机会，他刚好在某个部门站着，看见职员在你的档案上放了张纸，于是他就以惊人的速度捡获了你母亲的名字，还是全名。但他仅凭知道这个名字，就能够胡编乱造一个故事，在各行各业里传播，贬损你，让你郁闷，或者是让朋友们嘲笑你。

他总是欺骗整个新闻界、艺术界、文学界，说自己在巴黎度过了人生中最美好的几年，向他们讲述自己在某条街和某个女孩的冒险经历，发生了什么。连那些真正在巴黎生活过的人都会信以为真，以为他真的在巴黎生活过，因为他能说出各个餐厅、咖啡馆的名字，并且能够详细地描述，甚至还能说出里面一些服务员和职员的名字。他们中的某个人可能会以为他俩曾经在某个场合、某个时间或某次事故中同过事，因为他能说出那个场合、那个时间或那次事故的全部细节内容，以及某某某是怎么评论的，以及哪一天某个教授激动地做了什么。我认识一些在巴黎生活了大半辈子的人，在他不在的时候都会替他辩护，说他的话都是真的，甚至他们中的有些人还会把他作为参考，好来回忆某个事件的时间、某个机构的地址或者某个研究院的电话号码。

我早早地就发现了他的秘密。我知道他所有的这些详细的信息细节，其实都是通过坚持不懈地、定期规律地大量阅读各大法国报刊得来的，他这种坚持不懈和高度规律的精神是任何一个严肃认真的人都嫉妒的，都希望自己能够拥有的。他的把柄，也被一群常来“羽毛咖啡馆”和“拉巴斯咖啡馆”的巴勒斯坦文化人抓住了。这些人曾经在“巴勒斯坦革命之声”广播台工作，这个广播台就在沙里芬大街的旧埃及广播大楼里占了一整层。他们所有人都精通法语，因为他们的工作就是编辑新闻报道和政治评论，他们是“拜萨姆·艾布·古列白”、“哈斯娜·萨比尔”、“海伊法·拜哈姆敦”、“阿马尔·侯赛因尼”、“卡西姆·沙瓦夫”和“昂姆朗娜·昂姆朗”，最后这位老夫人，风韵犹存，活力四射，身板硬朗，看起来却像个纯粹的埃及女人，但说话带着“沙姆”[1]腔儿和外国味儿。她让萨利姆·舒哈拜尔随便调侃，但事实上却是她在调侃萨利姆·舒哈拜尔，尽管大部分时间她都是沉默不语的，而萨利姆却一直自告奋勇地滔滔不绝。哈斯娜·萨比尔和海伊法·拜哈姆敦分别是拜萨姆和阿马尔的未婚妻，所以舒哈拜尔只把网撒向了昂姆朗娜，以为她是个老太婆，肯定不受小伙子追捧。他是这么设想的，于是只要在“羽毛咖啡店”或“伊扎维奇咖啡店”看到这群人，他就凑上前去，自费给大家点壶茶或冷饮，然后慢慢蹭到他们身边，或者招呼他们靠过来。茶可能有时候也会换成冰啤酒或者几杯马天尼，等到所有人都兴奋了，他就有机会和昂姆朗娜独处了。

她不需要任何计划，随时都愿意倾听，和蔼、优雅、智慧、客气，总是在鼓励你继续说下去，这样她才好真正地了解你。她每深入了解你一步，就会陶醉地发出无辜的、纯净的、风趣的笑声，于是你就上当了，在笑声中想入非非。

有一天，我坐在咖啡馆里，他们就坐在我旁边，不过是在咖啡馆门外的那一侧。我的桌子和他们的桌子中间隔着一面和桌子差不多高的木板。拜萨姆就坐在木板外面那侧和我紧挨着的位置，我俩的胳膊肘都放在这块木板上，我一把肘子放上去就撞到了他的肘子，于是我抱歉地欠身一点，或者是他这么做。我一边喝茶，一边等一位朋友，因为我写了一部广播连续剧在公共频道中播出，但署的是他的名字，他要来预付我三埃镑的酬劳。当时萨利姆·舒哈拜尔正借着冰啤带来的陶醉，给昂姆朗娜讲自己在巴黎拉丁区的艳遇，说在哪天发生了什么什么。

① 沙姆大致相当于叙利亚及周边部分地区，方言腔调独特。

昂姆朗娜微笑着，轻巧地打断了他："不好意思，舒哈拜尔兄弟，你没有在巴黎目睹过这个事件，原因很简单，那根本就没发生过。你是在《Paris Mathc》上看到的，那上面报道了晚会的日程，但是因为某些原因，晚会本身并没有举办。"萨利姆·舒哈拜尔一下子傻了，脸也黄了，出于机智，他并没有辩解，而是把话题换到了他在香榭丽舍大街的另一段冒险经历，然后她又打断了他，提醒说那个地方不是香榭丽舍。然后她大笑着坐正了身子，把一条纤细的腿搭在了另一条纤细的腿上，于是屁股在身子底下缩了起来，露出蛮腰，她把傲人双峰上方的衬衣扣子扣上，然后抿了口啤酒，开始问萨利姆·舒哈拜尔他口口声声说在巴黎住过的那些区是哪几个，有些什么不会错过或者永生难忘的景点，一些地名、一些节日名和一些事件名都是什么含义。于是他一再点烟，不停地喝酒，数倍于他吐出的词语。他用手指揉挤了几十次额头，然而还是一点作用都没有。刚刚他还在像打开的水龙头一样口若悬河，这会儿却变得吐出一个词都很艰难了。并且他说的每一个词都会引起大家的哄堂大笑，于是，这群人全都把注意力放到了他身上，暂停了所有的闲聊，每一个人都接二连三地向萨利姆·舒哈拜尔抛出一个又一个像致命利箭的问题。如果问题答案是理论上的，那那些以前的信息还能拯救他，因为他突然灵机一动，从他以前看的那些大量的信息和描写中整理出了答案。但是如果问题答案需要实际经验和亲眼所见的话，那他就彻底蒙圈了，只能转向次级话题，激流般的问题于是就变成了洪水般意味深长的直白的笑声。这么一群人的样子，简直成了"羽毛咖啡馆"在一条辅路外侧用篷布搭成的棚子营业区里一大景观。萨利姆·舒哈拜尔尴尬极了，额头上光与影交错着，尽管如此，他还是和他们一起享受地大笑起来，仿佛他比别人更早就识破了这个骗子的本性。几分钟后，昂姆朗娜擦着笑出的丰沛眼泪，喊着服务员马利克：

“嗨，来人！”。

于是褐色皮肤的服务员“福勒福勒”像只六神无主的小鸡一样走过来了。昂姆朗娜说：

“麻烦，结账。”

这时马利克穿着“羽毛咖啡馆”的工作服，拖着沉重的步子蹒跚而来。工作服是用金线绣了字的蓝色大袍，加上同种风格、同种布料的小圆帽，看上去不像是穿在他身上的，而像是一幅纱布画贴在他身上，只要他走出这个地方，马上就会揭下来。马利克像店铺学徒一样毕恭毕敬地说：

“稍等一下，夫人！您点了12杯啤酒、6盘热菜和一份小菜。小菜是你上来的吧，福勒福勒？”

他微微直了直倾斜的身体，两只手背在身后，像棵倾斜的椰枣树一样。福勒福勒微弱的声音从遥远的地方飘过来：

“我给萨利姆先生上了5份番茄沙拉、2份薯条、6份牛排，还有2盒烟。”

萨利姆马上打断他说：

“一盒烟，第二盒是那位夫人的。”

他说的时候极力地克制着不由自主的愤怒，脸上带着苍白消瘦的笑容。福勒福勒笑了，昂姆朗娜也笑了，爽快地说：

“好吧。随便吧。”

然后她抬起头看向马利克，一头浓密的金发垂在肩上和背上，萨利姆·舒哈拜尔眼里的光芒暗淡下去了，低下头，用手指揉着额头。马利克说：

“夫人，总共是二十五块五毛四皮亚斯。”

昂姆朗娜点着头说：

“六个人平分吧，我们聊天的一共六个人。”

萨利姆·舒哈拜尔还在试图保持最后一丝所谓的尊严，压低声音说：

“不，不，夫人，我请你们。”

说完之后，就开始慢悠悠地翻大衣口袋，直到最后迫不得已解开扣子，在裤子口袋里找。当他已经确定所有人都把他们各自份子钱堆在桌上后，才从口袋里掏出钱包，从里面抽出一张五埃镑递给马利克，仿佛他是最后一个审核一眼再结账的人。马利克迅速接过钱，然后把这张票子并入从桌子上拿起的其他票子，数了起来。萨利姆·舒哈拜尔假装不看他，知道他会把剩下的钱找回来的。然而马利克把钱装进了自己的口袋，迅速朝着门口走了过去，仿佛有人在急切地喊他一样，于是萨利姆·舒哈拜尔的目光紧紧地跟着他，几乎都快愤怒地喊出来了：

“零钱呢？！”

但是他并没有这么做，而是等到昂姆朗娜站起来之后，他才慢腾腾地和其他人一起站起身来。昂姆朗娜跟他道别，在他的肩上拍了一下，笑着说：

“顺便说一下，舒哈拜尔兄弟，你根本就没去过巴黎！”

说完她笑得头伏向胸口。萨利姆正发呆走神，应着：

“呃？”

她又在他肩膀上拍了一下，然后用纸巾擦着笑出来的眼泪离开了。他跌坐在原来的位置，失魂落魄地愣了一会儿，然后抬起头刚好看到我，我俩面面相觑，他的眼神掉进了我的眼睛，于是他闭上两片厚嘴唇，微笑消失在嘴角，仿佛这样跟我打招呼足够了。他把手伸向烟盒，拿起它晃了晃，发现已经空了，于是他又仔细地摇了摇，希望找到一根儿邪恶的躲起来的，最终还是用手把它揉扁了扔在了地上。他坐直了身子，高傲地跷起了二郎腿。就像一位尊贵的帕夏在呼唤某个仆人一样，他冲我喊着：

"福阿德！福阿德！"

我把头朝外面微微扭过去了一点，看向他，他带着一种由衷的傲慢，混杂着鄙夷和不屑，说：

"扔根烟给我！"

我只剩一根了，然而我等的人还没有来，尽管如此，我还是连盒子一起全都扔了过去。他熟练地接住了。他一直深信我连买上一口烟的一厘钱都没有，而他的钱包看上去却塞得鼓鼓的。他还是漫不经心地点了烟，用力地冲我吐着烟圈。我感到十分的厌恶，假装思考我从早上就开始等待，到现在还没有来的那个人。我感觉他不会来了，我开始烦躁，我写在纸上的前三集广播剧，现在就蜷缩在面前的桌子上，用黄色信封装着，上面还用三一字体印着：埃及政府。这个信封是我从一个朋友那借来的，我经常把它夹在腋下，导致汗水都快把它浸坏了。这些纸几分钟前还很珍贵，现在就已经变得毫无价值了。过了好一会儿，我往前看去，发现萨利姆·舒哈拜尔已经不在了。约定的时间已经过去了大概三个小时，于是我也不得不离开了，好逃离福勒福勒的目光，因为他时不时地在我身边来来去去，催我随便点点儿什么东西，这样我才有权利在这坐这么长一段时间。我一走出店门，就看到了萨利姆·舒哈拜尔把马利克拽到旁边，两个人就账单价格开始激烈地争辩起来。

他并不是个瘾君子，但是我经常能在马阿鲁夫区的大麻馆看到他。是的，终究又是，萨利姆·舒哈拜尔，那个我避之唯恐不及的人，那个我极力把他驱逐出我的世界的人，然而无论我通过针眼儿大的空隙逃往哪片空地，他都能跟着。无论我要往哪走，无论我到了哪里，他总是出现在我面前，每当我以为我终于摆脱他了的时候，他就会在路上看到我，或者我在路上看到他。以至于我都开始怀疑，某一天我们会不会埋在同一个坟墓里，这一天似乎也不远了。以至于我都开始相信，我就是他那个神奇的、广阔的、模糊的、疯狂的世界里的一小部分。

至于在临近市中心的布拉格区和新闻大街上的大麻馆，我则很少见到他，当然是萨利姆·舒哈拜尔。此时政府已经在马阿鲁夫展开了密集的行动，所以很多顾客都转移到了布拉格区，也就几步远的地方，过了贾拉大街和拉美西斯大街就是。然而每当我在布拉格区见到他——当然是萨利姆——的时候，尽管次数很少，我都惊讶地发现他和大麻贩子的关系十分亲密，甚至比我想象中的还要亲密，可能比他们和我的关系还要亲密，哪怕我已经是个常客了。关于未来，我愁两件事情：大饼和住所。我之所以和朋友们来这些大麻馆抽大麻，潜藏的根本目的就是在夜晚的最后一刻跟其中一个人回到他家，或者，至少可以打发长夜的一部分时光。在这样一个貌似安全的地方，和一群貌似朋友的人待在一起，每度过一个小时，我就可以在夜里少流浪一个小时。虽然说大街宽敞，无处不留人，但走的时间长了，身体吃不消。

每当我在这儿或在那儿见到萨利姆·舒哈拜尔的时候，我知道他肯定是约了某个人，某个男游客，或者某个女游客，女游客自己会要份大麻，或者他勾引她吸的，然后一起迷醉，一起亢奋，一起在这座古老的历史名城的肠胃下水中，体验埃及的最底层。大多数情况下，都是他买单的。他会把大麻贩子叫到一旁拿出钱包付账，细算到分分厘厘。他以为自己是出钱做东，所以大麻贩子必须像对本地人那样对他。然而大麻贩子一点不客气，也不会给他抹去一厘钱的零头，尽管这样，大麻贩子还是会对他说：

"亲爱的！我可是为你服务的，你看我多真诚啊！你和你的客人都是我的客人。好吧，无论如何，算这么多吧！"

大麻贩子还是坚持要原本的金额，甚至还会稍微加一点。大麻贩子使了个眼色，几乎相当于对萨利姆·舒哈拜尔挑明说：

"你把我拉到一边偷偷付账，怕是要宰人家游客吧！并且也是拉到一边偷偷地宰！"

然后他还会大声地补充：

"看在先知的份上，给孩子们点小费吧！……"

我见到的每一个人都不喜欢萨利姆·舒哈拜尔，但是他们都能忍受他，甚至可能对他大加欢迎，所以他身上肯定有什么东西令你无法永远地对他关上大门，即便你想这么做，事情也不是你能掌控的。你可能随时随地遭遇到萨利姆·舒哈拜尔，甚至一提这个名字他就会降临。可能你正和孩子们躺在床上睡着觉呢，但是你满脑子都是他的高领外套，像牛背鹭一样的长脖子，围着丝巾。两手插在大衣口袋里，要不是他那丰厚的嘴唇一角固定着细如手指的燃着的香烟的话，这件大衣就像是用衣架挂在二手服装店的橱窗里一样。嘴唇下面是尖下巴，像极了鲸鱼的牙床，也像扇子的羽毛，上面积满了灰尘，并且锈迹斑斑。你的脑海刚浮现这个场景，他就已经走了过来，远远地站着跟你打招呼，镇定、傲慢、盛气凌人，尽管他所做的不过是轻轻点了点头，动了动嘴唇嘀咕了几句。然后他脱下手套叠在一起放在桌子上，或者塞进大衣口袋里，从外面明显能看到。他的额头是棕色的，很宽，没有任何表情，高傲地往四周看了好一会儿，眼睛里充满了愤怒。能证明那个人是他的唯一东西就是这两只小眼睛，像小狗哀伤的眼睛一样的，别人还没踢它，它就早早预料到疼痛，喊叫出来。他会花好长时间等待服务员，等他快速地跑过来用毛巾绕着桌子，把椅子擦干净，履行问候和欢迎的义务，然后他好跷着二郎腿坐下来，把挂在肩上的皮包拿下来夹到腋下，从那些粗糙的牙齿中吐出一句：

"Shada 咖啡！"[①]

他说起话来字母在齿间呼啸，有种滑稽的效果，有时候还带着一种迷人的乐音，但是口齿不清有时又让他的话更有说服力，因为他发音的时候咬牙切齿，给人一种决然果断的感觉，从而打动人心，让人心生畏惧。他立刻打开包——他的包看起来总是优雅昂贵，像是刚从机场商店买回来的，并且看上去比他身上的任何东西都要干净——掏出几份彩色的外国报纸，然后开始聚精会神地翻阅起来，时而眉头紧皱，时而眯缝着眼睛，仿佛他是在从深井里往上拖拽这些句子一般。

就算是在没有服务员和椅子的大麻馆，他也一样会这么做，

---

① 即黑咖啡，即不加糖和奶的素咖啡，发音是 sada，萨利姆发成 shada。

虽然他绝不会在那抽大麻，也不会在其他地方抽大麻。这是一种其他客人都没有的高冷，虽然他们中的每人都会在离开的时候付上几埃镑。但是他的这种行为，即使会引起其他人的惊讶，对于大麻馆主而言，却早已司空见惯习以为常了，因为他们了解这个顾客，早已对他的习惯和动作烂熟于心了。因此，大麻馆主就会任由他随心所欲地这么做着，连他自己也坦然地这么做着。不管他啥时喊一声，馆主都会响应，给他拿来店里仅有的“座位”，可能是一个搬得动的大石头，或者一个翻过来的大桶，或者一个汽水箱子，或者一块放在两块砖上的木板，或者地上的一块儿破席子。一句“来啦”，可以暖心，可以碎石。的确，萨利姆·舒哈拜尔从不在大麻馆抽大麻，但在馆主看来，他或许是个福星，能给大麻馆带来好处，谁知道呢？也许，他立刻就能带来一群游客，然后他们像掮客一样带来更多顾客，这样馆子的业务就会很受益。除此以外，舒哈拜尔对外表的注重和讲究，也对大麻馆很有用。所以经常有和他交好狎近的人凑到他身边说：

“借一镑吧，明儿一早就还你！”

他就故作惊悚回答道：

“冤家啊！现在是这个月的第 45 天了呢！我已经从塔斯社拿了两次钱，前天就全花光了！这个月又没钱啦！尽管这样，我还是可以借给你两毛五！你是我要好的朋友！凭宗教发誓，你别再来找我！拿走我这最后一埃镑吧！拿去找开，你拿上两毛五，把剩下的还给我，我还得靠着它打发这月剩下的日子呢！”

有些人对两毛五就很知足了，也不打算还，算是惩罚他吧。

另一些人则拿上一埃镑要去破开，却把它交给大麻馆主，然后扬长而去，留下萨利姆·舒哈拜尔坐在那里，发誓般诅咒。有时他会起身跟着那个人小跑，故意抬高音量用最粗鲁的话和最奇怪的形容词骂上几句。有时他会一直追着人家，于是我们能听到巷子地面的脚步声大得快要把墙、窗户和锅盖都震动了。但是不一会儿，他肯定会气喘吁吁地回来坐下，威胁说明天他就要去那个人上班的地方在他同事面前爆料，并告到他经理那去。这时，大麻馆主和所有人都会哈哈大笑起来，那个要走的人也会哈哈大笑,因为他知道同样的话马上就会说给他自己听。但是所有人都相信，萨利姆·舒哈拜尔根本不会这么做的，他会做的就是在每一个文人墨客聚集的地方停下来，向他们控诉昨天某个卑鄙小人从他那抢走一埃镑逃之夭夭，自己如何报的警；或者向他们控诉另外一个猥琐之徒好几周前从他那借了一埃镑，至今不还；或者就是向他们诉说自己某一天在某个地方走着，突然看到某某人被餐厅服务员揪着，追讨欠下的饭钱。

尽管他的口袋里常年有钱，尽管传说他从扎马莱克区，到杰马利亚区[①]，住着很多套房子，再到市中心的很多公寓，但是在我看来，很多个夜晚，他也都在四处寻找落脚的地方。是的，不管是这里，还是位于商博良大街巷子头上的“伊巴白”宵座，并不是在场的每一个人都无家可归。他们只是现在，或者仅仅是今晚，暂时没有住处，而最好的临时去处就是我来的这个地方。我来这里，也不是为了投宿，而是别的目的，比如刷夜，和朋友们聊天，但是这一切面具背后隐藏的最根本的目

① 杰马利亚是开罗著名古城区，涵盖著名的爱兹哈尔清真寺和汗·哈利利市场。

的，就是待长夜过去，脱下黑色的衣服，重新四散而去，各自奔忙各自的生活。

坐在“伊巴白”宵座门前的这些人中，无论他们是特意赶来的爱好者，还是从小巷子里大麻馆归来的烟客，都会觉得可以在这个驿站喘口气歇歇脚、聊聊八卦，他们中只有一少部分人住在附近或者有方便的交通工具回家，但是他们还是来这个宵座，在店里，在谈话中，体验友爱的滋味。对于剩下的那些人而言，“伊巴白”宵座就像一个小岛，供他们停靠在漆黑的夜里迷路的小船，躲开无处不在的守夜人、告密者和巡警。他们每个人只要一坐下，就开始迫不及待地用这样或那样的方式宣布自己过来的原因，为自己留下来过夜做铺垫，千万不能让别人以为自己是无家可归的流浪汉，例如“我错过了最后一班回麦阿迪区的火车……”、“我快到站台的时候，眼睁睁地看着最后一辆去宰敦[①]区的公交车开走了……”、“孩子们去度假去了，或者去乡下生孩子去了……”、“晚上待在床上烦了，出来透透气……”、“我听说咱们的大诗人阿斯旺尼来了，好久不见，过来叙叙旧……”、“天呐，我想念伊巴白大叔了……”等等。

仅有的两个不给自己在这待到天亮找借口的就是萨利姆·舒哈拜尔和我。他的最大的理由就是，他相信所有人肯定都认识他，而且他是这个宵座真正的缔造者。他只要一来到店里看到挤满了新顾客，就会讲一遍这个故事：有一天晚上，他转到了“伊巴白”宵座买包烟，碰巧当时是朱姆阿·伊巴白先生值班，他父亲出去办事了，于是萨利姆便和律师畅聊了起来，

① 宰敦的含义是“橄榄”，开罗城东著名社区，有大量基督徒居民。

因为当时律师先生正希望拜见一位新闻编辑，求他报道一些他打赢的官司，尤其是那里面很多案件都是跟艺术界人士有关的。当他知道萨利姆·舒哈拜尔刚好就是一位新闻编辑——这是他常常挂在嘴边的名片——之后，就坚持一定要请他喝杯咖啡。于是他们坐下来，沉浸在大街的喧闹、各种馋人的香味和来来往往的翩翩妇人中。那晚萨利姆·舒哈拜尔临走的时候，还和律师约了第二天继续把没有聊完的话题聊完。然而，一夜接着一夜过去了，他们之间的话题始终不能完成，因为每天都有新人加入进来，展开一个新的话题。于是，渐渐地，萨利姆逐渐和这个地方爽约了。于是人们纷纷跑来打听他的行踪，这时伊巴白大叔就会信心十足地回答：

“他说来就来的。”

那些在萨利姆·舒哈拜尔不在的时候跑来打听他的人，我相信他们中的大部分人——当然我以前并不认识他们——都是无家可归的，所以在这个地方在这个时间等待萨利姆无非就是对黑夜的一种抵抗罢了。

甚至我也是——虽然我和萨利姆·舒哈拜尔没有任何情感上的友好，甚至说没有任何类型的关系——我第一次来到这里也是为了打听萨利姆·舒哈拜尔，然后我就留下来等他，接着我就加入到在座人的对话中，于是，渐渐地，他们就都知道了我的名字和各种信息。然后，我就成了这里的常客。有的时候我能见到萨利姆·舒哈拜尔，有的时候见不到，但是他永远都不知道，我最初来到这里，也是打听他。别无原因，就是找个在这里坐着的理由，并不是我喜欢这个地方，哪怕我事实上喜欢这个地方。并不是我喜欢来这里的人，就算事实上我喜欢其中部分人。原因，唯一的原因，还是因为这个宵座一直持续到天亮。可能我会连着数晚都来，可能我会故意消失几个晚上，这样我才不会招人厌烦。更多时候，我都已经忘了这个地方，它也从我的记忆里完全彻底地消失了。每当我以为我和“伊巴白”宵座之间的联系彻底断了，我很快在某个晚上不由自主地往那走，就是为了省下几个皮亚斯。

每次我回去的时候,都是受欢迎的。但是最令我伤心的是，一到夜深的时候，人就一个接一个的陆续离开了。在黎明拂晓的时候，我的头一个劲地往胸上垂，接着又惊恐地醒来。我孤身一人站在人行道上，强忍着睡意。我努力转移注意力，看着街上逐渐睡醒的生活景象：卖蚕豆的小车，卖蔬菜的小车，卖蚕豆焖饭的小车，它们都沐浴着雾蒙蒙的晨光，蒙着一层透明潮湿的面纱，边走边发出吱吱的响声。自行车在马路上飞快地穿梭，上面驮着好多弓着的身体。一些门已经敞开了，排排椅子已经摆出来了，洒水的人站着，伊巴白大叔站在柜台后面，双肘撑着，忘我地抽着烟，用同情的目光看着我，眼神中还带着些许惊讶和疑惑。当我的脑袋垂到胸上的时候，我猛地一抬头，两只眼睛自动地转向伊巴白大叔的眼睛，好知道他刚才有没有看到我。我在他的眼里看到了同情，于是我回了他一个呆愣的、苍白的、疲劳的微笑，满是呵欠、寒冷、头痛和烦躁。

第十二章　废墟

我以一种非常奇怪的姿势坐着，舒展地坐在一张看起来是艾斯尤特风格的凳子上，整个屁股都在椅子边缘，背靠在椅子靠背的垫子上，我把垫子稍稍往上挪了一下，刚好护住了半个背和整个脖子。我把两条腿都抬起来,架在对面椅子的靠背上，它被我从墙边挪出来了一点，这样我才好放腿。这样，我看起来就像是一件拴着腿倒挂着的祭品宰牲一样。

我感到恐怖极了：我被谁带到这个房间的？我是从什么时候起开始保持这个姿势的？想要坐正身子，然而我根本没法动弹。眼屎就像只有用热水才能洗掉的干掉的胶水一样黏在我的眼睛上，我只好用手指强行把眼睛掰开，于是胶水把眼睫毛都粘掉了，我的眼睛里好像全是沙子。我身下的地板在震动，发出模模糊糊的嘎嘎响声。整个房间都是昏昏暗暗的。眼睛一点点地被眼泪清洗干净了，于是我看见了我把腿架在上面的那把椅子旁边，还有另一把椅子，但是它是竹子做的。它的靠背像工人一样，挂着一件薄薄的格子衬衫。我看了下自己身上，只穿了一件没有袖子的汗衫，裤腰带是解开的，于是我知道了，椅子上的这件衬衫肯定是我的衬衫。终于，我的头能稍微动一下了，于是我环视了一下四周的地面。我看见椅子底下有双鞋面扁平、鞋口大开的鞋子，看上去就像是被主人暂时放出来的奴隶一样，以为自己被永远地释放了。鞋子里面露出来了塞在里面的袜子，袜子散发着一种丁烷气的味道……

房间是长方形的，很拥挤，像个棺材一样。我对面是一扇阔气的长方形窗户，窗户前的角落里有张同样豪华的弯腿大书桌，桌面放着一块很厚的玻璃，玻璃下面压着一层绿色天鹅绒毯子，玻璃上摆着一个台灯，形状像女人手里举着一个烛台，围着玫瑰色丝绸蚊帐。此外，还有一张皮桌布、一瓶墨水、一张吸墨纸垫、一个装满了各种笔的陶瓷笔筒、一堆废纸和一本木制滚轮日历。书桌后面有一把华丽无比的皮椅子，椅子后面的墙上是一个巨大的金边相框，里面是贾迈勒·阿卜杜·纳赛尔总统的照片。还有一把皮质大圈椅。书桌前面放着两把对着的相似的椅子，中间隔着一个螺钿工艺的木茶几，茶几上铺了层桌布，放了个昂贵的水晶烟灰缸，一个蹲坐着的埃及作家铜像。这一切都沐浴在微弱的灯光阴影之下，这个灯光是从遥远的某个地方透过门上的玻璃扇形窗洒进来的，这个遥远的地方可能就是后面的大厅。

我尝试着站起来，身下的椅子滑了一下，于是我重重地撞在了身后的墙上，发出“嘭”的一声，我自己都吓了一跳。我知道了身后的墙壁就是一块木隔板，然后我知道了这个房间其实原来是一个外部的阳台，用木板围起来之后就成了一个独立的房间了。我也知道这是马斯欧德·兆达先生的房间,他是《国家日报》新闻部的主任，这种报社我是根本没资格走进去的，更何况在里面工作。此时，耳边突然传来了打印机的嘀嗒声，就好像我的耳朵突然间打开了，拾起了那个并未完全消失的声音。通过急促的打印机的声音，我知道那肯定是在紧锣密鼓地进行最终的印刷。通过报社专车的声音，还有下面大门口的喧闹声，我知道第一版报纸现在已经在送往各个地区的路上了。我的心跳声变得比打印机的嘀嗒声还大：如果这个时候有人看到我这个姿势简直就是悲剧啊！你来这干吗？你是怎么钻进来的？你是怎么躲过这层楼这个方向左边第一个房间里的助理的眼睛的？助理是个精明粗鲁的上埃及人，衣着绅士，有高中文凭，声音洪亮得吓人，眼睛是血红色的，说话刻薄尖锐，总是带着命令的口吻，好像整个新闻业都是他负责一样。你是怎么躲过阿卜杜·阿齐姆·巴尔迪斯的眼睛的？他是勤杂主管，身材中等微胖，嘴巴上面留着猎隼一样的小胡子。除了同时担任某个主编职位的董事会主席，他谁也不信任。因为他是主席的私人勤务。他对所有秘书们的清洁能力和忠诚度都不满意，所以在编辑们都离开之后，他总是要在所有房间的各个角落都巡视一圈，做最终的检查。他把每一个房间锁好之后，就把钥匙挂在助理办公室旁边墙上的钥匙板上，助理办公室刚好对着董事会主席办公室。晚上十点整，总编离开时候，他就一直留在报社监督着值班主编，因为他要在检查完第二版的第一次印刷之后才离开，这个时候通常都已经是午夜了。那个时候，阿卜杜·阿齐姆再重新检查一遍所有的房间，确定它们都已经锁好了，并且干干净净一尘不染：厨房、翻译部办公室及其所有办公桌、校对室及其五个办公桌和中间的主任办公桌、编辑室及其五六十个办公桌（这些办公桌分成了整齐的几横排排列，办公桌与办公桌之间是紧挨着的）、董事会主席办公室和主编们的办公室（里面全是豪华的陈设、舒适的座椅、收音机、昂贵地毯和每个房间一台的七呎电冰箱）、正对着翻译室的时讯室（里面有几台永远都在不停地咔嚓作响向外吐着卷纸的传真机，等人一大早过来，熟练地剪成碎片并翻译出来，好了解世界各地的最新消息）、新闻部办公室（这个长方形的办公室里六张小办公桌，是给各大部委机关的新闻代表的，当然也会有一些计件兼职的代表共用这些桌子，一则有标题带图片的新闻可以拿十皮亚斯，一则普通新闻拿七毛钱，我现在能看到的这个小房间就是从那个房间里分出来的，马斯欧德·兆达用一块木板隔出一个小房间，就是为了和其他编辑分开，显示自己与其他部门主管的区别！）。阿卜杜·阿齐姆·巴尔迪斯怎么可能想到我可以故意趁其不备的时候溜进来呢？他怎么可能想到我夜晚刚开始的时候，在所有的房间都打开的情况下从大门溜了进来，藏在马斯欧德·兆达的这间办公室里，而阿卜杜·阿齐姆或其他人开门的时候门刚好可以完全挡住我，因为我很多次都发现他打开门，往前面看一眼，觉得房间是空的，然后就重新关上门了。我也发现他并不会仔细地检查这间房间，因为他认为这间房间的主人总是自己打扫，并且由于他非常威严粗鲁，所以房间门从来不锁。

马斯欧德·兆达突然从地底下冒了出来，像平常一样走了进来：那是很久以前的一个中午，当他推门进来的时候，惊讶地发现主任编辑艾敏·汉金正坐在这张椅子上睡觉，这张椅子似乎能把睡意带给任何一个坐上去的人。马斯欧德·兆达马上退了出去，但是他的眼睛里却闪着火花。他拖着个庞大的身体像牛仔骑士一样走在走廊里，身上穿着一件印花衬衫，浓密的头发梳得整整齐齐，几缕刘海垂下来搭在那个威严的大脑门上。他用强壮的胳膊抓住勤杂艾哈迈德的肩膀，把他像个惯犯一样往前推着走，一直走到这个房间，把他粗暴地往旁边一推，指着睡着的人说："这是谁？这是谁？"他的手一直在推着勤杂，摇晃着他的身体。然后，他愤怒地尖叫起来，咒骂着眼前的杂乱和没品，就工作守则、工作场所的庄严和人的自重，例如区分工作和家里睡觉等给勤杂们上了一课。他立刻命令勤杂马上窗户、擦干净凳子、清扫地面、并喷点空气清新剂。一切在一群编辑、勤杂和摄影师的目睹之下进行着，他们纷纷安慰马斯欧德·兆达，劝他宽宏大量原谅勤杂，宽恕主编艾敏·汉金。而此时的艾敏·汉金还双眼紧闭，口水直流，像个疯疯癫癫的托钵僧一样，于是一位勤杂只好抓着他的手把他拖到洗手间去洗把脸，马斯欧德·兆达就在后面不停地责骂着。这件事以一个果断的决定收场了，那就是勤杂艾哈迈德和艾敏·汉金各扣除五天的工资。然而他的怒火迟迟没有平息，最后径直走到董事会主席办公室签署了命令，发给人事部经理。他走的时候警告所有人在他不在期间不准靠近他的办公室，并且还下令就这件事写一个通报，贴在公告栏里。

由于没机会逃脱了，我反而有了轻松的感觉。马斯欧德·兆达不久前前呼后拥地进来之后，就一直没有出去了，始终坐在他的办公桌前，震惊地看着我，仿佛不敢相信他眼前看到的一切。他的这个样子把我钉在了原地，那眼神就像是一只凶残的猫看着一只可怜的老鼠的眼神一样。我就这么一动不动地躺着，感觉自己都能听到房间里他的粗重的呼吸声了。我害怕极了，环视空空的办公室，盯着看那扇关着的窗户，还有那块从窗户一侧垂下来的天鹅绒窗帘。但是我的眼睛还是不由自主地快速地偷偷瞄了一眼办公室的角落，好确定是真的完全没有别人在场。但是我脑海里闪现的还是外面的房间里马斯欧德·兆达的身影，他时而坐着，时而走进来，时而来来回回踱着步子。我长舒了一口气，闭上双眼。然后，我调整了一下身子重新回到刚刚的姿势，仰头看着天花板，两手摊开。先抛开我是怎么在这个时候到这里来的问题,我现在要想的是找一个安全的出口，不然的话，我就会被指控为了某个刑事目的擅闯报社办公室，那样的话我可能几小时之后就要站在检察官面前了，不会有任何人会饶恕我的。董事会主席也绝不会饶过勤杂主管的，可能会扣除他一个月工资或者直接解雇他。但是勤杂主管最终又将找到一个权威的说情者，那就是贾迈勒·海勒拜维，一个老牌的大记者，同时也是个大诗人，像艾布·努瓦斯和朱哈一样脾气古怪。至今各大日报、周报、文化出版物和畅销书中都不乏他的动态新闻和奇闻轶事，甚至还有一些他策划的针对年轻编辑的重口味恶搞。他的名字日日夜夜地通过无线电波和一些美丽的诗歌联系在一起，这些诗歌要不就是被一些大歌星当作歌词在演唱，要不就是他自己用浑厚嘹亮粗犷的声音在朗诵。并且他朗诵的时候很有掌控力、情绪饱满，宛若一座内衬音乐的移动大山。他身材魁梧，像头大象一样，有着魔鬼的脑袋和孩子单纯贪玩的心灵，想象力丰富，知识渊博，干练稳重，思想先进。传说他父亲是他家乡米特·加穆尔[①]的证婚师，他自己也毕业于宗教学校，但是他考上了大学却没有毕业，因为当时他早就已经是一个名声大噪的诗人和新闻作家了，受到了很多惜才爱才的大人物的赏识。因此贾迈勒·海勒拜维同样也醉心于在诗歌界、新闻界、歌唱界和演艺界发掘有才的新人，并且把他们吸纳进来，给他们提供各种形式的机会。他总是整夜整夜地在“塞米勒米斯”通宵打牌，或者和朋友聊天，聚会是一直有的，但人员总换。他是《国家日报》的董事之一，每周在日报上发表一篇文章。勤杂主管阿卜杜·阿齐姆负责打电话提醒他交稿时间。到了交稿的那天，阿卜杜·阿齐姆从傍晚开始就会每隔一会给他打一个电话，因为贾迈勒·海勒拜维是个夜猫子，从来都不知道白天长什么样。如果夜深了，阿卜杜·阿齐姆就会跑出去叫上一辆报社的车直奔“塞米勒米斯”找贾迈勒·海勒拜维。此时贾迈勒要么就是在热火朝天地聊着天、讲着笑话，要么就是悠然自得地在喝着茶，要么就是兴致勃勃地在听着某个不错的歌唱家的演唱，或者某个不错的作曲家的弹奏，或者某个不错的诗人的朗诵。所以他一看到阿卜杜·阿齐姆进来，马上就给他点上一壶茶，或者一份快速晚餐，他这么做的目的就是转移阿卜杜·阿齐姆的注意力，利用这个间隙写上一页文章交给阿卜杜·阿齐姆带到报社去，然后当阿卜杜·阿齐姆再次回到“塞勒米斯”的时候就会发现海勒拜维已经写完另一页了。于是就这样在第一版报纸出版之前一小时以内，他的文章肯定会写完……

毫无疑问，在这场由我引起的灾难中，他肯定会替阿卜

① 埃及代盖赫利耶省城市，铝业中心。

杜·阿齐姆求情。至于我的话，那么唯一能替我求情的人就是部门主任，也就是这间办公室的主人。那么你觉着他会那么做吗？……马斯欧德·兆达又重新回来了，出现在我松弛的眼皮底下，他五官粗糙，修长的身体里全是瘦肉，鼻子长方，嘴大大的，干净的牙齿像珍珠一样，下巴的胡子剃得干干净净，两只眼睛强势凶狠，声音粗鲁。他没有任何文凭。有些人怀疑他是否上过学。有些别有用心的人总在背后议论说他是通过分配进入的新闻圈，因为他最初是个在汽车站四处卖报的小贩，后来在《时光晚报》做了勤杂，接触到了一些编辑和作家，从他们那学到了一些游戏规则和艺术,掌握了写有用的句子的技巧，也读了很多主编书柜里的书，因为每个主编都热衷在身后放一个书柜，用来存放收到的赠书。于是渐渐地，他就开始碰碰运气，凭借他天生的流寇本领搜刮一些消息，不断演练，直到后来成为一家党报的编辑。得益于在搜集新闻上的出色能力，他马上就跳槽到了一家新的杂志社，那家杂志社是由七月革命创办的，后来他又到了《国家报》，然后就一直稳定在这里，成为新闻部的主任，并且负责编辑它最成功的一个版面:城市谈，他就是通过这个版面声名鹊起的，并借此与所有的达官显贵和国家中担任要职的人建立起了稳固的关系,收获了巨额的财富，说话有人听。甚至娶了一位叙利亚裔的著名电影明星做妻子，她很久之前就定居在了开罗，名字叫“阿卜莱·萨鲁吉”，因为拍了很多关于沙漠的电影而出名。他能够掌控妻子，并为她的人格中增添很多威严和操守，并且在尊重妻子的同时也将她保护得很好。的确，他减少了妻子的工作机会，但是却为她保留了美好的名声和恰当的艺术水准。为了妻子，他一直保持着英俊的外表、轻盈的身材和优雅的气质，常年穿着最奢华的世界名牌。尽管他始终带着不苟言笑的面具，但是板着脸让他粗犷的五官更好看，更红润了。他宽大的额头下面，两只眼睛像路匪的眼睛一样，如果没有他身上那种优雅的威严和怡人的香味的话，你一定会误以为他是罗马的凯撒大帝。我从来都不敢冒犯他。我也不会接受和他共事。我从老家来到这里，就是梦想成为一名像阿卡德、马齐尼、塔哈·侯赛因、陶菲格·哈基姆[①]那样的大作家，最初我对新闻写作是带有那么一丁点鄙夷的，认为它消灭文学家天赋，逐渐把他们变成职业造假人。我无法接受当一名新闻编辑，更不会甘心在一个连字母 Z 和 TH 都分不清的傻大个手下当一名计件通讯员。

我看见自己坐在校对室我朋友法赫米·艾布·福图哈的办公桌对面，他写一些和尤素夫·伊德里斯[②]的故事差不多的乡村故事。他过去主要的工作是这个报社的主厨助理。我是通过书信认识他的，他在信中说很喜欢我写的故事，认为我肯定会成功，并希望为我提供各种形式的帮助，但是除了谦和、慷慨和农民的善良，他并不掌握其他资源。他每天都来迎接我，在他身边给我腾出一个位子，抛给我一个大大微笑，他的脸消瘦但却很精致，小胡子像条甲壳虫一样，加上鼻梁上的眼镜，他看起来就像是个眼镜广告的代言人。他整体看上去一切都很精致优雅，身材敦实中等；就连垂在额头上的几缕刘海都梳得一丝不苟；一整套西装，外套被脱下来挂在了身后的衣帽架上，身上只穿着一件昂贵的丝质衬衫；一只老乌木钢笔；一个满满

① 这四位作家都是埃及现代文学的鼻祖级人物。

② 尤素夫·伊德里斯（1927—1991），埃及现代最杰出的小说家之一。

的真皮烟盒；烟盒上面有一个 Ronson 打火机；胸前的口袋里挂着一幅 Persol 牌太阳镜，只有当他出门的时候才会取下近视眼镜换上墨镜。他面前摆着一堆与其他同事不一样的废纸，因为它们被胶水粘起来，用回形针装订成了一个笔记本的样子。他写字的方法就是用指尖轻轻地捏着钢笔，然后任由它在纸上轻盈地摇摆舞蹈，于是就出来了漂亮清晰精巧的黑色字母，每一行字都是笔直的，句号和逗号也很明显，行与行之间留了很宽的距离好用来随时进行修改，尽管他很少删除。他左边是一块书桌内置抽拉板，上面放着一个咖啡杯，他用左手手指捏起咖啡杯，手上金色的结婚戒指闪闪发亮，旁边的小拇指上还有一个细细的金戒指，上面镶着一颗纯正的玛瑙。他用两片薄薄的嘴唇抿了口咖啡，放下杯子，拿起搭在烟灰缸上的香烟深深地吸了一口，又把它放了回去，然后重新开始写字，仿佛抿口咖啡和吸口烟就是唯一的思考下面内容的机会。可能写了一页或两页或三页之后，他就突然安静地把它们撕下来，再安静地用那只消瘦的青筋暴起的手把它们揉成一团扔进垃圾箱里，然后快速地瞄一眼标题卡片之后重新开始写，那堆标题卡片是他自己重新装订的，常常被放在左边手臂臂弯下面，只有在需要确定号码或信息的时候他才会看上一眼。因为他想培训我做校对，所以经常允许我读那些他揉碎扔掉的废纸。我发现这些文字就像金项链一样，精妙严谨，还有纯粹的文学手法。于是我把我的印象告诉他，他说：

“就是因为这样，我才把它们撕了！只有文化不高的人才读报纸！这个标题不适合这种方法！新闻方法不是新闻调查方法，不是文学散文方法，不是观点评论方法，当然也不是小说方法！什么场合说什么话！这是第一条你要知道的职业真相！”

他本想帮我弄进报社的任何一个部门工作，但是他知道那是不可能的，因为报社的经济状况不佳，所以作为补偿，他就把自己所有的经验都传授给我。他对我既慷慨又善良，给我从餐厅买三明治和茶水，还把自己的烟给我抽。每隔几天，他就请我去齐海姆区[①]的某个隐秘的地方参加晚会，我们会在那抽高档大麻。每次离开之前，他都会给店老板一大笔小费，好让我理直气壮在那待到早上。有的时候，他请我去他家吃午饭，还会在家给我读他停笔了好长时间之后最近新写的小说，或者就是给我读凯迈勒·阿卜杜·哈利姆[②]、福艾德·哈达德的诗歌，他们俩都在铁窗后面待过。报社和文化界所有的人都十分尊敬他，不仅因为他出色的才干，也因为在革命将这家报社国有化、并将它改了名字之前，他舅舅马哈茂德·贝克·拉瓦什是这家报社的老板。他创办这家报社的初衷是为了宣传他那众多的商贸公司和制造公司，后来又把它置于华夫脱党的控制之下，用来传达该党的观点。我的朋友从来没有提起过这些，除了他写的得到了读者赞赏的小说，他不会夸耀任何东西。除了那些在塞德港和伊斯梅利亚人民抵抗军中与敢死队员们一同设伏并沉重打击英国占领军的光荣岁月，和五六年战争中在塞得港度过的光荣岁月，他不会为其他任何东西而自豪。他最大的心愿就是有朝一日能够写一本关于那些光荣而亲切的岁月的回忆录。

---

① 开罗城著名的私搭乱建居民区，后来情况有所改善。

② 凯迈勒·阿卜杜·哈利姆（1926—2004），埃及著名革命诗人，出生于书中上文提到的米特·加穆尔。

就像他所说的，由于他非常喜欢我，也很欣赏我的天赋，认为我很有资格得到这份工作，所以他几乎把我介绍给了他所有的同事和朋友。每次跟人打招呼的时候，哪怕对方是个勤杂，他都要主动起身。他总是用很多光鲜的形容词描述我，仿佛我是个天才儿童一样，尤其是在他向某个部门主管介绍我，想要诱惑对方把我收入他的编辑团队的时候。于是我在众编辑中成了个名人，我的名字总被大家轻松热情地提起来。如果有人询问起来："那某某某是谁啊？"就会有人说："是法赫米·艾布·福图哈的朋友。"为了向校对部主任展示我的才能，他让我重新编排了一些简单的标题，然后是一些比较复杂的，再然后是一些重大的，并让我分别为它们挑选了副标题和夺人眼球的头条标题。校对部主管对这些颇为赞赏，摇着头说：

"天呐！天呐！孩子，安拉真是眷顾你啊！真是遗憾啊，如果你能早几个月来这里就好了！无论如何，在正式聘用之前，你就在这里跟着我们实习吧！但是，法赫米也知道，我没有权力给你开工资！我只能自掏腰包借点钱给你，等你宽裕了还我！"

我朋友法赫米气得涨红了脸，主动跟那人说了句谢谢，然后偷偷地朝我使了个眼色要我不要接受任何人的施舍。他趁校对部主任出去的时候——他俩的办公室是紧挨着的——轻声告诉我，一旦我接受了他借给我的钱，那他就会无耻地利用我替他写投诉专栏，并且还是署他的名字。这还只是个开始，一旦我接受了，在那之后我就会沿着下降的阶梯变成仆人，毫不奇怪。我感到害羞在我的四肢里匍匐爬行，感觉全身上下都被汗水包裹住了，引起了强烈的恶心感，羞耻的恶心感。因为我亲爱的朋友法赫米·艾布·福图哈并不知道，在过去的几个月里，我早已习惯了接受任何人的盘剥，不管是日报作家，还是服务性专栏作家。我用流利热情洋溢的方式对他们的文章进行重写，换取一个三明治、一杯茶或一盒烟，有的时候，换来的甚至只有一句“太棒了”或者“谢谢”。现在最令我焦虑的事情就是，我害怕我的朋友法赫米·艾布·福图哈发现我已经奴役了自己，我已经把自己分文不值地贱卖了。因为我的朋友法赫米在这个世界上最鄙视的就是那些贱卖自己才华的人，那是人生中最大的堕落。他可能不会原谅我了，因为我成了一个最大的失败者。也恰恰就是这种精神让我们俩走到了一起，让他在我心中占据了独一无二的位置。某天夜里，在农场里，母亲告诉我希望我能有个这样的兄弟，我母亲一辈子都在祈求安拉能看先知的面子，让我的人生之路能有个这样的兄弟。

和恐惧相比，睡眠总是能占上风，现在对于我而言，睡眠里似乎就充斥着恐惧。疲倦的大山重重地压着我的胸部和头部，令我喘不过气来。现在，我不知道自己是在清醒中睡着了，还是在睡眠中清醒着。我睡着了吗？还是在几小时之后，我就要受死了，或者一丝不挂，或者面对满满爬来的丢丑？早上七点整，当阿卜杜·阿齐姆·巴尔迪斯来开门开窗、通风换气、准备迎接办公室主人的时候，他会怎么做呢？如果我服软，就算他同情我的处境放过我，他也肯定会命令我不准再次进入报社。哪怕他没有这么做，我也可以友好地和他达成协议，今天之后不再出现在他们面前。但是当我亲爱的朋友知道了发生的事情，我会令他多么尴尬呢？

在某一天中午，那天似乎就在不久之前，却又似乎在很久之前，我看见自己又坐在了同一把椅子上，在编写一则关于一位划时代的大作曲家的新闻，他原本是个非常有名的歌唱家，后来过气了，就隐居在了舒卜拉区[①]的一所小房子里。他给一些歌手写电台歌曲，也在斋月期间的黎明之前吟诵一些彩诗和宗教祈祷词，他就是作曲家兼歌唱家易卜拉欣·阿卜杜·穆泰杰利。我父亲就是他的歌迷。所以我故乡的家里收藏了好多他的唱片，它们塞满了好几大箱子。因为我们家有个带着大喇叭的留声机。易卜拉欣·阿卜杜·穆泰杰利的声音从喇叭里传出来，清脆婉转，就像乌姆·库勒苏姆演唱的由松巴提[②]谱曲的歌一样。我曾经也痴迷于写歌，一有民族节日，我就对一些歌曲进行编曲，分三份寄给广播电台。

电视兴起之后，我就把这样的联络转向了电视台，令我非常震惊的是，以诗人萨阿德·达尔维什领导的文本委员会竟然同意征用我写的一首歌，那是关于母亲思念儿子的，因为当时刚好流行以母亲、兄弟和家庭为主题的歌曲。令我更为震惊的是，我写的歌竟然会由易卜拉欣·阿卜杜·穆泰杰利谱曲然后给著名的女歌手苏阿黛·麦凯维[③]演唱。这就给了我充分的理由询问他的家在哪里，并上门拜访向他介绍自己，说我是个记者，同时也是歌曲“我的儿子记下了他的功课，先知守护他”的作词人。他热情地接待了我。从他那我找到了自己的理想：他当时盘腿坐在地面的一块垫褥上，后面是靠垫，穿着一件白

① 开罗城最大的居民区。

② 即利亚德·松巴提（1906—1981），埃及现代最伟大作曲家之一，和乌姆·库勒苏姆有过非常成功的合作。

③ 苏阿黛·麦凯维（1938—2008），著名歌星，出身音乐世家，父亲为著名作曲家穆罕默德·麦凯维。

色的丝质大袍，苍老的眼睛里布满红血丝，无论是眼白还是瞳孔里，都布满了红血丝，看起来像是两个咸水湖，或是两颗贻贝。他不高也不矮，不瘦也不胖。严肃、安静、从容，就像一个教派长老面对自己的支持者一样。他出神地抖着双唇念叨了好久，就像在念礼拜后的祈祷词一样。没过多久，他抬起头来。于是我们看到他眼睛的湖泊突然波涛汹涌了起来，黑色的眼球在里面来来回回地转动，充满了焦躁、警惕和困惑。马上他又眯缝起眼睛，好像在从遥远的深井里拽一根沉重的绳子一般。然后他突然喷出一个粗口或者笑话或者韵脚，像是一声霹雳，于是炸弹就爆炸了，在座的人都笑得前仰后合。他的手指中间总是夹着一块大麻，最上乘的大麻，压制烟石的套装就摆在火炉旁。

他的小儿子阿卜杜·穆泰杰利坐在旁边负责添火、压制石头和伺候他。至于宾客们，则是很奇妙的组合：有附近卖小鸡的喜欢音乐的小贩、有广播电台负责合同的总经理、有合唱团领唱、有拉小提琴的老头、有因为听众口味改变而心理失衡隐退很久的老牌歌手……还有各种年龄的无名小卒，他们是座谈会上最重要的成员，也是最常来的成员。

每晚都会有一位老牌的艺术界人士突然造访，比如：扎克利耶·艾哈迈德[①]先生和他的伙伴们，一位访问开罗的黎巴嫩歌手，正好某个节目中推介了他一首歌，帮他在电视导演那里混个脸熟……经常，易卜拉欣先生在听到从后厅——也就是他所谓的厨房——传来的呼唤之后，就不得不站起身，在听清了要干什么之后，他就拿出口袋里的钥匙，穿过坐在地上的宾客，

---

① 扎克利耶·艾哈迈德（1896—1961），阿拉伯现代音乐巨擘。

拖着大袍径直走向卧室，然后打开一个旧箱子的锁，拿出一盒茶叶和一罐砂糖，这个旧箱子在必要的时候就会被当成凳子使用。然后走到厨房，在茶壶里放上一把茶叶，并在每个杯子里放上砂糖。接着他又回到卧室把糖和茶叶罐子放回箱子里，重新锁上锁，因为这是他自己私人的口粮，而不是家里的口粮，这也是在他经济拮据的时候能够在宾客面前避免尴尬的唯一方法。

每天晚上，这一系列动作他可能会不厌其烦地做上四五次。当他回来的时候也许会爆笑一声，算是小小地自嘲一下，然后在一片哄堂大笑中坐回原来的位子。他经常会抱着一把欧德琴，简单地说上几句就开始调弦给大家唱电视选段中的新歌。他的歌声婉转悠扬，时而悲伤时而欢快。随后所有人都会要求他唱一些以前的老歌，只要人们稍微帮他回忆一下曲调，他马上就能全部弹唱出来了，尽管此时他的年纪已经将近六十五岁。

自从我跨进他家门的那一瞬间，我就成了他的歌迷，于是此后经常去拜访他。此后我常常在广播台大楼里遇到他，看见他在催促着文本和视听委员会的人，或者在努力让导演们想起自己。那时他穿着一套朴素的西装，就像是一位农村的小职员一样，而事实上他却是教育部的音乐教育督查。他胳膊底下夹着一个厚厚的文件夹，身后跟着他的小儿子阿卜杜·穆泰杰利，如果当天他需要在录音棚录音的话，那他儿子手上就会抱着一把欧德琴。只要他一见到我就会让我跟他一起回家，请我吃上一顿肥美新鲜的午饭，然后再坐在舒服的垫子上，把头靠在沙发上偷半小时的觉。他对我十分慷慨，经常留我一天一夜。他命令我脱下肮脏不堪的衣服，然后扔给孩子们去洗。事实上，是他那慷慨的妻子暗示他这么做的，她对我就像对待自己远在异乡的孩子一样慈爱。她会给我拿来一件旅居在那个石油和先知王国的儿子的大袍。只有在夜谈结束的时候，他们才会放我走，

那时我的身上和衣服上往往都已经散发着肥皂的香味了。然后我就漫无目的地游荡在了黑暗的开罗街头，四周都弥漫着下水道的臭味。羞愧会让我停上好几个星期都不去易卜拉欣先生家里，直到他偶然地碰见我，然后又拉着我陪他。他对我的恩德实在是太多了。

最近几个月，他发明了一套音乐方法，可以轻而易举地教会文盲认识阿拉伯字母。这个“国民项目”的消息还连同他的照片刊登在了一份流动日报上，这也就意味着我可以昂首挺胸地重新去他家拜访他了，画外音就是我是一名干事的记者，能够帮到他。因此，我竭尽所能地开始宣传这则新闻的重要性，并且还为它写了一个夺人眼球的标题和导语。我给他安了好几个头衔，充分满足了他受伤的尊严，并且还字斟句酌，暗示马斯欧德·兆达，这是我免费送了他一份大礼，这则新闻完全可以成为明天他那个版面的头版头条……

令我惊讶的是，他并没有推脱和反对。他拿着纸，手臂往上举着，手臂皮肤柔嫩，肌肉结实，长满了黑色的浓密毫毛，右手手掌托着左手手肘，手臂上的半截袖子是印花半透明的。他皱着眉头，开始仔仔细细地读起来。然后他的眉毛扬了起来，又重新慢慢悠悠地读了一遍，在我看来，那是为了确定字里行间里没有任何的含糊可疑之处。然后他会发现那里面除了新闻的正常特点之外什么也没有。令我奇怪的是，他竟然满意地笑

了。他笑的时候，完全像是另外一个人，像个天真呆萌的孩子，你会不由自主地喜欢他，有摸摸他的头的冲动。他夸赞我文笔优雅、措辞优美，说我在新闻领域天赋异禀。他把这则新闻放在了一堆报纸上，然后全部拿起来递给我说：

“看看这些新闻吧！不喜欢的就用你的方式去修改。我对艺术家之间的关系不是很熟，或者是艺术家与一些编辑之间的关系，如果你在某则新闻里嗅到了贿赂、奉承或隐蔽广告的味道，你就打叉好了。如果你发现哪则新闻的编辑和新闻里提到的某个人有关系，你也把它改了。如果你发现了可疑之处，要是能给我标记出来做上批注就太好了！

我知道他们都在利用我，特别是那些兼职的，他们完全一点良心也没有。我除了炒了他们再没有别的解恨的办法了。我又不傻，我也是个流氓，混蛋起来能比他们还绝，你不要对这些大惊小怪，要知道艺术圈就是个淫窝，能把先知们都变腐败了。正因为这个，每一则新闻我都要尽可能地仔细读一遍，我不想成为那个被人骑在脖子上的人。

一个孬种写了一篇新闻赚点小钱，然后大罪名终生缠着我的脖子。那个编辑不可能仅仅是个受贿者而已，他还可能是个被人嘲笑的失败者。这两个：受贿者和失败者都给我打上耻辱的烙印，在所有人面前丢脸。我从标题里就看懂了，从它的模式里我就准确地知道谁是在背后指使那个编辑的受益人。我的电话就没有离开过手，我四处打听这则消息的正确性，可能它背后的目的就是要抹黑某个隐秘的人，要不就是宣传某个思想，要不就是戏弄制片人。

那些初出茅庐的编辑的愚蠢和没节操被一些艺术家利用，

通过新闻杂志上的艺术新闻互相喊话、互相谩骂、互相陷害。幸运的是，这种现象离我们还比较远，还只盛行于贝鲁特的黄色小报，它们本来就是靠敲诈勒索，专靠爆料索取封口费起家的，目标都是针对政治人物和艺术界人士。我并不是不开化，我曾要求主编把纯粹的艺术新闻调到艺术版面去,别让我管了。艺术已经因为这些艺术家和这些新闻而沦陷了，愿安拉保佑它吧！在我的版面，我从来都只刊登那些真实重要的、和社会利益相关的艺术新闻。这是一些编辑们的新闻手稿，你可以通过边边上的签名知道每则消息都出自谁之手。

顺便说一下，我是报社里唯一能任用你的人，当然这都得靠安拉的保佑。但是我知道，我的版面是报社里预算最多的版面，因为我们编辑人数很多、消息来源也很广，因为这个版面一直很活跃，持续关注着这座城市上上下下的全部新闻。我知道你写小说和诗歌，还写些填饱不了肚子的废话。我对你说：别再为此费脑筋了，我认识的在我们国家从事文学的人太多，而不是太少！最终他们都靠我们养着，我们的报纸之所以发行量这么大，那是因为里面有要闻、有调查、有追踪，而他们从来都是直接从我们这拿现成的版面,加上满篇的‘尤其是’、‘然而’等等，再放上一些显要人物的名字。但他们要表达什么，你明白吗？连我也不明白。

文学已经灭亡了，文学的时代已经过去了，我们现在是新闻的时代、报纸的时代、夺人眼球的照片的时代！所以，如果你能向我保证把这些幻想从脑子里洗掉，那我就会努力争取经过短时间的考察之后就正式聘用你。看看你的好朋友法赫米·艾布·福图哈吧，他曾是个多耀眼的文学家，多出色的小说家啊，但是他在新闻界却毫无用武之地，直到后来彻底休了文学之妻。看看你的前辈尤素夫·伊德里斯，他现在都已经在写关于住房危机的调查报告了！再看看伟大的努埃曼·阿舒尔[①]、阿卜杜·拉赫曼·谢尔卡维[②]、哈米斯[③]、萨阿德·马卡维[④]、路易斯·阿瓦德[⑤]、穆罕默德·曼杜尔[⑥]、陶菲格·哈基姆、塔哈·侯赛因和凯米勒·希纳维[⑦]，再到像阿卡德、马齐尼和海卡勒这样的文学巨匠，如果没有报纸新闻的话，他们早就饿死了，早就在遗忘的黑暗中流离失所了！所以，听我的话吧，我作为一个部门主管，我永远也没办法用一个文学家在我手下工作的。我要的是一个真正的编辑，一个能在报社随时需要之际用通俗易懂的方法写作的编辑。所有的部门主管都是这样的，也许他们不能接受你的原因，就在于他们对你文学家的身份心存疑虑，也许你自认为比他们要强！所以如果你是这样的话，那我就要提醒你了，我作为兄弟给你一个忠告，我们作为专业人士，我们为自己的职业感到骄傲，我们也绝不会接受我们中的任何一员自认为与我们不同！你肯定会因为你的这些幻想吃亏的，所以，就听我的劝吧，相信我！！”

“我尽量吧。”

我努力克制着愤怒，因为这堂课我根本不需要听，我也绝不会那样做。我本想对他说，如果没有文学家和作家，那么我

---

① 努埃曼·阿舒尔（1918—1987），剧作家。

② 阿卜杜·拉赫曼·谢尔卡维（1920—1987），作家、伊斯兰思想家。

③ 哈米斯（1920—1987），浪漫主义诗人。

④ 译者注：萨阿德·马卡维（1916—1985），小说家、报业人。

⑤ 路易斯·阿瓦德（1915—1990），作家，思想家。

⑥ 穆罕默德·曼杜尔（1907—1965），作家、文艺批评家，语言学家。

⑦ 凯米勒·希纳维（1908—1965），诗人。

们国家的新闻早就灭绝了，尤其是在收音机和电视双双出现之后，它们都令纸媒变成腐烂的食物，是作家们在给报纸增光添彩，是他们在教化人民大众，在对毫无文采可言的编辑写的文字进行润色，单独的新闻服务是不足以令一份报纸成功的。我本想朝他喊出这些话，吼出我对他以及像他那样从新闻中得益却对新闻没有益处的人的真实看法。但是我的地位不允许我这么说。我能做的，只有点点头，神秘地一笑。于是我开始用明确而温和的态度对这些新闻进行改写，就好像我在改写《伊利亚特》一样，那是因为我非常喜欢我正在做的事情……

然后我看见自己大晚上的坐在报社大院里，零星的灯光在我身边愉快地闪动着。显然，我是愉悦的。似乎是因为编辑主任对我很和气，也很欣赏我的工作表现。几个小时以前，我成了他的私人秘书。并且显然我在等待某个对我而言相当重要的东西。我迫不及待地等着第一版报纸的发行。

当阿卜杜·阿齐姆·巴尔迪斯拿着新鲜出炉的带着打印机墨汁香味的报纸走进来的时候，我的那种迫切停止了。我极力克制着，避免被编辑主任发现。然后，似乎我身后藏着某个我不愿意让编辑主任看到的东西，他总是板着一张脸，一脸严肃的表情。马上我知道了，我不想让编辑主任注意到的就是，报纸上有则新闻是我有意刊登的。他要是发现了的话，就会怀疑我每天来报社并不是无所图的。编辑主任是个人精，名字叫艾克拉姆·法赫里·丁。他原来是警察局的警官，但是文学抱负战胜了警察这种职业的吸引力，于是他毅然决然地辞职了，开始在一个官方机构出版的周刊担任编辑，这份杂志成果显著。

艾克拉姆·法赫里·丁在革命的时候就结识了一些自由军

官。无论是在左翼还是右翼看来，他作为记者名声都很好，因为事实上他很有天赋，并且也有干一番大事业的愿望。于是，他后来就成了《国家报》的编辑主任。同时，他还出版一份名为《月亮》的文学月刊，推出了一大批新生代文学家、诗人和评论家，这份刊物每次出版发行之后总是在短短几天之内就被抢购一空。

我曾经也在上面的“读者来信”版块发表过很多文学随笔。我感觉自己很喜欢艾克拉姆·法赫里·丁，喜欢他敢于发表一些默默无闻的年轻作家的作品的勇气；喜欢他因为发表所有新生代诗人的诗歌而对现代诗歌运动做出的贡献；喜欢他向所有地区的作家观点敞开大门，并对其进行出版，而且还用大写的字体注上作家名字以示敬重。我喜欢他还可能是因为他不像其他领导一样对我龇牙咧嘴。他不会嫌弃我寒酸不光鲜的外表，每次只要我跟他打招呼“先生，你好吗？”，他也会回问我，并且在打招呼的时候还会叫出我的名字……

突然，我看到自己站在了亚历山大的埃及站的站台上。和我在一起的还有两个人，好像是我的朋友，他们似乎是来送我的。从我脚下放着的衣服袋子来看，显然我是要出远门了。我认出来这两个朋友中一个是我的朋友贝德尔·索夫旺，他是亚历山大大学文学院哲学与社会学系的学生，我和他以及他两个同系的同学一起合租穆哈拉姆·贝克[①]区的一套简陋的小房子。我认出来另一位是他的同学阿卜杜勒·马吉斯·豪费，阿拉伯语和东方语言系学生。突然又出现了第三个同学伊扎特·兰卡尼，他是历史系的学生。我们碰到一起肯定是去瀑布公园或者

① 亚历山大市中心著名高档社区。

海滨大道进行每日巡游，并进行那个特别的仪式：集体复习。

我想起来，我不是和他们一个系的同学，我甚至根本就不是个学生。我想起来我只是个早上出工的街头小贩，一到晚上，我就给他们每一个人担任“行走的记忆库”，因为我都是负责拿上一本哲学书、文学书或历史书，好让书的主人背诵那些他理解了的东西，然后我在书上用笔做上标记，或者直接告诉他，他背诵，我就负责看着书核对他背得对不对，然后告诉他忘记了某个知识点，或者把一个思想和另一个思想弄混、把一个事件和另一个事件弄混，又或者记错了标题或忘记了某个术语。

一股电流在我身上穿梭。我不知道这是苦涩的愤怒还是极度的喜悦。我记得应该是更像喜悦一点。对我而言，最有趣的时刻就是拿着一本我永远都不用考试的书，检查即将要考试的朋友。更有趣的就是我经常合上书之后就给朋友背诵，直接把那些他忘记了的内容背了出来。但是真正令人痛苦的是，我连参加考试的资格都没有，因为我从小就辍学了，所以我没有高中毕业证，我也没有耐心为了拿这个证继续读三年书。我们不是来火车站站台背书的。而是我的朋友贝德尔·索夫旺要远行了。突然，火车来了。他快速往前走了几步，抓住了火车的铁门，阿卜杜勒·马吉斯·豪费提着包在车窗旁边跑着，显然，这个包是贝德尔的。因为我们所有人在出远门的时候都用这个包，为了节省旅费，我们中永远只有一个人在每个月初一和十五的时候，代替所有人回到我们两个相邻的村子，从我们的家人那里带来粮食和生活费。

阿卜杜勒·马吉斯从窗口把包推了进去，贝德尔从里面接住它并把它放在了架子上。接着阿卜杜勒·马吉斯还让贝德尔带条好长的口信，有第一点、第二点、第三点……到第十点。马上我就知道了那条口信是给艾克拉姆·法赫里·丁的，他是《国家报》的编辑主任，同时也是《月亮》文学杂志的老板兼主编。马上我也知道了，艾克拉姆·法赫里·丁和阿卜杜勒·马吉斯·豪费之所以关系这么亲密是因为他们是姻亲，尽管艾克拉姆·法赫里·丁现在名气很大，但他仍是阿卜杜勒·马吉斯在亚历山大文学院同一个年级同一个系的同学，所以阿卜杜勒·马吉斯每次都通过要远行的同学或者老师给他捎去所有的课件，从头到尾的，大大小小的。

我记得我就不止一次给艾克拉姆·法赫里·丁捎过这种口信，同时我还会给他一些我写的小说和故事以及一些亚历山大的文学家朋友写的诗歌。难道因为这个他就会同情我的处境了吗？无论如何，他都是一个很难让人了解他内心想法的人：他长着一张强势的脸，尽管内心深处却很温柔细腻、幽默风趣；他常年板着一张脸，双唇紧闭；他身体的每个部位都很臃肿结实；他身材高大，头也很大，皮肤白皙，头发浓密，但是很短，不超过一厘米长；他非常优雅绅士，无论是夏天还是冬天，都穿着整套的西装；从电梯门往办公室走的时候，他总是迈着如军人一般威严的步伐，享受地看着秘书跑在前面去开门、整理东西、准备咖啡的样子。他只要一坐下，马上就开始一丝不苟、专心致志地读报。我不再知道他是喜欢我还是讨厌我了，我感觉他笑容可掬地看着我的脸。我也不知道他是不是欢迎我和他们一起在报社工作。他经常谈论那些没有高等学历靠着一点天分就潜入这个行业的外行；只要他对某个东西生气的时候，就会咒骂这个行业，说它是没有职业的人的职业。我知道他说的是报社里的某些人，但这句话还是像个铁拳一样揪着我的心。

他翻阅着一份看上去像是第一版的报纸，手里拿着红笔。我迫切地期盼着，紧张得屏住了呼吸，但是目光还是紧紧盯着报纸的最后一页，我的心跳开始加速，呼吸也急促了起来，一直到那一页被艾克拉姆·法赫里·丁折了起来。我知道自己迫切地想要寻找关于易卜拉欣·阿卜杜·穆泰杰利先生的新闻，我一直相信这则新闻会配上个大标题和一张先生本人的照片发表的。我脑后仿佛迸发出一个美好的夜晚：我抓着去舒布拉区的公交车，好把这份报纸给易卜拉欣·阿卜杜·穆泰杰利看，作为今晚夜聊和接下来好几天夜聊的惊喜。我从头到尾把所有的城市新闻都看了好几遍，甚至连快讯都看了，也没找到那则新闻；我知道马斯欧德·兆达已经把它折起来放进口袋里，正走出去交给编辑主任；我知道他的习惯，对于任何编辑迫不及待地想要发布的新闻，他都要怀疑，所以就算那是一则准确且重要的新闻，他也会故意不发布。我对他产生了深深的恨意……

我看到自己还是个稚嫩的孩子，在用尽全身的力气往家乡的家门跑过去。我赶超了舅舅穆阿提和他的朋友们，他们经常把我带出去和他们在城镇西边的一套好远的房子里刷夜，他们在那里抽大麻，然后笑着把烟圈吐在我的脸上和鼻子上，弄得我也微醉了，做出的动作和说出的胡话都令他们哈哈大笑。现在，我们在回家的路上。我感觉只要我一走快一点，他们就放慢脚步了。我知道他们是想看我的笑场，看我因为微醉摇摇晃晃的丑态。我知道这一点。但是当他们爆发出断断续续的隐晦的笑声时，我醉醺醺地还以为那是号啕大哭。就连这个显然我也是提前就知道了的。尽管如此，我脑海中首先想到的还是被我留在家里的重病的母亲，她肯定已经去世了，消息传到了我舅舅那里。于是突然我就像这样飞奔了起来。我进到家门的时候，几乎快要因为跑得太快加上心理焦急而栽倒在地。我爬上有扶手的木楼梯，弓着的身体就像骑在脱缰的马身上一样。在二层梯头的时候我不得不拐了个弯,我母亲就睡在二层的房间。黑暗中我什么也看不见。我只好硬着头皮往前摸索，相信前面的路是空着的。突然，我的头卡进了木栏杆的两根柱子中间。我的惊叫声淹没在了楼梯的隆隆声和跟在我后面的舅舅和他朋友们的叫喊声中。

我依旧在试图把脖子从护栏杆里挣脱出来好喘口气，但这时已经气喘吁吁地坐在了椅子上，身边沸沸腾腾吵吵嚷嚷，我的心也剧烈地跳动着，因为我搭着腿的椅子倒在了旁边的椅子上，于是我的两条腿就重重地落在了地上。我被发生的一切吓得不轻，只好用手捂着胸口舒缓一下急促的心跳，就这样捂了好几分钟。楼下放着好多打印机，从楼下传来的脚步声渐渐远了，变成了男人们互相喊问的声音，我认出了里面有报社保安哈尔比的声音。然后我听到了上楼的脚步声，越来越近，越来越清晰。我感觉脚步停在了这个房间所在的走廊门口，感觉哈尔比的手在摇晃着门，好确定它是不是上锁了。然后他就开始喃喃自语，我听到他好像在说那些小野猫总是藏在椅子底下，把东西弄倒摔碎了，还说餐厅的那些食物残渣把报社弄得脏兮兮的。接着，我就听到了下楼的脚步声，那声音渐行渐远……

就像有成百上千根棍棒落在身上一样，我感觉全身的骨头都快碎了，脖子火辣辣地疼，一动也不能动，就像夹在了水泥板中间一样，我确定，如果重新再次摆到椅子靠背上的话，可能脖子里的血管都会爆掉，我的头也会爆掉。我往四周看了看，寻思着怎么才能拯救我的脖子。不管三七二十一，我还是把它重新放到了靠背上。不管三七二十一，我把腿又架在了对面椅子的靠背上，就像不久前一样。此时，我听到了恐怖的震动声和雷声，我站了起来。我知道了那些恐怖的声音是从我的鼻子和嘴里发出来的。我睁开双眼，摆正了脑袋，发现口水流得椅子靠背上到处都是，肩膀上也到处都是。我想从那堆废纸中抽一张擦一擦我的肩膀和椅子靠背，但我感觉自己像是陷进了一个地洞里，怎么也出不来，我身体的任何一个部位都没办法动弹。这时我感觉有点危险了：我得这么疲劳到什么时候啊？难道要等到马斯欧德·兆达进来发现我这个样子在里面，成为一个大丑闻么？包括艾克拉姆·法赫里·丁在内的所有人都等着一个正当理由把我轰出报社，并完全禁止我踏入这里。我转动了眼睛扫视着房间里的角角落落，我想到了临街的那面窗户，那面被好多管子包围着的窗户。然后我又想起来它并不邻着街，而是邻着报社大门进来之后的院子。我的目光落在了马斯欧德·兆达办公桌上的两台电话上。我想起来，其中一台电话连着内线开关，另一部是直通外线，就像所有其他部门主管一样。我的脑子里突然蹦出个想法，就像是个解决全人类的问题的天才办法一样。我为自己的智慧心跳加速起来，坐直了身子。然后我悄悄地把脚伸到办公桌上，用脚趾头夹起那部外线电话的听筒放在耳边，听到电话里传来一阵强烈的、急促的嗡嗡声。我用手举着听筒举了好久，在报社所有的电话号码中犹豫不知如何是好。突然像受到了神灵的启示一般，我想起了一个写在这个电话机拨号盘的号码。我把手伸进衬衣口袋里掏出一盒火柴。我用颤抖着的手划开一根火柴，把它凑近写在电话拨号盘上的号码，念了一遍。然后又划开了一根火柴，播了巡警电话（121）。电话另一端传来了平静、友好而深沉的声音：有什么需要吗？我清了清嗓子，寻找着声音。一找回声音，我就说：

“麻烦你！我可以请求帮助吗？”

对方说：

“请说！”

我感激地回答：

“如果可以的话，请在早上六点的时候打这个号码！”

然后我给他报了写在拨号盘上的号码，他说：

“是要出远门吗？”

我高兴地说：

“但愿吧！希望能赶上飞机！”

对方说：

“放心吧！就算我离开了，我也会把这个事情交给下一位值班同事的！”

我向他道了谢，然后放下了听筒。我重新回到了椅子上，又坐回了以前的位子，终于感到有点安心了。

我轻轻地快速敲了几下主编办公室的门，然后就直接走了进去，显然我已经被激动冲昏了头脑。我的朋友法赫米·艾布·福图哈想让所有主编都认识我，所以总是交给我一份文件，定期让负责人背署。我俩都没有想到海勒拜维·贝克现在会在办公室。令我高兴的是，他的私人勤杂这个时候没在他位于门口的固定位置，所以想必他是自己给主编倒咖啡去了。门上的红灯还亮着，这足够警戒外人不得入内了。但是我碰巧没有注意到这点。突然间，我像被雷击了一样呆呆站在海勒拜维面前，他那庞大的身子像头大象，像个压紧的圆锥坐在软皮沙发上，露出要害部位，像条巨大的蟒蛇，一半是无拘无束自由的，另一半还卡在夹缝中。马上我看出来那是被称作“曲调之女”著名女歌手，她唱过很多他写的歌词。她坐在他怀里，他的两只手抱在她的腰上，把她身上上上下下亲了个遍，而她则在卖弄风情地扭动着苗条娇嫩光鲜的身子，用欲拒还迎的娇嗔勾引挑逗着海勒拜维。当她看到我像个傻子一样激动地冲进办公室时，吓得惊叫了一声，当时贝克正在解她的皮带，也吓到了，她马上站起身手忙脚乱地整理了一下凌乱的辫子。他用一种恐怖的眼神瞪着我，而我就呆呆地愣在了原地，吓得直哆嗦。我感觉尽管他如此怒不可遏，但却还是在隐藏着莫大的窃喜，还在努力克制着不笑出声来。然后他开始问我：

“孩子，你叫什么名字？你在哪个部门工作？和谁一起？”

我坦诚畅快地回答了他，甚至还回答了一些他没问的。然后他用手指做了个可怕的手势，用浑厚沙哑的声音说：

“过来这儿！”

于是我走了过去，手里的纸全都在不由自主地抖动着，感觉他会用支笔直接插进我的脑袋。他确实这么做了，但却是过了一会儿才这么做。他用力地捏着我的耳朵，但我的脑海里跳出一个念头，我几乎都快笑了出来，因为我感觉到他所受的书院式教育和教法学家般对宣礼的热衷与执着至今还在令他难以入眠。他又问我：

“你有什么学历吗？上过学吗？”

但他最后还是放了我，说：

“下一次记得敲门！最好别再来了，我不想再见到你！”

我说：

“好的，知道了，先生！”

我转身准备出去。他喊道：

“等一下。”

于是我又转了回去。他指着桌子上的纸，把它给了我，对我说：

“就当作没看见吧！”

我感觉他在向我示好，这次他的语气中有种友善的味道，似乎在劝告我：如果我有人性的话，就不要把看见的事情告诉任何一个人。当我开门出去的时候，阿卜杜·阿齐姆·巴尔迪斯坐在他的位子上，用带着鄙视、恐吓、仇恨的眼神盯着我，像被火烧了屁股一样在座位上翻来覆去。我手里拿着纸，汗如雨下地走着。我刚走到我朋友法赫米·艾布·福图哈那，马上第一次看到他的脸上出现生气的噘嘴表情，他看上去像是完全不认识我一样。我把那些本应给他的纸递给他，他鄙视地看了我一眼，用手把它们挪到了一边，就像是在为自己撇开一项重大的罪行一样。我就那么不知所措地站着。这时候进来了一个我不认识的勤杂，他把手搭在我肩膀上将我拖出了房间，然后给我指了指大堂的位置。我拿着纸朝他指的地方走了过去，但我感觉到了一种模糊的不可言喻的危险，于是我掉头想要把纸随便交给一个人。大厅空无一人。我本想把纸放在校对室的第一张办公桌上，但是当我走进校对室的时候，发现它完全是漆黑一片，一个人也没有，于是我就走了，像只笼子里的耗子一样在大厅里穿梭。我用手敲着大厅的门喊道：

“阿卜杜·阿齐姆！艾哈迈德！瓦利姆大叔！哈尔比大叔！”

没有一个人回应我。我使劲地摇着门，绝望地大哭起来，直到我跌倒在地，倒在了一片血与泪的湖泊中。

我惊恐地睁开双眼，大脑里一片空白，口水流得到处都是。我想起来，我闯入海勒拜维·贝克办公室的事情完全没有任何人知道，甚至连海勒拜维·贝克本人也没有见到或听到。因为我在打开门快要走进去的时候，就看到了那个景象，于是我神不知鬼不觉地就溜出来了，没有任何人知道我的存在。我对我的朋友法赫米·艾布·福图哈说：

“门上的红灯亮着。”

现在我对我看到的感到颇为震惊。我恶心极了，但我还是把放在垫子边缘的头转到了没有流口水的那边……

这一定是对面那个翼楼的大厅，因为大厅的右边有一张小办公桌，上面坐着一位看起来颇为苍老的女孩，她可能是萨米尔·鲁托菲的秘书苏珊小姐。萨米尔·鲁托菲是《国家报》的一位主编，科普特人，在一所著名的新闻学校上的学，《国家报》是一份受美国掌控、具有纯粹美国风格的著名的大型流动报纸。他念的新闻学校就是个纯粹为掌权势力服务的机器，无论那是美国资本势力还是军事势力，它培养出的每一个孩子都擅长宣传造势，让俗人和蠢汉更加庸俗、更加愚蠢。他们利用一切误导手段和美国的新式发明，大篇幅为它宣传造势，好让普通民众相信：这个先进的、有势力的民族，掌控全人类未来所有的出路，我们必须把所有希望寄托在它那里。这样的报纸，完全毫无真实内容也不关注人民忧愁，毫无人性可言，恨不得把颗粒夸大成房顶，把老鼠说成骆驼。即使毒品贩子或刽子手罪证确凿，它也能让人对罪犯的名字绝口不提，或者把发布的罪犯照片蒙上眼睛。但要是一个普通穷人犯了点小事，它就会在报纸的头版上详详细细地报道整个事件。他们会在首页把这个事件用大写的加粗字体概述一遍，然后在后一页又会把无聊的细节全都重复一遍，而不会补充任何新的东西。通常的话，这则消息百分之九十九的核心内容都是骗人的。负责这份报纸——名字叫《消息报》——的人是个在美国接受教育、并喝着它的乳汁长大的人。一夜之间，他就成了这份大报纸的老板，在市中心为它建了个大报社,在各大银行里也开设了巨额的信用证。《国家报》里那些年纪大一点的编辑总在窃窃私语议论这些话题，全国各地的很多作家和记者也都公开诅咒这些报纸。

萨米尔·鲁托菲毕业于法学院，祖籍是艾斯尤特省，但却是个地地道道的开罗人，了解关于开罗的大大小小的所有隐秘生活。他对各个层次的艺术家都很友好，所以和大部分艺术家都建立了亲密的个人关系，并且还保持着频繁的家庭拜访。

他便经常利用这些关系处理问题、解决危机。他也知道如何把这些人脉融入到散文、专栏、调查报告、故事和虚假的新闻讲述中去。正因为这种灵活变通的能力，他取得了很大的成功他能说会道，又有着魔鬼般的花言巧语的智慧。他知道何时引用耶稣的箴言，何时向穆罕默德求助，也知道在哪种人面前，被打了左脸接着把右脸也递上去挨打。他知道如何取悦掌权的人，并给他在舒适愉悦的地方推拿按摩，也知道如何把当局的指示复制过来变成自己的意见。他知道在即将被摧毁的危急时刻，必须把个人送到鞋底下粉碎，也知道如何像面团里抽出发丝一样从所有的阴谋诡计中脱身。他知道什么场合写什么东西。他知道如何把自己的铜线连在电极之间，这样就有了威力把任何触碰的人击倒，令其灰飞烟灭。他知道如何克制自己的个人情感和心情，也知道如何下命令，如何做决断，如何靠奖金换取编辑和工人们的忠诚。他知道在那张像个大土豆的圆脸上，摆出一本正经的严肃表情。

他毛发浓密，但总是把胡子剃成一丝不苟的样子，眉毛很浓，经常呈数字 111 的样子，鼻上架着一副厚厚的眼镜，无论是镜框还是镜片，都是咖啡色的，他有一个精致的鹰鼻，鼻子下面留着浓密的小胡子，所以两个大鼻孔就像是杂草丛生的荒地里的两扇地道大门一样。他的嘴巴是往上翘的，总是紧闭着黑色的双唇，嘴里还叼着一根卷着大麻的香烟，几缕烟雾徐徐往上升着。

他每天都用那支 Parker 牌的金笔不厌其烦地写上几百张神奇的卡片，以至于他有时会把报纸抬头都写上两三遍。每一次都会产生与上一次相矛盾或有出入的观点，它们之间唯一的共同之处就在于，每一次的观点都能告诉别人那就是他在这个问题上的真实想法。然后他从中选出迎合局势的观点呈交上去。如果在打印机那层楼上有独立办公室的监督员反对的话，他就把那些纸片撤回来，然后重新交上其他的。就这样，他要保证报纸永远不会停搁，每一分钟都在不停地运转。于是当自由军官把新闻报刊国有化的时候，他成了一个大的受益者。当时他担任一份着重关注青年事务的周刊的主编，这份周刊就是他最初所在那个杂志社出版发行的。同时，他也担任《消息日报》

的副主编。

当他来到《国家报》当主编的时候，在报社掀起了一次飓风。他遭到了所有人的鄙视，不得不把以前一起工作的秘书苏珊和办公室主任萨马哈·沙阿班带了过来。这家报社原本总共有三名主编，他们的名字都一起写在报纸首页的中间。他来了之后，就是第四位主编了，并且还成了其中最重要的一个，成了那位维持工作机器运转的实际老板。每一位主编都各司其职，但是他最终负责所有的事情，负责检查报社出版的每一个词语。所以，校对室里总是聚满了好多人通宵达旦地仔细阅读每一个字词，查出每一个他们认为与报社所代表的或者所接受的立场观点不符的漏洞。他给校对部配备了很多刚毕业的年轻面孔，诱惑他们可以把他们自己的名字写在话题上面，指引他们追踪一些值得深入挖掘的话题，以及入手的角度。

他从与报社合作的广告公司挑选了一个私人勤杂，名字叫作米凯勒·宰基。他还从以前的报社带来了一个牛高马壮的人，他有一个超大的屁股，行动起来像个驼轿一样慢慢悠悠的，但却总是能用通俗得体的语言、浑厚的外国口音和丰富的专业经验来对一切事情作出判断。萨米尔·鲁托菲把他任命为和艾克拉姆·法赫里丁一样的编辑主任，于是他就成了报社的第三位编辑主任，但是真正的主任，也就是细致地指导、重新审校、用流畅的文笔在印刷板上进行改写之后最终敲板印刷的人，甚至文章原作者也意识不到他做了删减、补充或重编的人，他的名字就像他的性格一样暗淡低调，没有一点名气，叫作穆哈伊·艾哈迈德。他语速很快，但是他原本说话一点也不流利，只是后来强迫自己训练成这样了。

他是土生土长的本地人，但是他总是刻意勉强地去和这种出身摆脱干系，努力地给人暗示他是贵族出身，然而实际上——根据和他住一个区的邻居们的说法——他其实出身低微，他父亲原来是亚历山大拜库斯平民区的一名马车夫，也正因为这一点，他对待别人的时候经常就像贵族老爷们对待他的父亲那样。他其实很有才华，善于调动周围的人。他喜欢收集古书旧报，从中寻找潜藏的可能有利于当局的丑闻，或者可能对当局的某些决策的制定有用的信息。他可以快速地审核几千页的文字而不用删除一个单词，这足以说明他有相当好的自制力。他不抽烟，由于担心发胖从来不喝茶或咖啡或任何酒精饮料。由于他出众的天赋和才干，他娶了一位著名的艳星，名字叫作伊泽·芭拉凯特。她的脸宛若一颗新鲜的水蜜桃，一头浓密的金发，两只眼睛总是闪着性感却又骇人的光芒，那种光芒源自一种深切的快感，充满了淫荡、勾引和威胁。她总是故意用眼神挑逗你，却又像是无辜的本性使然。她也用同样的眼神警告你，不要越过礼仪的界限。然而这个警告柔软而不粗鲁，反而让挑逗达到了极致。她的身材美丽到了极点，就像是一尊完美的闪耀的雕塑一样，又像是一只小鸽子，你可以把它藏在你的胳肢窝里，也可以藏在你的怀里。她宽阔的肩膀很苗条，屁股高高翘起，胸脯上耸立着雪白的大理石般的脖子。然而，她马上就会令你绝望悲伤，恨自己怎么就得不到这样罕见的珍宝。

穆哈伊·艾哈迈德经常听说有人调戏她，也听说出版社年纪大一点的编辑抨击自己，抨击自己的老师。但是他脖子比腰都粗，不会对这些事情感到任何的困扰。他粗大的脸盘上也不会露出一点激动的反应，仿佛就是一个长了两只眼睛和头发的西瓜。这反而激怒了报社原来的老编辑们，他们公开声称萨米尔·鲁托菲被派到报社来，就是用他过人的业务能力，提振一下报纸不断下滑的发行量。

《国家报》的那些高层们——他们中大部分都是了不起的大作家、大学者，拥有火热的笔触——他们知道，萨米尔·鲁托菲被派来，就是因为他具有他们欠缺的灵活机变。加上他们不愿意冲撞革命人士，不喜欢监狱的高墙，不愿意与军曹打交道，不愿意去山上采石，所以，他们只能二话不说地接受了这件事情，令人啧啧。尤其是萨米尔·鲁托菲给每个有权利的人应得的权利。他让这些老家伙每周发篇文章或负责日评或日报的一个版面，特许他们可以在家里创作，而不用每天辛苦地往报社跑。他们中有些人被安排留在家里，工资和奖金照拿，条件就是不能想写作的事情，所以这些人集体暗示年轻的编辑、部门主管、印刷工人和工会抗议，对这位外来的侵入者发起革命。

自从萨米尔·鲁托菲进入到对面楼道入口左边第一间陈设豪华的办公室以来，他办公室对面的大厅里就常常挤满了各种编辑、工人和管理职员，他们吵吵嚷嚷，用尽各种手段要求与他见面，他们要么请愿哀求、要么自吹自擂、要么狂妄傲慢、要么扯着嗓子毫不保留地地乱喊乱叫……所有的这些他都听到了，但并不在意。他的办公室主任则一视同仁地给他们赔着笑脸和亲吻，请他们免费喝茶喝咖啡，努力平息、安抚，遏制事态发展。与此同时，秘书苏珊则不停地接收着报告书，并记录在册，把他们放进文件袋里交给萨米尔·鲁托菲，再带着令人安心、给人希望的微笑回来。

我现在看到的人群肯定就与诸如此类的事情有关。我看见自己战战兢兢地朝人群走了过去，好奇心驱使着我去一探事情的究竟，但我又害怕被别人看到，把我拉进报社实际老板的黑名单。我的耳朵里想起朋友法赫米·艾布·福图哈的劝告：你跟这些冲突没关系，所以不要说话、不要评论、不要出现在示威队伍里。于是我停下来了，和几个勤杂与餐厅服务员一起远远地观察着事情的进展。人群里有很大一群看上去受人尊敬的先生，我以前从来没有见过他们，我不认识他们中的任何一个。显然，他们在优雅、庄重、严肃的程度上都各不相同。但他们有一个共同的特点，那就是他们脸上和额头上的铁锈色，以及眼睛里的灰色，并且他们的手都是干燥开裂的，就好像他们是一群佃农，脱下了破烂儿，改扮上这些优雅的套装和透亮的衬衣。他们在一片混乱喧闹中交谈着，时而怒不可遏，时而漠不关心，时而冷静、大度、稳重，时而市井小民般地大声威胁。我看见自己走到一个勤杂身边问他：

“这些人是谁啊？他们在说什么？”

他向他们挥了挥手臂，对我说：

“先生，难道你不认识他们吗？他们是把自己称作左派的作家和记者啊！就是你知道的穆兄会成员！重要的是他们很多年以前就被捕入狱了！贾迈勒·阿卜杜·纳赛尔总统释放了他们，所以他们来这寻找他们原本的位置！孩子，他们中有些人原本也是我们这的，有工位，有职位，但现在都丢了，都没了！有一些是其他报社的，还有一些以前是教师或公司职员，但他们全部都被打发到我们这儿来了。他们都来报社要求职位，报社现在就像一砂锅炒饭，什么样的人都有，我们上哪去给他们每个人都找个办公桌啊？更何况我们把那么多办公桌放在哪儿啊？本来每天的版面我们就已经捉襟见肘了，哪里还有版面让他们去写啊？天呐，他们这么吵闹是不对的！难道我们是聚众闹事的时代吗？一个人贴着墙根儿走，魔鬼们却不让他消停！他们难道不是像其他人一样在家躺着无所事事但是工资照拿吗？是什么让他们如此恐慌？弯曲的奇怪的脑子！人们都在寻求安逸，而这些人却还要在安逸窝的废墟上大喊大叫！”

然后他扔下我走了。他就像这个报社里的很多人一样，以为我是里面的职工，所以才会耐心地跟我解释这么多。由于我从他那了解了这些信息，我都开始同情这些聚众者了。我亲热地走到他们身边，多希望我能够结识他们中的好多作家，他们都是我梦寐以求见到的人，然而却被监狱阻隔了。当我走进人群里的时候，我看到了一些我以前认识的面孔，他们现在站在一些我从来没见过的人中间，他们欢欣鼓舞地聚在一起。我惊讶地发现一些勤杂闯进了萨米尔·鲁托菲的办公室，然后抱着一堆一堆的书、纸和杂物出来了，往电梯走去。马上萨米尔·鲁托菲也跟在他们后面出来了，他耷拉着脑袋，眉头紧锁，严肃地走在一群他的人中间。

我说：

“有什么消息？”

不止一个声音说：

“我们有生之年第一次成功地实现了管理！”

“我们的投诉终于有了结果，萨米尔·鲁托菲终于怒了，对咱们报社厌烦了，要求回到他原来的报社去！他现在正心平气和地往那边走呢！！”

有人带着挑衅的嘲笑宣称：自从这个精明的男人来了以后，报社就损失了这损失了那，这些都是无法弥补的损失。所有人都在嘀咕着这些话，还添加了好多其他的更像是想象和神话的细节。真正让我难过的是，他们所有人在谈论这些的时候，都带着奇怪的享受和隐隐的邪恶的窃喜感，就像被毁的是犹太人的报社，而不是他们自己的报社一样，而事实上，他们每个月末都在财务窗口精打细算斤斤计较，看到鸡毛蒜皮的小便宜都绞尽脑汁去算计！突然从一个未知的地方响起来了一阵急促的铃声，可能是来自楼下的，又或者来自门后面，但是没有人去应答，也没人去把它挂掉。我怒气冲冲地看着这些勤杂，他们愚蠢懒惰地站在那里漫不经心地喝着茶抽着烟。一些编辑、日报作家和部门主管则傲慢而保守地对我摇着头打招呼，提醒我安守本分，摆正自己的位置。他们的问候吸引着我渐渐加入了他们，因为我很震惊地听着这些关于那个要走的、没人为他感到可惜的人的传说和丑闻。

突然，我走在了那群刚刚从革命监狱里出来、来到这个凄惨的《国家报》社寻求自己职位的人群中间。我似乎对他们的情况已经了如指掌了，似乎我已经和他们如此相处很多年了，似乎从好久好久以前，我就和他们站在一起，亲密而熟悉地互相交谈着。现在令我惊讶的是，他们在和我说话的时候，把我当作了他们在报社的同事，而并不想去了解我的真实身份。还令我感到震惊的是，他们中有些人拿着一摞小说，问我有没有熟人可以拿去做广播、电视剧、电影或话剧；还有一些人在互相读着对方被捕期间写的诗集。显然我已经在这种近距离的参与过程中得意忘形了，就好像我能够提供什么帮助和建议并解决那些棘手的危机一样。监狱的铁锈还残留在他们的脸上、脖子上和手上，也残留在他们的思想里。显然我被他们的样子吓到了，被那些恐怖的故事吓到了。他们互相补充着生怕遗漏的任何一点细节，他们谈论着那些又苦涩又搞笑的经历，那个被折磨致死的人，那个原本生活安逸、受人尊敬的老教授，被狱卒像牛羊一样牵着干苦力，被推倒之后眼镜摔碎了，就只能像瞎子一样在黑暗中摸索，还有那些桩刺、火烧、鞭打和要人命的劳作……

一个人只求最后能贴着墙根平安地走着，却要付出如此沉重的代价！显然，我很同情马尔高斯·艾斯尤特博士，他的骄傲破碎了，在眼镜后面的眼睛里留下了伤疤。我很同情萨利姆·萨勒米，他每天自己呈交两个话题，却要接受三个拒绝发表！他不会感到悲伤，只会在两片懦弱的嘴唇上挤出一个羞愧的笑容，然后用手指尖快速地扶正一下眼镜。我很同情瓦希卜·山卡尔，那个随性奔放，永远笑容满面的年轻人，只要他一放声大笑，都会警觉地环顾四周，一旦眼里闪烁出政治笑话，都会点到为止。我很同情法希米·米哈伊尔，那个擅长以哲学观点阐释艺术的青年批评家。他也写关于马克思美学世界的东西，曾在一个很小的每周评论专栏里批评萨特、契尔伽德和阿尔贝·加缪，他刚开始写这个专栏不久就被迫停止了，然后就愤怒地扔了笔，揪着头发，谴责报社毫无益处的传媒式折腾，毁了这些版面，说自己作为一个思想家，在一个这么小的专栏里，连铺垫一个观点的空间都不够，更不用说阐释观点本身了，说自己被压抑得快要窒息了。

我还同情舒克里·阿卜杜勒·瓦杜德，他是法尤姆省人，身材短小精悍，肌肉结实，五官粗鲁却不失英俊，像头轻盈的野猪。他喉咙里发出的声音很低，总是话中带着笑，笑中带着话，就好像在暗示着某些隐晦的含义，暗示自己正在讽刺一些隐秘的痛苦一样。他穿着一套优雅得体的双排高档 Hield 羊毛西装，为了搭配深蓝色的外套，天蓝色的衬衫衣领上还系着一根深红色的领带。进监狱之前，是他在美术学院的最后一年。他过去给书画封面，也在一家古老的左派报社实习画新闻插图。但是自从他出狱以来，就开始不断地把同事邀请到家里，或者去到任何一个同事的家里为他们读自己最近写的剧本。然后他作为一个专攻阿拉伯民间戏剧的新生代戏剧家的名字就常常出现在各大报纸的新闻里，震惊了整个艺术界，他把那些民谣和民间故事改写成一种类似荒诞剧的东西，而这种荒诞剧作为一种最新的艺术模式被我们的文化人引进并在我们国家迅速流行，仿佛这些文化人凭此且仅凭此，证明着他们是文化人。很多艺术编辑和评论家都发现，舒克里·阿卜杜勒·瓦杜德在监狱里写的那些戏剧，是纯正的戏剧，值得在国家各个剧院舞台上呈现给观众，值得出版成书。的确，他的多篇戏剧出版了精装本，作为图书机构出版的一系列重要丛书的一部分。他又有一部重要的小说也被收入了这一系列丛书中，且受到了所有读者的称赞，被认为是阿拉伯小说领地的新开拓。然后他就开始火急火燎、孜孜不倦地去结交一些戏剧导演，和他们交朋友，直到其中一个终于看上了他，给了他一次在一个国家下属的实验剧院演出的机会，这场演出由两台独幕剧戏剧构成，因为他写的大多数戏剧都只有一幕，对话也都是一个特色，接近于方言或者民谚俗语的风格。

舒克里·阿卜杜勒·瓦杜德只对那些他感觉有利可图的人才出手大方，对于那些人，他愿意花钱请人家抽各种大麻，而这些大麻都是他在监狱里认识的法尤姆省和东部省的毒品贩子朋友送礼给他的。请客还可能从抽大麻延伸到吃午饭。要是他在某个人身上实现了他想要的东西，那他会根据利益的大小，送人现金或贵重礼物。他在报社的工作就是给造型艺术展、戏剧演出或民间艺术演出写文章。尽管如此，他还是个天赋异禀的抱怨者。短短几分钟里，他可能就能把你纳入他的阵营，让你对他那些永远无休止的问题感同身受：一次是抱怨因对当局构成了威胁，他的艺术作品遭到监视和没收；一次是抱怨当局没有给他像其他同事一样合理的工资待遇，因为那些同事们都是接受了写道歉书才被放出监狱的；一次是抱怨戏剧表演团要求他对神圣的剧本进行实质性修改，而事实上表演团是在寻找合理的借口推迟演出，最终彻底拒绝演出；一次是抱怨房东贪心乍起，涨了一整埃镑的月租，理由就是对房子做了些维修，但这些维修也就是修补裂缝而已；一次是抱怨大麻贩子卖的大麻变质了，抽了之后头疼欲裂、头晕眼花、大脑一片空白；一次是抱怨电影制片人，他们买了他出名的小说，但是又把它倒卖了，而没有一个人敢把它拍成电影，就因为它涉及敏感露骨的性主题。

艺术圈里没有一个人不认识他的，还有一个人认可了他提出的问题。甚至连报纸的每日新闻和艺术专栏里也经常出现他抱怨的这些东西。由于他对抱怨这件事情的热忱、专注和坚持，他把自己变成了一个特殊的、移动的、不受监管的宣传广播站，所以各种大大小小的人物都热衷于写他的事情。

据说——有些确凿的证据——他秘密倒卖古董，这些古董是他从法尤姆、吉萨、上埃及和东部省各大村庄的盗墓者那里买来的。他还把一些罕见古董和圣甲虫送给那些他觉得有大利可图的人，或者是那些给他牵线搭桥谋利的人。总是会有好多人高声响亮地谈论舒克里·阿卜杜勒·瓦杜德，智慧而邪恶地摇着头，回忆说他总是打着响亮的左派口号，而那些与他为伍的人却全都是右派分子。他们中有人当着所有人的面说他最近的某一天在巴黎看到了舒克里·阿卜杜勒·瓦杜德正在参观卢浮宫博物馆，手里提着的箱子里装满了各种古董，他还把这些古董给博物馆负责人看，他们仔细地研究了这些古董，确定是真迹之后，就表示如果他能够从埃及使馆拿来古董商认证证明的话，他们愿意购买。他们当然知道他不可能拿到那个证明。当舒克里·阿卜杜勒·瓦杜德提着他的箱子在各大专业古玩店游荡的时候，他并不知道有个博物馆的秘密代表正跟在自己后面，只要他一走出店门，那个秘密代表就马上进到店里以高出一点点或者高出很多的价格把古董收购了。神奇的是，这种故事或者其他类似的故事全都被添油加醋成神话故事一般传到了舒克里·阿卜杜勒·瓦杜德本人的耳朵里，他不屑做出任何回应，除了呆萌一笑表示讽刺之外，也不会给任何评价。

我现在就和他坐在一个长方形的房间里，房间里面有七张Ideal 牌办公桌。每张办公桌旁都坐着三个或者更多的人在说话。我并不清楚为什么我现在会和他坐在一起。可能是因为他身上的农民气质跟我更接近一点吧，这种乡土气息就像是一种人格化的驴性一般。你期待从他身上找到一种完整的驴性，却突然发现那是一种坚韧的人格化的驴性。也可能是因为他太爱交际了，把我和别人都带动起来跟他建立友谊。也可能是因为我对他有强烈的好奇，我想要了解他真正的内心世界。

这是他第一次生气，一张肥胖臃肿的长脸像一个香瓜垂了下来，两片厚嘴唇中间被一根短短的 Belmont 香烟隔出来一条缝，他总是喜欢用上一根烟去点下一根。在我们面前有两杯咖啡，一杯是空的，看上去像是被我喝了，另一杯还有一半，好像是他的。他沉默了一会儿，然后又开始用颤抖的伤感的声音说话，就像往常一样，话中还带着笑。但是他这一次是苦笑，是苍白的微笑。他说话声音很大，但是吐词不清，还带着愤怒的情绪。但是我似乎能够听懂。显然我知道他说的什么话题，也知道他为什么事情生气。很快我就知道了他的话语和愤怒都是针对哈立德`沙拜斯的，那是个年轻的评论家，在很短的时间内就跻身于著名人士之列。因为他有着出众的才干和智慧，写的东西文字简洁、文笔卓绝、观点大胆、博闻强识，他也对阿拉伯人民面对的各种问题的关键真相了如指掌，会从纯粹的左派观点出发来对这些问题进行评论。但是他没有进过监狱，因为据说他没有加入任何的左派组织，也因为他写作的时候很聪明，没有把各种文章弄混，也没有过出现大的笔误。

他是代盖赫利耶省的一个小村庄里的一名义务制教师的大儿子。他父亲在诗歌方面颇有天分，也受过点教育。但是由于生了好几个孩子，再加上妻子重病，他的日子很艰难，身上背负着大山般沉重的家庭烦恼，所以他只好先全身心地教育孩子，把诗歌和文学暂且搁置一段时间。然而这个“一段时间”一再延长，他发现大儿子哈立德完全就是自己的翻版，于是他全心全意地教育他，把他教育得非常成熟。于是，他这个儿子一夜之间变成了一个声名鹊起的新贵作家，好多年轻人都把希望寄托在他身上，希望他能赞助自己和自己的作品，事实上，只要一有机会，他就会毫不犹豫地那么做。他是最先严肃认真介绍舒克里·阿卜杜勒·瓦杜德那类戏剧的一批人，而且作者本人从这种推介中获益是多层次的……

那今天他为什么对哈立德·沙拜斯如此愤怒呢？马上我就似乎明白了事情的真相，而且支持舒克里发火。突然舒克里·阿卜杜勒·瓦杜德递给了我第二支烟，而且自从我这次和他坐在一起之后，他是第一次清清楚楚地说话：

“你想象一下，这头卑鄙的蠢驴竟然写了一篇文章，在里面谄媚讨好那个人，伪善至极！”

我好像知道他口中所说的“那个人”是谁，我也知道哈立德·沙拜斯完全可能干这种事，或者可能的确已经干了这种事。尽管如此我还是愤愤地对舒克里说：

“先生！你说的是真的么？”

他点了点头，挥了挥那只粗大的手，夹在手指间的烟灰散落下来，斩钉截铁地说：

“编辑主任已经读了这篇文章，然后秘密告诉我的，因为我们是老朋友了！坦白说，他给我读的时候既生气又遗憾，他说‘这就是你们引以为豪的批评家，快看看他为了留下来都干了什么好事！’那个时候我真是感到羞耻啊！”

“那什么编辑主任没有刊登这篇文章呢？”

“因为我们的这位朋友没有要求刊登！他只是想问问编辑主任的意见而已！而且宣称为了避免尴尬，他会把这篇文章发给一份贝鲁特的文学杂志去刊登！他当然肯定不会发送这篇文章的，因为它并不是自己对那个刽子手的真实看法！根据他投机取巧的小聪明，他知道编辑主任肯定会把这篇文章给那个人看的，到时候那个人肯定会害怕，然后把他留下！”

我不知道该说什么。于是我只好选择沉默，我开始在一片喧哗声中默默地抽起了烟，这种喧哗声大的好像把整栋楼都震动了。神奇的是，在这片喧哗声中，又重新从某个未知的地方响起了那阵急促的铃声，并发出了断断续续的呼喊声。突然，舒克里・阿卜杜勒・瓦杜德站了起来，像往常一样，把两只手插在裤兜里，低头看着地面，紧张地来回走着。随后他偷偷走出了房间，朝新的董事会主席的办公室走去，在门口犹豫停了一会儿，然后闯进了办公室主任的房间，消失在了我们面前……

我站了起来。我开始注意身边的喧闹。我能听得一清二楚，所有人都在以不同的方式、不同的语气讨论着同一个话题。但是所有人都战战兢兢的，像是在发动一场马上要摧毁一切障碍物的暴力革命。但这只是一种纯粹的埃及特色的喧嚷而已，你可以从中听到愤怒和威胁，也衬里底下，还有缓和、松弛和对底线的保留。马上，在我面前一切都真相大白了。尽管如此，我看上去还是好像早就提前知道了所有的这一切一样：革命选择了索比尔・阿莱姆来当《国家报》的董事会主席兼主编，给他充分的自由做任何事情来拯救报社的萧条与衰落。事实上，索比尔・阿莱姆在革命之前是一个非常有名的记者，同时也是一份艺术周刊的主编，这份周刊传播很广，但是编辑和管理人员总共不超过三十人，其中还包括勤杂人员在内。这才没过多少时日，他就摇身一变成了一个大报社的负责人，这个报社目前出版发行三份日报，其中一份是晚报，一份是早报，第三份是外语的，并且还发行两份周刊，一份谈论政治、艺术和社会，另一份则是儿童读物，此外，还发行一份文学月刊和一系列大众读物。报社的工作人员，包括工人、职员、编辑和作家在内，超过了两千人。有些幼稚的人发问：

“他是怎么升到一个如此显赫的职位的呢？”

其他人的回答众说纷纭，似乎这些答案我早就全都知道了一样。马上，我想起来，革命之前，他曾是一份大型政治周刊的主编，他以非凡的专业能力在管理和运营着这份杂志。他心地善良，但是却目光短浅，不知道隐藏的长远后果。所以为了提高杂志的发行量，实现预期的目标，他可以冒任何风险，哪怕对风险的后果只有一半考虑。这一特点，在不知不觉中帮了他大忙。那是因为在革命爆发前几个月，自由军官们就和各大报社记者建立了各种各样深深浅浅的关系，利用他们在一些问题上转述自己的言论和观点。自由军官们给了索比尔·阿莱姆先生一些他们的文章，他马上就将这些文章发表刊登了，仅仅是因为在他看来，这也是一种新闻。于是自由军官们便理所应当地认为他是自己的支持者和盟友。因为他们压根儿不知道他是不了解自己刊登的那些东西的严重性，如果他要是知道的话，他肯定会毫不犹豫地拒绝的。既然已经刊登了，那他就不得不为了他们把头拴在绞刑架上了。也正因为这样，他们给他记了一功。幸运的是，在那之后没多久，革命就爆发了，挽救了他，要是没有发动革命的话，他就倒大霉了。此后自由军官们跟他保持着良好的关系，他也一直不留余力地为他们效忠。所以后来机会一到，他们便任命他来担任这个关键的显赫的职位。他向他们开诚布公地说了自己的条件，他们也授权他必须将工作人员数量压缩到最少，以此来减轻员工工资的负担，拯救这个悲惨的报社，因为这些员工的工资都不低。于是，他就来到报社进行了一次历史上前所未有的“大屠杀”，弃用了一大批有辉煌历史的知名作家和记者，把他们换到了一些别的单位，干一些和他们原本的新闻工作没有一点关系的工作，比如 Bata 制鞋公司、邮局、面包房和磨坊管理局、打谷场、供给部和宗教基金部……

现在他们全都在吵着、闹着、嘲笑着自己这种痛苦悲惨的命运。报社所有的办公室全都在沸沸扬扬地议论着这次革命，但也仅仅是议论而已，不久人群就逐渐散开了，因为他们中散布着安全机构的人员，甚至在他们自己的皮肤之下、骨头深处，都有来自安全人员的暗示。等到办公室一空出来，那个“刽子手”带来的新编辑们就开始紧锣密鼓地筹备报纸的新版面了，早在几天前，他们其实就已经把需要用到的新文章、标题、新闻和图片全都准备好了。在原来的技术班子依旧还在编排以前那些日常版面的时候，新班子早已秘密地甩开他们，把新的明天就将面世的版面交去印刷了。那个不知道是从哪响起的铃声又再次急促地响了起来，声音越来越近，越来越大，大得都快把的我耳膜震破了。于是我哆嗦着坐了下来。

电话铃声还在不停地响着，已经响了好长时间了。我手上的手表显示时间已经过了六点半许久了。于是我快速地跑到电话机旁，拿起听筒，耳朵里传来一个我熟悉的声音，那是救援警察的声音，声音中带着轻微的紧张，他说：

“我作证，万物非主，唯有安拉！睡醒了吗？我们从半小时以前开始就每五分钟给你打两次电话！”

我感谢了他，并道了歉，然后放下听筒，我伸了伸懒腰，好把肩上的慵懒和疲惫驱散。我打开了房间门，踮着脚尖穿过那个大房间走到了大厅，发现它空无一人，安静得可怕。我来到洗手间，洗了把脸，在水龙头下冲了冲头，然后用纸把头擦干，洗了洗脚。这一切都是静悄悄地进行的，没有发出一点声响。接着我回到原来的地方，穿上衬衣和鞋子，最大限度地调整了仪容，然后在房门后面坐了下来，心脏怦怦直跳，全身上下的神经都高度紧张。

七点整的时候，我听到大门口传来的嘈杂声，然后听到了上楼的脚步声。我知道肯定是阿卜杜·阿齐姆来了。于是我的心跳开始加速，我轻轻地打开了门，走进那个大房间藏在了一个角落里，然后我脑子里蹦出一个念头，我马上按照它做了：坐在门旁边的办公桌上，把头趴在桌面，装作熟睡的样子，那样的话，如果巴尔迪斯着了魔似的进入这个房间，他就会看到我的这个样子，那他就会明白我昨晚待在这里忘了时间，以至于门锁上了出不去。我很满意这个想法，我感觉应该就这样做，最后我就朝着阿卜杜·阿齐姆大吼，把责任推到他身上，因为是他在离开之前没有看到我在这里。然而我马上想起来，阿卜杜·阿齐姆可是红巷区①长大的，这种显而易见的小伎俩根本骗不了他，尤其是我还已经洗了脸完全清醒了。我听到钥匙插入走廊门锁孔的声音，然后是门的吱吱声，门打开以后接着是阿卜杜·阿齐姆落在木地板上沉重的脚步声。我从门缝瞥见了他的身影，他从我这间房门口经过，径直往里走去。我知道他是走向一个执行董事的办公室去，这间办公室位于走廊末端

① 开罗最古老的街区之一，居民通常被视作最地道的本地人。

深处的一个角落里。于是我轻轻地打开门，把头伸出去，看见阿卜杜·阿齐姆的背影离我越来越远。我把门稍微开大了一点，一直等到钥匙插进执行董事办公室锁孔的声音响起来，然后是阿卜杜·阿齐姆走进去的脚步声。于是我快速地从门口溜了出来，这时我的心跳已经稍微平复一点，稍稍感到一点心安了。至少现在如果有人看见我的话，我就可以说我刚到，来把我的朋友法赫米交给我的工作做完。我踮着脚尖走了两步，就到了楼梯梯头处，再走了几步，我就下了三层楼了，于是我便到了一层的大厅，电梯口就在这里，前面是咨询台和上下班打卡表。我已经走到了通往大门的外部走廊上，我暗下决心，如果这一次我成功地从丑闻中脱身了的话，那我下一次绝不再重复这种愚蠢至极的行为了。

我看到门卫躺在人行道的长椅上，看样子他已经放心地知道是早上了，他拉过毯子盖住头，再补一会儿觉。我像是暴风起处的羽毛一般，偷偷地飞速滑过他的身边。当我走到马路中间的时候，马上我就恢复了镇定，开始泰然自若地走了，我呼吸着清晨湿润的空气，心里洋溢着莫名的欣喜，眼里流出温热的眼泪，刚好让神经放松一点。突然我内心深处响起了一个大胆冷峻的声音：

"下一个寒夜我们也可以这么度过。"

我听到自己是这么回答的：

"难保罐子每次都不碎啊！但是，为何不呢？"

……然后我突然想起来以前已经这么干过几十次了。可能这是第二十次或三十次，在同一条街的同一个地方，我心里响起这个声音，而我用相同的话回答的它。

第十三章　妓女的大饼

我脑海里最后的选项，就是我可以去我亲爱的朋友、农民出身的方言诗人阿卜杜勒·法泰赫·巴塔努[1]那儿过夜，哪怕是睡上一个小时也好。这并不是因为他的卑贱，我所不知道的卑贱，而是因为我确信，他本身也像我一样属于流浪一族，也在寻找过夜的地方。在那些漆黑的艰难的夜里，我想过要去把所有的朋友都找一遍，我也想过要去找那些不算是朋友的人，甚至我也的确去找过那些仅和我有过一面之缘的人，在他们家里从夜晚的皮肤上剥下几米，然后像往常一样在街上步行着度过剩余的夜晚，直到天空出现鱼肚白，一个对我而言最温馨的时刻，最愉快的时刻，最飘飘然的时刻。然而，让我能在其中一直待到这样一个时刻才走出来的家门，是多么稀有啊。那个时刻我会看到夜晚的身体挂在了被染成血红色的朝阳的钩子上，看到这个我欣喜若狂，我看到朝阳把夜晚放在了砧板上，

---

① 巴塔农是埃及曼努菲亚省一个村庄。阿拉伯语人名常以家乡名做后缀。

用斧头和砍刀把它大卸八块。那时，我就可以安心地游荡着，没有目的地，没有工作，没有约会，什么也不用做，除了期待着在路上撞见一个奇迹，然后得到一个目标、一个目的地、一个约会和无穷无尽的庇护所……

但是街上我只会撞见那些经常见到的人，在他们厌烦见到我之前，我都已经厌烦见到他们了。我厌恶一切让他们靠近我，或者让我靠近他们的事物。他们读书写字，梦想成为明星，梦想独自登上某个巅峰，哪怕是虚假的巅峰。他们互相看着对方，心里暗暗鄙视着彼此，但是一旦有任何接触的预兆，这种鄙视马上会显现出来。他们互相窥视着，互相刺探着彼此的糗事和丑闻。我和他们在咖啡馆坐了短短几分钟，就知道了有多少人丑闻不断、行为堕落、内心卑鄙，他们足以玷污地球上所有的人类。他们中要是有一个人突然跌倒了，那他不知道——也许知道——他的肉就可以被地球所有人享用，被小猫小狗昆虫们啃肉吸血，直到它们胃口大开想要吸更多的血。只要他一坐下，马上就会加入啃肉的大军，用同样滚烫的残忍的刀子割着另一个人的肉。

我本来觉得只要我一离开，肯定也会遭遇这种命运。但我作为一个刚到城市的纯粹的农村人，我相信，我的生命中，没有什么能够让这些野蛮的嘴巴啃食的东西。并且我也相信，在这个城市里,那些所谓的文化人中间吃人肉的人就像猫猫狗狗、家禽猛兽一样，只有闻到腐肉的味道才会胃口大开。只要我和那些冒充写故事、小说、诗歌、评论文章和艺术新闻的人，或者那些声称从事电影制片和导演的人坐在一起，我就能感觉到他们的鼻子正饥肠辘辘地在搜寻着我的味道，用力地嗅着，口水直流，努力想要了解我从娘胎里出来到自力更生独自闯荡期间所有关于我的一切，在这种情况下，我的身体吓得直哆嗦。

我习惯了从咖啡馆的这种人群中逃跑，他们里面一般都是些所谓的文化界、文学界和艺术界的人。但是，我一旦在街上碰见他们中的某个人，或者一群人在游荡，那我就无处可逃了。这简直就是一场灾难，但是我习惯了冷嘲热讽和冷眼相对，我也看开了他们对我的忽视，我知道如何应对他们，如何避开他们那些厚颜无耻、唐突直接，甚至可以说是伤人的问题，比如："某某，你从哪来的？某某，你去哪啊？为什么我们没看见你呢？你能借我十个皮亚斯么，后天还你？你朋友谁谁怎么样了？"都是些荒谬的问题，我根本不想听到，那些更加荒谬的人，我也根本不想见到。比他们更为滑稽的人是那个假借兄弟情、父子情和朋友情接近你以此潜入你的内心的人，有一次他说：

"某某，你现在做什么工作呢？你的衣服怎么都脏成这样了？你没有住的地方吗？把你的情况告诉我吧，或许我可以帮你！"

惨痛的经验告诉我他并不能帮我，他只能用爱的幻想和情感的麻药麻痹你，好弄清你背后的故事，几个小时之后，你就会发现自己成了每扇门入口处告示栏上贴着的一张纸……

对于这一类人，我学会了只要远远地看见他们，就马上转到另一条人行道，或者转进旁边的一条小巷子，或者转过身去只留给他一个侧脸，就像我不认识他们，他们也不认识我一样……

但我还是经常可以在路上偶遇方言诗人阿卜杜勒·法泰哈·巴塔农，这个和我一样纯粹的农村人，我的的确确很喜欢的人，通常在他写的每一个词、说的每一句话或做的每一个动作中，我都能找到共鸣。他也像我一样被各种是非所管控着，被陋习、兄弟情、邻里情、侠肝义胆、友情至上等价值传统所绑架着，这些都是我们从小喝着长大的乡村乳汁。尽管他来自曼努菲亚省，而我来自西部省。

他的方言诗歌全都取材于乡村民俗和歌谣，这些歌谣就是对劳动和劳动工具的咒语，人类从出生到死亡，土地从荒芜到黄牛眼中郁郁葱葱的苜蓿，太阳从东升到西落，世界从亚当时代到穆罕默德时代，这一切的轨迹就是一种对阿拉伯和穆罕默德子民的赞美。从安泰拉[①]到希莱勒，从叶赞到哈姆扎·白赫伦，从宰特西曼到拜伯尔斯国王，从胡黛拉·沙里发到孤儿萨阿德再到巴达维先生，从一千零一夜到丐帮再到回旋曲，这些都是我的文化，也是他的文化，所以对于我而言并不陌生，就连他用的那些词汇，也没有超出农村词典的范围，也就是我的词典范围：牛轭、犁、手镰、斧头、螺旋水车、扬谷叉、大镰刀、铁锹、铲子、碌碡、吊水车、桔槔、棉花杆、稻草、渠沟、排水渠、运河、牛叫声、羊叫声、驴叫声、乌鸦叫声、麻鹬鸟叫、鸽子叫声、鹅叫声、鸡鸣声、犬吠声、麻雀叫声、夜晚的青蛙叫声和狼嚎声……

在他之前已经有了一位伟大的诗人。他就像是一棵郁郁葱葱枝繁叶茂的大树上的一根树枝，从这棵树上出了好多位伟人，比如阿卜杜拉·纳迪姆[②]、贝拉姆·突尼斯[③]、拜迪阿·赫伊里[④]

---

① 安泰拉以及下文中的希莱勒、叶赞等，都是阿拉伯历史上介于真实或传说间的政治文化人物形象。

② 阿卜杜拉·纳迪姆（1842—1896），埃及革命家、作家。

③ 拉姆·突尼斯（1893—1961），突尼斯裔埃及诗人，埃及现代最著名的方言诗人之一。

④ 拜迪阿·赫伊里（1893—1966），埃及诗人、剧作家。

以及萨拉赫·贾辛。他深谙法国文化，但也深深地扎根于自己国家的文字记载的和口头流传的遗产土壤之中，熟悉世界文化，特别是那些战斗民族的文化，所以他了解阿拉伯人情感的最深处，通过这个深处，他又挖掘出了好多隧道，直通人类的内心世界，所以他诗中的人是世界的人，是阿拉伯埃及版本的人。

但是这位伟大的诗人当时已经像个被埋葬的秘密一样，陷在沃哈特监狱的高墙里。留在高墙之外的，就只有一些挂着他名字的诗歌，一本没有实体存在的诗集。如果不是他的一些诗歌被零零散散地刊登在一些已经停刊了的左派杂志上，被一些诗歌爱好者铭记于心然后口口相传，诗人本身早就完全被抹掉了。他的诗歌优美华丽观点犀利，题材广泛，令人争相传颂，以至于有些人把他的部分诗作据为己有，还有一些人说他的诗歌来自民俗，所以别人也就有权进行新的改写。

但是这些诗歌培养出了一个聪慧的儿子。这个儿子本质上是一位画家，但灵魂中全是生动鲜活的诗篇。他在一次左派运动中遇到了那位伟大的诗人，在杂志中结识了诗人，于是便一发不可收拾地爱上了他的诗，并勇敢地模仿他，往那位伟大诗人所开辟的全部领地和方向前进。他被这位伟大的导师的诗歌乳汁所哺育，从他那里借火种。但他父亲的每个表情都在诉说这一点，所以他只能承认他是这位伟大的父亲的儿子，因为父亲专制霸道，所以他不得不四处夸耀自己这种高贵的出身。

在沃哈特监狱围墙背后，隐藏着一个真相。因此，我很长一段时间都相信，我们伟大的画家朋友是个埃及方言诗歌领袖人物。也许他自己都没有意识到，他已经让这句话深深扎根人们的脑海中了。他还在他的杂志《晨光》中专门开辟了一页，用来推介年轻一辈方言诗人。所以当他转到那份大型流动报纸的时候，也一同带去了他的方言诗。当他的画笔没有灵感的时候，他就在报纸上刊登一些方言诗，因此，他对于方言诗的贡献是不容否认的。然后，他开始将方言的芬芳散播到歌曲中去，为那些当红歌手写方言歌词。七月革命的时候，他为了迎合革命，也为我们这个时代最伟大的歌唱家写了好几首歌。

这位伟大诗人的书信从高墙之内传来，上面还沾着喜悦的泪水，那蔓延开来的烈火的消息通过报纸广播传到了他耳朵里。傍晚的时候，这位画家诗人还在报社办公室里给我们这些心腹朋友朗读这些新闻。

在这个画家诗人所举荐的声音当中，就有我的朋友巴塔农。我多希望自己是他们中的一员，但是在听到巴塔农的第一首诗时，我的这个愿望就被他动摇了。在我们亲密地见了好多次，在我听过他的很多首诗歌之后，我相信我俩是兜售同一件商品的农民，但我对于展示它还是个新手，而他却是个老练的艺术家了。我得要绞尽脑汁花上一个月才能表达清楚的东西，他却可以在一次聚会中轻而易举地、顺畅自然地就说完了。就好像那些诗歌早就在准备好了摆在他脑海中的书架上，呼之即来。他的诗歌简洁、流畅、忠实、自然，当他念的时候就像是即兴创作的一样，他口若悬河滔滔不绝，他看起来就像是一有灵感就马上说出了这些精雕细琢、带着曲调的话语。尽管他年纪尚小，但却能说出这些优美迷人的话语，这些充满哲理的话语，这些画面丰富生动的话语。我必须在和巴塔农竞争之前找个别的爱好，因为我的农民经历的所有细节已经全部被巴塔农写在诗里了，并且还是以我从来没有想到过的视角写的。

于是，他尝试诱导我给他念几首我写的诗，但我从未答应过他，我否认我和诗歌之间有任何联系，我只是一个有点品位的听者，或者是一个诗歌课题的研究者而已。感谢安拉，我方言诗人的身份至今还没有被大家所知晓。

奇怪的是，这个巴塔农并没有让我有挫败感，也一点都没有困扰到我，相反的是，他用他的热情、严肃和感染力激发着我关注他的成长，甚至只要我读过一次他写的诗歌，我马上就能倒背如流了，于是我常常怀着极大的热情当着大家的面背诵这些诗歌，就好像自己是原作者一样。要是有些知道我是个方言诗人的人要求我献上一点自己的诗歌，那我就会让他们听巴塔农的诗，读完之后他们全都会被震惊到，这时候我就会感到格外满足，开始兴致勃勃地向他们介绍巴塔农，谈论他的将来，介绍他是如何成为我的朋友的，如何写出这首或那首诗的。在各种各样形形色色的听众前面朗诵他的诗歌，我能从中找到莫大的快感，我享受着他们竖着耳朵、如痴如醉的神情，就好像一个人的物件完完整整地回来了，而且还是裹着精致的包装回来了。

在很多个夜里，巴塔农的诗歌都是我在某个充满了温暖、关爱和美食的家中,继续在舒适的座位上待到天亮的唯一理由。在午夜之前一点点的时候，我便开始朗读诗歌，等到所有人意犹未尽要求再来几首的时候，我就故意慢慢悠悠地念，享受着夜晚时光的流逝，就像是一场严重的瘟疫在退却一样。当念到高潮部分的时候，我就故意停一会儿，就好像我是负责画分割线的，在有必要的时候，哪怕是暂时的，我暗示他们，坏了，末班车已经过了，或者即便现在去赶也赶不上了，那样的话，我就获得了留下来的正当理由。

“大叔，在这坐到早上吧，不然你能去哪儿呢？”

这令我欣喜不已，即使这是一个客人在没有询问过主人意见的时候说出来的，这时，我的心中就好像乌云消散一般豁然开朗，从我体内释放出一只快乐幽默的小精灵，所有在座的人都被震惊到了，说：

“难道你一直在克制么？！”

问题是我现在很少见巴塔农了，除非是在街上偶遇，或者在某个我常去的报社匆匆见上一面。我注意到了他的强烈而又隐秘的享受感，因为编辑和作家们都开始关注他，纷纷围坐在他身边请他喝咖啡，请他抽烟，而我却站在一旁没有任何一个人注意到我。当然像个主人一样主动邀请我喝东西时，他那种隐藏的享受感就显现出来了。他说：

“某某，坐下来喝杯咖啡！”

尽管他知道根本没有我坐的位子，他这么做的目的仅仅是想提醒我他的地位和我的地位的区别，因为他这么客套了一番之后，就直接去和别人聊天了，就好像什么也没发生过一样，我感到心里有道伤口在流血，我惊讶的是，尽管他如此对我，我竟然每次还能那么热情地对待他。似乎我爱他胜过了爱自己，也许是因为我心中，他就是一直怒放的诗歌的鲜花，是我永恒的炽热的诗歌梦想……

尽管如此，可以肯定的是，抛开他那些卑鄙的个人行为不说，他内心深处还是喜欢我的，他经常给我解释，他的那些行为其实是一种自我保护，这样那些城里人就没人敢冒犯他，或者看不起他了。我当然相信他，因为我也对城里人心存畏惧，每次我们去镇上的时候，他们就故意刁难我们，娴熟地飞快地骑着摩托车吓唬我们：

“小心瓦斯！小心瓦斯！”

我们被吓得直哆嗦，惊声尖叫起来，成了被行人嘲笑的小丑。能证明他喜欢我的证据就是，每次只要我一见到他，他就会送我几份他最近写的诗歌和歌词，还会亲笔写上祝语：“送给唯一拥有写出这首诗的潜力的朋友”或者“送给在我朗诵之前早已背下了我的诗歌的朋友”。于是，只要我读一遍他的诗歌马上就能铭记于心了，我把它们写在纸上装进包里，再把这些包寄存在别人那里，但是后来我却彻底遗忘了它们。

后来他彻底消失不见了，我再也没见过他。我只能偶尔从别人那里听到关于他的消息，或者在一些明星的新闻中间读到关于他的动态，我记住的他写的那些诗歌开始变得陈旧乏味，人们已经从我这听了几十遍了，而与此同时，我却在大多数座谈中被要求长时间的朗诵诗歌。但我也会使点手段，比如我不得不把我自己的诗歌穿插在巴塔农的诗歌中间，以此来测试他在他们心中的地位，好让我知道自己到底是个诗人还是仅仅是个宣传者。没有任何一个人注意到有个奇怪的身体钻进了原来诗歌的血肉里，于是我便凭借自己的想象把缺少的段落补全了，我自己也尝试在民俗的基础上，模仿福艾德·哈达德、萨拉赫·贾辛和贝拉姆·突尼斯的风格，创作了好多完整的诗歌。我只要一和别人坐在一起，他们就会对我说：

“给我们念念巴塔农写的东西吧！”

渐渐地，我也习惯了每次给他们念上巴塔农诗歌的一小段或者一个开头，然后剩下的就都是出自我之手的了。不知是什么原因，从中我能感受到加倍的快感……

真正滑稽的是，当巴塔农打开面前的广播麦克风，开始念诗的时候，人们也都激动不已地去倾听，他们有些人对我说：

“我听见你在广播里念诗了！我说的是你朋友巴塔农！”

当我在街上彷徨地游荡着，没有吃的，没有喝的，没有住处，身无分文的时候，在路上偶遇他还是挺好的。他会热情地拥抱我，于是我的怀里就抱着根像是胶树柱子一样的棕色柱子，因为他高高瘦瘦的，脸呈灰色，头很小，嘴巴很大，看上去食欲很好的样子，他说起话来口齿伶俐滔滔不绝。他总是冲我开心地微笑着，对我像兄弟一般友好，询问我的近况。所以我就会把一切都告诉他，所有大事小事都简要地跟他说一遍。于是城市的街道消失了，取而代之的是农村的田间小道，我们就像是在家乡的农村，亲密、纯洁、友好地讨论着我们的希望和困难。但我要是询问他的情况的话，他就会用一两个词一笔带过，于是我知道了他是在努力体面地开辟着自己的道路，他想一直做一位纯粹的诗人，而不是当个雇佣诗人，哪怕是给乌姆·库勒苏姆作词也不愿意。他常常问我：

“你难道没有卷入任何稳定的政府的灾难中吗？”

他指的是我已经为自己找了个可以吃饭的职位。每一个我感觉他们关注我，或者同情我的人，都会问我这个问题，我已经见惯不怪了，通常我都会回答他们说我快要在某个报社任职了，或者我马上就会得到艺术与文学最高委员会的工作了。至于巴塔农，当他问我这个问题的时候，我则会坦白地告诉他真相，告诉他某个人在我去他办公室拜访的时候对我避而不见，告诉他我在某杂志社遭遇的阴谋，我在那免费实习了六个月，最后他们却告诉我无法录用我，告诉他我给一些杂志社寄去了好多文章，结果它们把这些文章稍微删减了一下，就把它们变成了新闻用来发表，却不给我任何报酬。我不会漏掉任何已知的和未知的，新的和旧的消息，全都一股脑儿地告诉他。事实上，这很有意思，因为他会把我带到解放广场的柏柏尔人咖啡馆，请我喝上一杯加奶的红茶，并把他的 Belmont 香烟放在我面前，让我连续抽上四五根，有时我可能还会在口袋里装上一两根，有时他也许会把剩下的烟都留给我，然后离开……

实际上，这对于我而言太好了，让我有了充分的安全感。在我眼里，他和我一样也是个农民，但他会发表一些诗歌靠它们挣点钱，据说他还帮忙写一些广播节目、电视节目、和电视婚礼的短片里的歌曲对话什么的。他对我最大的慷慨就是会请我喝喝茶、抽抽烟，有时还会买点豆子三明治。

我真是对他勇闯开罗的勇气感到震惊。他拿到了普通高中毕业证，但是因为他是个穷苦农民家的孩子，所以家里付不起城市里的大学学费，于是他不得不投奔了一个亲戚，这个亲戚是他所在城镇的议会成员，他把他安排在西宾·库姆①地方法院当个代理文员。他从小就喜欢写歌，所以这么多年一直在写，还把写的歌寄给村子里的广播站，同村还有几个小伙伴也和他一样喜欢诗歌。一个在一份流动周刊工作的曼努菲亚人回来之后写了一篇关于该省青年诗人的新闻调查报告，里面就提到了阿卜杜勒·法塔哈·巴塔农。巴塔农不敢相信自己的照片和言论竟然刊登在了杂志上，于是马上离开了村子，来到开罗，认为自己已经被认可了，已经有报纸报道自己了，于是决心和

① 西宾·库姆，曼努菲亚省城市，埃及前总统穆巴拉克家乡。

乡村广播站重新定位一下自己写给他们的那些歌词。在开罗他除了那份杂志和那个编辑之外他什么也不认识，那位编辑把他介绍给了萨拉赫·贾辛，萨拉赫听了他写的歌之后告诉他，他的潜力远远超过这区区几首歌，他更适合当一名诗人，而不是一个写词人。

这个年轻人被萨拉赫的话惊呆了，也被自己惊呆了，于是开始认真听萨拉赫的诗歌，向其借了火种，知道了创作诗歌的奥秘，为什么诗人要写诗歌呢？目的是什么呢？诗人想让读者从什么角度来欣赏呢？诗人想要读者关注诗里的什么内容呢：艺术为了生活，诗人是先知，诗歌的使命就是传递情感，传递冲动，传递感动，诗歌是可以被感觉到的、可以对人产生影响的图片，这些图片肯定会传播人的秘密，体现人的秘密，令人类自己感受到这种秘密，诗歌是公平正义的要求，是对弱者的援助，是对被压迫者的公正对待，是对人类的纯洁和勤劳的歌颂。因此，他读到了萨拉赫·阿卜杜·索布尔[①]、艾哈迈德·阿卜杜·穆阿提·希贾兹[②]、纳吉布·苏鲁尔[③]、穆贾希德·阿卜杜·梅内姆·穆贾希德[④]、福齐·安提勒[⑤]等等的诗歌，现代诗简洁流畅的手法令他甚为惊喜……于是他的内心深处开始文思泉涌。在这之后没过几个星期，巴塔农就开始在各种研讨会和沙龙转悠，朗诵他那些刚刚点燃的诗歌火苗，从侯赛因·格白

① 萨拉赫·阿卜杜·索布尔（1931—1981），诗人、剧作家。

② 艾哈迈德·阿卜杜·穆阿提·希贾兹（1935—），诗人。

③ 纳吉布·苏鲁尔（1932—1978），诗人。

④ 穆贾希德·阿卜杜·梅内姆·穆贾希德（1934—），诗人、哲学美学学者。

⑤ 福齐·安提勒（1929—1981），埃及南部诗人。

尼[1]家里的聚会，到苏布希·吉亚尔[2]家里的聚会，到纳吉布·马哈福兹召集的位于欧培拉夜总会的聚会，再到现代文学协会开的研讨会。在所有这些研讨会中，他的身边总是围着一群对他赞赏不已的人，于是他有了一群亲密无间的好友，他们信服他和他的才气，随时愿意为他提供一切可能的帮助。

然而巴塔农亲近的却只有朱姆阿·吉宰维，一个和他年龄差不多的年轻知识分子，由于他来自一个离首都很近的村庄，所以经常去吉萨的各种咖啡馆和会所:阿卜杜拉咖啡馆、圣·苏希咖啡、印地安纳咖啡馆，以及各种研讨会：纳吉布、格白尼和吉亚尔……他从中听到了好多深刻的观点言论和一些关于艺术、政治、和社会的不成熟理论，也听到了好多珍贵书籍和稀有文献的名字，并阅读了其中一部分，并且还知道了阿拉伯世界出版发行的所有文学文化类杂志，一期都不错过。

他经常走路的时候胸前抱着一摞书，手上还要提着一个被纸塞得满满当当的包。你往往能在他抱着的这些书里找到黎巴嫩、开罗、大马士革和巴格达刚刚出版的最新的书，还有一些他花高价从阿兹贝克城墙二手书市搞到的善本。你会被他在书籍方面的知识面彻底震惊到，因为对于我们这一类来自偏远山区的人而言，通晓这些书名的人就完全能够算是个高级知识分子了，但是他竟然还知道这些书的重要性，了解它们的具体内容，还可以就某本书给你讲上一两个小时，并且还能够把这些书和那些刊登在杂志上的内容，和我们很多政治、文学和社

---

① 侯赛因·格白尼（1916—1982），伊斯兰学者。

② 苏布希·吉亚尔（1927—1987），作家。

会问题联系起来。除此之外，他还了解我们所有兄弟国家的大部分阿拉伯作家……他知道他们都写了些什么，发表了些什么，某个人是如何反对当局的，当局是如何把人送进监狱的，是如何没收某人的书的，是如何封杀某个人的，是如何禁止某个人出境的。此外，他还知道阿拉伯世界各个地方所有的共产主义政党名称，和其中一些地下人员和干部的行动代号，还掌握了一些纲领、思想和理论方面的材料。他说起话来像个大思想家一样，口齿伶俐、优雅温和，他自认为是文学评论领域新出现的先锋，这个领域是阿卜杜·阿齐姆·艾尼斯[①]、马哈茂德·艾敏·阿利姆[②]开辟的。他对每一代的每一位作家和诗人都有着大胆、尖锐的意见，只要有任何碰面的机会，他都想要马上将这些意见公之于众，即使人家并没有允许他如此直言不讳。

朱姆阿·吉宰维和巴塔农在身高和肤色上也差不多，他是小麦色皮肤，脸像一个小陶罐，脑袋像个被拧紧的瓶盖，中间和额头的地方都秃了，特别滑稽。两片厚厚的嘴唇总是保持着淡淡的微笑。他的鼻子很精致，两只眼睛往外凸起，眼睛里总是飘忽着一种农民特有的好奇而带点狡黠的眼神，时时刻刻都像是在告诉你，他了解所有事情，知道所有事情。有时一个问题是什么他都没弄清楚，却可以令一些单纯的人相信，他什么问题都知道一点，于是他们便自然而不费力地把所有事情都告诉他。在大多数讨论中，在大多数局面中，在大多数唇枪舌剑

① 阿卜杜·阿齐姆 艾尼斯（1923—2009），文学批评家，马克思主义思想家。

② 马哈茂德·艾敏·阿利姆（1922—2009），左翼思想家。

的激战中，他都把自己当成参与方，而事实上，他和问题没有一点关联，他展示的宏观的深刻观点也没有实质内容。

他是个慷慨大方的农民，无论是谁和他在一起，他都会请人家喝茶或者咖啡，他尤其喜欢跟像自己一样的农村人亲近。他如果觉得人家是可用之才的话，就会一直粘着人家，心甘情愿为人家花掉口袋里所有的钱。我们都知道，他在农村从农民父亲那里继承了几个基拉特[①]的农田，本来还有几个姐妹要和他分这些遗产的，但是她们都结婚了，所以放弃了继承权。于是他就雇人来种地，有时种番茄，有时种莴苣、芥菜、萝卜、豆子和锦葵。他每隔几天就会回去做这个事情，回来的时候常常带着一些卖农产品的钱，然后用来买书。买的书一部分或者大部分会被他寄放在朋友家里，这样他们就可以随时阅读，自己也能减轻点负担。他在吉萨租了间小套间，房子里面堆满了书。可能这套房子几个月内就会换成市中心的一间公寓，或者扎马莱克段尼罗河上的一间船屋，当然这都根据他的经济状况和农作物的收成而定，以及其他一些我们不知道的资源，其实他那个村子叫什么我们也不知道。

这位朱姆阿·吉宰维是多么亲切啊。他是这几十个不那么和谐的群体中，唯一可以容忍巴塔农的人，他只批评巴塔农一点，就是对嚼舌头根子、像“啃食人肉”一般揭短他人有种莫名的爱好，以至于每个人都相信，巴塔农可能是觉得既然自己破碎不堪了，那就无妨把他人也撕成碎片，这样大家就像家黄瓜和野黄瓜一样没有区别了。在我们国家，社会主义仅仅在这个恐怖的现象上实现了。

---

① 基拉特，面积单位，约合 175 平方米。

在这个方面，朱姆阿·吉宰维并不比别人好，但是他这么做的时候总带点机智和文雅，用不加掩饰的诡计丑化别人、勒索别人或者套出别人的心里话。他开头通常会引用一句押韵的名言俗语，以此来影射自己想要表达的那个新的含义。尽管他尝试做了很多的铺垫，但他的逻辑还是一如既往的直来直去，这似乎说明了他本质上没什么心计，然而短短几分钟之后，他就会直奔主题和你谈话，没有任何拐弯抹角。他的话往往条理清晰，夹杂着常用的批评术语，或者一些广为流传的电视剧和歌曲中的搞笑片段，可能还会附带扯上萨特、伯特兰·罗素、卡尔·马克思、阿里·本·阿布塔利布和穆罕默德等人的名字，导致你都不知道到底哪个更重要了，是正文，还是这些附带的页边注解？但是最终你肯定会彻底明白他的真实目的，那时你肯定会喜欢上他的,你肯定会喜欢上他对一件小事的不灭热情，哪怕这种热情没有任何意义可言。

他会用裹着热情的优雅给你讲，所有体面的知识分子都应该签一份声明，来抗议以色列在某次会议上的发言；正直的知识分子应该筹集多大一笔钱，用来帮助一些政治囚犯兄弟；应该和某个领导人进行一次会见，好把某个涉及面极广的问题提出来；应该在社会主义联盟总部进行一次静坐，抗议警察袭击纳吉布·马哈福兹在欧培拉夜总会举行的聚会；某篇居心叵测的文章，或者尼扎尔·格巴尼发表在某份贝鲁特报纸上的侵犯埃及和埃及人民尊严的诗歌，我们必须予以反击，给他个教训，也必须见一个我们的大思想家或者大记者，敦促他们做出回应。你很可能认为他就足够有勇气随时去会见这些人。

如果你和他走在一起的话，你会发现他走起路来气宇轩昂，像农村里那些水果粮食商人家的纨绔子弟一样，就差在脖子上围一圈香草了。他完全过着一个严肃的知识分子的生活。他文雅的谈吐与外表浑然天成般地协调，然而过不了几分钟，他就原形毕露和人口贩子差不多。

他的呼吸拖得好长好长，一开始声音很大，到最后则往往变得极其微弱。他真的会和你一同去《鲁兹·尤瑟夫》[①]，也差不多能见到年轻编辑中的索布里·穆萨或者阿卜杜拉·图希[②]。他也可能陪你去《共和报》，那他就会去见他一样同是农民出身的法鲁高·穆尼卜[③]。很快你就会发现，他的这些努力最后都会有所回报，他或许就能让那个编辑在其每周一篇的文章里对他写的某篇小文章加以评论。

朱姆阿·吉宰维多希望自己也能成为像《鲁兹·尤瑟夫》的萨利赫·穆尔西[④]、阿卜杜拉·图希、索布里·穆萨、阿莱乌·迪卜[⑤]、画家希贾兹[⑥]一样，或者像《共和报》的法鲁高·穆尼卜，这些闪耀的年轻编辑中的一员啊。如果能和鲁维斯·阿沃德[⑦]一起写《金字塔报》的副刊，该有多好啊！如果有一位和自己在报社一起工作的编辑妻子该有多好啊，那他就可以挽着她的胳膊带她参观各种剧院，给她打电话告诉她熬夜等着自己凭借灵感做完评论任务。他的上司，同时也是他的人生偶像、著名

---

① 鲁兹·尤瑟夫（1897—1958），埃及近代著名女演员，曾创办同名报纸和杂志。

② 阿卜杜拉·图希（1926—2001），小说家。

③ 法鲁高·穆尼卜（—1983），小说家。

④ 萨利赫·穆尔西（1929—1996），小说家，以间谍题材创作闻名。

⑤ 阿莱乌·迪卜（1939—2016），小说家。

⑥ 希贾兹（1936—2011），漫画家。

⑦ 鲁维斯·阿沃德（1915—1990），作家，思想家。

批评家马哈茂德·艾敏·阿利姆的妻子塞米拉·吉拉妮[①]是位著名电视播音员，他要是能有这样一位妻子该有多好啊！就算他没有向你坦白这些，这也是他的梦想，他的梦想甚至比这还要大，还要高，他是第一个嘲笑那些娶了当个体户的妻子的男人，哪怕人家的妻子很成功，这样的话，那么在他眼里，这样的丈夫就算再有身份，那他也是某某夫人的丈夫。他这是在暗讽某些公众人物，这有时还能在“羽毛咖啡馆”“果园之花咖啡馆”“柏柏尔人咖啡馆”和“Atelier咖啡馆”掀起一阵狂笑。通常他都喜欢把所有的知名人士全都侮辱讽刺一番，说他们全都性无能，用他们的名字组织一个“无能协会”，协会成员由他随意任命。他要是恨某个人的话，就让他成为“无能协会”新成员。最令人震惊和愤怒的是，你会发现任何与性无能有关的流言都很受这群所谓文化、文学人的追捧，于是，这“无能协会”声名大噪，到最后就好像变成了真真切切的事实一样。

假设一个传媒界或者艺术界的某个颇有名气的女孩给他打电话、引诱他，按照她擅长恶作剧的朋友们制定的计划，你就能看到事情有多好笑多滑稽了。很快，朱姆阿·吉宰维就栽了，因为自己头脑发热、行为幼稚而成为人们的笑柄。你可以放情地笑，但是笑完之后你会反思，如果你处在他那种尴尬微妙的时刻，你会一如既往地稳重清醒，还是所有固若金汤的防线瞬间土崩瓦解？想象一下，如果你落入了一个魅力十足、身材窈窕、性感迷人的女人的圈套中，你从未梦想过她会响应你的挑逗，更不用说会邀请你跟她交好，那你会怎样呢？那么，无论你过去如何稳重，你肯定都会冲动的，就算这样你也是可以被

---

① 塞米拉·吉拉妮，埃及60年代当红主持人。

原谅的。百分之九十的情况下，你都会顺从冒险欲和性冲动，失去理智，跟她去她邀请你去的地方喝上一杯。于是你便陷入了情欲的洪流中，她一言你一语的，她的温柔极度地满足了你的虚荣心，她甚至会听到你的名字时兴奋地尖叫：

“哇，著名批评家朱姆阿·吉宰维！我读过您写的某篇文章！这真是个大好的机会呀！我请你到我家吃午饭吧！我的家人今天都不在家，赏个脸，接受我的邀请吧！”

“你家？那好吧……”

在那个她带你去的家中，她把你领进门，然后就消失了。你气喘吁吁地坐在看见的第一把椅子上，提心吊胆地听着自己剧烈的心跳声。一个小时，甚至是更长的时间，你都保持这个悲惨的状态。然后，她再次出现了，身上穿着一件性感撩人的睡衣，拿着一个优雅精致的杯子朝你走过来，只有安拉才知道杯子里是什么东西，她劝你快点喝了好给你再倒一杯热热身，她故意弯下身子放杯子，一头长发像瀑布一样散落下来，温柔地触碰着你的脸，你的鼻子，还带着醉人的香气。她那丰满的酥胸飞速地在你的肩上划过，留下一股炽热的暖流，迅速流窜至你的全身每一个角落。此时你不需要理智，让你的身体自己做主好了。就让朱姆阿·吉宰维愚蠢地去接受考验吧，他能做的，只能是用手划过她的背部，最终落在她的屁股上。美女用炽热的眼神望着他，然后给他指了指卧室……

进了卧室，站在你眼前的就是一个荡妇，她扑倒你身上，极尽撒娇、挑逗、抚摸之能事，你当然只能按照你理智的授意去做。当朱姆阿·吉宰维处于这种情况的时候，也便这么做了。然而他并没有看到一群新闻界和文学界的有钱商人，正坐在隔壁的一个房间里憋着笑，欣赏着大剧，看朱姆阿·吉宰维献丑到最后一刻。最后，他像个刚出生的婴儿，浑身赤裸在房间转悠，四处寻找已经被藏在了某扇隐秘的门后的衣服，而那些狼狈为奸的恶搞者们正围在外面阳台的走廊上，全方位地观察着套间发生的一切。

有人编织了好多这样关于朱姆阿·吉宰维滑稽的章节，极尽夸张地传述再传述，动用了各种细节的细节。为了显示权威性，每个人都声称自己是亲眼看见的。不管这些章节是确实发生过，还是只是重口味的谣言，这都令朱姆阿·吉宰维在文化圈名声大噪。因此，虽然他没有任何可以用来衡量和评判自己的作品，但是他的名字还是变得家喻户晓，人尽皆知，他在很多时候都既虚幻而又具象。没有哪一个知识分子不知道朱姆阿·吉宰维的，他们每一个人都会充满激情和风趣地讨论着有关他的事情。你可能会经常在记者工会见到朱姆阿·吉宰维，好像他比会长还要重要，然而事实上他连工会成员都不是。你会经常在隔壁的律师工会的午餐食堂见到他，对服务员颐指气使地抱怨桌布和盘子不干净、水太凉、肉质太差。你会看到很多人热情友好地跟他打着招呼，甚至据说如果他毛遂自荐竞选任何工会组织会长的话，十有八九能获得提名。你还会经常在开罗“Atelier 咖啡馆”见到他，不仅仅是在每周二的聚会上，而是每天夜里都会见到，他像那些著名的文化人士和政治人士一样，坐在那优雅地喝上两杯。他跷着二郎腿，慷慨激昂地说话，有时是考究的普通话，有时操着方言。他和对待“Atelier 咖啡馆”的服务员之间，就像他和其他地方的服务员之间一样，有很多特别的账目甚至是赊欠，经常一到这个时候就开始吵架。

夜里的聚会结束后，你会在侯提亚[①]的一套房子里看到他，那里住着一群美术学院的学生，其中一些人也狂热地爱好小说创作。或者你会在阿朱宰的一套房子里见到他，那里住着另一群美院学生，他们都梦想着进入新闻领域工作。或者你会在同一个区离这套房子几步远的另一套公寓里见到他，那里住着一个从亚历山大来的青年小说家，他目前是艺术与文学最高委员会的小职员，朱姆阿·吉宰维嫉妒他的这个工作，希望自己也能像他一样。他在这些夜里每晚都会大谈文学批评问题，就像侯赛因·马尔瓦[②]、阿卜杜·阿齐姆·艾尼斯、马哈茂德·阿利姆、穆罕默德·曼杜尔[③]一样。他说那些来自农村的青年文学家们常犯一个致命错误，就是用两三部作品就彻底清空了农村的所有记忆，然后便只能看天干瞪眼。他说叶海亚·哈基[④]很极端，讨好那些没有天赋的小说家，给他们的集子作序；同时又很偏执，不欢迎在《杂志》期刊上刊载埃及方言诗歌。他说他最近要开办一本文学文化杂志，吸纳年轻文学家，解决他们的老难题；他说他要出版一本书，推介一些新面孔，从每一个年轻作家那里收集两篇小说，然后自己亲手写上一个具有分析、批评和报喜性质的序言，条件就是所有参与的作家分摊出版费用。他认识一个年轻老板，他刚成立的印刷厂和出版社的总部就在伊巴白区。这个老板对文学非常开明，对青年文学家也很热情……

这本书确实出版了，这本杂志也确实出版了，但是过一段

---

① 侯提亚、阿朱宰都是开罗的平民区。

② 侯赛因·马尔瓦（1910—1987），黎巴嫩著名共产党人。

③ 穆罕默德·曼杜尔（1907—1965），思想家、作家、政治家。

④ 叶海亚·哈基（1905—1992），著名小说家。

时间，不管多久，你只要遇到朱姆阿·吉宰维，就会发现他依旧在为各种项目发愁，热情被消磨殆尽。他会特别惊讶，如果你至今还没有听说过他那本标志年轻一代成长起来的书已经出版了，或者你还在问他出版那份杂志的想法。因为那份杂志明明已经出版了两期，堪称所有阿拉伯出版社出版的最上档次的杂志，但是杂志停了下来，也是因为所有杂志共同面临的永恒灾难——缺乏资金。

必须承认，从朱姆阿·吉宰维的激情、慷慨和广泛的人际关系中，我得到了很多。通过他的关系，我结实了很大一批令我引以为傲的朋友，我知道了很多以前闻所未闻的珍贵书籍，我理解了政治关系的交错复杂，了解了一些以前一无所知的左派运动的秘密,还得到了一些共产主义政党的消息。毫无疑问，这都是一些宝贵的好处,但我在那个时候察觉不到它们的价值，也许是因为我对朱姆阿·吉宰维这个人怀有一种并不客观、并不正确的鄙视，在我看来，他这个人太过吊儿郎当，一点都不脚踏实地，对艺术、文化和学问的任何分支都不够专注深究。也许是因为，我更需要一些别的东西，于是这些好处在我眼里也就变得毫不起眼了，所谓的别的东西便是我在精疲力竭的时候，日思夜想的一张睡觉的床。当然最令我难过的是，我的才能得不到朱姆阿·吉宰维的赏识，所以他不会像对待其他那些令他赞赏不已的农民出身的人才那样慷慨地对待我，尤其是当时我看上去就像是受到安拉的指令从睡眠的天堂里被驱除出来的一样，仿佛天地间所有的力量都联合起来落实这个指令，于是睡眠被彻底地赶出了我的世界。当时无论是在什么地方，我只要一落座，马上就会睡着。可是瞬间我就失去了意识，瞬间我脑子里就出现了尖锐的钩子,将我从睡眠的深海海底中掳走。比如，如果是在咖啡店，就有服务员站在旁边盯着我，如果是在公交车上的话，就有一群讨厌的好人家的小孩用恶魔之手把我摇醒，提醒我不要坐过站了。这时我多希望有一个独立的牢房，里面没人认识我，我跟任何人都没有关系，这样我就可以饱饱地美美地睡上一觉了，但是我脑子里必须有一部分是清醒的，我得靠它来真真切切地感受四仰八叉地睡在平坦地面的爽快，我不需要吃饭，不需要喝水，什么也不用做，只要每个世纪睁开一次眼睛，确认一下我那羸弱的身体最终找到了一片宽敞的和身体等大的土地，我可以在那里平静地伸展，畅快地呼吸……

朱姆阿·吉宰维经常和我在一起抽抽喝喝，但他从不邀请我去任何他晚上会去的地方，或者他租的有很多知心朋友在的地方，也许是看不起我，也许是提防着我。但是最有可能的是——在我看来——他在努力把这些知心朋友招募到某个打着社会旗号和职业合作幌子的新兴政党中。如果不是隐约觉得朱姆阿·吉宰维不待见我，虽然我也不知道确切原因，我当时完全愿意成为他忠诚的士兵，就像阿卜杜勒·法泰哈·巴塔农和他的方言诗人朋友萨米尔·迪亚卜一样，也有人说是萨米尔本人把朱姆阿·吉宰维招募过去的。就像小说家、造型艺术系学生坦塔维·法希米一样，就像那个特别擅长搞笑的造型艺术系学生阿提亚·埃米尔一样，等等，不一而足。过了许久，我才弄清楚他嫌弃我的唯一原因，就是我无法做到无条件地承认他的才华和天赋，我总是把他看成一个努力实现某种既定目标的人，就像我们来到这里所做的一样。我也不知道——可能是因为我的农民属性——有好大一群年轻兄弟在孜孜不倦地、虚情假意地讨好他，把他捧为代表着我们这一代人的批评家，他有权作为我们的官方发言人。我也知道，他们——包括我的朋友巴塔农在内，一方面不惜抱着炽热而空虚的激情去捍卫他，一方面要是有人非难他鄙视他的话，他们也会参与进来。我知道这些朋友如此阳奉阴违，不过是为了参加那些有吃有喝、有烟抽的晚会，甚至还能看到一些珍贵的、他们当中没有人买得起的典籍。

我朋友巴塔农真正震惊到我的是，一旦他稍微有了点名气，马上就敢对很多同道中人甚至前辈表达一些极端的言论，他变得不可一世，目中无人，大话连篇，甚至还把这些大话写进一些诗歌和歌词中……于是，我便知道了朱姆阿・吉宰维已经成功地给他脑子塞满了各种欧洲和东方左派思想家、研究者、艺术家和哲学家的言论。他并不了解这些言论最初的来源，只是从一群批评界的前辈和阿拉伯美学学者的文章和研究中捡来的。这些东西常见发表在穆罕默德・曼杜尔、鲁维斯・阿沃德、侯赛因・马尔瓦、马哈茂德・阿利姆、阿卜杜・阿齐姆・艾尼斯、阿里・拉伊[①]、诗人阿多尼斯[②]等人的《贝鲁特文学》《诗歌》《文学研究》《杂志》等刊物上。

无论如何，朱姆阿・吉宰维在教化巴塔农方面居功至伟，让他开眼认识各种文化源流，了解了联结艺术与生活、艺术与文化活动之间那根神奇而隐秘的线索。吉宰维还就巴塔农的诗歌写了一篇翔实的研究报告，以一个诗人的专业角度指出了诗

---

① 阿里・拉伊（1920—1999），文艺批评家。

② 阿多尼斯（1930— ），叙利亚诗人。

歌中的关键点，以及应该有所改善的地方，完全可以说，他在这份研究中将巴塔农视为了一个伟大杰出的诗人。即使有了这份研究报告，我的诗人朋友巴塔农在一些编辑的办公室里，也不掩饰他对朱姆阿·吉宰维的轻视，而且这样的消息很快就不胫而走了。

在那期间，我的朋友巴塔农已经在一份大型报纸上发表了多篇重要的诗歌，并在文化圈得到了广泛的赞誉，他还给一些名声大噪的歌手写了很多歌词，这些歌曲在广播上多次播放。很长一段时间，我都没有再见到他。我都几乎快要放弃给别人朗读他的诗歌的爱好了，因为他的诗歌都快烂大街了，尽管我还是常常激情洋溢地谈论他和他的天赋才能。我完全陷入了自己的苦恼中，那便是深夜里我常常要思考如何在某个地方独自一个人待到天亮。直到我见到扎克里耶·曼杜哈·昂姆朗，他是我见过的最奇怪的年轻小说家。

那是在“伊巴白”宵座。那是扎克里耶在开罗度过的第一个夜晚。我不知道这个店铺的消息是如何传到他的家乡的，反正他知道这是个流浪汉的聚会场所。主要的是我完全被这个奇怪的年轻人所震惊了，他极其瘦弱，四肢结实，表情僵硬，小麦色的皮肤，鼻子很长，眼睛黑亮，眼窝深陷。他的脸很白，头很小，头发被剃得短短的，嘴巴很小，嘴唇特别干，笑的时候两片嘴唇就收缩起来，笑声就好像退回了身体里面一样，于是他试图再次把它发出来，于是每一个笑声你会听到两次声音，原本的笑声和笑声在体内的回声。他的眼睛里透着深深的疲惫，眼神里满是苦楚，语气中有点神经兮兮的，还有点过分的激动，他整体的样子令我想起了散布在农村附近车站的赶驴的孩子们，你要是租了其中一个人的小驴赶路，那他就会在你后面一路小跑着，只要小驴的脚步慢下来了，或者开小差去了，他就拿起一根短竹条在后面催赶着……

我在扎克里耶·曼杜哈·昂姆朗身上只注意到了一件农村穷孩子才穿的深色大袍，尽管事实上他还穿了一件进口衬衫和一条城里人穿的长裤……

那天午夜过后，我来到“伊巴白”宵座的时候，发现那里已经满满地坐着两排人了，一排面对着墙，一排面对着街道，墙投下来的影子给店铺门檐处形成了一道天然的阴影，与街道的灯光隔绝开来，就像是给月亮披上了一层黑色的斗篷，然后把自己的光芒投射到月亮上一样。月亮在天上光芒四射，被旁边的路灯重重包围，尽管如此，它看起来就像一个守卫一样一丝不苟地守护着“伊巴白”宵座。显然，基地里来了一张新面孔，现在只有一个人在说话，其他人都鸦雀无声，这种情况并不多见，只在有新访客加入的时候才会发生。如果现在打断人家非常不合适，所以最好就让他畅所欲言，直到他将自己介绍清楚了，于是大家也便对他有了大概的认识。

那个说话的人便是扎克里耶·曼杜哈·昂姆朗，他背靠着墙坐着，跷着二郎腿，尽管他嘴上气势十足，看起来却很是缩手缩脚，因为他的内心其实就是极度自卑的。他信心满满地口若悬河地说着，还带着一些明星们特有的粗鲁动作，也像他们一样自以为是，但事实上却显得有点愚蠢或厚颜无耻。他摆动着两条长长的手臂，手指也连续不断地快速打着各种手势，在空中自由地上上下下地滑动着，仿佛他在用双手编织一个话语网一样。他的话语中充满了挑衅的意味，语气中也带着威胁的味道，声音很是激动，就好像他是在用铁块敲打着铁块。马上这种严肃认真的感觉就突然地消失不见了，仿佛这种炽热的激动已经撞到了他那高度有限的头盖骨上，无法呼吸，只好退了下来，就好像这种口若悬河的长篇大论突然词穷了，于是说话的人就像突然踩到了松软的地面，将谈话内容转变成空洞的讽刺挖苦，并带上愚蠢的哈哈大笑……

我记不清当时具体的话题了，好像他是在谈论大作家们空洞的言论，以及他们关于短篇小说艺术的落后观念，还有为何希望都落在年轻人身上，真正的短篇小说即将迎来辉煌的时代，因为事实上还从来没有人写过真正的短篇小说。尽管他很尊重前辈尤素夫·伊德里斯和叶海亚·哈基，至于纳吉布·本·马哈福兹——他是这么叫的——，他则只是一个长篇小说家而已。

我向大家打了招呼，大家也纷纷向我问了好，我在街道那边的冰箱旁找个位置坐了下来，于是冰箱便横在了我和这个我还不知道他是谁的说话人中间。坐下几分钟之后，我就发现这个人尽管看起来像个老练的演说家一样，但他并不单单围绕某一个话题讨论，而是随心所欲地在各种话题中间随意切换，时而冒出一个新的念头，时而插入一段评价，时而扯个题外话，时而讲个奇怪的故事，时而介绍一本态度滑稽的小说，你根本不可能在这些片段中找到任何联系，唯一的联系就是它们都来自同一个声音。然而所有的听众中没有一个人想过要寻找这个对任何谈话都十分必要的联系，于是扎克里耶·曼杜哈·昂姆朗——也许是第一次——介绍了“谈话”这个词最根本的真正的含义，即每一分钟都在持续不断地更新话题。你甚至会认为由一个突然的转折到另一个突然的转折之间的这种智慧便是谈话的精妙之处，这种精妙会让你被每一个疯狂的想法、非传统的含义和雄辩的诗词表达所震撼，所感染。他的谈话还会融合演讲艺术和不带脏字的粗口。尽管这种粗口有时候会冒犯一些人，揭开一些人的伤疤，但是大家都笑着接受了，因为粗口中包含的幽默和智慧。这更让我感到，我面对的是一个天生的艺术家，他所欠缺的只是一点点的整理和修饰。我立刻就喜欢上了他，仿佛我从小就认识他一样。甚至我确信我自己提前就知道了他脑子里的想法和他心中的感受。

他跟所有人说话的时候都会直呼其名不带头衔，语气中更多的是友好，而非轻蔑或苛责。只有极少数人他不会直接叫名字，比如律师艾斯阿德和画家法伊格，他和他俩说话时都会加上："亲爱的，兄弟"。然而他的语气中却隐约透露出，他称呼别人老师或叔叔的时候，并不是认真的。显然他对在座的这些人了如指掌，所以他肯定从某个地方读到过并搜集了他们的信息。他很可能什么都看，甚至连报纸上的邮件都不放过，因为他嘴里老说的那些消息其实是一份文化杂志邮件中的回信内容。

他在跟我打招呼的时候知道了我的名字，当他听到我的名字时，头重重地歪了一下，就好像在我的名字下面艰难地画线，暗示我们之间存在某些微妙的联系。于是他就把注意力从我这挪开，直到他把话说完了，才拿起艾斯阿德和法伊格的烟来狠命地抽。然后他便开起了玩笑，讲一些过时的老笑话，这时候的他在每说出一次词语之前和之后都得自己先笑上一阵。有一些家里离得远的人很早就离开了，那些下半夜在大家族里还有约会的人则私下里在交头接耳、挤眉弄眼，悄悄地起身离开，好在某个旁支巷子的角落里集合。扎克里耶·曼杜哈·昂姆朗敏锐的眼睛早已洞察了一切，笑着为他们的撤退叫好。然后他转向我，就好像他终于腾出时间给我了一般，对我说：

“舒克里，你好！你的朋友贝德尔·索夫旺我要代他向你问好！”

我激动地喊了出来：

“你认识贝德尔·索夫旺？！”

他说：

“他被委派到了我们村里当老师！他现在都快穿上军装了！你知道他入伍的事情因为学习而被推迟了的！”

“艾布·扎克，他怎么样了？”

他严肃而激动地说：

“当他知道你留在了开罗的时候伤心欲绝！他不想你受欺负！他本希望你回到家乡或者回到亚历山大去的，这样你就可以好好地写作了！他也知道尽管你被诗歌牵绊住了，但你的内心深处还是一个才华横溢的小说家！至于在这里的话，你永远都找不到一份工作，这会妨碍你写作的！我本以为你也和他一样拿了文学学士学位呢！”

我提醒他说：

“我从来没有进过大学！”

他挥了挥手轻松地说：

“这不重要！我也没进过大学！我们一定会在这个狗日的城市证明我们的存在的！”

我问：

“你是个诗人吗？”

他似乎是在谴责我的无知，说：

“亲爱的，兄弟，什么诗人啊？我是个小说家！这个世界上，除了小说，我一无所知！这座城市里，小说是我唯一的亲人！只有它才会招待我！因为它像我们一样贫穷，所以我会靠自己来支付招待的费用！！”

我惊喜而热情地说：

“我想拜读一下你的作品！”

他淡定地说：

“那我给你念念我最近写的一篇小说吧！”

他根本没带任何纸。我凑到他身边，清清楚楚地看清了他的脸，发现他的脸上带着一丝憔悴，仿佛刚刚下班耗尽了所有能量一样。他坐正了身子，扬了扬手，然后开始从记忆里读一篇完整的小故事。首先令我惊讶的是，一个作家竟然可以将自己的小说整篇都铭记于心，就好像这只是一些很容易就能记住的规整的诗歌一样。然后令我惊讶的是这篇小说本身，它包含了很多新的东西，在它里面，一个句子不仅仅是一个句子，他像千层饼一样是好几个句子杂糅在一起的，里面既有诗人的味道，又有像阿尔贝·加缪、海明威和威廉·福克纳那样的当代西方作家的味道。里面还混合了内心独白、倒叙和描写等叙事手法。每一个段落都能在读者脑海里刻画出一个具体的戏剧场景，就像是法老壁画一样。然后他开始念第二篇小说，第三篇小说，都是根据记忆背诵的，以至于我把他看作未来日子一件超凡的壮举。

我喜欢他的小说就像我喜欢他的人一样，于是我就和他在冰箱旁的角落里聊到了深夜。令我高兴的是，他早就知道了我的经济状况，所以他给自己买烟的时候也给我买了烟，然后他要么就是继续讲，要么就是听我讲。时不时地，他又跟我提起我的朋友贝德尔·索夫旺，那个他一生中认识的所有人中最纯洁的孩子。然而在他看来，贝德尔和小说艺术没有丝毫的关系，尽管他得过三次以上的“小说俱乐部奖”。他本人很尊重这个奖项，但得这个奖，恰恰证明了他写的小说都很垃圾。我很想反驳他对我朋友贝德尔·索夫旺的看法，我想告诉他，我朋友是个哲学、心理学和社会学方面的学者，他写小说纯粹是出于兴趣，而并不想以此作为职业，并且他还反对发表自己的那些小说，除了在一些他确定是捍卫人道主义原则、维护绝大多数穷苦人的权利的地方发表，此外，他还拒绝了一些报社的工作，这样他就不会逼不得已以写作为职业了。然而，我对扎克里耶·曼杜哈·昂姆朗什么也没说，我觉得他的看法仅仅是过度热情了而已，这的确反映了他对自己的热情，但是这同样也反映了他对艺术尤其是对短篇小说纯洁而深厚的苏非[①]般的热爱。

接近凌晨三点的时候，店铺里已经只剩下他、我和在柜台上假寐的伊巴白了。他突然说：

“我饿了。”

然后伸着懒腰打了个哈欠，于是我闻到了啤酒的味道。我本来已经暂时忘记疲惫和瞌睡，但是看到他打哈欠的时候，我瞬间感觉到肩膀被一座疲劳和瞌睡的大山压住了。本来几天以来我已经忘记了饥饿，但是当我一闻到啤酒的味道，一听到“饿”

① 苏非，伊斯兰教中的神秘主义派别，对艺术和音乐有独特的偏好。

这个字眼，我瞬间就感觉饥肠辘辘了。他说：

“你这穷光蛋肯定没有钱吧？”

我说：

“当然，当然！”

他说：

“你想吃点好的吗？”

我说：

“想啊！”

他说：

“你想伸展身子睡上三四个小时吗？！”

我说：

“想啊！”

他说：

“起来吧！”

他伸了个懒腰站了起来，开始像个牧羊人那样走了起来，左摇右摆的像是在赶着一大群羊。我走在他身边，仔细打量着这个滑稽而帅气的男人，这个吐着舌头来到这座城市的男人，什么都不在乎，不畏惧这里的人、办公室、机构和光亮的沥青街道。这正是我以及成千上万个像我一样的农村人所欠缺的东西……所以我相信，他绝对会在这个城市取得成功的，他绝对能够干出点名堂的。

我们从商博良大街拐到了阿卜杜·哈利格·撒尔瓦特大街，朝着尼罗河滨海大道的方向走去。没走几步，扎克里耶就站在墙边开始撒尿，奔涌而出的尿液落在墙上，然后在人行道上为自己开辟出了一条凹槽，像骡子的尿液一样流向水泥地面。显然，这都是因为他喝了好多啤酒的结果。他转过身来，扣上裤子。然后走在我身边，开始询问我一些他关心的人的消息。他说，无论如何，哪怕什么工作也找不到，他也已经决定永远地定居在开罗了。因为如果他再次出现在老家农村的话，那他就会陷入一场危及生命的灾难中，因为有个姑娘爱上了他，并把自己给了他，所以他担心要对人家负责，然而自己却没有工作。他没有理由拒绝和人家结婚，但现在对于他而言又不是结婚的时候，他要首先实现小说写作的梦想，然后再回到村子里去把这个姑娘带过来弥补自己曾经所犯下的错。然而他知道，这个姑娘就算被人们撕成碎片，也不会离开他，谁又知道呢？她也许会成为阿拉伯国家最著名短篇小说家的妻子呢。然后他突然说他既爱钱又恨钱，一旦金钱离自己远了他就渴望金钱，一旦手中有钱了他就仇恨金钱。就比如说今晚，他刚从家乡过来，身上除了火车票的钱之外还有三埃镑，于是他就马上冲到“盎格鲁军旗”酒吧，好重拾一下他过去在书中看到的关于这个咖啡馆的记忆，书上说那时候这里总是坐着一群知识精英，于是他为了回忆得更深入一点，就在那喝了好多啤酒，直到把三埃镑都用光了，才饿着肚子踉踉跄跄地从那里出来，到“伊巴白”宵座来免费度过接下来的夜晚。至于现在，他要带着我去找他的姨表弟，好在他那度过接下来的几个小时，也许我们还能在他那儿找到点吃的或者喝的……

我问起他这个表弟：“他是个职员吗？”

他吃惊地停下了脚步，震惊地转过头来：

“难道你不认识他吗？”

我说：

“谁介绍我俩认识？这还是我认识你的第一个晚上！”

他简直无法相信我竟然不认识他的表弟，说：

“他就是诗人阿卜杜勒·法泰哈·巴塔农啊！你当然认识他！我知道他是你的死党！”

换成我停住脚步了，我惊讶不已地说：

“阿卜杜勒·法泰哈·巴塔农是你的表弟？”

他笑着回答：

“你怎么能至今都不知道？！”

我大笑着说：

“请原谅我的无知！”

他说：

“从小我俩就一起长大，我们是同一年出生的，一九四零年，就是疯狂的世界大战的时间。我们一起去上学，一起迷上了艺术！他喜欢歌曲，而我在某天读到尤素夫·伊德里斯和纳吉布·马哈福兹的时候，就爱上了小说。在老家的时候巴塔农凡事都求着我，因为我的地位比他高。我是个文学家，而他是个作词人。我们有个英语老师，他在报刊上写点评论，所以很有名气，就是他鼓励我进行文学创作的，而我又鼓励了巴塔农。亲爱的，似乎这些不堪的日子要把标准彻底颠覆过来了，他要从我背后变成一个明星人物了？”

说完他又开始继续往前走，把身子微微往后倾着，这样就可以把脚抬离地面往前踢着。我陷入了愉悦的沉思：我终于要拜访我的好朋友阿卜杜勒·法泰哈·巴塔农的家了，这还是我生平第一次拜访他家。毫无疑问，这对他而言将会是个最大的惊喜。他有两件事情可以高兴，第一件是我终于主动去拜访了他，另一件是他发现我竟然认识他表哥扎克里耶·曼杜哈·昂姆朗，他也认识我，这也就意味着，我和他之间的联系更加紧密了……

我想起来，尽管我的好朋友阿卜杜勒·法泰哈·巴塔农经常在各种危急时刻见到我，但他从来没有邀请我去过他家。我的心怦怦直跳起来，我感觉到一阵火辣辣的疼痛，但我马上就把原因归到了他身边的特殊环境，尽管我并不十分清楚他的居住环境，他也从来没有跟我谈过任何这方面的事情。我就这样走在扎克里耶·曼杜哈·昂姆朗旁边，我已经暗下决心把他送到之后就调头离开。然而我的记忆突然清晰了起来，脑海中苏醒了一个场景，我很好奇之前我为何会忘记它的。

常来“伊巴白”宵座的人中有一个我的朋友，叫作阿卜杜·瓦哈比·穆尼尔，他没有房子，没有工作，没有妻子，没有孩子，没有出生证明，也没有身份证。尽管如此，你看到他的时候他永远都穿得特别优雅讲究：整洁的西服外套，没有一丁点儿污渍的深色外国衬衫，同样也是深色的领带，但是领结的地方闪着油污，外套袖口的地方镶着几颗金色的扣子，无名指上戴着一个镶宝石的银戒指。他面容严峻，面庞饱满，脸上的一切都显得很立体:颧骨、鼻子、饱满的额头，浓密的眉毛，炯炯有神的眼睛里透着有点冲动和愚蠢的勇猛和自信，脑袋上浓密服帖的头发和有点长的鬓发搭配在一起颇为协调，咖啡色的 Persol 眼镜挂在胸前的口袋上，眼睛旁边是一支乌木色钢笔。冬天的话，他会穿一件奢华的大衣。无论是夏天还是冬天，他永远都打着领带。当他进到某个地方的时候——哪怕仅仅是快速地和人见一面——他也会像古时候的老爷一样脱下外套，然后把外套挂在椅子后背上，或者搭在手臂上。在他看来，部长和门卫没有什么区别，咖啡馆的大门和国民议会、内阁以及任何政府部门的大门也没有区别。他说话的时候平静沉稳、严肃庄重，一般是命令的口吻，他所有的要求都会马上得到响应。他容易很快就接受别人的道歉，无论别人对他做过什么，他都能给别人的行为找到理由。如果某个大人物的办公室主任对他板着个脸，他就会说肯定是因为那个孩子，也就是办公室主任今天过得不顺，他非常了解他，他相信办公室主任也很喜欢自己，他本来知道今天主任脾气不好的真正原因，但他为了保守秘密是绝对不会透露半句的……

他会向你自我介绍说是新闻部副部长，然后你立马就相信了他的话，因为他的谈吐跟这个职位非常吻合，他可能还会继续和你聊一些新闻部的问题以及一些令他不满的糟糕境况。他会跟你说，他听说了某个著名播音员或者导演的丑闻，要不是因为敬畏安拉，他完全可以揭发出来断了那个人的生路。阁下也知道，我们国家现在很奇怪，如果统治者对某人翻脸，整个世界都会抛弃他。如果你被广播台或报社解雇了，那你就会流离失所，活活饿死，因为所有的机构部门都不能跟你来往，甚至还会有些人故意抹黑你，甚至侮辱你的尸体，大家都会幻想是革命愤怒地抛弃了你。很明显，我们当中有经验教训，有人连卖艺的耍把戏的都会杀害，也有很多人喜欢恭维革命、革命人士和革命机构，仿佛他在说:“你们抛弃这个叛徒吧，看看我，你们能在我这里找到你们想要的。真是‘一头牛倒下，所有人都拿刀去割肉’，先生您好好想想，这个谚语是不是完全反映了埃及这些日子的现状？……难道在这种情况下，埃及人不应该祈求安拉保佑他的信仰、良心和荣誉吗？这样就不会仅仅根据谣言，哪怕是确凿的谣言，就给人定死罪了。大叔！难道这个某某某他就是我们国家唯一腐败的人吗？！你们中谁敢说从没犯过错，我拿石头砸他！现在这个局面全都是有原因的……大叔，多说无益，安拉不会害你的！听天由命吧！好人自有好报……”

你会在任何一个地方都能见到阿卜杜·瓦哈比·穆尼尔，有时，他会在《共和报》的某个主编办公室喝着咖啡，与领导们窃窃私语或者肆无忌惮地开着玩笑,他可能会喊其中某个人："某某，我的孩子"，然而，短短几分钟之后，你又会惊讶地发现他在某个著名播音员的办公室或者某个知名电视导演的办公室，聊着那些让人担忧的局势，或者迅速蔓延的混乱形势，以及某些人的职业道德和良心的泯灭。所以你为了了解他正在如此激情澎湃却又沉着冷静地谈论的话题的真相，就会在那停留好长时间,他这种说话方式和他严肃庄重的外表完全相得益彰，但是你的努力肯定会白费，因为他说的都是些普通的东西，可能是关于某个邻国，可能是关于他十年前看过的一部电影，或者昨天刚读过的一本小说，又或者是他想象中的巴黎之旅，哪怕你在他刚开始说的时候就在场了，你也会发现他从进办公室的时候就在滔滔不绝了，就好像他是在和办公室主人继续某个他们都知道的话题一样。你肯定会惊讶，办公室主人竟然能够听完之后迅速地做出评价，就好像他俩一直在线一样。阿卜杜·瓦哈比·穆尼尔每次的谈话中，绝不会遗漏的内容就是傲慢地批评一部电视剧，要求马上停播它，那种语气仿佛他是这个国家里唯一的负责人一样。他也可能在讲述一则激动人心，但是毫无根据的新闻，尽管他自己也是刚刚才从 BBC 广播上听来的……

你同样还会感到震惊，你明明不久前刚刚和他在《共和报》告别，怎么转身就发现他在电视台的办公室等你，又或者在“羽毛咖啡馆”或“塔勒阿特·哈尔卜”[①]广场的曼德布里书店等你。他肯定会飞檐走壁吧，或者分身有术，同一时间能在不同地点出现。但是最令你震惊的却是，他在任何地方都能受到大家的笑脸欢迎。只有极少数的年轻人鄙视他，但只要他们一和他接触，马上就会喜欢上他的，他们会在他身上发现极为有趣的东西，也许这就是为什么很多身份显赫的大人物愿意在公众场合与他为伴又或者邀请他参加他们的私人聚会，有时甚至是极为私密的聚会。在他面前，他们表现得好像他是个不存在的东西一样，他们可以喝得酩酊大醉，洋洋得意，丑态百出。正因为这样，他高兴的时候，谈论一个名声赫赫的大人物的过去的时候，就好像是在谈论一个现在还在巷子里玩耍的小孩一样简单，全然不顾人家那些称号头衔，哪怕是在众人面前，用优雅得体的腔调和人们聊天。他会讲一些看似天使的人物的故事传说，结果这些人突然就变成了地狱的魔鬼。他还会讲一些以魔鬼著称的人物的传说，结果全是奇迹般的东西。他像这个时代最伟大的伟人一样，神气地跷着二郎腿，谈论着这个民族的各种大人物，以及世界上的各国领导人，在他看来，他们都是鲁莽冒失的小屁孩儿，毫无经验可言，有时甚至可以说是缺少教养……

---

① 塔勒阿特·哈尔卜（1867—1941），埃及现代著名实业家，以其名字命名的广场位于开罗市中心。

某个晚上，你会惊讶地在一个十分偏僻隐秘地方看见他正和一个贵族以及他的随从在一起。然后下一个晚上，你又会惊讶地发现他和一群阿拉伯大佬和名妓出现在金字塔大街的赌场里。他认识很多这样的人，甚至他还会让你对此深信不疑——他是某个王子的朋友，交心的朋友，心腹密友。某个国王会派人来把他强行架过去，款待加亲近，以解长久不见的相思。你也可能惊讶地看见，他盘腿坐在位于法院正后方的布拉格区[①]图尔杰曼街的一个妓女家中。妓女们都会像大麻馆一样敞开着家门，供人抽大麻，并且她们也出售大麻，以此来捕猎情人和冒险者，然后利用他们，从他们身上谋取利益。此时，他没有任何的窘迫感，而是俨然一副主人的姿态，友好热情地起身迎接你，快速地给你介绍一番。通过他的介绍，你会明白，因为他认识这家女主人去世的母亲或父亲，所以才结识了这家女主人。他让女主人好好款待你，并把你介绍给大家认识。他和妈咪坐在一起，亲密无间地窃窃私语着，好像两个长舌妇在背后说另一个女人的坏话一样，期间他还不忘时不时地跟你开几句玩笑。

他是唯一从未在“伊巴白”宵座夜聊中出现过的人，可能是因为他有很多个安身之所吧。肯定有某个地方能够让他在那里换换衣服，放松放松身体的……然而无论你怎么尝试，你永远也不可能知道它的地址。

他有时一消失就是好几个月，以至于你都快彻底把他遗忘了。但是在某个时刻，你又会突然以某种神奇的方式遇到他。也许是在别人邀请你参加的某个私人宴会上，他刚好就是宴会

① 布拉格区，开罗市尼罗河东岸著名城区，隔河与扎马莱克区相对。

主人的朋友；也许你会在大街上或者在某个晨间电影聚会遇到他。滑稽的是，每一次你们相见时，他都会不厌其烦地向你介绍自己，尽管你看上去早已对他了如指掌了。尽管如此，他还是会亲密地询问你的父亲和母亲的近况，可能还会问起你的妻子，比你更有男人味的妻子，无意冒犯，请见谅！他会反反复复向你介绍自己，哪怕是简短的。然而他这次——出现过无数次的情况——更加健忘了。可是他却以为是你彻底失忆了，以为你把他忘了。于是他开诚布公地跟你说，肯定是你抽上瘾的大麻麻痹了你的头脑，导致你丧失了记忆，或者是你喝的劣质酒烧坏了你的脑细胞，导致你忘记了他的真正职业。在他一如既往地认为自己告诉过你他是供应部第一副部长的时候，你还要说他是新闻部副部长吗？你还想在他与部长之位近在咫尺的时候降低他的职位吗？善良的人啊，你不能这么做！……他会牵着你的手把你带到市中心的某家大商店，你们坚定、骄傲、傲慢地走进去，冲售货员趾高气扬地说话，问价目表在哪里，为什么价目表这么小,这么不清楚,为什么不放在显眼的地方？难道他们是想逼人发火么？天呐，咄咄怪事！然后，他就像个在舞厅里发表完宗教演说的人一样，在一片彬彬有礼的、夸张的、掺杂着一丝微妙的介于严肃和玩笑之间的尊重的问候声和道歉声中离开了……

我原本偶尔有点鄙视他，但后来我发现自己在多数时候都不得不对他肃然起敬了，因为我经常在一些我想要投奔的温暖的地方遇到他，比如犄角旮旯的咖啡店，或者廉价客栈。他经常让我成为别人关注的目标，这样我就不用进行自我介绍，不用解释我窘迫的境况以博取别人的同情，并且他也常常邀请我去一些我独自一人去不了的地方。

某个深夜里，他遇到了在陶菲格大街上游荡的我，于是邀请我陪他去参加个晚会。这个晚会可能会一直开到第二天早上。他说，我是个正经人家的孩子，举办晚会的女主人是个巴塔农诗歌的狂热爱好者，他要是能把我带过去给她念上几首巴塔农的诗歌的话，他肯定会受到奖赏的。这令我浮想联翩，激起了我的好奇心。我开始猜测，她到底是谁呢？一小会儿之后，他坦白说：

“你肯定听说过她！她潦倒堪怜,但却是个真正的艺术家！她的经历和我们没啥关系，安拉宅心仁厚，替人保守秘密。重要的是她痴迷于优秀的诗歌，她希望你来吟诵优秀的诗歌！她希望成为一个清清白白的人，然而这个社会却并不对她施以援手！”

我立马喊了出来：

“那我们是要去见歌手贝德尔·白杜尔吧！”

他用一种“一切都是安拉的旨意”的语气说：

“是的！”

我说：

“但是！不是有桩丑闻么！她不是被控告参与性奴贩卖集团么！这桩案子至今还没有定论呢！”

他神经兮兮地冲我使了个眼色，说：

“先生啊，你就别多管闲事了！难道有人知道真相吗？只有安拉最了解谁是被包庇了的罪犯！我们是什么人？我们是艺术家！了解我们的人都知道，我们是最清白的人！我们可以随心所欲！来吧来吧，别像个哈姆雷特一样，别缩手缩脚的！”

他直接拉着我就走，于是我虽然很勉强，但还是毫无反抗地跟着他走了。他突然开始大肆诱惑我说：

“可能你还能替自己找到个好住处呢！为什么要断了自己的生计了呢？”

我脑海里的确正在幻想着这个好住处。于是，我心满意足地跟着他走了，但是，我并不想在晚会上读诗。这位贝德尔·白杜尔——这自然是个艺名——是个黎巴嫩裔的叙利亚歌手，五十年代初来到开罗定居了下来，开始在“阿拉伯之声”广播电台主持一档音乐节目，和她搭档的是摩洛哥男歌手——沙里夫·阿勒旺。他俩在声音上如出一辙，别无二致，因为他俩的音域都特别窄，也称不上甜美动听。他俩过去是都结过婚，据说他俩是在开罗结识然后步入婚姻殿堂的。《网络》《猎人》《约定》《月夜》等黎巴嫩杂志上面都说，贝德尔·白杜尔的前夫是个马耳他商人，因为道德上的丑闻，她选择了跟他离婚。对此，她在埃及《星球》杂志上回应说，这些杂志只知道无中生有，造谣中伤明星，勒索他们的钱财，她背上的性奴案就是这些以勒索为生的杂志的阴谋。有些人选择相信了她，并义愤填膺地维护她，因为这些杂志过去就凭借一些裸照和丑闻来哗众取宠，从而轻而易举地在埃及读者中间闯出一条道路。

然而，在开罗那些窃窃私语的晚会上，人们却一直强调，她的性奴案已经被封存了，因为案子发生的时候埃及的情报机构就是知情的。情报机构利用她和一些埃及女艺术家对部分阿拉伯和非洲的政治人物进行勾引，以获得一些有用的情报。这些情报机构把这个案子压了下来，来吓唬吓唬这些政治人物，消灭这些对情报工作已经没有用处的女走狗。但又据说这个案子还在继续，据说贝德尔·白杜尔之所以还留在埃及，就是因为情报机构还需要她。然而不久之后，埃及的报纸又发布了一则消息称，她丈夫沙里夫·阿勒旺因为试图向埃及贩运毒品在开罗机场被抓了，同伙的还有一群从事艺术工作的人。但是当天，又有一则消息称，沙里夫·阿勒旺参加了“城市之光”的晚会，还在众人面前唱了歌。接着，又有传言称，他是被警察押送到晚会上的，仅仅是为了履行先前签订的表演协议而已，演唱结束后他就被再次押送到了检察院接受调查。

我可以确定的是，很多搞艺术的屌丝都在津津乐道那些荒淫的夜晚，也就是他们在贝德尔·白杜尔的套房里和女人们一起销魂的那些夜晚。这些女人们有的是贝德尔·白杜尔的熟人，有的是他们自己的熟人，当然，有些时候，就只有她一个女性。至于贝德尔·白杜尔本人，据说他和一位男演员关系火热，这位男演员同时也是电视台的主持人，据说是个性变态，名字叫萨义德·法赫里。这层关系并非毫无用处的，因为贝德尔·白杜尔会把萨义德·法赫里介绍给她的粉丝当中有此嗜好的石油土豪，而萨义德·法赫里也会把贝德尔·白杜尔引荐给那些对她垂涎欲滴的电影制片人。

当我俩朝着尼罗宫大桥走的时候，街道上静得可怕，我脑海里闪现出所有的这些事情。我已经决定和他一起去参加晚会了，这不仅仅是为了逃避深夜的黑暗，而且也是为了认识一下这个令人作呕的世界。我已经排除了在那念诗的想法，一方面是出于对诗歌的尊重，另一方面是出于对我的挚友的尊重，第三个方面，则是出于对我自己的尊重。如果可能的话，我会不惜理由拒绝诵诗的，哪怕早早离开那个地方。

贝德尔·白杜尔的房子在尚未完工的工程师城，我以前从未去过那里。据说那里格外宽阔，只是零星地散布着几栋大楼和别墅。阿卜杜·瓦哈比·穆尼尔在路口停了下来，故作轻松地说：

“我们打辆出租车？”

我马上说：

“你带钱了吗？”

他说：

“我带钱干什么？难道我要随身带着我不喜欢且不需要的东西吗？！”

我说：

“我也没带钱！那我们怎么打车呢？”

他说：

“这完全不是问题！我们可以一直坐到她家门口，百分百的家门口！”

他自信十足地走到路边，优雅地竖起大拇指，试图拦下过往的私家车。一辆车熟练地停了下来。他弯下身子贴到司机身边，好像他以前就跟人家很熟的样子，甚至看起来他俩是多年的老友。他说：

“晚上好呀，尊贵的先生，您在这个空荡荡的世界做什么呢？！”

司机微笑着回答道：

“您好，先生！感谢安拉，一切都好！”

阿卜杜·瓦哈比把手搭在司机后面的门把手上，说：

“那么，反正你也是往工程师城的方向走，就行行好顺路捎上我俩吧！愿安拉看在先知和伊玛目阿里的面子上，保佑你家业兴旺，一路平安！”

司机有点迟疑地说：

“我不是要去工程师城呀！但是我可以把你们送到一个离它最近的地方！可以吗？”

阿卜杜·瓦哈比打开门坐了上去，说：

“上来吧，坐好了，年轻人！”

于是我也在后排的位置上坐了下来。司机重新发动了汽车。阿卜杜·瓦哈比在口袋了摸了摸，说：

“天呐！我把烟忘在部里的办公室了！那可是一整盒Rothman香烟啊！”

司机把自己烟盒递给他：

“先生，请抽我的吧！”

“谢谢你，你真是像王子一般高贵！”

他边说边拿过烟盒，给司机和我每人点了一根，然后自告奋勇聊起他部里的消息、海关问题、关税问题、逃税问题……我注意到司机聚精会神地听着，神情中透露出极大的好奇，然后他问：

“先生，您在哪个部委呢？”

阿卜杜·瓦哈比轻描淡写地说：

“阿卜杜·瓦哈比·穆尼尔愿为您效劳！财政部第一副部长！”

司机说：

“您好！幸会幸会！”

阿卜杜·瓦哈比马上说：

“我就和我的司机小子说，你去吧，不用管我，还不相信我！幸好我让他自己走了！我可真是不喜欢在这个拥挤的城市里开车！”

司机开始向我们介绍自己，他说自己来自杜姆亚特城[①]，是家具商人，在开罗有一家出口家具的工作室，现在刚好在财政部遇到点麻烦。于是阿卜杜·瓦哈比把自己的名字、地址、电话都告诉了他，并嘱咐他任何时候都可以联系自己，一定随叫随到。因此，司机执意把我们送到了贝德尔·白杜尔家的大楼门口……

显然，阿卜杜·瓦哈比对这栋楼了如指掌，他肯定来过这个套房很多次了。套房在三楼。这栋大楼里全是复式房，有一个能乘坐五个人的高级电梯……

他敲了几下门，于是一位农村模样的女仆人给我们开了门，她咧着嘴笑着，嘴角还带着两个酒窝。显然，以及肯定，她要么来自米特欧卡巴岛，要么来自艾尔德·里瓦[②]。她说：

“请进，阿卜杜·瓦哈比先生。”

她带着我们走过了一个宽敞的正方形大厅，这个大厅的墙上都贴着图案夸张的墙纸，椅子靠背上都镶嵌着贝壳，铺着深蓝色的天鹅绒坐垫，墙壁上还挂着几面比利时镜子，地上铺着一层厚厚的绒地毯。从天花板上垂下来的水晶吊灯，像一串串晶莹剔透的葡萄一样，发出明亮的光芒，灯光下我们的身影出现在四周的镜子里，像是置身于一场盛大的狂欢之中。经过客厅，我们来到了走廊，一走进这里，我们马上就被烟雾环绕了，

① 杜姆亚特，埃及最北部城市，以家具制造业闻名。

② 以上两个地点均位于吉萨省。

空气中弥漫着带着烤肉味的威士忌香味，我那可怕的饥饿感苏醒了，但它又突然平息了下来，随之而来的是一种恶心、恐惧、焦躁的感觉。然后我们来到了一个吵吵嚷嚷的房间。我简直不敢相信自己的耳朵，竟然有人在吟诵方言诗……

我们走进了一间偌大的房间，站在房间的大阳台上可以看到一望无际的田野，庄严的大厅装点成东方样式，地上铺满了垫褥和木制凉席，还有一张大沙发，男男女女、少男少女们腿并着腿，勾肩搭背地坐在上面。他们中间是一个和小圆餐桌一样高度的木质架子，上面摆着一个大大的铜盘，盘子里放着各种美味的烤肉、丸子、奶酪、熏牛肉、橄榄、水果，还有一杯杯的威士忌、拿破仑干邑、葡萄酒和啤酒。

酒杯七零八落地摆着。有人在把大麻和水烟烟草搓到一起。角落里堆着好几把鲁特琴、铃鼓和小提琴……

我们停在了门口，缭绕的烟雾和醉醺醺的面庞令我们眼花缭乱，所有人突然安静了下来，房间里瞬间变得鸦雀无声。所有人都低着头，就好像被集体控告犯了什么羞耻的大罪一样，等待着法官大发慈悲赦免他们。在他们中间，我认出了我的方言诗人朋友阿卜杜勒·法泰哈·巴塔农，是的，分毫不差就是他。我们进门的时候，他们嘴里正在喊着：

“天呐天呐，阿卜杜勒·法泰哈先生！真是太棒了！”

他的农村口音似乎还回荡在远处，久久没有散开。

阿卜杜·瓦哈比说：

“大家好！”

所有人喊了起来：

“你好。”

贝德尔·白杜尔也说：

“你好，阿卜杜·瓦哈比！”

他脱下鞋子，盘腿坐在靠门的垫褥上，说：

“夫人，您好！我向您介绍我的朋友某某某，他是一位作家，同时也是记者、艺术家！”

所有人齐声说：

“幸会！”

巴塔农说：“某某某，这是多么美妙的相遇呀！”

我说：

“的确，阿卜杜勒·法泰哈！我可是慕你大名而来的！”

他们中的一个人给我腾出个位置，于是我坐在了阿卜杜勒·法泰哈旁边，另一个人则给我们每人递上个杯子和橄榄。贝德尔·白杜尔的脸是房间里最光彩照人的，因为她有着沙姆地区德鲁兹人的容貌，确切地说，她来自苏韦达[①]山，栗色的头发垂散在两肩，黑色的大眼睛炯炯有神。如果她的声音能像脸一样甜美的话，那埃及所有的女歌手就永无出头之日了。然而，她俊俏的面容和窈窕的身段还是有着非凡的意义，帮助她打开了所有本来向她关闭的大门。过了一会儿，她说：

“巴塔农怎么不作声了？我们还没听够呢！”

巴塔农哈哈大笑起来，用充满磁性的声音说道：

“夫人，这么热闹的氛围还读什么诗啊！是时候抽点大麻，一醉方休啦！”

阿卜杜·瓦哈比用他惯用的粗鲁说：

“刚刚不久前你就一直在这么说了。”

---

① 叙利亚南部城市。

于是巴塔农就诗歌的神圣性，以及诗歌与这个场合的矛盾发表了一通慷慨激昂的演讲。所有人都用震惊的表情看着他，同时这种震惊的表情中又混杂着些许漫不经心的意味。阿卜杜·瓦哈比恼怒地说：

“得了得了，大叔！我们明白了！不要诗歌了！我们还是听音乐吧，最好笑话也不要讲了！”

于是一个年轻人侧过身子，拿起一把鲁特琴。他是一位叙利亚歌手，刚来到开罗不久，我曾经在艺术新闻的专栏里见过他的照片。他的名字叫拉菲格·希勒米，他的声音铿锵有力，抑扬顿挫，能演唱各种类型的黎巴嫩民歌。他开始唱了起来，所有人都聚精会神地听着。阿卜杜·瓦哈比凑到我耳边，指着一位坐在巴塔农旁边的艳俗女人大声跟我说：

“你肯定认识这个女人！她是拉哈米亚·杜迈里！著名的盲人作曲家苏莱曼·艾布·阿拉白的妻子！你朋友就是找他给自己的歌谱了曲，然后送去广播电台的！于是就像你看到的，这小子竟然任由自己老婆，爱上了你朋友，时刻跟在他身后疯浪！她为你朋友着了迷，尽管你朋友经常劝她对丈夫要忠诚，然而他还是轻松驾驭这个女人！真是对无耻的狗男女！安拉保佑咱们的媳妇儿可别这样！”

我对他说：

“我朋友是个体面人！他的脑子里除了诗歌什么也不会想！我认为他绝对不会沉迷女色的！这是他绝对不会想的东西！”

他嘲笑我说：

“尽管如此，可她们还是纷纷扑向他呢！你难道没听说过那个在国家民间艺术团担任打字员的女孩的故事吗？”

我说：

“跟她又有什么关系？”

他浓密的眉毛扬了起来，用家长式的说教语气略带恼怒地说：

“小伙子啊，你还真是睡在蜜罐子里呀？难不成你是昏迷了么！你这位朋友已经和刚刚说到的这个姑娘结婚两年多了！他结婚不为别的，仅仅是为了住在那姑娘家里吃软饭！”

我说：

“我听说她奇丑无比！而且经常闹结婚离婚的！”

“就是爱离婚啊！主动权往往都掌握在她手里！如果她发现她的客户觊觎她那套继承来的大房子的话，她肯定立刻休了他，而且丝毫不会感到一丝的可惜！就像她对你朋友所做的那样！直接毫不留情地把他赶了出去！就是因为这个拉哈米亚·杜迈里！她现在正在赎罪呢，千方百计为他寻找一个舒服的住处，哪怕花着她瞎子丈夫的血汗钱也在所不惜！这个瞎子丈夫真是倒霉透顶！！”

突然，巴塔农将一杯威士忌一饮而尽，然后点了支烟，站起身说：

“好吧，大家听我说！我还和阿卜杜勒·哈利姆·哈菲兹[①]有约！我没啥心情跑这种差事，但是为了我亲爱的朋友，我不得不先行一步了！他们给我安排了一项严格的计划，要我给阿卜杜勒·哈利姆写几首抒情歌曲！我提的条件是我要按照自己的风格来写，因为那样的话，任何人听到阿卜杜勒·哈利姆唱

① 阿卜杜勒·哈利姆·哈菲兹（1929—1977），埃及现代大歌唱家。

歌的人都会说：那是巴塔农在唱！就像穆罕默德·哈姆宰[①]、赛义德·穆尔西[②]、阿卜杜·瓦哈比·穆罕默德[③]等人那样给他写的！愿上天开眼啊！我不想任何人干涉我的诗歌创作！！”

贝德尔·白杜尔说：

“安拉与你同在！祝你成功！”

拉哈米亚·杜迈里站起身说：

“开车带上我吧！我送你到了就走！”

他轻声说：

“你留下来吧，你来不就是夜聊嘛！”

她说：

“今晚已经足够了！大家晚安！”

他俩开始穿上外套。阿卜杜·瓦哈比在我耳边轻声说：

“这话说得对！换我我也会这么说的，大家不会有异议！”

巴塔农在拉哈米亚·杜迈里的陪伴下离开了，和他们一同离开的，还有一个漂亮的姑娘，显然她是和拉哈米亚一起来的，因为她管她叫“阿姨”。他们动身的时候，阿卜杜·瓦哈比站了起来，换到一个稍微宽敞点的位置，还把我也拉了过去，说：

“现在我们可以夜聊了！威士忌，把我们灌醉吧！歌曲，把我们醉倒吧！一起畅享阿勒颇的民谣音乐吧！”

事实上，是所有的这些将我们给放倒了。我们直到快要天亮的时候才离开，阿卜杜·瓦哈比带着我走进了“红巷”的一家咖啡馆，这家咖啡馆里有一个露天的庭院，里面放着几把木

---

① 穆罕默德·哈姆宰（1940—2010），诗人。

② 赛义德·穆尔西（1887—1995），诗人、作曲家。

③ 阿卜杜·瓦哈比·穆罕默德（1930—1996），词作家。

质的长椅。我们点了加奶的红茶，但我感觉却是另外一个人在喝，而并不是我在喝，因为我当时已经神志不清了，感觉自己距离意识的边缘还离了好几公里远。当我端起茶杯之后，我就全然忘记发生过什么了。过了好久，我才清醒过来。我看见自己把头靠在沙发扶手上，扭曲的后背在隐隐作痛。下午的阳光洒满了庭院，我旁边不远处的角落里，有几个年轻人在玩扑克牌，而阿卜杜·瓦哈比已经不见踪影了。我就这么坐了好几分钟，才勉强睁开双眼，挺直后背，然后艰难地站了起来，溜出庭院，走到咖啡馆的大厅，来到马路上，茫然不知所措……

扎克里耶·曼杜哈·昂姆朗朝我使了个眼色，要我陪他到扎马莱克区的尼罗河边去。我怀疑扎克里耶·曼杜哈·昂姆朗是在和我开玩笑，因为我的朋友巴塔农不可能突然之间变得和阿卜杜勒·哈利姆·哈菲兹、乌姆·库勒苏姆一样住进了扎马莱克区。然而我还是惊讶地看到他站在了一栋富丽堂皇的船屋旁边的河岸上,木屋和街道中间还隔着一个精美雅致的小花园，里面种满了郁郁葱葱的大树，它们的枝叶都快把木屋遮盖起来了。花园临近街道的这一侧有一扇敞开的小门，门前是一条笔直的人行道，就像一条铺满碎石的、中间冒着小草的宽宽的绶带一般。

一条狗在我们背后狂叫，我看到了花园门后一个门卫的脑袋，他用话剧般的恐吓声喊道：

“谁？”

扎克里耶回答说：

“达赫卜大叔，麻烦开下门吧！”

门卫打开门，说：

“你好，先生！”

扎克里耶抓紧我的手，问：

“阿卜杜勒·法泰哈在吗？”

门卫说：

“你从市里打电话说要来之后，他就开始等你了，都两三天了！悲摧的，每晚都熬夜写作，一直写到早上！”

我们来到了船屋门口，宰扎克里耶转身喊道：

“但你知道我是谁吗？”

“先生跟我描述过你！他还警告我千万不能让除你之外的任何人进去！”

扎克里耶轻轻地敲了敲门，然后推了一下，于是门就打开了。我们走在船屋中间的一条走廊上，鞋子踩在木质地板上发出吱吱的响声。这里有一个敞开的房间，灯光从门口透出来。马上我看到巴塔农从房间里走了出来，他高兴地喊了出来：

“艾布·宰克，你好！”

然而他声音里的喜悦一下子剥离了，就像是一支毒箭刺中了他的要害一样。我感受到他在和我打招呼时，极力表现得很自然的样子。他询问我的近况，尽管他看起来丝毫不想知道任何关于我的事情。他把我们领进房间，要不是我马上想起来以前在大街上遇到巴塔农时，他也经常是这种愁眉苦脸的表情的话，我就马上离开了。尽管如此，他还是给我呈上了茶和香烟。

房间门口摆着一张木桌，墙上挂着一幅用相框裱起来的画，但却是反着挂的。桌子上摆了好几摞珍贵的书籍，每一本都是在我们这一代人中间广为流传的，随便几本就足以说明他是个名副其实的知识分子。这都是朱姆阿·吉宰维用卖番茄和芥菜的钱买来的，目的就是为了让自己的子孙后代能从中受益。房间里还有两把竹椅，墙边放着一张窄窄的单人床。我们就这么一直站着，巴塔农与扎克里耶谈论着一些与我没有任何关系的话题，我的眼睛一直盯在那个挂反的相框上。于是我的手无意识地伸向了它，把照片正了过来。那是一幅带光环的天使图片，图片里有一个人浑身散发着智慧、热情、纯洁、高尚的光芒，他西装笔挺，头戴一顶大迈哈莱[①]风格的棉质小毡帽。可以看出来，这幅画是用画刷创作的，线条风格与艺术家杰迈勒·凯米勒的风格如出一辙，画的下方是画像主人的名字，还有“瓦哈特监狱”几个字。我目不转睛地盯着这个名字看了好久，差点晕倒了。原来，这幅画里的男人就是那个与一群为自由抗争的同伴一同被关在牢笼里的伟大诗人。

巴塔农坐在了其中一把椅子上。扎克里耶则在另一把上坐了下来，并拉过我说：“坐吧。”于是，我一言不发地坐在了床上。巴塔农点了根烟，然后站了起来，伸出胳膊，把画又重新反了过去。我有点愤怒，但还是故作微笑地说：“那么，你为什么还要挂它呢？”他急忙否认说:“兄弟，我什么也没挂啊。”我什么也没回答。我开始一点一点地收回了视线，感觉有沙子进了我的眼睛。就在那张桌子上，我还看到了一家有名的烤肉店家的包装纸，上面放着一个宽大的纸壳箱，堆着好几块烤肉和丸子，下面是一盘芹菜。旁边的很多盒沙拉什锦，几张新鲜大饼，一个酒精炉，一个茶壶，一个咖啡壶以及好几个杯子。扎克里耶站起身，卷起衣袖准备开吃。但是马上他迟疑了一下，

① 迈哈莱，埃及纺织工业中心。

停下了手中的动作，装作毫不在意地看着眼前的食物，不一会儿，他背朝食物坐了下去。至于我，刚刚坐在床上稍稍松弛了一点，马上就感到疲惫的电流窜到全身每一个细胞，天旋地转。马上，我的背瘫倒下来，我横躺在了床上，但是双脚还是像刚刚坐着的那样踩在地面上。我终于感受到了片刻的放松，完全失去了意识。

过了好久，猛然间我已走在“7月26日大街”上，扎克里耶·曼杜哈昂姆朗搀扶着我，正哈哈大笑着。我猛然间清醒过来:原来我们已经离开船屋，走出来好远了。我看了看手表，计算从我们到达船屋那一刻距现在的时间，发现我也只是沉睡了五分钟而已。我不敢相信我的手表，恍惚了好久，才注意到这个走在我身边正肆无忌惮地大笑着的人，正是扎克里耶·曼杜哈昂姆朗，我昨晚才刚刚认识的人。我像个白痴一样问他：

“怎么了？”

他大笑着说：

“我很抱歉！把你吵醒了，我真是心如刀割啊！”

我又问道：“到底怎么了？”

他用手指着身后说：

“这个愚蠢的畜生说你是个和调查局合作的奸细！”

我的心像被箭击中了一般，我干着嗓子说：

“我是奸细？我和调查局合作？巴塔农这么说我的？”

他诡异地摆着手说：

“你敢想象吗？我也没有保持沉默！我直接对他说：你真是愚蠢至极，视野狭窄！如果他真是个和调查局合作的奸细，就不会混得这么惨了！”

然后，我们陷入了深深的沉默之中，除了像败北的军队一样踩在水泥地上的脚步声，什么也听不到了。不一会儿，扎克里耶打破沉默说：

“这个罪恶的城市已经彻底把他腐化了！这个船屋原本不是他的,而是吉宰维的。本来吉宰维是租了这个地方给自己住，但后来就把它留给巴塔农了。因为他知道巴塔农迟早会飞黄腾达的，值得他依靠。就我个人而言，我丝毫不怀疑你，尽管我今晚才刚刚认识你！但是,相反,我对他深表怀疑。我很了解他，他自恋到无以复加的程度，一切都以自我为目标和中心。为了保护自己，只要没人看见，他连死人的脖子也敢踩，躲在他那叫唤！刚才我都快饿死了,但是当我把手伸向他的食物的时候，我马上就绝望了。好了不说他了，跟我说说，你现在在写些什么或者读些什么呢？”

我对他说：“没有地方可以供我读书或写作啊。”

他轻松地说：

“感谢安拉，我不需要这些！我甚至连纸笔都不需要，我只需要我这颗脑袋。我完全可以在脑海里写作，并且我能在任何地方、任何时刻进行写作。纸随时可能丢失、被撕碎或夺走，但是我写在脑子里的东西，则永远都在，永远不会丢失，永远不会消失！”

我开始给他说一些我读到的东西，可是就像是眼泪让我窒息，几乎发不出声来。我极力去遗忘，表现成完全不为所动的样子。当我们走到“7 月 26 日大街”上的那家以提神醒脑的咖啡而出名的布尔·福艾德咖啡馆时，天开始蒙蒙亮了。这时，传来醉醺醺的女人发牢骚的声音，中间还时不时地夹杂着隐隐约约的咒骂声。我们转过身，看见了一个女人从纳绥比亚小巷走出来，她看上去五十岁左右的样子，身材高挑，一张扁平的大长脸被厚重的粉底抹得白白的，并且还白里透着红，然而这并没能成功遮盖住她那满脸横生的皱纹。她的眼睛是蓝色的，穿着一件带廉价皮毛领子的大衣，右手提着一个白面饼，一块土耳其奶酪和两个鸡蛋。

她还在喋喋不休地咒骂着。显然，她刚从巷子里的某栋大楼下来。她的话清晰地表明,她骂的是一些硬心肠的下流胚子，今晚早些时候俘获了他，一整晚都在折腾她，到最后却一厘钱都没给就把她赶出来了。侵吞了她血汗钱的杂种，安拉不会让他们发家的。她最终得到的仅仅是晚会开胃菜剩下的这一块白面饼、一块奶酪和两个鸡蛋。扎克里耶・曼杜哈・昂姆朗对我说：

“我亲爱的兄弟啊，这群杂碎不给钱，这简直比侵吞学徒的工钱还要罪恶！这就是这个城市的生活，所有人都压榨妓女！”

然后他拦住了这个女人：

“夫人，过来！别担心，别管这些婊子养的了，我们来补偿你！”

他在我耳边低声说：

“你知道哪里有空房子吗？”

我血管里的血液一下子沸腾了起来：

“我有一个朋友，在人民广播电台担任打字员，他来自我的邻乡,住在宰娜白夫人区扎因宁大街的一栋老房子的顶楼！”

于是扎克里耶果断拦了辆出租车，温柔地拉着女人的手臂说：

“上车吧，夫人！”

女人毫不犹豫地坐上了车，扎克里耶也跟着上车坐在了她旁边，我则提心吊胆地坐在了副驾上。他对司机说：

“师傅，宰娜白夫人区。”

于是汽车发动了，我内心里波涛汹涌，根本顾不上思考车费怎么付的问题。

太阳升起的时候，我们刚好到了。扎克里耶说：

“我们就在这里等你，等你把氛围制造好了，就到楼顶的阳台上叫我们上去！”

这句话令我为之一振，于是我马上激动地爬上了五层，我朋友的房子就在宽敞整洁、铺了瓷砖的顶楼的一个角落里。我估摸着我朋友应该快要出去上班了。门是关着的，我先轻轻地敲了敲，然后重重地敲了几下，接着更加用力地敲了敲，然而并没有人应答。我站在门口敲了好长时间的门，敲一会儿休息一会儿。尽管我很清楚今天是周五，我也知道我朋友昨天就回老家了。突然，我听到一阵上楼的脚步声，马上扎克里耶·曼杜哈·昂姆朗就出现在了我面前，但是只有他一个人，他手里拎着一块白面饼、奶酪和两个鸡蛋，嘴里嚼着什么东西，又津津有味，又好像吃腻歪了：

“那个女人去哪儿了？”

他轻浮地笑了笑说：

“逃走了。把我扔下自己偷偷溜走了，她跑的时候我其实看见了，但我装作没看到的样子。”

“她为什么要逃呀？”

“怕了呗。她知道自己是个下贱的妓女。”

“那你怎么付的车费？”

“我灵巧地搜了下那个女人的手提包，在里面找到了七个皮亚斯，我把钱给了司机，对那女人说等我们上楼就还给你。”

然后他在地上盘腿坐了下来：

“你朋友在哪儿呢？”

“看上去好像回老家了。”

“祝他平安！你要吃一口吗？”

我感觉一阵恶心：

“不用了，我没有心情。”

于是，他开心地自顾自地吃起来，他每嚼一口都要重新劝我一次，尽管我并没有心情，但还是被他弄得胃口大开，于是我拿过一个鸡蛋和一小块儿饼，蹲在扎克里耶旁边吃了起来。我们吃完的时候，太阳已经升得老高了。于是我们在屋顶上闲逛了一会儿，然后伏在栏杆上看着下面的街道。突然，我看见扎克里耶离开栏杆朝我朋友的房子走了过去，然后躺在了门口的地板上，尽管我脑海里也闪现过这个念头，但我还是劝他赶快起来，免得被别人看见，误会我们是小偷。但是，没过几秒他就打起了平静、镇定、安心的鼾声。我别无选择，只好也在他旁边躺了下来，追上了他迷人的鼾声。

第十四章　茉莉花和素馨花

我晕晕乎乎地，感觉比梦里还要更加不清醒。这种晕乎是隐匿在全宇宙的，就像是一阵剧烈的风暴已经激荡起这个宇宙所有原本处于静止状态的瓦砾，而这种晕乎则在宇宙中的各个角落里散发着芬芳……它的芬芳是令人沉醉的，就是那种长年以来令我心安的味道。只有在某些不经意的时刻，在很短的一瞬间，我才能闻到这种味道，只要一闻到这种味道，我立马就能从微醺的状态中清醒过来了。这味道就像是那种没有特定名字的香味，中间掺杂着我家乡特有的玫瑰花的味道，还有茉莉花和素馨花的味道，似乎所有地球上精挑细选出的优质香味都浓缩在其中。我无法说出这到底是种什么味道，但是我只要深深地吸上一口气，就完全变成了另一个人，就好像打了兴奋剂一样，我的身体里面燃起一股巨大的活力，身体的每一个部分都苏醒过来蓄势待发，整个身体都充溢着莫大的喜悦。我马上明白了，这种喜悦其实是扎根在宇宙这个大框架里的，其实来源于对生命的渴望。刹那间，我就产生了一种强烈的感觉，感觉自己其实是一件牺牲品，我的存在不过是为了实现一种光芒万丈的、震人心魄的、与众不同的胜利罢了……

马上，我想起来这种香味就是娜兹凯身上的香味，但我不知道她身上的这种味道是到底喷了昂贵的香水，还是安拉赐予给她的体味。我总是远远地就能闻到她身上的香味，哪怕我们中间隔着好多扇门、好多面墙、好多栋楼、好多条街道，甚至于好多个国家……

我脑海里闪现出一个坚定的念头，它就像个交警一样在各个十字路口指挥着各种盘根错节的想法。此时此刻，它们全都汇聚在了一个暗流涌动的广场。这个念头开始侵占我的整个大脑，试图把我从沉醉的海洋里拽出来，令我的大脑浮在波涛汹涌的海面上，不至于整个身体都溺在水里。于是，就在这个时刻，我错过了这个前所未有、未来也绝对不会再有的千载难逢的机会。我本来对这个念头深恶痛绝，本想用尽全力把头埋下去好彻彻底底地潜入沉醉的海洋。然而我却发现自己竟然配合地任由它拽着我，把头浮在了海面几秒钟。在这几秒钟里，我重新找回了意识，找回了呼吸，也睁开眼睛看了看这个美妙的世界，这个我毫无预兆就突然来到了的世界。我还利用这个转瞬即逝的清醒瞬间确认了自己的身体还可以继续活动。我注定是只能有片刻清醒的，所以不得不在清醒过来的下一秒立刻欣喜若狂地用尽所有力气去活动一下身体。在这些十字路口，有好多念头不遵守交通规则，偷偷地飞速穿过沉醉的广场，令我开始担心自己会溺亡在其中，因为真正的海洋深度就是彻底的沉睡。这都是些不好的念头，几乎快令我以为自己想要去把这个时刻给破坏掉，把它撕得粉碎了。可是，我的心剧烈地跳动起来，生怕自己真的这么做了。因此，我马上把头抬到海面上，好确定这个事情并没有真的发生……

所有的证据都显示，甚至肯定，躺在我怀里的这个女人，就是娜兹凯，她的肌肤，她的气味，以及她那来自遥远的底端、来自她那光着的脚趾头、来自她那洗澡时搓澡巾都够不着的脚踝的低语声，全都与我紧紧地黏在了一起。她之所以要轻声地低语，是为了让声音不至于大到震动了整个世界，惊醒了沉睡的人们。她像心脏上的肌肉一样扭曲着，颤抖着，她演奏着狂欢的痛苦交响曲，她向对她那鲜血直流的伤口毫无怜悯之心的人求救，她那宛若叮叮当当的铃声一般的呼吸声在我耳朵里嗡嗡作响："法赫米！法赫米！法赫米！法赫米！"我根本没有做出任何回应，尽管我听到自己的喉咙里时不时地发出咯咯的响声："咳！咳！"我的心剧烈地跳动着，她的两个手臂夹在我的腋下，就像是乘风破浪的两片船桨一样。我像喷枪口的熊熊燃烧着的火苗一样，突然又重新被喷枪口给吸进去了，似乎它要把我转成火焰，而我却想把自己燃成灰烬。可能，这些永无止境的这样那样的目标似乎并不存在。汗水还在止不住地往外冒，瞬间就挥发不见了，只在我俩的身体上留下一丝炽热的微风。然后我感觉到了面纱或者柔软的辫子拂过我的头顶，然后顺势滑下来散落在枕头上。仿佛一阵微风沿着身体一路攀升，最后爬上了头顶的那撮头发上，消失在了那个黑暗的角落里。我眼前的这张脸白皙秀丽，两只眼睛明亮有神，睫毛又长又浓密，像两片船帆一样，厚重的眉头和长长的睫毛竟然还能在脸上留下阴影。眼神中透着谦恭温顺，但同时又带有点挑衅、诱惑、鼓动的意味，俨然已经陷入了沉醉的高潮状态。于是，声音的乐章又重新变回了一种单调的节奏，所有的曲调浓缩为一种迷人的音调，从四面八方将我环绕，仿佛全世界都在用恳求却又怜悯的语气呼唤着我：“法赫米！法赫米！法赫米！法赫米！”正因为她的沉醉,所以我也开始沉醉起来;为了她的沉醉，所以我也开始沉醉起来。由于她的沉醉，所以我变本加厉地忘形起来。似乎每一个角落里都在回荡着：“法赫米！法赫米！”它们迅速扩散到远方，然后又气势汹汹地弹了回来，以至于我感觉到了一种突如其来的羞愧感。我突然间隐约感觉到，要是谁在这时候清醒过来的话，是会被谴责的。马上，我又感到了一丝羞愧，因为可能我还有好几个孩子正睡在隔壁房间，或者就睡在这个房间呢。由于某种说不清道不明的原因，我似乎被什么东西蜇了一下，有种隐隐作痛的感觉……

我尝试努力去忘记这种疼痛。此时此刻，我正骑在风的脊背上，双腿夹在飞毡上，手中拽着一根由柔软的黝黑发亮的头发编织而成的缰绳，它还散发着温暖而湿润的香气。这种疼痛就像一把钳子一样，用它那两个粗糙的钳嘴儿无情地把我的心夹得粉碎。我感觉自己几乎快要像碎片一样坠落在地了。我使劲拽着头发做成的缰绳，用双腿拍打着毡子的两侧，于是两边稍微被压紧了一点。我隐约感觉到毡子掀起的一阵凉意。这块毡子好像就是一条花花绿绿的裙子，很有可能就是我妻子的裙子。我身下的这个颤抖的身体又重新恢复了它疲软、蠢笨的状态。马上我意识到，几分钟之前，这些沉醉的广场周边的十字路口已经向彼此打开了，那些停滞的念头又都彼此交织缠绕在了一起，于是四处都陷入了一片混乱之中。空气中弥漫着黑色的浓烟，烟雾中我什么也看不见，汹涌澎湃的嘈杂声里我什么也听不见，只听到了魔鬼对我的冷嘲热讽，提醒我的名字根本不叫法赫米，这个法赫米另有其人，这个人我认识他，他也认识我……

这时，我感觉自己的心都凉了半截，尽管如此，它还是急促地跳动着。突然，我发现自己正四仰八叉地躺着，左腿搭在睡我旁边的一个女人屁股上，我似乎知道她也许就是我的妻子。她就像一具死尸一样，多年前就断气了。至于我的右腿，则压在身下。我的两个手臂向两旁摊着。枕头上被口水浸湿了一大片，这肯定是从我嘴里流出来的。我感觉全身酸痛，很有必要换个姿势放松一下，然而，我并没有心情那么做，一秒之间就困得缴械投降了。当我感觉到自己眼皮直往下掉的时候，我紧紧地闭上了眼睛。马上，我就要翱翔在空中，又重新骑上了风的脊背，但是这次，没有毡子，也没有缰绳，什么都没有。我并不害怕,但我悲伤极了。我似乎知道自己其实是在虚张声势，我正在空中参加一场虚无缥缈的战斗，无论如何，我都将溃不成军。我所在的空间变得越来越狭窄，四周变得漆黑一片。很快我就知道这都是些建筑物的顶端，里面有大楼、宣礼塔、烟囱、清真寺圆顶、避雷针、铁柱形状的广播发射天线。那些看起来在遥远的远方的光点，突然变成了天上的星星，然而又在一瞬间变成了街头巷尾和十字路口昏暗不明的路灯。我来到了一栋大楼的屋顶,我向后倚靠着一把由枣椰叶柄制成的摇椅上，左手扶着扶手，双腿架在另一把椅子上。我身旁放着一把明晃晃的铜制茶几，这种茶几一般只有咖啡馆里才有，上面摆着一个小盘子，盘子上放着一杯咖啡和一大壶水。我记起了这杯咖啡，于是兴奋地伸出手，小心翼翼、稳稳当当地端起咖啡，生怕把它洒了出来。我用两个手指轻轻地捏着咖啡杯把，把它凑到嘴边抿了一口，却发现杯子竟然是空的，里面只剩下了一点黏稠的咖啡渣儿。我似乎几分钟之前就已经把它喝光了，然后就失忆了。我似乎已经在这里坐了一段时间了，这段时间不是很长，也不是很短。一位极其瘦弱的男人走了过来，他腰上系着一条白色的围裙，看上去应该是个服务员。于是我知道了自己原来正坐在记者工会顶楼的露台餐厅。马上，我也意识到，其实我并不是一名记者，也不是工会的职员，我之所以坐在这里，肯定是由于一种紧密的联系，也许这种联系就是所谓的职业归属感。我想起来，我是在这里等待一位此时此刻对我而言意义非凡的人物，他要是不来的话，我的世界可能会天崩地裂。他至少应该来一趟，把我跷着二郎腿、在无边无际的自由王国惬意品尝的咖啡钱给付了。我脑海里闪现出一个念头，它告诉我说，咖啡的事情好办，我可以自信满满地微笑着把服务员叫过来，告诉他我等的那位先生会来买单的，或者宽限我一天，明天我就来把钱给付了。要是我等的人不来了，那才是真正的大问题，因为那就意味着我得露宿街头，像往常一样在大马路上溜达着过夜了。无论如何，今晚我都必须在这个人家里住上一晚，因为所有通宵营业的店，我都欠着一两杯咖啡钱还没还呢，所以我实在是无计可施了。经过这么几个星期的流浪，我的腿一步也迈不开了。现在最令我头疼的是，我如果要去找那个住在希勒米亚 · 宰通区[①]的朋友的话，那我就得在公交站等很长时间，所以我干脆盘腿坐到了地上。的确，我这个朋友希

① 希勒米亚 · 宰通区，开罗东部人口密集社区。

望我今晚去找他，陪他聊天解闷直到明天早上，作为交换，我可以在他那留宿一晚。然而这需要极其清醒的身体、大脑和神经。但是，谁知道呢。也许当我找到了安身之所的时候，就能安心了，那时也许我全身的细胞就都清醒过来了，也许我现在的疲惫都是假象也说不定呢，就像以前许多个夜晚在我身上发生的那样……

我脑海里浮现出一个法式福提沙发，这种沙发如果把它从墙边移出来一段靠背宽度的距离，然后把靠背放下去，就变成了一张能睡下两个人的床。而我将独自一人享有它。但是，我也知道，我根本不好意思随意挪动朋友家里的东西，所以沙发原本的宽度我就满足了。这样的话，只要我朋友给我个枕头，我把它折起来垫在头下面就够了。我感觉四肢热热的，一股麻酥酥的感觉开始蔓延，逐渐从大腿的血管扩散到头顶和耳朵的位置。此时，我的身体里散发着一股愉快的香味，这种香味令人沉醉，像条匍匐爬行的小狗一样钻进了我的耳朵里。我的耳朵警惕地搜索着周围，想要听到这种令人沉醉的香气的声音。马上，虚伪的沉默中发出响声，伴随着它的回声，透过层层叠叠的天鹅绒窗帘，我看见娜兹凯的影子，她浑身赤裸，像一条浑浊的水底的桂鱼一样在扭来扭去。我的脑海里在竭尽全力把水一点点澄清，好看清她的胴体。这个身体现在看上去就是一张巨大的网络里的全景画，这张网明明快要清晰起来了，却又立马重新变得模糊昏暗，被层层烟雾所笼罩。马上，我就明白了，我现在等待的这位朋友就是我的发小、诗人“法赫米·阿齐兹”。他父亲是杜苏高镇上一所小学的校长，所以他早早地就从社会服务学院毕业了，毕业后就在新河谷省找到了一份社会学专家的工作，专门负责和埃及以及所有阿拉伯国家各大报纸杂志的联络工作，并且凭借这份工作，他还发表了一些雄心勃勃的诗歌。然后，他在一家私立师范学校工作了两年。此后，他又去当了中学老师。后来，有一家大型日报的主编，他是个响当当的人物，曾经是法赫米父亲手下的学生，因为他父亲，迷上了文学的语言，由于他的帮忙，法赫米进入他所在报社的校对部成了一名编辑。于是，他利用工作之便发表了好多自己创作的诗歌、散文和报告文学。可是后来，由于接二连三的经济危机，报社不得不辞退了他。于是他就进到了民族出版社当了一名拟出版书籍的审查员和广告编辑。那些日子里，革命政府正计划创办一份插图杂志，用来在全国范围内宣传工业复兴。这次所谓的工业复兴叫作“尼罗河谷复兴”。于是他通过不懈努力，被录用为这份杂志的编辑秘书，就这样，他抓住稍纵即逝的机会，艰难搭上了新闻行业的列车。他原是个独生子，很早就和娜兹凯结婚了。他们夫妻二人早年在异国他乡辗转了多年，后来才在开罗定居下来，住在一栋新式大楼五层的一套豪华房子里，从他们家里能看到希勒米亚·宰通区的主干道，道路两旁是各种古老的宫殿和别墅，以及一些雅致的小花园……

我开始觉得有些无聊了，于是看了看手表。它的表带原本是黑色的，但是已经有些褪色了。玻璃花到连指针都快看不清了，金属边框的漆也掉得差不多了。我划燃了一根火柴，把它凑到手表旁边，发现距离我和朋友法赫米·阿齐兹约定的时间已经过去一个半小时了。我心里隐隐感觉他不会来了。突然我想起了他那通过电话线传出来的沙哑的声音，他热情地说：

“随时欢迎！呆子，你就把我家当作你自己的家！我可想死你了！过来一起吃顿晚饭吧。我们可以愉快地秉烛夜聊，一起聊聊那些美好的回忆，但是为什么你现在不能过来呢？你在哪呢？好吧，那你就从福艾德大街站坐公交车过来吧。你难道是想暗示我你连出租车费都出不起了吗？这像话吗？别像农民一样一毛不拔好吧，钱在城市里的价值就是要把它花出去，至于在农村的价值，那才是把它存起来。你难道没在尤素夫·伊德里斯最新的小说里见过这个吗？他已经把像我们这样的乡巴佬的套路都揭露出来了。这篇小说确实是这个老逼养的伟大之作。听着！你要是相信他关于金钱的这个论述的话，那你就从你打电话的那个人那里借一皮亚斯，然后花掉它。笨蛋，快出发吧！你最好一个小时之内赶到我这儿，这样我们就能聊上一整晚了！至于回去的路费，你就别发愁了，因为明早你会和我一起坐车的。坦白跟你说吧，我要路过裁缝店的，无论如何，我都会去接上你的。你就在工会餐厅等着我吧，喝杯咖啡，我请客，我绝不会迟到的，别担心！听着！也许你还存着一个惊喜给我们呢！你肯定带了，就算是一小块，也够咱俩今晚逍遥快活了！我不能相信你，别哭穷了，猛兽的口袋从来不会空的！我们一起吃顿晚饭，喝喝茶和咖啡，这些都由我来请客，你只要找到一块能裹上两根烟的鸦片膏就够了！别跟我开玩笑了，那些和你一起夜聊过的人已经告诉了我这个好消息！无论如何，我都会尽快来找你的！你就安心等着吧！……”

我相信他不会来了。尽管如此，除了继续等他，我也并不知道可以干什么。我多希望他们能够允许我坐在这个楼顶的沙发上继续等下去啊，无休止地等下去。我换到了远处一个角落的椅子上，这个位置刚好藏在拐角的柱子后面，就像是一个独立的小阳台。我想要藏在这里，那就没人会看见我了。我站起身来，伸了伸懒腰，听到骨头咔咔作响。我哈欠连天，摇摇晃晃地都快摔倒了。我走到厨房，那里一个人也没有，只看见一个燃烧着的液化气灶和一个开着的收音机，播音员的声音既稚嫩又阴险，令人毛骨悚然。我重新回到了那个与外界隔绝的角落，用先前的姿势坐了下来，我敢保证，服务员肯定会暂时忘了我的……

娜兹凯和他肩并肩走在杜苏高镇上的政府大街上，她的身高都快赶上他了。她的胳膊挽在他腋下的位置，就像是一头羚羊挂在椰枣树上。她身材纤瘦窈窕，肩膀很宽，胸部丰满，腰肢纤细，前凸后翘，腹部平坦，两腿修长。尽管她的裙子很宽松，完全遮住了大理石般的双腿，然而你还是会在她的脊椎下面看到两个紧挨着饱满的大西瓜，它们颤动着，一本正经地宣示着这个庄严的令人敬畏的美背下面的宝藏。她的脖子很修长，就像是对脸的一种补充，尽管她的脸已经很长了。她的嘴巴很大，嘴唇丰满，鼻梁笔直高挺，两只大眼睛炯炯有神，闪着智慧和刚毅的光芒，就像是一只从小被折断翅膀的牢笼里的小鸟的眼神一般，但是又时时刻刻充满着对未知的严厉的监视者的畏惧。他用一只脚在跳着走，就像只乌鸦一样，又像是个游牧人。游牧人走起路来总是一只脚底刚刚触碰到沙漠的地面，立马就抬脚踏出了下一步,所以整个身体都随着脚步而上上下下。于是，娜兹凯也只好努力跟上他那急促、高傲的步伐。谁要是看到他俩，肯定会注意到他俩那紧贴在一起的脸，仿佛一个在学校用来展示的地球仪一样，一面是暗的，另一面是亮的。借着亮的那一面的光，可以看到暗的那一面，于是，你就会发现那是一张扁平蜡黄的脸，就像个街头混混一样。由于装模作样的强烈自信，整张脸都肿胀了起来。尽管如此，这也没能掩盖住他内心深处的悲痛和遗传自母亲的自卑感。杜苏高镇上的人都说他父亲是个真正宅心仁厚、血统高贵的人，而他母亲则是个丑陋的夜叉，跟谁都急。我们都知道，他身上文质彬彬的气质肯定是遗传自他的父亲，这种气质在他身上就像是一道明亮的阳光，却被困在狭窄的茅厕里。

我们现在坐在咖啡馆里，每晚我们都来这品读诗歌，畅所欲言。我们看见娜兹凯和法赫米从远处走出来，我们知道，法赫米一定是开始了他每周固定的休假了，他一定是来拜访他未婚妻在镇上的家人的，因为她父亲的家就在这附近的一个边远山村。我们知道，他这是带着她出来散步呢，他俩一会儿肯定要去镇上的电影院，下午黄昏时分他俩会去田野中间的水渠旁溜达一会儿,然后去滨河大街的职工俱乐部旁边的店里坐会儿，吃些甜点，喝点柠檬汁或芒果汁，他则会陶醉忘我地抽一会儿烟，好巩固自己在她心中伟岸的诗人形象，显得自己总是在思考各种人类最深刻的问题、情感和意义一样。坐着的时候，他总是习惯性地抚摸着鬓角的头发或者嘴边的胡子。我们知道，他是故意带着娜兹凯从我们这个咖啡馆门前经过的，因为洋人街和这个咖啡馆所在的市民巷离得老远，他这么做肯定是为了让我们看到他已经成为一个上流社会的重要人物，穿着地主老爷的衣服，被一个风姿绰约的城里女孩挽着。就像是地主老爷牵着贵族小姐。她的父亲是这个城里赫赫有名的医生，他的诊所里面总是门庭若市，他的所有孩子都是大学生。就像所有从咖啡馆门口经过的地主老爷一样，他高昂着他那颗下圆上尖，宛若戴胜鸟一般的脑袋，像塔哈·侯赛因一样不停地转着黑框眼镜下的两只眼睛。当我们中有人打算向这位贵族小姐打招呼，表示问候的时候，他却目不斜视地径直走了过去，完全对我们所有人视而不见，就像他根本不认识这家咖啡馆一样。我们又恼怒又尴尬，脸气得通红，用怒不可遏的眼神看着他的背影，但我们的眼神其实是盯着娜兹凯裙子底下脊椎骨最下端那两颗抖动着的大西瓜，盯着那两条鬼斧神工般的大长腿……我们就这么一直看着他俩的背影，直到它们消失在我们的视线里。正如我们所料，他在凌晨的时候会来到这里喝杯咖啡，想要享受一把可能会出现在我们眼神里的羡慕和欣喜。然而，这时我们已经开始玩桌球或者聊得正欢了，所以根本不会注意到他。可是他却很想加入我们的话题，于是他只好把椅子和咖啡都挪到我们这边，自顾自地聊着那些文化话题，中间还杂糅着各种大人物的八卦，好暗示大家他已经进入社会顶层，掌握着各种重要信息了，就算是我们梦寐以求的生活，都抵不上他现在所拥有的一切。我们就算是拼尽全力，也达不到他这种居高临下的明星般的状态。这时，咖啡馆里唯有资格对我们摆谱的阿卜杜·索迈德·欧贝德就会接过他的话题，因为他每逢国家大事或大型政治事件，甚至是轰动一时的事故发生之际，都会写上一些杂文和诗歌，并坚持不懈地把它们寄到各大报社和杂志社。他花在邮票上的钱完全抵得上我们中任何一个人一整个月的全部生活费了，因为我们中大多数人都来自边远山村，距离镇上还有好多公里的路程。至于阿卜杜·索迈德·欧贝德，他的那个小山村就在镇子边上，那里的人早上溜达溜达就到镇上了，根本不会认为这是一种远行。镇子的街道上，人们常常能看到成群结队的来自那个山村的驴子、马和骡子，还能随处看到提着菜篮子的村民，他们在镇上售卖牛奶、蔬菜、水果和粮食，然后用得来的钱买点药品、衣服、鱼和甜点回去。当然了，还有举办婚礼的用品。那个小山村叫作赫鲁卜村。有些时候，阿卜杜·索迈德·欧贝德的名字里前面也会加上这个后缀：阿卜杜·索迈德·欧贝德·赫鲁卜。基本上他每天都会把自己收拾得干干净净、体体面面的到城里来，从他的穿着搭配上可以看出是花了大工夫的。通常他都是穿一整套西装，浆过的衣领下打着领带，金色的领带夹把领带固定在衬衣襟上，西装袖口露出衬衣袖子上的一排扣子，脚上的皮鞋总是擦得锃亮，里面穿着透明的丝袜。阿卜杜·索迈德喜欢跷着二郎腿，似乎只有这样才能配得上他的身份，才能搭配上他这身上的华服。虽然他身材又矮又胖，但是当你从他身边经过的时候，肯定会被他那张白皙的脸庞所吸引。他脸颊上有一大片洋人才有的红晕，再加上额头两边长长的鬓发，整个脸庞看上去小的可怜。他的头发浓密，总是整整齐齐地往后梳着，再加上那个油光发亮的脑门儿，看上去就像他每天都用牛奶和奶油洗头一样。见到他的人总是会以为，他是一颗法国种子，只是后来吸收了埃及农民所特有的坚韧粗壮。他手指纤长，整个手都很干净，在他跟你握手的时候，总是会下意识地紧握一下让你感受他的力气。他的手就像一把铁钳子一样，通常只有与斧子铁柄血脉相连的农民才有这种手。他的面容确实很英俊，鼻梁高挺，嘴唇略薄，牙齿被刷得干干净净，睫毛很长，两只眼睛大而有神。虽然他是个知识分子，是个诗人，虽然他满腹经纶，谈吐不凡，虽然他能游刃有余地模仿各种著名诗歌的套路！但是事实上，他的内心里还是藏着一个愿望，那就是成为一个赫赫有名的演员，自己演的电影能够在市镇电影院里放映，供镇上的居民们，尤其是那个叫伊赫莱丝的女孩观看。伊赫莱丝是镇长的女儿，阿卜杜·索迈德·欧贝德暗恋着她，后来他终于有了勇气向她表白，于是就在借给她的书里偷偷放上自己写的情书，给她布置一些作文题目。为此，她对他颇为赞赏，毕竟他英俊潇洒，一表人才，威风凛凛，才华横溢，常常出口成章，讲话时引经据典，意义深远。他衣服换得特别勤快，并且总是熨得平平整整的，以此来显示自己富家子弟的身份。没人知道他和伊赫莱丝之间的关系命运如何，但是所有人都清楚，他很小时候就已经和自己的表妹订婚了，只要他一找到工作，马上就得和她完婚。并且他这么坚持不懈地给报社杂志社投稿，也成功地令自己的名字出现在了读者视野里。他要么写一些辞藻精美的散文，要么写一些振聋发聩的诗歌。他对于文学形式和语言雅致程度的关注，一点也不亚于他对自己生活的关注。至于他对那些夺人眼球的最新时事的运用，则是独一无二的。他总是想要成为运用这些东西的第一人。只要有人抢在他前面把这些东西运用了，那他肯定会不眠不休地用另外的东西弥补过来：派克牌黑檀笔、Persol 牌眼镜、Ronson 牌丁烷打火机、小型收音机、金质怀表、可以拆开从内部清洗的烟嘴，更别提那些名牌的羊毛衫和领带了。他的父亲在水利局工作，是个监督员、检察员之类的职位，但是除了这份工作之外，他还自己种地。他有三个孩子，阿卜杜·索迈德和小他七岁的弟弟叶斯里，还有一个刚刚和邻村保安队长结婚的女儿。他会读书写字，因为他经常和水利工程师们打交道，所以对政治也相当了解。他的全部抱负全都寄托在了两个儿子身上，于是把他们也像达官显贵的孩子一样送到学校接受教育，好让他们名正言顺、顺理成章地进入上层阶级的队伍。的确，阿卜杜·索迈德花了他不少钱，他在学习上实在是没有天分，高中四年级读了四年也拿不到毕业证。于是他彻底辍学了，自欺欺人地寄希望于在家里拿到证书。但是欧贝德老爷子每次只要一看到儿子阿卜杜·索迈德变成了一个体面的人物，并且比那些达官显贵的孩子们都要英俊潇洒得多，就感到分外骄傲。甚至是只要他一听到儿子讲普通话，或者在校园晚会、候选人竞选大会、红白喜事上朗诵自己写的诗歌，他都会惊叹不已。只有这种时候，他才会感觉自己确确实实生了贵子。他也会认为，就算儿子拿不到毕业证，也一定会有一番成就。因此，他在儿子身上花钱从不吝惜，每次只要在报纸上看到儿子的名字，他就愿意加倍奖赏给他零花钱。

阿卜杜·索迈德·欧贝德是法赫米·阿齐兹的铁哥们儿，虽然他俩都在心里暗暗地恨着彼此，但是这只有在很少的瞬间才会显现出来,我们只要一发现就会互相使个眼色。尽管如此，但他俩总是不吝向彼此表示好感，也总是频繁地见面。当法赫米去外地的时候，两人就会频繁地通信。他们还会在些轰动人心的时刻拍点儿合影，就像报纸上的照片一样。

阿卜杜·索迈德是第一个以各种无聊的原因带领大家攻击法赫米·阿齐兹的人，但是以卑劣的下三烂的方式。他常常唆使大家反对法赫米·阿齐兹，就连咖啡馆的服务员也在其中。他暗示大家他心高气傲，造谣说他剽窃萨利赫·沙尔努比[①]、

① 萨利赫·沙尔努比（1924—1951），埃及诗人。

福齐·马阿鲁夫[1]、阿卜杜·哈米德·迪卜[2]的诗作，对他而言，听众认识不认识这些诗人都无所谓，只要听众对他说的这些信息、这些名字、这些首领表示惊讶就足够了。虽然这些首领中的某个人，他也是今天才第一次听说他的名字，之前对人家一无所知。尽管如此，但是只要法赫米·阿齐兹一到咖啡馆，阿卜杜·索迈德·欧贝德就会马上起身，带着一种虚假却又娴熟的农村式的豪爽，用力地拍打法赫米·阿齐兹的手问好，然后张开双臂拥抱他，以示欢迎，并且叫过来服务员豪气地点了一大堆吃的。紧接着，我们便都知道了他之前告诉我们的那些都是子虚乌有的事情。真相就是，他自己说法赫米的来信他从来看都不看一眼，而事实上，他却每一封都迫不及待地认真回复了，而法赫米才是那个迟迟不回信的人；他羡慕法赫米的工作、未婚妻，还有他即将继承的遗产；他求了法赫米好多次，给自己在他家附近找个住处，因为他打算像阿卡德[3]和马齐尼[4]一样去开罗定居，专职从事文学方面的工作。至于他告诉我们的另一件关于他自己的事情，我们猜想它也许是真的，但并不十分相信他。几天前，他说他收到了一封革命政府在解放出版社创办的《解放》杂志的主编的来信，邀请他到杂志社来干编辑的工作。因为他一知道这份杂志创办的消息，就马上开始向他们投稿，他的稿子大受欢迎，大家都认为他在文学上很有天赋。他正在向法赫米·阿齐兹展示这封信，信封上印着：《解放》杂志。于是法赫米·阿齐兹摘下黑框眼镜，露出两只透着卑鄙

① 福齐·马阿鲁夫（1930—），黎巴嫩诗人。
② 阿卜杜·哈米德·迪卜（1898—1943），埃及诗人。
③ 阿卡德（1889—1964），埃及现代文学巨擘。
④ 马齐尼（1889—1949），埃及现代文学巨擘。

的邪恶眼睛。他嘴角上扬，挤出一丝苦笑。他脸色苍白，把信纸凑在眼睛跟前，手指神经兮兮地拔着鬓角的碎发。一不小心，信纸就从他眼前耷拉了下来，这时他神情中便露出一种难以掩饰的怨恨。然后他把信还给了他的朋友，什么也没说。就像阿卜杜·索迈德那次告诉我们的一样，他肯定希望这次机会落在自己身上，他肯定心里气得火冒三丈，毕竟自己就住在开罗，却和这样的机会失之交臂了。

他俩都对艾哈迈德·艾布·阿麦沙恨得咬牙切齿。这个可怜的年轻人可以说毫无存在感可言。他是个木匠，他所拥有的唯一资产就是一个工具包，里面装着一把小锯子，一个小平刨，一把小锤子，一把锉子，一个凿子，一把钳子，一把可折叠收缩的木尺，一盒螺丝和一盒胶水。他本应该提着这个包穿行在大街小巷的，但是今天，他厌倦了这种方式，而是选择悠闲地坐在咖啡馆里。他的肩膀瘦弱得跟张随时要塌下去的纸片一样薄。他很高，但却瘦骨嶙峋的，看上去像是因为营养不良随时要摔倒了一样。他身上的裤子、外套、衬衫和鞋子都是在开罗黄昏的跳蚤市场买的。这些衣服在穿到艾布·阿麦沙身上之前早已经在原来主人的肩上饱经磨损，变得松松垮垮了。他只好让裁缝把它们翻个面重新加工下。艾哈迈德·艾布·阿麦沙的脸也需要谁来给它翻个面，由于生活中无穷无尽的磨难，和源自深层自卑的敏感冲动，他面黄肌瘦，潦倒不堪。就是他教会法赫米·阿齐兹这个神经质动作的，因为他总是不厌其烦地用手指揪着太阳穴上的头发，导致太阳穴上都被揪出了一大片红印，像是要燃烧起来一样。暗暗让他气愤的是，这个小镇上的居民都不承认自己新近获得的城里来的大创新家的身份。而事实上各地的人都慕名而来，就是为了到咖啡馆来打听他的消息，或者有幸见上他一面。而镇上的人们还是来他这里，轻描淡写地说：

“来吧，艾哈迈德师傅！我们有个鸡窝要修一下，我们的餐桌坏了，我们门栓上的钉子坏了！我们的栏杆摇摇晃晃的！”

他们中有些人会别有用心地说：“艾布·阿麦沙，快点，别磨磨蹭蹭的！”他们说这话的时候，往往有很多慕名而来的仰慕者在场，要不就是有很多知识分子或诗人在场，他们中有些人和部长或局长之类的人物都有着密切的关系。每当这时，艾哈迈德·艾布·阿麦沙的情绪就一落千丈，这一天就是凄惨的一天，当然了，他一生中尽是这样凄惨的日子。别人这么说的时候，如果他本来是坐着的，他就会站起来。或者站起来之前，和别人说些出格的话语，以此来表达自己暗暗的愉悦心情，因为一会儿之后他就能兜里揣着半个法郎（1法郎等于4皮亚斯），或半先令（1先令等于5皮亚斯），或一个整巴里扎（1巴里扎等于10皮亚斯）回来了。然后他就会买上五根Belmont香烟、两片豆子夹心面包和一袋炸豆丸子，有时候可能还会到电影院看场电影。

艾哈迈德·艾布·阿麦沙是贝拉姆·突尼斯的忠实粉丝，也狂热地喜欢《俱乐部报》上刊登的方言诗歌。于是便开始模仿，渐渐地发现自己特别有天赋，并且凭靠自学，大街小巷上出现的各种文字他都认识了。每次在咖啡馆里听到大家聊起什么书，他就到书店借来或者租来看。他写的那些方言诗歌，格律严谨，音律和谐，朗朗上口，浅显易懂却又意味深长，将生活的疾苦与磨难反映得淋漓尽致，因此深受大家的喜爱。他把自己写的这些方言诗歌寄了出去，他寄到各大报社和杂志社的那些，要么刊登了全篇，要么刊登了部分节选；寄到广播电台的那些，很多也被挑选出来播报了；寄给知名作家和思想家的那些，都得到了他们毕恭毕敬的回复。于是他开始创作脍炙人口的民间歌曲，并把它们低价卖给职业作词人和业余歌唱爱好者。有一次，艺术与文学最高委员会举办了一次以 1956 年战争为主题的民间诗歌大赛，任何人都可以用叙事诗作品报名参赛。艾哈迈德·艾布·阿麦沙听到比赛通知的时候，正在去寄信的路上。这时候已经临近比赛截止日期了，虽然其他参赛者大多是专业的诗人，但他还是自告奋勇地提交了参赛作品。令所有人大跌眼镜的是，艾哈迈德·艾布·阿麦沙竟然获得了一等奖，还赢得了一个价值不菲的纪念奖章，这件事震惊了整个镇子。他终于成为一个名正言顺的货真价实的大人物。于是各大报纸和杂志上都是关于他的报道，并且还配有他的照片。许许多多的代表团特意从开罗赶来见他，并请他创作歌曲和栏目剧本。就连著名主持人塔希尔·艾布·宰德都采访了他，请他录了一集《试试你的运气》。所有人都对他刮目相看。一些艺术杂志也纷纷开始连载他的方言诗歌。给法赫米和阿卜杜·索迈德带来致命打击的是，他竟然还被邀请去与众多埃及著名诗人一道参加大马士革诗歌节。

于是，艾哈迈德·艾布·阿麦沙开始避免出现在以前那些老顾客面前，只在半夜三更的时候才来到咖啡馆，一个人在角落里远远地坐着，神经兮兮地揪着太阳穴上的头发，以为地球上的所有人都会来攻击自己。他尽可能地躲避大家。他对别人的每一句话、每一个动作都思来想去，想着那是对自己的嘲笑和讽刺。因此，他开始对所有人都心怀恶意，总是先发制人声色俱厉、尖嘴薄舌地攻击别人。赶在事态进一步恶化之前，他就马上气势汹汹、趾高气扬地夺门而出，一副再也不会踏进这个咖啡馆的样子。但是要不了多久，他就又会回来点上一杯茶，在这蹭上一整晚了。的确，他在这里被人议论纷纷，但是大家对他还有一定感情的，虽然他并配不上这种情感。因为大家都知道，他毕竟就住在离咖啡馆只有两根烟的距离的阿瓦尼亚胡同里。

现在，他在咖啡馆里和那些同法赫米·阿齐兹一起进来的客人们坐在一起。他跷着二郎腿，兴致勃勃地谈着自己几天后就要去开罗，到文化部工作了。那是尤素夫·西伯伊[①]任命的。尤素夫·西伯伊过去有个有点讽刺的称号：文学文化参谋长。如果我们知道他原本是个军人，是位骑兵少将的话，那么其中的玩笑意味就显而易见了。所以，艾哈迈德·艾布·阿麦沙即将成为一名公务员了。现在，他正在问法赫米·阿齐兹的地址，好到开罗之后去拜访他。于是法赫米用他的 Tropen 牌钢笔在一张中间印着“法赫米·阿齐兹”，下面用同样的字体印着“诗人、记者”的名片上写下了自己的地址。写完之后，法赫米还不忘低声告诉艾哈迈德，这个电话号码是邻居的号码，而他自己家的私人电话马上就装好了。

显然，我对眼前的这一切都不满意。显然，这里唯一和我有点关系的，就是咖啡店的老板阿卜杜·凯利姆·哈里里了。他是个睿智的老头，身材瘦弱，上面顶着一个小小的脑袋，五

① 尤素夫·西伯伊（1917—1978），埃及作家，曾任文化部长。

官好像快要消失不见了一样。他就像是一道影子，一阵微风，你要是不和他说话的话，绝对看不到他。他痴迷文学，在高等教育学费突飞猛涨的时候，他继承了这家咖啡馆。当时，除了他再也没有合适的人来经营这家咖啡馆了，所以他只好辍学回家开始接手这家咖啡馆。但是，这丝毫没有影响他的文学爱好，他甚至还自己出资出版了好几本书，其中收纳了他写的小说、散文、评论和对社会文化问题分析的文章，他的语言既有阿卡德的严谨，又有马齐尼的简洁，但却不那么华丽。尽管他是所有人中最友善、最谦逊、最务实、最不装腔作势的一个，但他还是把咖啡馆经营得有声有色，名声在外。也正是因为这家咖啡馆，杜苏高镇才以文化重镇的身份声名远播，它的名气甚至能和赛迪·易卜拉欣·杜苏高[①]相媲美……现在，他像往常一样坐在收银台后面，头顶上是一个固定在墙上的玻璃门柜子，柜子里整整齐齐地摆放着一些书，里面有年代久远的老书，也有近年来刚刚出版的新书。其中有一些是常来咖啡馆的大作家写的，他们总会亲笔签名之后送上一本给他。店里吵吵嚷嚷，他的目光紧紧注视着这一切，眼神几乎都快把眼前厚厚的老花眼镜镜片给刺破了。他似乎想要通过这个动作把内心的喜悦表达出来，因为是自己造就了眼前的繁华景象……

我看见自己站起来朝他走了过去，向他问好，他也站起来热情地拥抱了我。显然，他已经好几年没见过我了，这几年我都没去过他的咖啡馆。他挪了挪身子，示意我坐到他旁边。我坐了下来，才注意到他独自一人坐在这里。为此我有点欣喜，

---

① 赛迪·易卜拉欣·杜苏高（1235—1277），苏菲派长老，杜苏高镇走出的文化名人。

我想咖啡馆终于不像以前那样人满为患，嘈嘈杂杂的了。他给我要了一壶茶，递给我一根烟，然后开始询问我的近况，他说："太好了！你们都到埃及各奔前程去了，只有我们还是老样子！"他说这话的时候高兴坏了，紧接着，他又微笑着说：

"来咖啡馆的年轻人换了一拨又一拨，这些新的年轻人比你们更加活力四射，更加生龙活虎，更加有雄心壮志！但是却不及你们有学问，我认为这是很可怕的！他们完全对政治不管不问，有些人甚至对我们的国家都毫不在乎！诡异的是，竟然还有报纸刊登他们的文章和诗歌！这个时代的悲剧就是报纸太多，而好的作品太少了！"

显然，我是因为在老家的村子里有点事，才顺道来一趟镇上的。要是不来咖啡馆见见阿卜杜·凯利姆·哈里里师傅的话，我是不愿意离开的。显然，我的情况并不如意，太多的苦恼，太多的重担压在我身上，我被太多的人伤透了心，我的那些雄心壮志早已偃旗息鼓。锃亮的盘子上摆着的白锌茶壶是如此的熟悉，我往里面放了几块糖，用勺子搅了搅，然后倒在了杯子里。阿卜杜·凯利姆·哈里里迫不及待地想知道开罗的一切，他向我打听法赫米·阿齐兹、阿卜杜·索迈德·欧贝德、艾哈迈德·艾布·阿麦沙以及那些著名作家、评论家、画家和诗人的消息。我还以为他能够注意到我对所有这些人都颇为不满，也不打算回答任何关于他们的问题。尽管如此，我还是在每一个问题后反复地回答道：

"很好！他们都挺好的。感谢安拉！安拉保佑了他们！"

其实，他自己也并没有期待什么具体的答案。紧接着，他开始问我那些他的诗歌爱好者朋友们写的东西。的确！的确！

他们在作品中小心翼翼、热情高涨地关注着一切，他们对所有的印刷作品奉若神明，他们敬重那些在开罗不再被人敬重的东西。然后，他开始冷静了下来，要求我对刚刚的所有问题作进一步的详细回答。我感觉他确确实实有点走火入魔了，我开始觉得烦躁不安，但我不知道造成这种感觉的到底是他，还是咖啡馆的无聊记忆，还是在老家遇到的事情。我想要马上离开这里。我看到自己站了起来准备离开，把手插在裤兜里，等着他计算完服务员扔在他面前的那一堆单子。等待的时候，我想起他刚刚问我要我在开罗的地址，好写信给我。我想要巧妙地摆脱这种尴尬的局面，于是只好给他地址，就像之前给每一个问我要地址好寄信给我的人一样。我趴在收银台上，在他给我的笔记本上写下了地址……

这时，我看到自己出现在了《尼罗河谷复兴》杂志编辑主任马姆杜哈·杰迈勒的办公室里。他似乎是我在埃及最好的朋友，尽管我最近才刚刚认识他。不久前，我坐在马姆杜哈办公室旁边的皮椅上，我对面是法赫米·阿齐兹的办公室，他在这里担任编辑秘书，负责《工业杂志》里面的文学艺术副刊的工作。这份副刊总共有四页，写稿人都是兼职的，他们都在其他杂志社有固定的工作，有大把的机会在自己的杂志和报纸上刊登自己的诗歌和评论。我想起来，我本来是来这里见法赫米·阿齐兹的。我一年多以前就有这个想法了。我想起来，那天他完全对我视而不见，对我热情问候、嘘寒问暖的那个人却是马姆杜哈·杰迈勒。他在成为一名出色的记者之前，本来是写短篇小说的。他温厚和蔼，品德高尚。他个子高高的，皮肤很白，五官扁平，整张脸就像张白面大饼一样，头很大，心胸也很宽广。他既酷爱一丝不苟的严肃工作,也热衷各种纯洁的冷笑话。他的两只眼睛很大，有神而迷人，酷似老牌演员艾哈迈德·萨利姆[①]的眼睛。他特别慷慨大方，甚至能够脱下自己的衣服给别人蔽体。第一次见面的时候，他就对我照顾有加。他知道我的凄惨境况，总是朝我使个眼色，然后把手伸到办公桌底下偷偷塞点钱给我，有时是五十皮亚斯，有时是一镑钱，有时甚至更多。每次我去看他，他都要请我吃顿午饭。自从我开始去拜访他，我就开始把自己的地址写成 :《尼罗河谷复兴》杂志社，由马姆杜哈·杰迈勒转交给某某某。就像狡猾的老鼠一样，法赫米·阿齐兹知道马姆杜哈·杰迈勒在接济我，我并不知道他是怎么知道的。于是每次他一见到我，都会意味深长地朝我挤眉弄眼，这样我就知道，今晚可以在他家住上一晚了。我知道他醉翁之意不在酒，他的目标其实是马姆杜哈·杰迈勒送给我的几天的生活费。他总是会怂恿我至少花上一半的钱去买上一块鸦片膏，然后到他家里把鸦片膏揉在水烟里吸上一晚。这种时候，我往往都毫无招架之力，只好乖乖顺从。

阿卜杜·凯利姆·哈里里师傅突然神色骤变，他拿着笔记本读了一下我的地址，然后像个孩子一样激动地喊了起来 :

“天哪！这么说你是和法赫米在同一家杂志社工作喽！！”

我马上说 :

“不，这只是个临时的地址而已。”

然后我迅速地和他握手道别，面红耳赤地走了出去……

这条街道很长很长，街道两旁是各种或新或旧的高楼，老房子虽然和新房子的高度差不多,但是楼层的数量却要少很多。

---

① 艾哈迈德·萨利姆（1910—1949）。

显然，我在这条街道上走了很长时间了，此时我没有任何担忧，反而很平静。街道上一个行人都没有，偶尔有车疾驰而过，马上便又重新回到了寂静。路灯的灯光和洒落在楼顶、阳台的月光在窃窃私语，月光在缓缓挪动，渐渐消失在某个拐弯路口，然后又出现在了对面的角落里，就像是在追随着我的脚步一样。但是当我经过某栋高耸的大楼，或者走进地下通道时，它就又不见了。这条街道似乎长得没有尽头，我在这里走过了无数个地下通道。我一从地下通道里走出来，马上就能看到月亮蹲坐在花岗岩色泽的云端。我在心里暗自笑了起来，我开心的原因是，这似乎是我第一次，好像在朝着一个确定的目的地前进。突然，我想起来我并不是自己一个人在走，因为地面上有个影子，似乎有个人在和我并肩行走，又或者是在朝我走过来。影子的主人离我越来越近，我好像知道他是法赫米·阿齐兹。于是我俩一起走过了市中心、绿色台阶广场[①]和艾哈迈德·赛义德大街[②]。我知道，他现在正领着我去他位于希勒米亚·宰通区的家里，好让我在客厅住上一晚。我们已经花一百二十皮亚斯从布拉格区买了一块鸦片膏，好在睡觉前好好享受一把，在那令人振奋的烟雾中唤醒过去那些甜美的记忆。他还会给我朗读他最近写的诗歌，我会清醒地给出评价。或许，我也会凭着记忆给他背点我打算创作的小说片段。当我有地方过夜的时候，我就会把它们都写下来。我想起来，买这块鸦片膏，我花了一镑钱，法赫米·阿齐兹只花了二十皮亚斯。他说那是他所有的钱了，为了让我相信他的话，他把我置于这种可怕的进退

① 开罗最重要的商业中心之一。

② 位于著名的阿巴斯区。

两难的境地：我们必须得步行到希勒米亚·宰通区去，因为我们连五皮亚斯不到的公交车费都没有了。我不知道要如何才能对这种境况感到满意。如果他在买鸦片之前告诉我这一点的话，我们本可以少买点鸦片膏，把车费钱留出来的。但是他的鸦片瘾实在是太大了。他说这件事不能怪他，他本以为我手里有一块多钱的，马姆杜哈·杰迈勒要是能多给我五皮亚斯就好了。我开始咒骂他,今晚花的这一镑钱我本可以像往常一样，用来在凯鲁特·贝克大街的旅馆住十个晚上。我似乎对他直说了这个事情，因为他说，我们见面的机会是不能用金钱来衡量的，而且他还会请我在家里吃顿晚饭，这在饭店里没个五镑钱是绝对吃不上的。此外，我还能在一个安静舒适的地方，躺在柔软的沙发上睡上一觉，并且我们还能一起天南海北的聊天。明天早上我完全可以睡到自然醒，因为他要很晚才出门。我很怀疑在经过这么漫长的折腾，最终到达他在希勒米亚·宰通区的公寓之后，我是否还能对什么东西提起兴趣。显然，这是法赫米·阿齐兹第一次心软，邀请我到他家过夜……

我正在一个狭窄的楼梯里往上爬。这又是另一次令我四肢疲软的旅程。当我气喘吁吁地爬到最后一个梯头时，我忧心的只有两件事:如何找回我那伴随着每一个呼吸呼出体内的灵魂，以及如何节省一点鸦片膏。我想，我可以从上面掰下四分之一藏起来。我坐在这个我今晚即将睡在上面的沙发上，它紧挨着一面墙，我知道这是客厅和卧室之间的屏障。在进门的时候，我看到了卧室里紧挨着这面墙的地方，放着一张柔软的铺着天鹅绒被的床。沙发下面是几个金属柱子，看上去像是铝制的。这种类型的沙发我在商店里见得多了。客厅里还摆了好几个柜子，柜子里面放着好多用牛皮纸做封皮的老书。我知道这些书都是他父亲的,这些全都是些经典名著。柜子里还有一些新书，一些文学杂志，比如《贝鲁特文学》和《新使命》。法赫米·阿齐兹把我留在客厅然后人不见了。我听见了一阵甜美醉人的声音，我知道那是娜兹凯的声音。她已经嫁给法赫米·阿齐兹了，并为他生了一个女儿，虽然没有见到她，但我听见她在朗读大约两年前，艾哈迈德·艾布·阿麦沙在她产后第七天的喜宴上写的方言诗。这是我在颠沛流离的两年里第一次想起她。我想听听她在说什么，但我只能听到法赫米在叽叽咕咕地训斥她，具体内容根本听不清楚。然后我听到一阵拖鞋在地面摩擦的声音，接着就看到左边房间的灯光亮了起来，射进了客厅。我知道那是厨房。我似乎看到了娜兹凯的身影，她裹着一件印着大玫瑰花的袍子，上面还散发着独特的香味。然后我看到法赫米·阿齐兹的身影匆匆闪过，他穿着睡衣，上面裹着一件睡袍，这种睡袍我在电影里见帕夏老爷们在家里穿过。不一会儿，他拿着水烟和火盆来了,火盆上面放着三块水烟石和一块甘松香。他把这些东西放在了我面前的茶几上，又拿来了一张漆布铺在了水烟下面，然后他端着火盆到厨房去了，回来的时候上面放着一大块燃烧着的木炭。他把火盆放在我面前之后又走进了厨房，于是我拿起一张厚纸板扇着燃烧的木炭。我四处寻找蜜制烟草，最终在茶几底部找到了。于是我拿出一点搓了搓，把它放在了烟碗里。我趁法赫米·阿齐兹不在的时候，赶快从口袋里拿出了鸦片膏，我从上面掰了四分之一下来放在手里，把剩下的藏了起来。我把手里的鸦片膏装进烟碗里，造成一种装得满满当当的假象，这样的话，当我说鸦片膏用完了的时候，他就会以为是我一次性装太多了。火盆里的火噼啪作响，烟碗上的烟草散发着清香，我还在等着法赫米·阿齐兹，他已经去厨房好长时间了，空气中弥漫着诡异的味道。我听到叉子、勺子和盘子的碰撞声。这时我想起来他说要请我吃晚饭的承诺，这样的话他迟迟没有出来便情有可原了。他现在肯定已经快准备好了。但是勺子和盘子的碰撞声却还是持续了好长时间，并且还传来断断续续的咀嚼声和喝水的声音。接着，我听到法赫米在打饱嗝儿。就这样过了好久，在木炭都快燃尽，火都快熄灭的时候，我听到了往杯子里倒水的声音。当我正准备叫他的时候，我看到他从厨房走了出来，手里端着一个小盘子，上面放着两个茶杯。他把盘子放在我身边的椅子上，说：

"兄弟啊，管道工人太没良心了！我们厨房里有根管子坏了，我们找了个工人来修，结果他收了我们五十皮亚斯。诅咒他不得好死吧，他竟然让管子的另一边又坏了，我现在发现我自己都能比他修得好。就在刚才，我留你独自一人在客厅，自己在厨房鼓捣了一会就修好了它，所以我来晚了，你千万不要见怪呀！"

我没有回答，而是取上一块木炭放在了水烟筒上，自言自语地说："骗子！"他并没看出来我心情不好。我用专业做水烟烟草的人的方式拨了拨木炭，尽管这是我第一个不喜欢这种方式的人。在我看来，只有木炭通过滤网漏下来的火星才能使水烟烟草充分地燃烧。我用尽全力笨拙地吸了几口。然后，我俩便在这种不怎么舒服的状态下开始抽水烟，一直抽到我精疲力竭，再也没法活动身体的任何一个部分。我眼前发黑，感觉天旋地转，直犯恶心。我知道，我感到头晕恶心的很大一部分原因，是因为我饿得前胸贴后背了。于是我往后躺了下来，把头靠在墙上，避免它滚到地上去。我闭着眼睛，摊开双手，只希望他别再说话了。因为自从我俩坐下来开始,他就喋喋不休，但我根本听不进去，只感觉他的声音不断地砸在我的脑袋上。但我还是记得，他给我念了好多首丑陋的格律诗和庆贺应酬诗，还念了好几段莎士比亚式的十四行诗。这些十四行诗是他自己写的，内容都是关于新河谷的，所以他管它们叫新河谷十四行诗。天哪！ Sonnet 这个词是今晚他说的唯一不带任何情绪和含义的词汇。此外，他还跟我讲述自己在马姆杜哈·杰迈勒面前是多么的英勇无畏。在他眼里，马姆杜哈·杰迈勒这个同事阴险狡诈，总是在暗地里陷害自己，想要把自己从报社轰出去，然后用他自己的亲信取而代之。但他法赫米也不是省油的灯，他肯定会让马姆杜哈·杰迈勒看到自己的厉害，他要摧毁他，毁掉他的前程，把他赶回老家去当个菜贩子。我心里想：天哪！我还是保持中立吧！我心里感觉有团火在熊熊燃烧一般，我真想拿这火烤他。

我终于停止在心里感叹“天哪,天哪”了。我彻底睡着了。但他还是在喋喋不休，不停地翻着手里的文件，好选个新的文段念给我听。这些段落有些是他从别的地方抄下来的，在最终决战的时候，他就会用这些东西来暗算马姆杜哈·杰迈勒。毫无疑问，决战的时刻马上就要来了。突然，上天给了我一个令他住嘴的灵感，我马上付诸实践：我开始大声地打起鼾来。由于我的胸腔里填满了烟雾，再加上疲劳至极的状态，我轻而易举地就发出了鼾声。这时，我感觉到他端着盘子站了起来。我想起来，自己一口茶也没喝。他端着盘子从客厅走到了厨房，然后又折了回来，轻声叫我：

“某某，躺下来睡吧！”

他扔了个东西在我身上，我注意到那是一个原本放在沙发上的抱枕。然后他又扔给我一床行军毯。我脱下鞋子，在沙发上趟了下来，把毯子盖在腿上。我马上陷入了睡眠的黑色湖泊里。我听到自己鼾声大作，像石头接二连三地碰撞到一起发出的声音一样。不一会儿，我隐约感觉到有只手在摸我的下巴，我吓了一跳，艰难地睁开眼睛之后，我看见法赫米·阿齐兹穿着浴袍站在我面前，正盯着我的脸在看……

我问：

“怎么了？”

他说：

“打鼾大王！你的鼾声能把炸弹都发射出去了！”

我说：

“抱歉！我实在太累、太困了！”

我侧过身子。我努力保持着一半沉睡，一半清醒的状态，这样就不会发出这种可能令娜兹凯厌恶的粗鄙声音了。我听见卧室门从里面拴上了。瞌睡虫被彻底赶跑了，我努力尝试再次入睡，但都是徒劳。我只好点燃一根香烟，躺着吸了起来。房子里漆黑一片，万籁俱寂。这是一种恐怖的寂静，因为我的耳朵里渐渐传来床的吱吱声，并且这种声音越来越大，令我根本没有办法入睡了。我身体的每一个细胞都清醒异常，处于亢奋状态。我感到羞愧不已。床的吱吱响声很快就被娇喘、喊叫声覆盖了，这所有的声音都来自于娜兹凯，她大声地呻吟着，声音里充满着陶醉和满足的味道，但是又带着央求的语气。呻吟声从喉咙、鼻腔、嘴角发出来，从每一个地方发出来，还伴随着低声说话的声音。整个地面都在震动，似乎在来来回回，离我忽近忽远，同时，我也在来来回回，前后摆动。我把自己埋进沙发里，几乎都快要把它钻出孔来。我的指甲死死地嵌进枕头里。娜兹凯的呻吟声令我燥热不安，脑袋里和血管里的血液都沸腾了起来。马上，这些声音构成的交响曲变成了一个统一的节奏，并逐渐达到了央求的顶峰。这是在请求结束，但其中又蕴藏着对继续的渴望。说话的声音也开始变得炽热起来。这说明火焰有几个燃烧的阶段。娜兹凯喊着:“法赫米！法赫米！法赫米！法赫米！”伴随着她的这个声音，我看见自己也剧烈着颤抖了起来，达到了欲仙欲死的顶点。我恍恍惚惚，似乎感觉不到自己身处何处了，刚刚的羞愧感也消失了。我唯一的感觉就是，自己是这个光辉时刻的第三个参与者。我担心沙发发出晃动的声音，那样的话肯定会比床的吱吱声还要响。并且我也担心在上面留下湿印。所以我从沙发上下来，躺在了地上。伴随着高潮的来临，我的下体涌出一阵阵的暖流。我的裤子里黏糊糊的，这又给我带来了新一轮的高潮。直到那意乱情迷的娇喘声变成了呼噜声，就像是火车快要停下来时发出的声音一样。于是我把自己列车上的乘客都清空了，重新回到沙发上，拽起毯子盖在身上。过了好久，我听见门打开了，然后是一阵脚步声，接着是按电灯开关的声音。我眼睛睁开一条缝，看到灯光下有个人影从厕所出来。于是我像只落汤鸡一样浑身颤抖起来，感觉自己的身体终于如释重负了。水珠从厕所的方向朝我身上砸了过来，我尽情享受着，把这当成一次妙不可言的淋浴。我也的的确确感觉到，水珠渗进了我的身体，在我的血管里流淌，让我越发的恍惚和沉醉……

我加快步伐追赶刚刚还近在咫尺的睡眠帐篷。我只想赶快钻进去，躺在它的怀抱里酣睡。然而，我刚钻进去，就立马从对面的开口出来了。因为有只手在恶狠狠地拽着我，推着我，拍着我，晃着我。我睁开双眼，看见法赫米·阿齐兹穿戴整齐站在我面前。我立马坐了起来，全身的骨头都在咔咔作响。屋子里所有的窗户都打开了，植物的清新味道扑鼻而来。清晨的阳光洒满了整个厨房和半个客厅，屋子里弥漫着香皂味、娜兹凯身上的香水味和奶茶味。我看见茶几上放着一杯加了牛奶的红茶，它旁边还有一张裹了奶酪的大饼。法赫米正端着杯子津津有味地喝着茶，两片厚厚的嘴唇每喝一口之后，都要鼓动两腮漱漱口。我坐正身子，迅速地穿上鞋。他问：

“要洗脸吗？”

我说：

“不用了。”

我用手揉了揉眼睛，感觉裤子上有嘎渣儿黏在身上，于是我左右晃了晃身体，屁股稍微往上抬起来一点，这样裤子才从身上分离了下来。然后我用手指梳了几下头发。他说：

“喝茶吧！”

我本想一饮而尽的，但是当我端起茶杯凑到嘴边时，我的头都快埋进杯子里了。于是，我只好一口一口地慢慢喝。我鼻腔里漫进一股迷人的香味，我知道那是娜兹凯身上的味道。法赫米走进了卧室，一会儿之后，他出来了，手里拿着一个皮质手包，就像大学生的文件夹一样。他手指之间夹着一根烟，放在嘴里吸的时候，烟就会燃烧得更加旺盛。他不时用舌头舔一下嘴唇，好为吸下一口烟做准备。燃烧的香烟散发着鸦片的味道，这令我疑惑不已，于是我把手伸进裤兜里去摸那块被我攒下来的鸦片膏。它不见了。我往地面看了看，又往沙发底下看了看，他用邪恶的眼神看着我，却故意装作很关心我的样子，用意味深长地语气问：

“你丢东西了吗？”

我迟疑了一下，然后焦急地说：

“我裤兜里本来有一块儿剩余的鸦片膏的，放在这个小裤兜里。”

他给了我一个愤怒的眼神，似乎要骂起人来。他讽刺我说：

“我跟你说什么来着，你别让我们替你背黑锅！我还问过你要一根烟来抽，好舒舒服服地睡上一觉呢，可你亲口说没有了！！”

我并不确定自己是否真的和他说过这种话，也不确定他是不是根本没有问我要过什么。但是我相信，他肯定是趁我熟睡的时候，从我口袋里偷走了那块鸦片膏。我气急败坏，只想朝他脸上吐口口水，或者扇他一巴掌。但是，为了维护我在娜兹凯面前的形象，我只能遗憾地摇了摇头。我站起来，跟着他走到门口，然后一起出了门……

我俩并肩坐在公交车上。车上发出一阵滋滋声，就像是原子射线的声音一样。车上还弥漫着一股燃烧的柴油味。他的烟瘾令我直犯恶心，因为当抽完一根之后，他紧接着就把手伸进衬衣口袋里掏出下一根，然后用上一根的烟屁股点燃它。在把那开裂的嘴唇舔湿之后，他又开始津津有味地抽起来。他突然说：

“我看见马姆杜哈·杰迈勒对你频频示好了。对了，你千万不要被他的糖衣炮弹给迷惑了，准确地说，他对你所做的并非出于真心实意。比方说吧，当他要你帮忙对一些水平不怎么样的编辑写的文章进行重写的时候，实际上他是要利用你来打击我，因为他要你做的这些本来应该是我的工作。他这么做，实际上已经越过了他的工作权限！”

我喉咙里一阵干呕，于是我转过脸去，远离他的视线。我心不在焉，感觉心被揪了起来一样，甚至像是被人用力地揉碎了……这时，我想起来几个月前的一个晚上，马姆杜哈·杰迈勒和我并肩走在尼罗河宫大街上的场景。当时大概是晚上十点的样子，大街上万籁俱静，景色很美，我们正在去杰迈勒酒吧的路上。杰迈勒酒吧位于贾瓦德·侯斯尼[1]大街的街角，后面是老中央银行的大楼。我当时高兴极了。尽管马姆杜哈·杰迈勒喜欢喝酒，但他并不常去酒吧，除非是某些特别的场合。他的诗人朋友纳吉布·苏鲁尔[2]遭到各国政府，甚至是埃及政府的迫害，被迫在东欧颠沛流离了好长一段时间之后终于回国了。马姆杜哈·杰迈勒认为这种时候完全值得打破常规，去酒吧和老朋友们一起为纳吉布·苏鲁尔接风。一路上，他说纳吉布·苏鲁尔是个文学评论方面的天才，阿卜杜·穆阿提·希贾兹是个天才诗人，凯米勒·阿卜杜·安法尔则宅心仁厚，他用自己的积蓄接济那些有才之人，好让他们不至于对生活失望，不至于被城市的残酷所吞噬。他突然说：

“你现在有钱了！无论如何，我们今晚都要在酒吧吃烤肉！

---

① 贾瓦德·侯斯尼（1935—1956），埃及民族英雄，在战争中牺牲。

② 纳吉布·苏鲁尔（1932—1978），埃及诗人，有“理性诗人”之称。

我们得喝喝酒，抽抽烟！我们就在酒吧里带待上一整晚！我会给你五十皮亚斯，让你好好放松一下，大醉一场，一觉睡到第二天中午！”

他递给我一支骆驼牌的没有滤嘴的香烟，接着说：

“对了！你也应该好好犒赏一下自己呀！下个月我就要多给你五镑钱的奖金了！”

这话把我惊着了，我停下脚步问他：

“你说的是什么奖金？”

他重重地吸了口烟，用略带怀疑和惊讶的眼神看着我的眼睛说：

“难道你没有从杂志社拿到奖金吗？”

“哪个杂志社？”

“我们杂志社呀！《尼罗河谷复兴》杂志社！每个月我都有给你申请编辑文章的奖金的！这大约从六个月之前就开始了！主编只在第一个月的时候提出了反对！后来我就说服他了，说这是你应得的！我把你写的那些文章给他看了，给他展示了你精妙的文笔！从那以后，他就每个月都主动在给你奖金的单子上签字了，从来不过问你这个月有没有写文章！！”

就像是一泼冷水劈头盖脸地淋在了我的身上，我心里五味杂陈，开心的同时，既有期待，又有担忧。我说：

“我还是第一次听说这个事情！我发誓！我从来没有从你们杂志社领到过一皮亚斯！也没有任何人通知我这个事儿！”

马姆杜哈·杰迈勒张皇失措地搓着手，一副欲言又止的样子。但他最终还是努力控制着自己的情绪，对我说：

“明天你来一趟杂志社，我们去找会计当面给你查一查！”

“好的。”

在杰迈勒酒吧的一整晚，我都在想过去的六个月里，我的这些钱可能发生了什么。好在纳吉布·苏鲁尔笑话不断，他讲的那些悲惨经历令我浮想联翩，再加上凯米勒·阿卜杜·安法尔也妙语连珠，要是没有这些的话，估计我和马姆杜哈都得一直纠结奖金的事情了。我长期待在杂志社，每天和会计低头不见抬头见的，尽管如此，我竟然都没有拿到这笔钱。第二天一大早，马姆杜哈·杰迈勒就把杂志社会计叫了过来。会计拿来了所有的汇款单子，我仔细一查，发现原来是法赫米·阿齐兹每个月顶替我领走了这笔钱。他在汇款单上的签名既不是我的名字，也不是他自己的名字，就是画一个圆圈，然后在中间画一个横线。会计必然不会怀疑他，因为他以为法赫米是杂志社里的大人物。并且法赫米还对会计说，我是他的老乡，在他手下做事。于是马姆杜哈带着我去找主编。主编叫萨利姆·法希尔，是个性情温和的人，以前是个自由军官，父母是杰迈里亚区[①]的老富豪。他天生喜欢排场，英俊得像橄榄枝一样。他身材中等，皮肤白里透红，脸上总是带着一抹羞涩的红晕。他的鼻子挺拔，脸很长，五官十分立体。他彬彬有礼，每当估计自己快要犯错的时候，就提前跟人道歉。你说话的时候，一旦他认为你说得不好听，他就会皱起眉头，然后命人给你拿点东西过来，要么就是把手伸进口袋掏出点钱送给你，要么就是拿起电话听筒把那些惹怒你的人训斥一番。有的时候，要是他实在没法帮到你的话，就会带着羞愧和遗憾目送你直到门口。仿佛只要透过他眼里的那一抹绿色，你就完全可以窥探到整个地球

① 开罗著名老城区。

的美丽了。送你出去之后，他踩在地毯上，大摇大摆地走回办公室。他穿着丝质衬衫和阔腿背带裤，两根别致的背带挂在肩膀上，短粗的脖子上系着一根领带，金色的领带夹歪七歪八地别在上面。他回到办公室做的第一件事就是从银盘子上拿起一个烟斗。事实上，这个盘子上摆着好多个各式各样、大小不一的烟斗。接着，他拿起一个金色的打火机点燃烟斗里的烟丝，然后连续深深地吸了几口，吸到最后一口的时候，房间里已经烟雾缭绕了。然后，他放下烟斗，拿起文件或者报纸看了起来。他的办公室极其优雅华丽，到处都是阿拉伯式的装饰，更别说那一整套宫廷座椅、昂贵窗帘、飞利浦牌收音机、电视机和挂着一件奢华纯棉夹克的树状衣帽架了。萨利姆·法希尔习惯一到办公室就脱下鞋子，换上一双款式罕见的软底皮鞋。这双鞋就像蚕丝做成的一样，一点重量都没有。尽管这样，它却特别耐穿。它平时里面塞着一个泡沫鞋楦。鞋面上有纹路，看上去是蛇皮一样。他穿这个鞋是为了方便小净和做礼拜。这双鞋令杂志社的所有人都感到好奇。有一次，我就亲眼看见法赫米·阿齐兹偷了拖鞋藏在报纸里面，出来的时候还以为没人看到他呢。那天萨利姆·法希尔去外地出差了，回来之后四处找不到这双鞋，于是大发雷霆，把所有的勤杂都臭骂了一通。尤其是他的私人勤杂拉杰卜大叔，被他发配到一个边远的地方，还被取消了以前的所有福利。我内心痛苦极了，这种痛苦压在心里几乎快要令我喘不过气来。但是，我还是不敢告诉他我看到的真相，因为我害怕只要我开口说一个字，都很有可能因为我的愚蠢行为导致毁灭性的灾难。

当我和马姆杜哈·杰迈勒走进门的时候，我看见萨利姆·法希尔穿着一双崭新的软底皮鞋。它和以前那双是一个款式，但是颜色变成了白色。看上他就像是穿了两只兔子在脚上一样，我好不容易才憋住没笑出声来。事实上，我感到特别羞愧，或许也可以说是耻辱。因为我本来是想来兴师问罪的，但是当我在柔软的沙发上坐下来，看着萨利姆·法希尔的眼睛的时候，我就感觉和自己坐在一起的这个人，似乎他毕生的使命就是全神贯注、友善亲切地听我说话。他的这种神情，能够令你毫无保留地吐露真心，坦白一切，能够令你调动一切脑细胞回忆起所有的细节。尽管如此，我还是选择了缄口不言。于是，马姆杜哈·杰迈勒承担了解释一切的任务。萨利姆·法希尔听完之后恼怒得汗如雨下，不断地用纸巾擦着脸上的汗滴。他转向空调，把温度调低了一点。厌恶的表情显而易见。突然，他抱歉地对马姆杜哈说：

“现在，我本应该辞掉你的！因为是你向我推荐法赫米·阿齐兹来工作的！我还说过他能好好地帮你一把！也许你是向我们推荐了一个从埃及监狱毕业的职业扒手呀！既然如此，那我们就知道以什么方式处理他了！这是我担任这份崇高的工作以来听说过的最无耻的事情！”

马姆杜哈脸色苍白地说：

“我很抱歉！我也是通过一个最亲密的朋友认识的他！凯米勒·阿卜杜·安法尔，你一定也认识他，就是他把法赫米·阿齐兹带到我这里的！凯米勒一个劲儿地求我帮法赫米在杂志社找点事情干，好让他来开罗！我实在是没有办法拒绝凯米勒·阿卜杜·安法尔的请求，毕竟他过去可让我蹭吃蹭喝了好长时间呀！天哪，我对这个人完全一无所知！就连凯米勒自己也不了解他！与他第一次直接接触之后，我就发现了他的卑劣本性，我把这告诉凯米勒，结果他对我说，他相信一个人在诗歌方面的天赋完全可以改变他的卑劣品质，只要我们对他有信心！他还劝我以德报怨，给法赫米树立好的榜样，这样有朝一日他肯定也会效仿的！我的确这么做了！但是这个披着人皮的家伙实在是本性难移,卑鄙已经在他身上根深蒂固了！！”

萨利姆·法希尔认真地听完这些话，然后说：

“连他写的诗歌都是下贱的！我在他自作主张发表在文学副刊上那些诗句上就看出了这一点，他的天赋是下贱的！他的学识也是下贱的！这样的人不可能拥有一个富有的内心，这就是我对法赫米的感觉。无论如何，我不是一个文学家！不管怎样，这个人道德败坏！是个败类！因为你的原因，我才对他忍气吞声！现在！我终于可以辞退他了！我终于可以和他说再见了！但我有个担忧，我担心这种丑闻会伤了凯米勒·阿卜杜·安法尔的感情，并且也会伤了我们的感情！但我一定会严惩不贷的！我会把他从文学副刊的主管职务上撤下来，让贾法尔·沙什顶替他！至于我们的这个朋友，我会把他应得的钱从法赫米·阿齐兹的工资里扣出来补给他的！我还要把法赫米所有的特权和福利都取消了，直到给他找个合适的垃圾堆收了他！现在的话！也许应该把他叫过来,好好‘款待’一下他了！”

然后他按了一下铃，把勤杂叫了进来。他用一种没有任何情绪的语气对秘书说：

“把法赫米·阿齐兹先生给我找来。”

当法赫米拖着他细长的身体走进办公室的时候,萨利姆·法希尔并没有让他坐下，而是用一种谴责和鄙视，但是又带着一丝夸张的尊敬的眼神看着他，然后意味深长地看了我们一眼。马姆杜哈·杰迈勒朝我使了个眼色，于是我俩站了起来，走出了办公室。半小时后，我看见法赫米出来了，他贼头贼脑地往四周张望着，点燃了一支烟，然后走进了我们这个办公室，嘴角带着一抹苍白的、愚蠢的微笑。他坐下来按了下铃，勤杂走了进来，他——以极其傲慢的态度——要了杯咖啡，“必须用咖啡杯装着！奶泡不准震没了！必须两分钟之内端过来！你要是又像以前一样用水杯装着，让咖啡冷掉了，你就看着办吧！”这一通教训之后，他把头转向我们，厚颜无耻地说：

“马姆杜哈呀，我没有做错！这些酬劳是我应得的！这份工作本来就是我的！我工作并没有什么不妥，可是你却硬生生地插了个人进来帮我，分了我的一勺羹！无论怎样，我无法承认这些文章不是我写的！所有别人写的文章我都重新进行了编辑！！”

这时，马姆杜哈用镇静而恼怒的语气对他说：

“畜生！我要把所有出版的文章的原稿都看一遍！反正每一期都有存档的！你的文风是众所周知的！每一篇文章的作者都能查到，原稿上作者的笔迹我们都能看到！你最好忘了这个事情，老老实实领你的工资吧！”

他一句话也没说，一边闷头抽着烟，一边在纸上写写画画。尽管此后我俩也经常见到，但我从来没有再主动和他提起过这个事情。我故意把它忘了，好保持心平气静。他现在又回来揭开旧伤疤是什么意思呢？显然他身上的伤口化了脓，又痛又痒，他肯定会不停地挠……他挽着我的胳膊，故作友好地对我说：

“你为什么对我的话都没有评价？你哑巴了吗？”

我没有回答。我们本应该在解放站下车的，但是我一看到共和大街，就马上溜下了座位，对他说：

“如果安拉愿意的话，明天见！再见！”

我下了车，长舒了一口气……

我走在共和大街上。真是滑稽啊！那个距离我几步之遥，笑容满面地张开双臂朝我走过来的是谁？很多时候，旧时光再次重新出现的时候，并不单单只有一个人，而是带着一些那段时间的人一起出现，带着他们真真实实地出现在你面前，这真是无法理解。现在，他拥抱着我，双手抱在我的背后，声音里带着思念和友爱。他就是“穆赫泰尔·哈米德·古莱图”，杜苏高咖啡馆里不可分割的一部分。与他有关的所有亲切的回忆汹涌而来。他高高瘦瘦的身材，窄长脸，白得像牛奶一样的皮肤，情绪激动的时候总是热泪盈眶，整张脸都涨得通红。高高挺立的鼻子也颤抖着，两只总是带着同情、遗憾和悲伤的黑溜溜的大眼睛里透着伟大的高贵气质。饱满的嘴唇显示出强大的隐忍功力，所以他的脸从侧面看上去就像是火烈鸟的脸一样，从前面看的话就像是一片微型芭蕉叶。他的声音总是最响亮的，带着轻微的鼻音，带着温暖和友好的感情，每一句话，都有不同的音调。正因为如此，你才喜欢听他这些像涓涓流水一样的言语。他总能让你回忆起那些你早已在城市的喧嚣中遗忘了的传统习俗和价值观。也许，他是咖啡店最忠实的顾客，是对咖啡店最有感情的顾客，是最喜欢咖啡店和咖啡店老板的顾客。同时，他也是热爱文学的年轻人中年纪最大的顾客。他的文风像一位老练的大作家一样，豪放成熟，令他显得格外与众不同。他的声音也特别的悦耳迷人。他总会写出一些突如其来的小思绪,小感想或者浪漫的爱情故事。但他并没有上过学,而只是在背《古兰经》的时候学习了一些基本的词汇和语法,然后就开始自学,读一些文学文化类的书籍。他还坚持不懈地阅读所有的报刊,一期不落。从很早以前开始,他就开始模仿那些德高望重的人。年纪稍微大点儿的时候,他就开始模仿那些有名的作家和知识分子。尤其是,他基本上只说普通话,里面夹杂着各种专业术语和流行词汇,以及那些他以敏锐的嗅觉预感到会马上流行起来的表达。他的一生命途多舛。他曾经过商,在舅舅的水烟烟草厂当过会计,在这家工厂的公司里干过经销商,整天坐着一辆配有司机的车在各个城镇之间辗转。他挣了不少钱,都花在了穿衣打扮、买书读报和养育孩子上。他感觉自己的潜力远远不止于此,凭借他的聪明才智、堂堂仪表、深得人心的性格和对文学的热情,他完全可以挣得更多……于是,他身先士卒,第一个来到了开罗。他来开罗并不是为了从事与文学有关的工作,他从许许多多的朋友身上看到了沉迷幻想的代价,所以,他更加务实。他无法忍受别人说自己是因为热衷文学,而食不果腹,衣不蔽体,背井离乡的。不,他是来从事为报刊拉广告的工作的。这样既能挣到丰厚有保障的收入,同时,又不会脱离新闻和文化的圈子。要是哪天他愿意的话,就可以刊登自己写的东西。但是他也有一个严重的担忧,那就是,根据他对这一行业的关注,他逐渐看清了自己创作潜能的事实。因为他发现,文学创作在许许多多的专职人士手中正在不断向前发展,而显然,自己永远都不可能再写作了,他已经习惯了富有和挥霍,他对自己孩子的父爱胜过了对文学名气的迷恋。他也意识到,教育孩子,提高他们的层次和水平,比教育全社会来得更加真实，更加可靠……

他的四个女儿个个甜美可爱，就好像是他专门为了刊登在彩色杂志封面上而抚养长大的一样。她们有着和他一样的蓝色眼睛，栗色长发像瀑布一样垂在背后。大女儿非常性感迷人，马上就要上高中了。她已经过了十四个生日，每次生日宴会上，她都要念上好几首现代著名诗人的诗歌和方言诗歌。她以高超的品位和惊人的毅力，把所有的这些生日整理成了一本小册子，一次都没落下。她在小册子里仔仔细细地把当天发生的趣事，说的有趣的话和好吃的食物和饮料都一一记载了下来。很快，这本小册子里还附带了一本本的磁带，它们保存下了各种文学爱好者的声音。他们来自五湖四海，塞德港、大湖省、苏伊士运河、曼努菲亚省、西部省、代盖赫利耶省和杜姆亚特。她给这些人寄去请柬，于是他们便纷纷从自己的家乡赶来参加宴会。当朋友们称呼穆赫泰尔·哈米德·古莱图为“马吉达的父亲”时，他感到甚为高兴。他特别爱马吉达这个名字，在女儿马吉达出生之前，甚至在他还没结婚的时候，他就在开始在自己的文学作品中用这个名字作为笔名了。这些作品有的时候刊登在报纸的读者投稿栏，有的时候刊登在一些边栏，有的时候则出现在头版里。他总是在每一个签名下面都仔仔细细地写上马吉达的地址。于是马吉达收到了来自文学爱好者和仰慕者的几十封来信。穆赫泰尔·哈米德·古莱图给每一封来信都写了回信，仅仅在这些回信中，他就耗尽了所有积攒的文学能量。他兴趣盎然地回复着这些情书，口吻热情成熟，各种哲理名言信手拈来。就像当年，黎巴嫩女文学家梅伊·齐娅黛也是各大文学家趋之若鹜的对象，她燃起了所有人的幻想，无论老少，她都是他们心心念念的梦中情人……

有一天，穆赫泰尔·哈米德·古莱图给我展示了一本神奇的册子。它是一个活页本，每一页纸上都有一位著名诗人，或作家，或演员，或播音员，或埃及大使的名字。我每翻开一页，都能看到大量的这一页的主角亲笔写给至纯至美的马吉达女士的信。每一封信上，还附有穆赫泰尔写给这位仰慕者的回信的复印件。天呐，穆赫泰尔，你简直太棒了！你的想象力真是太惊人了！你真是太聪明了！这位马吉达女士，不过是你构想出来的玩弄各种知识分子的虚构人物罢了。她可以是一个和你并肩走在大街上的新娘，你就像是她最爱的情人，她就是你毕生的挚爱。穆赫泰尔已经完全沉浸在这些爱慕者的想象世界里无法自拔，最为重要的是，他们中每一个人都对其他人一无所知，也不知道马吉达的生命中还有除了自己之外的男人存在。特别是，他们还都是有头有脸，地位显赫的大人物。如果说这在他年少轻狂的时候是无伤大雅的，但是现在，这已经变成了一场无聊的游戏，必须及时停止。这个问题困扰了穆赫泰尔好长时间，他一直在寻找停止这场游戏的合适方式，好避免女儿陷入毫无意义，并且没有必要的可能发生的意外。问题就是，如何才能从这张自己编织起来，却无法解开的关系网中脱离出来呢?

阿卜杜·索迈德·欧贝德建议他给每一位来信的爱慕者都写一封回信，随便找个理由云淡风轻地结束他们之间的关系。但是这件事情对穆赫泰尔·哈米德·古莱图来说，就像他自己所说的，绝对不可能这么云淡风轻地就结束了。问题就在于，当他以马吉达的名义写回信的时候，每一封信他都是情真意切的，每一个字他都是真心实意的，这都是他的真情实感，他对每一个人所表达的感情都令自己备受折磨。他试图忘记这些，但是它们却每时每刻都如影随形……

法赫米·阿齐兹建议他将所有的这些都彻底无视掉，毕竟事情的主动权在他自己手里,他完全可以对这些来信视而不见，不予回复。这样一来，他们也就不会再写信来了。对此，穆赫泰尔表示自己难以做到，因为他现在生活中最大的爱好，就是阅读这些五花八门的来信，感受寄信人的心意了。他做不到信就摆在面前而对它们视而不见，也做不到读了信之后克制自己不去回复……

方言诗人艾哈迈德·艾布·阿麦沙神经兮兮地用手揉着太阳穴，破裂的黑框眼镜镜片下，似乎整张脸都是破碎的。他建议穆赫泰尔在各大报纸上刊登一则消息，告诉大家马吉达·穆赫泰尔·哈米德·古莱图女士已经在为数不多的亲人的见证下订婚了。要不是考虑到马吉达还没到结婚年龄，他发布这样一则愚蠢的消息会剥夺她未来接受求婚者的权力的话，这就是穆赫泰尔唯一能接受的建议了。

由于工作的原因，穆赫泰尔总是在各地辗转，所以住的地方也经常变动。我们在他那些数不清的家里，在方言诗人艾布·阿麦沙的家里，在阿卜杜·索迈德·欧贝德位于宰娜白女士大街的家里,度过了几十个夜晚……我们把鸦片膏卷进烟里，我们对这件事情再三讨论。往往一连好几个月，我们中谁也没见过彼此，然后突然又开始频繁地见面。这种情况通常是起于穆赫泰尔给法赫米打电话，然后娜兹凯接到电话，请他过来喝茶，于是穆赫泰尔便开始召集我们所有人。他内心火热，意志坚定，语气诚恳，态度坚决，无论再远都能把我们召唤过来。无论聚会是在他家还是在别人家，所有的花费都是他负责的，因为他总是表现出一副很富有的样子，似乎完全不需要向别人借钱花。他总是显得活力四射，兴致勃勃……

他除了微薄的薪水，还能拿到不到百分之十的流动报纸广告赞助费。这对他远远不够。是的，但这对他而言完全不是问题。他还有另外的独立抽成,这是除了他之外别人都得不到的。至于寻找那些要刊登广告的报纸，对他而言不过是小事一桩。他手中握有一份全国各地所有报刊的许可证清单。他知道哪份报纸暂停一年发行，那么它的授权就自动作废了，除非重新获得一份新的许可证，否则它就无法继续发行，但这是一件相当困难的事情。因此，那些报纸所有者往往每隔几个月，就得假装出版一期报纸，保证许可证继续有效。毫无疑问，要是能够把许可证定期租出去的话,这些所有者肯定会激动死了。所以，穆赫泰尔对所有的这些所有者都了如指掌，对他们的资产、性格以及社会地位了解得一清二楚。每隔一段时间，他就租上一个许可证，用自己从广告费中挣到的巨额收入发行几期他自己的杂志。他总是能用神奇的魔法拉来大量的广告赞助，尤其是在国庆等大型节日的时候，没有人知道他到底有什么能量。由于他坚持不懈的努力和出类拔萃的才能，每一位商人或有点社会地位的人，无论他们来自什么类型的国营或私有企业，只要他们愿意，便都可以以他们的名义刊登祝贺信，向国家总统和自由军官里的革命人士表示祝贺。并且是刊登在传播范围最广的报纸上，这是连最有势力的国家机构也无能为力的事情。而且，即将出现在他的杂志页面上的盛大节日，对他本人也是一种保护，会让自己的对手未战先怯。他凭借自己这种独一无二的能力，频频向革命人士示好，向他们表达了广泛的民众支持……

在这些纷纷扰扰的事情之中，他最关心的还是与来信的仰慕者之间的关系问题。他总能找到时间来放松心情，变身为一个理想的、道德高尚的、感情炽热的女人，给仰慕者们写回信。这些仰慕者在来信中直言不讳，想要和她交好，甘愿为她付出最昂贵的代价。

但是娜兹凯是唯一给出了最理想的解决方案的人。她提出了一个另辟蹊径的好主意，虽然有点戏剧性。这个想法也反映出潜藏在娜兹凯内心深处的梦想，要么就是成为一名像艾米娜・里兹格[①]一样的著名话剧演员，要么就是成为一名像姆菲黛・阿卜杜・拉赫曼[②]一样的大律师，要么就是成为一位像胡达・海尼姆・沙拉维[③]一样的女权领袖……

那的确是一个奇妙的画面……

穆赫泰尔本来正在准备为马吉达庆祝她的十三岁生日。根据娜兹凯的建议，他通过特别的信件向那些人发出了特殊的邀请……也就是小册子里每一页纸的主角。这是他第一次向他们发出这样的邀请……他们全部都盛装出席了。在这样一个诡异的宴会上，当他们——也许是第一次——见到彼此的时候，全都震惊不已。当娜兹凯出场的时候，他们所有人都失去了平衡，歪着脖子，张着嘴，慌张而带着些迟疑地转向了这个楚楚动人

① 艾米娜・里兹格（1910—2003）。

② 姆菲黛 阿卜杜・拉赫曼（1914—2002）。

③ 胡达・海尼姆・沙拉维（1879—1947）。

的女子，色眯眯地盯着她，每个人的眼睛里都充满着嫉妒、憎恨和紧张。他们以前从来没有见过马吉达，以为这就是她……他们每个人的神经都紧绷了起来，虎视眈眈地盯着她，生怕她的所有权落入别人之手……

但是她镇定自若，一颦一笑间风情万种，活力四射，女人味十足。她来到楼顶中间的台子上。这个楼顶已经张灯结彩，布置得妥妥帖帖了。当然，这是一个承包商负责的，这方面最好的就是Groppi商行。娜兹凯作了一番演讲，她的语言像诗歌一般优美。她在演讲中感谢大家对自己的厚爱，感谢大家拨冗前来共同营造的这个令人倍感温馨的氛围。她也表示，这彰显了人类的伟大、人性的温暖、人类发明创造的无穷的想象力，她深深地爱着这些，她将终其一生寻觅这些美好的事物，今晚的宴会就是最好的证明……

"亲爱的朋友们，这个故事真是太有趣了！并且，这真是个美丽的故事！今晚，大家能够在此欢聚一堂，认识彼此，为彼此带来快乐，这就足够了！我尊贵的朋友们，这真是太棒了！你们所有人都爱着马吉达·穆赫泰尔·哈米德·古莱图小姐！多年来，你们向她吐露真心！你们从过去那些烦恼中解脱了出来，在那些最为窘迫的时刻得到了宽慰，是因为有人以海纳百川的胸怀在倾听你们的诉说！尤其是那还是一位你们心爱的小姐，你们能从她的回信中感受到温暖、真诚和稳重！那么现在，是时候由我来向你们介绍这位令你们怦然心动、魂牵梦绕的小姐了！！"

她用手指向一个昏暗的角落，于是一个青涩娇羞的小女孩走了过来。她走起路来羞答答的，一步一个趔趄。人们再次歪起了脖子，张开了嘴，爆发出一阵阵歇斯底里的笑声。世界突然躁动了起来，就好像世界末日来了一般。女孩站在娜兹凯旁边，娜兹凯把手搭在她瘦弱的肩膀上，说：

“这位小姐就是马吉达·穆赫泰尔·哈米德·古莱图！正如你们所见，她还是个孩子！也许你们中大多数人的女儿的年纪都和她差不多，或者比她小一点！那么这怎么可能发生呢！这个滑稽的传奇故事的真实编造者，他能像你们讲述关于她的一切！他就是穆赫泰尔·哈米德·古莱图先生，马吉达小姐的父亲！！”

她向穆赫泰尔伸出手臂。当时穆赫泰尔正坐在前排，低着头，羞涩无比。他站起来，趔趔趄趄地走到娜兹凯身边，站在了摆放着一个大大的多层蛋糕的舞台前面。他向所有来宾表示了欢迎，说自己倍感荣幸，也解释了一大通自己之所以这么做的理由，表示自己很早之前就想向大家坦白一切，想从传统的桎梏里解脱出来，想找到一位亲密无间的朋友，想……所有的眼睛都惊讶地聚集在他身上，仿佛他是一件稀世珍宝一般。他请求大家允许他保留所有的这些信件，因为他是这些信件的真正收件人，他也一一对它们写了回信。等他老了，这些信件就是他用来聊以自慰的寄托。他也承诺，他会对这些信件的内容完全保密，不会给别人看。然后，他就向大家告辞离开了。大家在娜兹凯的带领下，开始唱生日歌，接着，吹灭了蜡烛，大家欢乐地鼓起了掌。然后，他们每人端着一块蛋糕回到了原来的座位上。再然后，大家便开始觥筹交错，推杯换盏。录音机就在这些明星们的手边，于是，播音员开始主持，诗人开始吟诗，文学家开始即兴演讲，演员开始表演小品。这个夜晚真是令人难以忘怀。

我惊讶地发现我们已经坐在了共和大街的咖啡馆里，我对穆赫泰尔说：

“咱们现在是在什么地方呀？你知道吗，我刚刚还和短脖子的法赫米·阿齐兹在一起。我昨晚就住在他家里！”

他说：

“我好几个月没见过他了！这期间我也没给他打过电话！”

然后他意味深长的补充道：

“我也不想联系他！你知道的，我视友谊如命！我可以为朋友两肋插刀！只要看到我的朋友们高兴，我就高兴！那是我最大的幸福！”

我说：

“当然！当然！你对我们所有人都很好！只要有你在，我们中的任何一个都没花过一皮亚斯！你的慷慨，你家的门槛和我们的脚趾头都可以作证！谁否认这一点的话，要么他就是个卑鄙小人，要么他就是被抹去了记忆！”

他羞愧得面红耳赤，额头上直冒汗，于是又重复道：

“不用客气！不用客气！我只是做了我该做的而已！”

我马上说：

“但是，这话从何说起呢？”

他凑近我的脸，好借我的烟点燃自己的那根，烟里的鸦片味道扑鼻而来。他说：

“我真是对这个人厌恶至极！我也不想说这种话的！但是！但是，无论如何，你要原谅我！没关系！你给我们找个另外的开心点的话题吧。你的短篇小说和散文怎么样了？至今还没有被什么报纸或杂志社看上吗？我们在报纸杂志版面上见到的那些名字，以及坐在编辑大厅里的那些人，适合他们的地方只有酒吧夜店和马戏团！像你这样的人才应该在这种战争中拥有一席之地！”

我感觉事态要比我了解的严重得多，我说：

“我还是希望你能向我吐吐槽，好让你自己别再为这只卑鄙的老鼠烦心了！我收回以前对他的看法，亏了我以前还拼命维护他的清白！现在，每一个认识他的人都发现了，他总是不择手段、想方设法地在别人身上、头脑里和心里的每一个角落为自己寻找庇身之所！只要别人稍不留心，他就会用尽奇思妙想来伤害别人、毁灭别人、捕获别人！老鼠通常都是不长记性的，它们总是会落入同一个陷阱里。但是这只沙漠里的老鼠，却善于从各种陷阱里脱身！老鼠药也杀不死它，由于它吃的多了，身体产生了抗体，变得百毒不侵！它简直就是虚伪、居心不良、内心阴暗、灵魂空虚的典型！”

就像是我给他注射了愤怒和勇气一样，他扬起眉毛，义愤填膺地说：

“设想一下，这么一只禽兽竟然出现在了我女儿马吉达的生日宴会上！他一回到家，就对着娜兹凯一顿痛打，就像是用藤条、破布和滚烫的手掌在抽打一头死驴一样！以至于都快把她打毁容了！但是，他也的的确确把她的一根肋骨打断了！我的女儿像往常一样去看望娜兹凯！娜兹凯才对她说了这些！她说，他之所以这么对待自己的原因，是由于他的不自信！他嫉妒心理太强了！我想告诉你的是，他的内心深处，其实认为自己配不上娜兹凯。他非常确定，只要娜兹凯在任何地方和真正的男人一接触，他的缺陷和卑鄙无耻马上就会显露无疑！仿佛她立马就会抛弃他！设想一下，仅仅是因为她提出了举行晚会的想法，他就这么惩罚她！仅仅是因为她主持了这个晚会，他就对她这么暴力相待！这个禽兽难道忘了娜兹凯曾经的梦想就是成为一名电视主持人么！她年轻的时候可是大多数学校活动社团的成员啊，可是他却粗鲁地不让她继续参加了！我不知道，以娜兹凯的智慧，她怎么可能还没有发现他的禽兽本质！无论如何，我相信，她一定很久之前就发现了这一点，只是她太理智了，她知道反抗也只是以卵击石。她只好努力说服自己去接受一个青涩的农村女孩的命运！我很了解娜兹凯，因为从小到大，她都是我的邻居！我的女儿马吉达很喜欢她，总是逼着我跟她恢复联系！马吉达也经常告诉我娜兹凯所遇到的困难！但是！你想过他如此粗鲁残忍地暴打娜兹凯的真正原因吗？！”

“当然没有！”

我这么回答。于是穆赫泰尔伸出手打开钱包。就算是在家里，他的钱包也从不离身。我以为他是要给我一份文件，结果他掏出了一个小药管。我们所有人都认识这个东西，只要我们一见到他，便都对这个小管子趋之若鹜。那里面总是装着各种镇静药丸、壮阳胶囊和热身药片，还有一些增强记忆力和改善视力的药。他把药全都倒在手上，从中挑了一粒小药丸、一颗胶囊和两个药片。他自己留下了那粒药丸，把剩下的都递给了我，说：

“你把这些药装到口袋里，在晚上你想要达到高潮却又力不从心的时候就服下它！”

接着，他把那粒小药丸递给了我，说：

“至于这个，你现在就马上吃了它，好让你在听完我即将告诉你的原因之后，能够保持镇定！”

然后，他拍了下手，要了一杯茶和一杯冰水。他像平时想要大笑时一样，咧开嘴角露出牙齿，因为通过这么一个动作，他就能克制住哈哈大笑的冲动，而变成一种轻声的纯净的笑声，这时他脸上的褶子就像是翻滚的茶水水面一样。当他看到我吞下药丸之后，便从一个银色烟盒里掏出两根香烟。烟盒的旁边放着一个打火机。他先给我点燃了烟，然后给自己也点上了。他津津有味地吐着烟圈，似乎完全忘记了刚刚的话题一样。他眼前一片朦胧，眼里布满了沉重的悲伤。接着他朝我转了过来，给了我一个苍白的微笑，这个微笑就像是来自悲伤遗憾的海洋一样。他说：

“这件事很简单！我希望你能够冷静，放宽心，别太激动了！娜兹凯逮住他厚颜无耻地调戏我女儿马吉达了。那是在一个星期五！他那时烂醉如泥！他的脚下还躺着一个葡萄酒瓶子，大口喝酒！马吉达像往常一样，和他坐在书房里，满脸崇拜地、兴致勃勃地听着他给自己吟诵他最新创作的诗歌，或者是任何一首诗！娜兹凯当时正在厨房准备午饭！偶然间，她站在了正对着书房门的厨房门口！她听见法赫米正在给马吉达念一些《歌谣集》里的淫秽色情的诗句，这些诗歌描述的都是各种直白裸露的性行为，并且提到了很多性器官的名字！听到这些诗句，任何一个女人都会面红耳赤，更何况这个纯洁的女孩马吉达了！娜兹凯张皇失措，心想她丈夫一定是疯了，才会在家里如此大声地念诵这些淫词艳语！她把头靠近门缝往里看，看见我的女儿蜷缩在一把椅子上，像只张牙舞爪的野狗面前受惊的小猫！然后他合上书，开始赤裸裸地挑逗我女儿！刚好这时我女儿看到了门缝后面娜兹凯的脸，于是马上颤抖着站了起来，向她大声求救：阿姨！她马上朝娜兹凯跑了过去，扑到了她怀里！娜兹凯抱住她，用利剑一般的犀利眼神死死地盯着他！她怒不可遏，厉声责骂道：你有病吧？你肯定是有病！天呐，太丢脸了！然后她把哭得稀里哗啦的马吉达带到了卧室！第二个星期五的时候，我女儿马吉达还特意去看望了娜兹凯阿姨，好确定她没出什么事儿！娜兹凯告诉她，生日宴会那天，法赫米不仅强行和自己发生了关系，而且还诅咒她的清白，对她拳脚相加！！”

由于愤怒，他重重地吸了一口烟，仿佛是在吸法赫米·阿齐兹的血一样。法赫米·阿齐兹本是他付出了最真挚、最纯粹的友谊的发小，可是他却将自己的真心糟践了。他看上去似乎已经如释重负了。能找到一位共同的朋友来倾诉这个秘密，真是再好不过了。这时，他又点燃了一根烟：

“你还记得最后一次，我们在艾哈迈德·艾布·阿麦沙的儿子泰米尔生日宴会上吗？那大概是一年或者比一年稍微少一点之前的事儿了。因为我们只在艾布·阿麦沙家庆祝过一个节日！”我看见我们正坐在艾布·阿麦沙家的书房里，坐在这里的人有古莱图、法赫米、阿卜杜·索迈德、艾布·阿麦沙、画家塔希尔和我。法赫米的妻子娜兹凯、阿卜杜·索迈德的妻子娜兹凯（另一位娜兹凯）、艾布·昂麦沙的妻子鲁宰、马吉达和她的姐妹们，正坐在隔壁的一个房间里。这两个房间中间隔着一个走廊，走廊尽头是这两个房间所共用的一个长方形阳台，它的长度刚好是两个房间的长度。从这个阳台上，可以通过一扇门进入这两个房间的任意一个，一个向左转，一个向右转。通常，法赫米·阿齐兹都会选择坐在面对着这个阳台的座位上，这样的话，谁进来了，谁在上面走动，或者谁坐在那里，都可以一览无余。显然，阿卜杜·索迈德·欧贝德也同样喜欢坐在这个座位上。他拖着短粗的身子走了过来，挥动着指间夹着一根长烟嘴的右手，表示自己想要坐在这里，因为这里空气比较好。于是，法赫米·阿齐兹给他上了深刻的一课，教育他只有长期坐在这把椅子上的人才有资格坐在这里。就像我们所知的，他们俩都在胡扯。我们所有人都心照不宣，尽管阿卜杜·索迈德·欧贝德是这里所有人的朋友，但是他却是这里唯一不让别人看到自己妻子的人，就算是发小也不行。虽然他自己却堂而皇之地观看着别人的妻子。并且，通过小道消息，我们也知道，法赫米一生都想见一眼自己发小阿卜杜·索迈德的妻子，也就是第二个娜兹凯，甚至还希望和她独处。但实际上，对他而言，见到她也不是难事。当然他也是经过了很多年才断断续续看全她整个样子的。就像抽丝剥茧一样，第一次，法赫米偷偷地瞄了一眼她的整张脸，第二次，偷偷看了她的眼睛，第三次偷偷看了双腿，第四次，也许他的目光就停在了她转身后翘起的臀部中间，或者是正面相对时她的酥胸之间。他看得忘乎所以，贪婪的目光紧紧盯在她的身上。甚至他还会故意去他家问阿卜杜·索迈德在不在，尽管他早就知道他不在家。每每这时，他就会借口说自己正在这附近的地方出差，就想过来看看他们的情况，好对他们放心。他这么做并不是为了别的，仅仅是为了让娜兹凯亲自为他开门，这样他就可以装作不经意地一睹她的芳容了，并且还可以像平常和女性交谈时那样和她简单地聊上几句。这种时候，他内心肯定在说："离开你们的丈夫吧，投入我的网罗中吧，我是耀眼的明星，英勇的骑士，只有我才能满足你们，给你们带来欢乐。"对于这些消息，我们总是热衷于乐此不疲地相互转告着，直到有一天，当我们在艾布·阿麦沙的家里夜聊时，他打趣地说："我要是阿卜杜·索迈德·欧贝德的话，我就休了自己的妻子，以避免引起骑士们的好奇。"阿卜杜·索迈德·欧贝德认为，法赫米·阿齐兹选择之所以这把椅子，就是为了观赏自己正在阳台上和其他女人们聊天的妻子。因此，他不希望给法赫米这个机会。法赫米·阿齐兹则认为，阿卜杜·索迈德·欧贝德之所以选择这把椅子，其实是为了欣赏艾布·阿麦沙的妻子鲁宰。因为他已经被鲁宰迷得神魂颠倒了，尽管他的妻子是另一个娜兹凯，美丽动人，身材窈窕，赤褐色的肤色，五官精致。但他一看到鲁宰像只鸭子一样摇摇摆摆走过来时，就被迷得七荤八素，重心都不稳了。鲁宰中等个子，身材稍微有点丰满，臀部很翘，两瓣屁股又大又软，肚子很紧实，腰肢纤细，圆圆的脸红润有光泽，就像一盘水果似的，两只眼睛又大又黑，总是能从中喷涌出一种神奇的淫欲。关于这一点，当艾布·阿麦沙背过身去给我们端茶的时候，法赫米·阿齐兹把这解释为饥饿："年轻人们，这个女人是饥饿难耐呀！我们的兄弟艾布·阿麦沙疲软，根本指望不上！"所以当艾布·阿麦沙突然进来的时候，法赫米舔了一下那两片干裂的嘴唇，用幸灾乐祸的眼神看着他。艾布·阿麦沙像根被风吹的树枝转过身去，然后坐了下来，重新开始卷烟。法赫米·阿齐兹凑上去不怀好意地问他：

“兄弟，这几天你做了没？还是你已经硬不起来了？”

艾布·昂麦沙给了他一个带着点沮丧、屈服和无奈，同时又带着坚定的敌意的眼神，说：

“兔崽子，我做什么了？我啥都还没做呢。”

于是法赫米·阿齐兹打趣地说：

“显然你什么都没做！”

法赫米·阿齐兹自己哈哈大笑了起来，伸出手想要和艾布·阿麦沙握手，艾布·阿麦沙只好冷淡地伸出手，勉为其难地碰了一下这位朋友的手掌。法赫米·阿齐兹说：

“不然我们一起做一次，互相比较一下，看看到底谁更强！”

阿卜杜·索迈德·欧贝德说：

“要是我们能交换女人就好了！”

大家瞬间爆笑起来，可是穆赫泰尔·哈米德·古莱图却歪着嘴，用嫌弃、憎恨的眼神看着他们。

在咖啡馆里，穆赫泰尔正坐在我面前，紧闭着嘴唇。他说：

“你还记得我们最后一次在艾布·阿麦沙家里的时候吗？！”

“当然！”

“那天晚上，我一直注意着法赫米，我发现他一直盯着鲁宰看！一直看着她走向厨房！然后他站起来说自己要上洗手间！于是艾布·阿麦沙也站了起来，给他指了指洗手间的方向就回来了。法赫米从洗手间出来经过厨房门的时候，故意放慢了脚步好看见鲁宰！然后他停了下来，和她窃窃私语了至少五分钟！这只老鼠竟然在我眼皮子底下作恶！这个姑娘可是把我视作父亲的呀，因为我曾经是她的媒人，是我带着艾布·阿麦沙去向她父亲提的亲！要是没有我的话，她父亲绝对不会答应这门亲事的！我知道这姑娘轻浮成性，放荡不羁，是在镇上一条名声不佳的街道上长大的。她完全是那种俗语中所说的靠谱的人，奈何成长环境不好！我相信，艾布·阿麦沙不仅将所有的夫妻义务全都履行了，而且每天夜里也能让她欲罢不能！也许，白天的时候，她能在他面前趾高气扬，张牙舞爪，但是一到夜里，只要他一抚摸她的屁股，她就完全缴械投降了！她不是个荡妇，但是她头脑简单，经验不足，而且是个长舌妇！每个周五，不是她到我们家来，就是马吉达的母亲到她家去，教育她如何开化，如何尊重自己！要不是这样的话，她早就从我们朋友那飞走了！”

我问：“法赫米在厨房前和她干了什么呀？”

他说：

“这个姑娘从来都不会对我隐瞒任何事情，我在第二个星期五问她了，她告诉我法赫米约她在一个偏远的地方见面。你觉得这个奇怪的男人是想干吗？再次请你冷静一点！这个事情的起源就是有一次鲁宰站在阳台上对他点头招手，于是他就走了过去，结果发现鲁宰正和一个站在对面的后街的阳台上的青年在眉来眼去，于是法赫米马上私下里联系上了她，告诉她自己发现了她的秘密！暗示她自己很早之前就开始跟踪她了，对她了如指掌，并且，他记得一些关于鲁宰小时候在镇上的流言蜚语，所以他把这些都告诉了鲁宰，作为证明她恶劣行径的证据。你能想象么？这姑娘向我承认，自己背着丈夫私下里和法赫米·阿齐兹见了两次！第一次是在尼罗河宫娱乐城。第二次的时候，法赫米向她提出，要一起去他一个住在花园岛上的朋友家里拜访，但是她很害怕，巧妙地逃掉了。最近一次，我们大家在一起的时候，法赫米又向她提出了这个要求，但是鲁宰威胁他说，他要是继续这样纠缠下去就要告诉她媳妇儿！她现在就像是身处磨盘之中，她担心告诉丈夫的话，那么肯定就悲剧了。但是我承诺了她，我将会艺术地去把这件事情处理好！”

他站起来拍了下手掌叫服务员，深深地叹了口气，然后问了我一句话：

“你找到住的地方了吗？”

我撒谎说：

“我现在临时住在凯鲁特·贝克大街上的埃及国旗旅馆！”

他似乎发现时机已经成熟了，是时候说服我接受他的建议了，说：

“你就从文学的魔爪里逃出来吧！你会成功的！在我们国家，文学当不了饭吃！听我的劝，来帮我干杂志广告和编辑的事儿吧！我向你保证，要不了几年，房子、妻子、车子，你就都有了！”

“我考虑一下再答复你！”

“无论如何，下周五你得来我在古埃及区的家里。艾布·阿麦沙和他妻子也会来，还有塔希尔，还有我同事埃德海姆·哈比卜，到时候我们一起吃个午饭，然后抽几根烟！你必须得来！”

“如果安拉同意的话，我会来的！”

“你可以睡我妹夫那里！”

"我会来的！"

他向我告了别，我们互相贴面亲吻了对方，然后我俩就朝着两个截然相反的方向离开了。突然，他停下脚步，转了过来：

"听着！你现在还有什么事吗？！"

"没啥事！"

他笑着说：

"那你现在陪我一起出一两趟差怎么样？！要是安拉对我们慷慨的话，那你的佣金飞快地来！相较于跟我在一起，你再也找不到挣钱更多的工作了！要是安拉眷顾，你还能说上一两句精明的话，那就更好了！要是我们有两个人，那么广告商在我们面前就认怂了！要是我们有三个人，广告商干脆就倒下了！跟我一起走吧，我们花上一天的时间，既工作了，又游玩了！"

"我都没关系！"

没有任何抵抗地，我就跟着他走了。

大街上，似乎万事万物的目光都聚焦在了我俩身上。我感觉，疲倦就隐藏在每一个场景后面，隐藏在每一个脚步下面，蓄势待发。要不是街上过于拥挤，我的脑海里一直忙着思考几分钟之后，当我们与某个商人，或某个小公司、小工厂的经理，甚至是小商铺和库房老板斗智斗勇的时候，可能会发生点什么的话，那它们随时可能朝我们猛扑过来。我们和那个人一样坐下来，故作架势地跷着二郎腿，抽着烟，再要上一杯咖啡，然后我们就可以和这个人开始斗智斗勇地谈话了。刚开始的时候，我们通常都会和对方聊一聊他所从事的职业的烦恼，以此来打开话题，尽管事实上，我们也许对这样或那样的职业一无所知。

但是我们会凭借自己的聪明才智，从对方的话语中获取该行业的信息和秘密，然后再用这些信息和秘密去回复对方。我们讨论粮食缺乏、原材料不足、劳动力膨胀、市场萧条，总之就是那些对于我们而言，很容易就能和对方搭上话，并且引起共鸣的大众话题。这样的话对方很快就能加入到我们的阵营了。但是，面对一个从事皮革、肥皂、刀具、玻璃、铝合金、甜点等贸易行业的人，我们要怎么才能在对经济危机都不怎么了解的情况下，宣称自己来的目的是为了在报纸上保护他们在这场巨大的危机中免遭损失呢？这就是穆赫泰尔·哈米德·古莱图和他的同伴们的过人之处了。他仅仅需要随便找到一个想要打入某行业市场的商家，谎称是没有目的地随便坐一坐，聊一聊，期间表现成一个真正忧心私营工商业问题的记者模样。这样一来，他便能从那个商家那里掌握该行业所有的秘密、套路和尔虞我诈的方式，然后他再装模作样地给别人拍几张照片就告辞走人了。所以在下一个商家面前，他就胸有成竹了，对该行业的所有问题全都了如指掌，信手拈来，宣称自己完全能够通过报纸行业来解决这些问题。最后，对方便会请穆赫泰尔为自己在给总统的贺信旁边，或者别的什么场合给其他阿拉伯国家的贺信旁边安插上四分之一页、半页或者一整页的广告。当然，通过谈话时的接触，穆赫泰尔就能估计到对方究竟想要多少版面的广告。所以他说，一开始的闲聊是免费的，至于广告，才是要付钱的。最后，商家便会心满意足地给他交了广告费，因为穆赫泰尔早已给他做好充分的心理准备了……

我实在是不喜欢这份工作，因为我内心感受到强烈的罪恶感，毕竟我们让别人支付了原本并不需要支付的大笔的钱。也许，别人一听到总统或者自由军官的名字就吓得不轻，立马跑去借钱了。也许人家只是个单纯善良的人，真心实意地和我们坐在一起，诉说着岁月的磨难、时代的残忍和生活的艰辛，以至于我们几乎就想要倾尽所有去帮助他，好让他停止说这些令人心痛的话了。这么几趟下来，为了支付旅馆钱，我在穆赫泰尔的催促下也加入了他们的队伍。但是，和穆赫泰尔·哈米德·古莱图一起行动，的的确确也是一种乐趣，因为他和团队其他人不同，他讲人道主义，彬彬有礼，内心纯净，智慧机敏，工作认真，从不夸大其词，也绝对不欺骗别人，他总是追求尽善尽美地把话题展开，也常常用挂号信给商家们寄去几本杂志，逢年过节的时候，他还会给商家们寄节日贺卡。所以只要是他说的话，商家们肯定都会相信。并且他也接受延期付款，同意在广告刊登结束后再付清尾款。他完全相信自己能够轻松地拿到这些钱。一整天，我们都游走在各大城区、各大城市、各大省份的大街小巷里，每走几步，穆赫泰尔就会停下来，仰起脑袋聚精会神地看着那些广告牌，或者从口袋里拿出一沓子折叠起来的纸，上面是他从各大机构、单位和商会发行的电话指南、商业指南或工业指南上抄下来的地址。他如果选定了某个地址的话，就会温柔友好地拉起我的手，快步地往那走。那两条大长腿加上一整套西装，令他看上去就像是一只螳螂一样。走到咖啡馆的时候，他就会停下来，要上一杯茶，点上一支烟，然后打开公文包，拿出本子记上一些想法和笔记，他说：

“朋友，你看，我们要去见的这个人是一个管道公司的董事长，见他的时候我们可得机灵一点儿！我们必须拿下不少于两页的广告！一半现在付现金，一半等出版之后再付钱！现在，我们得好好准备一下如何攻破他了！切入点在哪呢？要怎么打开话题呢？我们此行的目的怎么说呢？我们要和他聊点什么呢？”

就这样我们在咖啡馆里讨论了将近半小时，就像最出色的演员一样，我们轮番交换角色进行预演，我当董事长，他当来访的记者，或者他当董事长，我当公司的财务和行政经理，也就是可能随便找个理由来拒绝我们的人，要是这样的话，我们就只能无奈地出去吃晚餐了。当我们感觉万事俱备，这个猎物已经逃不出我们的手掌心的时候，我们站了起来，像街头混混一样走在大街上，肆无忌惮地哈哈大笑着。等到我们走到公司大楼附近的时候，我们马上站直身子，整理一下衣服，摆出一副一本正经的样子。我们对办公室主任或者主任秘书微笑了一下，让他转告董事长记者团已经到了，正在等待会见共同商讨一件重要的事情。通常情况下我们马上就能进去了。我不记得，我和穆赫泰尔一起去的能用一只手的手指数过来的几次类似谈判中有哪一次是失望而归的，所以我们肯定会带着结果离开，就算不是我们所期望的结果，也至少是令我们满意的结果。

我们走进了一个更加拥挤的人群。我猜想，穆赫泰尔肯定是要去拜访藏在这些狭窄的街巷里的某个鞋子作坊。我想起来，我们已经走了好久了，这一路上穆赫泰尔都在反复复习着一些资料，我本来想要和他说话的，但是好多人挡在我们中间。我被人群推着往前走，他跟在我身后，我一直能感觉到他的影子就跟在我身后，所以他肯定是能追上我的。

突然，我看到自己走到了一家大烟馆的门口。这家大烟馆是我多年来经常光顾的地方，我和这里面的伙计之间有着许许多多亲切地回忆。似乎，我之所以走进这条巷子，就是专门为了到这家位于杰麦利耶老区的秘密拐角里的大烟馆来的。似乎，我从来没有一天不到这里来一样。然后，我看见自己坐在了角落里的一把藤椅上，我相信，鸦片贩子现在正在斜坡上的一根隐蔽的柱子后面给我准备茶水和水烟呢。当鸦片贩子把茶和水烟放到我面前的时候，我惊讶地发现穆赫泰尔·哈米德·古莱图急匆匆地走了过去，挽住了他的好朋友艾德海姆·哈比卜的胳膊，并开心地聊了起来。我坐立不安，准备站起来热情地迎接他俩，可是他们径直从我旁边走了过去，完全没有发现我的存在。我感觉自己已经很长时间没有见过穆赫泰尔·哈米德·古莱图的儿时好友了，但同时，我又感觉不久前才刚刚见过他一样，只是不记得是在哪里见的了。我站着喊了出来，但我的声音消失在了一片喧闹的海洋里。我要鸦片贩子帮我留意一会儿，然后我就一边小跑着过去，一边喊了出来："艾布·马吉达！穆赫泰尔先生！"但是，似乎他俩已经被吞没在了某条支巷里，或者他俩消失在了某栋楼里。于是我只好调头回去，我感觉，如果穆赫泰尔听到了我的声音的话，肯定会发生点有趣的惊喜。然后，我坐在了同一个区另一条巷子的另一家大烟馆的椅子上，我身边坐着一大群记者、演员和文学家。他们都是这里的常客。我惊讶地发现穆赫泰尔竟然也和他的同事一起坐在我身边，显然，他俩是路过的时候碰巧遇到我的。于是穆赫泰尔便抓住了这个机会，委派我给他的杂志写上一则篇幅为四页的广告，也就是手写字体大概二十页的样子。并且他还扔给我几篇短篇小说，几页材料和几本小册子，然后我便用艺术而严谨的手法把它们汇合成一篇文章，读者根本感觉不到自己读的其实是一则广告。穆赫泰尔过去是一名文学家，所以深知要写出出类拔萃的广告需要极大的天赋，不是每个人都像我一样拥有这种天赋的。我欣然接受了他的要求，因为我能感受到，他对我是实心实意的欣赏。他说要请大家的客，于是给大家点了一盘烤肉，几杯百事可乐，茶，以及提神醒脑的鸦片。我们读了一篇文章，不用说，里面全是各种广告人士惯用的响亮的口号式表达，再加上一些夺人眼球的小标题和主页。夜晚渐渐变成了一朵真正的素馨花。穆赫泰尔给了我一张五元纸币，我站起身和他俩一起往卢克门火车站走去。我把他俩送到火车站，然后又回到了大街上。我昂首挺胸地走着，看着眼前这美丽的埃及街道。我的的确确正走在开罗街头，我感觉自己的的确确是个埃及人，这的的确确是我的祖国。睡觉的问题连带着沉重的担忧一下子全都飞走不见了，尽管我现在累得筋疲力尽，但瞌睡也一并飞走不见了。凌晨一点的时候火车从卢克站出发了。现在去任何一家旅馆住都是愚蠢至极的，我还不至于蠢到花一晚上的旅馆钱只睡上三个小时，然后不一会儿之后又得面对流落街头的问题。不，我现在是有钱人，我心情十分愉快，迈着自信的步子，我现在只想找个人说说话，交流交流观点，互相讲讲笑话。我肚子很饱，烤肉的味道还弥留在嘴里，这够我饱上好几天了。有了胃里的这些烤肉，我只要再吃点豆子、炸豆丸子、奶酪、橄榄就会觉得无比美味。我烟瘾犯了。于是我在卢克门路和解放路的交叉路口的“阿卜杜”那买了一盒 Belmont 香烟。我站在那和阿卜杜聊了起来。他是我的一位老朋友，过去是卢克门蔬菜市场二层的一家茶馆的老板，由于实在厌倦了每天招待各种小商小贩和作坊老板，于是把茶馆改成了一家鸦片馆。一群人从阿莱维大街的广播俱乐部、苏莱曼大街的羽毛咖啡馆、解放广场的伊扎维奇咖啡馆出来，到埃斯特朗大楼后面的废墟里的一个妇女——她总是坐在一个大厅里，怀里放着一大袋鸦片膏——那买上一块鸦片膏,然后再来到蔬菜市场楼上“阿卜杜”的鸦片馆里抽水烟，这是多么美好的记忆啊。他对我们总是特别的和蔼可亲。后来他又厌倦了应付警察频繁的突然袭击，他看到很多背着箱子卖东西的小商贩在加沙、利比亚、科威特和沙特都发了财，于是自己也尝试了起来。就这样一次、两次、三次、十次，渐渐地尝到了甜头，于是扔掉馆子跑到楼下蔬菜市场门口的大街上，选了块不错的木板，装了个小棚子卖香烟的汽水，还在里面装了部电话。这部电话每天都给他带来不少的收益。于是渐渐地，他扩大了小铺的规模，卖起了衬衫、裤子、围巾、气球、玩具、新秀丽箱包、打火机、拖鞋等等，这里俨然变成了一个小王国，它的灯光和蔬菜市场大街上的灯光交相辉映。每到黎明时分，当喧闹褪去，整条大街都沐浴在各种水果车、豆子车的煤气罐的火光里，于是“阿卜杜”王国远远看过去，就像是一座独立的小城。你总是能看到一群男男女女站在他的小铺门口排队等着打电话。

阿卜杜请我喝了一瓶冰镇雪碧，我抓住机会给我的朋友马姆杜哈·杰迈勒打了个电话，马姆杜哈接到电话非常欣喜，声音醉醺醺的，和我聊了一会儿，试图引诱我说出自己需要点什么东西。我告诉他今晚自己是个生活小康的有钱人。我放下话筒，把那张五元的纸币给了阿卜杜，他只收了我香烟的钱，然后把剩下的钱找给了我，并用老朋友的口气要我常去看他。

我从他那离开了。突然，我害怕得心跳加速起来。我想起来，我本来应该静悄悄地从这过去，不让阿卜杜看见我的。因为我对他有愧，在他面前我实在是太难为情了。那是因为当天的早些时候，当我从他门口路过的时候，我看见了琳琅满目的烟斗摆在那里。我本来一直喊着要戒烟的。于是我便想用烟斗来代替香烟，这样的话既能省钱，又能减少抽烟的量。但是事实上，我着迷用烟斗抽烟纯粹是为了装逼。这个情结源自农业站站长舒克里·贝克·土耳其。我小时候曾看见他躺在椅子上，戴着顶小帽子，手指间夹着一个烟斗，他一边说着话，一边吞云吐雾，天地间的一切似乎都在他面前战战兢兢地俯首称臣。从那天起，我就一直想尝试一下这种烟，也许，就是这给我增添了一丝威严的气质。我曾经向阿卜杜要求看一下这些烟斗，于是他马上开始给我就材质、品牌通通介绍了一番。我问了他其中一个的价格，他说："一块五！"我又欣喜，又有点无能为力，说：

"你能给我预留一个么？"

他慷慨地说："为什么要预留？你直接拿走吧！"

说完他就拿纸包了起来。我说："我本来想……"

他打断我说：

"先生，什么本来不本来的！等你哪天有钱了，再把一块五拿来吧！"

他一边包，一边仰起头看着我，他的脸看上去特别像著名演员舒克里·萨尔汗[1]。我伸出手接了过来，他回过头对我说：

“你要不要再拿点波斯水烟？一盒六十分，加在一起也就两埃镑十分。晚安！”

他把烟斗连同一包水烟用纸包了起来，说:“先生，再见。”我离开的时候心里想着尽快回来把钱还给他，感谢他的慷慨，感谢他赠予的此种美味。但是很遗憾，我没有回来，因为钱不是那么容易就能挣到的。我只有很少很少的时间口袋里才能有几个钱，有了钱，也像干燥的土地吸水一样，几个小时就花光了，所以我完全忘了阿卜杜的事儿。以至于后来挣钱对于我而言变得容易多了，我也没有想起来这件事情。只是当我在去卢克门火车站的路上经过这条街道的时候，我才突然想起来，于是马上我像触电了一样浑身颤抖，朝着反方向跑走了。我跑得气喘吁吁，感觉自己的头顶上有一团火在熊熊燃烧一般。我现在怎么还敢到这里来呢？我该怎么把这五镑钱交到他手上呢？他肯定已经忘了那件事儿了，这是很有可能的，不然的话，他怎么还能这么友好热情地招待我呢。

我飞速地奔跑着，根本顾不上呼啸而过的汽车，三步两步就跑过了花园街，跑进了一条小巷子。这条巷子很短，通往胡达·沙拉维大街。Stella 啤酒商店的老板萨特勒已经把卷闸门拉下来了一半，正在做最后的整理。我看向邻街的那面窗户，发现窗户旁边坐着一个年轻人。他穿着衬衫和长裤，戴着一副眼镜。他面前堆着一摞书和杂志，还摆着好几个空的啤酒瓶，一瓶还剩一半的科纳克白兰地。他一副醉醺醺的模样，咧着嘴笑着，嘴里还嚼着羽扇豆。我想起来，我在一些报纸机构和羽

---

① 舒克里·萨尔汗（1925—1997）。

毛咖啡馆多次见过他，但我却并不知道他到底是谁。尽管他每次见到我总是笑容可掬，就差邀请我一起喝上一杯了。我对酒并不感兴趣,但我却很想知道这个人到底是谁。我现在有钱了，所以才敢站在窗外跟他打招呼。他对我笑了笑，示意我进到里面去。我走了进去，他站起身来，摇摇晃晃地走过来跟我握手，我扶正了他。他拿起酒瓶给我倒了一杯，我婉拒了。这时，我发现自己已经变成了他的责任，今晚也许会以不愉快收场。于是我站起来，轻轻地走了出来，并没有让他察觉。当走到另一扇门的时候，我撞上了正从洗手间出来的法赫米·阿齐兹。他邪恶地一笑，把我带了出来。他说，他刚刚就和这个写过很多固执己见的文学评论的记者坐在一起。对方请自己喝了好多酒，都喝得神志不清了，他担心自己要负责把他送回家，又或者会因为他和酒吧里的伙计打起架来，于是决定偷偷溜走了。法赫米·阿齐兹说完就消失不见了，我不知道他是怎么溜走的，也不知道他去了哪里。

当我来到苏莱曼大街的时候，我以为阿卜杜正在满大街地找我，肯定想起来我欠他的账了……于是我加快脚步朝铁门那的埃及站餐厅走去，这次我得像那些体面的人一样买上几份报纸，点上一杯咖啡，再点上一杯加奶的红茶。我要清醒地坐着，好让服务员相信我不是来这睡觉的。等到黎明的时候，我就能去凯鲁特·贝克大街上找一家旅馆租上一个床位午睡几个小时。晚上我就出去参加夜聊，再回来好好睡上一觉，一直睡到第二天早上。

这时，我穿着背心和短裤正躺在一张单人床上。这间屋子又小又破，由于常年的潮湿，墙上的漆早已脱落了，于是墙上出现了各式各样的图案，若隐若现的恐怖的恐龙和祥龙的图案。我的床旁边还并排放着一张空床，我的床上摆着一个没有一点厚度的枕头，一床灰白的床单，肥皂香味中混杂着汗臭味，床单下面是一个很薄的床垫，以至于铁床架硌得我骨头都疼了。我身上盖着一床行军被，裤子和衬衫挂在墙上的衣架上，悬在我的头顶。至于我的钱和手表，则连同我的身份证都放在了保险柜里。显然，我和这张床、这些墙、这个挂在高高的铁架、这个发着暗淡灯光的电灯，都有着固若金汤的联系。我脑袋旁边是一个深色的床头柜，上面放着一杯水。床头柜的上面有一扇临街的窗户，上面部分打开了，下面部分紧闭着。所以街上的喧闹声、水流声就像从我头顶发出的一样。经过无始无终的漫长的行走，我大腿里的每一根血管都精疲力竭了。我就那么四仰八叉地躺着。尽管如此，我还是发现自己的下体诡异地坚挺了起来，身体里燃起了一股势不可挡的欲望。我的脑海里浮现出一个圆脸的女人，我总是能看到她在某个我想不起来的地方站在窗户后面看我。我闭上眼睛，把她召唤了过来，让她躺在我的身边。我把自己埋进硬邦邦的被子里，想要看清楚她身体的每一个细节。但是每当我把她的身体成功勾勒出来的时候，法赫米·阿齐兹就会像乌云一样出现在我的脑海中，放下一阵浓烟，把一切都挡住了。显然，我彻底累瘫了，我实在无法联系上这个我总能看到她站在窗户后面看我的风姿绰约的女人了。我放松了脑袋和四肢，任由一阵舒适的麻木感流窜至我身体的每一个角落。

我趴在一个像大泳池一样的东西上，眼睛盯着水底，看到离我好远的地面上铺着好多石子和沙子。一只体型像鲨鱼一样巨大的桂鱼像艘失控的轮船一样笔直地朝我冲了过来。我被它吓坏了，但是它的样子又确实精美至极，五颜六色的，没有鱼鳞也没有刺，但是有两条像人类一样的纤细的圆柱形大腿。它逼近了我，抬起了头。娜兹凯的脸突然浮现在我面前，它就像一个安静而柔和的油灯一样。显然，她在跳着优雅的舞蹈，她的身边围绕着各种各样的、美轮美奂的、我叫不上名字的海洋生物，它们争前恐后地想要粘到这只大鱼的身上。谁成功地粘到了它身上的话，就咬住她一边乳房，贪婪地吮吸起来。然后，大鱼又继续往前划水前进，身后跟着成群结队的鸡、鸭、鹅。我被卷进了浪里。突然，我身后的土地开阔了起来，聚集着一大群黄牛、绵羊、骆驼、驴子和骏马。它们的腿全部淹没在了大片的麦穗、苜蓿、豆苗、玉米、水稻里。我想，我也许下到了尼罗河里，正在洪流中洗澡呢。尼罗河汛期的时候，经常把我的家乡变成一座被洪水包围的岛屿，房子也被冲得七零八落的。不一会儿，水中便出现了一只黑色的鳄鱼，它的样子其丑无比，下巴恐怖极了，眼睛里充溢着无边无际的卑鄙眼神，像帐篷门一样张着一只大嘴。突然，它猛地纵身杂耍般潜进了水里，出来的时候嘴里叼着那条桂鱼，正在艰难地想要把它吞下去，可是却卡在了喉咙上面。显然，鳄鱼的牙齿无法咬进桂鱼的肉里，于是只好愤怒地咬着它左左右右、上上下下地晃动着。河水在悲伤地嘶吼着。然后，鳄鱼就咬着大鱼潜进水底。我努力地搜寻着我们的家，我想起来，我过去总是选择在家附近的池塘里游泳。我抬起头，看向空中，我看见远处有很多高楼大厦和富丽堂皇的花园，它们围城了一个半圆的形状。突然，它们落入了水面，渐渐沉入深不可测的水底。我感觉对面这个看似离我不远的河岸，和我之间有着非常重要而且很严重的利益关系。所以，我必须游到对岸去。是的，无论用何种方式，我都得到对岸去。现在，那里对于我而言，是最后的避难所。显然，我是个游泳健将，虽然我并想不起自己是什么时候学会游泳的了，以至于我能达到如此专业娴熟的程度。我竟然能够毫不费力地浮在水面上。现在，我的首要任务就是把我的脸转向对面，那个在我看来既是第一个河岸，同时也是最后一个河岸的地方。我就快靠岸了。我准备好了最后一跳。但我突然看见那条桂鱼就在我眼前，它的上半身浮在水面上，大理石柱一般的长脖子上两只大眼睛正死死地盯着我。它给了我一个大大的微笑，并用眼神示意我最合适的靠岸点。我发现，它的下半身全部都被藏在水下的鳄鱼咬在嘴里。于是我巧妙地避开了它，直接从它的身边跳了过去,但我感觉到身下的水剧烈地晃动着，几乎快要我把喷出去了。原来是鳄鱼用尾巴狠狠地打了我一下，然后就把我掉过头来抛到了老远的地方，这么一来，我被弄得晕头转向，完全摸不清方向了。我调整了一下呼吸，我能感觉到，刚刚的这一打肯定会在我的身上和心里都留下个痼疾，永远也无法治愈。但是，这也算不了什么，毕竟我离那个看起来是河岸的地方又近了不少。我摆正了身体，沿着与那些大楼和公园平行的线上游了好长一段距离，直到确信自己已经远离了那条上半身是人，下半身是可怕的鳄鱼身子的桂鱼。我开始转过身体,朝着河岸的方向游过去。就在我准备纵身一跳的时候，又看到了那条大鱼虚情假意地看着我。我用诚意满满的眼神看着它，求它放我过去。它摇了摇头，用一种伤心的眼神看着我，伸出一只漂亮的手对我做出“请”的姿势。我动作轻柔地游到了远处，但是身下的水浪还是激起了水花无数，在我头顶下起了毛毛细雨。于是我的眼睛又遭到一记重击，我眼里的世界瞬间变成了一片熊熊燃烧的火海，我像只正在被屠宰的牲口一样尖叫了起来。就在一瞬间，我被水浪击中，沉入了水底，我的鼻腔和胃里都积满了水，感觉快要窒息了。这时，一只强有力的手抓住了我的肩膀，把我从水里提了上来。我终于又渐渐地找回了呼吸。

我艰难地睁开眼，惊慌失措地咳了起来。这时，从天上降下两抹清澈的蓝色，周围还被一排长长的睫毛包围着。我认出来，这是我妻子的眼睛。我在它们中看到了一丝遗憾且难过的神情。她那温柔却又带着责备语气的声音响了起来："你看你自己都做了什么？"我问："什么？"我晃了晃脑袋，好使意识清醒一点。这时我发现自己正穿戴整齐地坐在一把舒适的艾斯尤特式椅子上。我的视线渐渐清晰了起来。原来我正坐在自己家中的书房里。这既是个书房，同时又是客厅和起居室。我看见自己前面的茶几上有一个盘子，盘子上面摆着一杯咖啡。显然,咖啡已经凉透了。咖啡旁边是一份铺开的《金字塔报》，报纸上堆着一堆烟草，一个本子，一个装满了卷烟烟蒂的烟灰缸。烟灰缸的正中央，还静静地躺着一根完整的香烟。其实，这根香烟已经全部燃烧完了，剩下的，只是一道灰烬组成的线而已，看上去就像是它的骨架一样。我妻子在我面前放了一盘番石榴和一串红葡萄。我想起来，今天是我从管理处领取当月奖金的日子。我也想起来，我本想和我妻子共度良宵。毫无疑问，我过去深深地爱着她。但是在我分文不剩之后，我们之间就只剩下愤怒、争吵和歇斯底里了，两人看什么都闹心。我像犯了错一样冲妻子笑了笑,感觉脑袋昏昏沉沉的。于是，我往嘴里塞了粒葡萄，接着又吃了颗番石榴。我的眼睛瞪得大大的，不停地转动着，问道：“如果……来杯咖啡？！”她理了理身上的睡袍，说：“这杯咖啡可以作证，我是为你精心准备的！但你竟然一口都没喝就睡着了！难道这就是你说的五分钟后吗？在等你的时候，我已经读完整本放在床头的《夏娃》杂志了！”我说：“不好意思，还要五分钟！”于是，打扮得光彩照人的她端着盘子走了。我感觉自己应该清醒一点，于是快速走到了厕所，脱下衣服换上了轻薄的睡衣。我把头放在水龙头下冲了好久，然后擦干头发，重新回到书房开始喝咖啡。我卷了两根烟，打算一根就着咖啡抽，一根躺在床上抽，好让我的内心抵达那个介于现实与想象、梦幻与实际之间的地方。每喝一口咖啡，每抽一口烟，我都感觉自己快要碰到那根高高悬挂着的绳子了。似乎我只要一抓到那根绳子，那么悲伤就会消失，喜悦就会降临，一切都会变得美好而充满生机。

我趁那根绳子还没从手中脱落的时候，火速往卧室走去。我相信，只要我躺到柔软的床上，把内心的火熄灭，那么我就一定能死死地抓住这根绳子。我脱下衣服，在床上躺了下来，点燃了第二根烟，迫不及待地连吸了几口。妻子在我旁边用手在鼻子前面左右挥着，好驱散烟雾，以此来表达着自己的不满。我极力不去看她，生怕从她脸上看到任何令我自己受挫的表情。我往旁边挪了挪，尽量让烟雾离她远一点。她却挪了过来，半个身子压在了我身上。我感觉她迫切地想要我，但她的热情却碰了我的冷漠和例行公事。我必须赶快把火灭掉，不能眼里只有这个女人。我把烟蒂摁灭了，躺了下来，抱住这个我深爱着的妻子，这个我想要拼尽全力满足他的妻子。当房间里一暗下来，娜兹凯就出现了，她在床上躺了下来，躺在我和妻子中间。我本应该去触碰她的，但是我却发现，两手中间只有妻子的身体。我感到在炽热的两端中间左右为难，感觉像是要被撕裂了一般。一端是本来不存在却伸出手就可以碰到的，一端是确实存在却又遥不可及的。在这虚实之间的漫长距离里，我喘得越来越厉害，感觉体内有个什么东西在四分五裂一般。它无精打采的，像片秋天里的树叶一样掉落了下来。我试图把它放回原位。我拽紧了它的绳子，死死地盯着娜兹凯的双眼。她有着瀑布一般的头发，温暖亲切的声音。在我几乎就要成功的时候，却撞上了那个本来不存在却伸出手就可以碰到的端点。我失望而归，沮丧地环抱住了自己。我的努力全都无济于事，那根连在悲伤山峰和喜悦海岸中间的神秘绳子断了，彻底消失得无影无踪了，像是从来没有存在过一般。我几乎快要被失望、沮丧和愤怒所吞噬了。我无奈地躺了下来，胸口上上下下剧烈起伏着。这仅仅是因为悲伤，而并非疲惫。

渐渐地，我的呼吸规律了起来，感觉有一座铅一样沉的大山压在我的身上，几乎快要把我完全压扁了。我想喊，但是发不出声来。我想动一下手脚，或者坐起来，但是我的身体完全无法动弹。我消失在了一片漆黑里，直到我看见自己穿着一条泳裤，欢快地奔跑在一片柔软的沙滩上。我看见大海在远处翻滚着，怒吼着，还散发着一股碘酒味。眼前的这一切令我欣喜若狂，我的脑袋和身体全都沸腾了起来。马上我便知道了，原来自己正在追一个女人，她穿着泳衣，像只白蝴蝶一样跑在我前面。显然，我知道这个女人是我的妻子，我们肯定是在这度假呢，这里一定就是亚历山大的西迪·巴沙尔海滩。一直以来，我都梦想着和我心爱的，同时也深爱着我的女人在这儿待上一个月，或者哪怕是待上一个周末也好。这个梦想一定是已经实现了，或者正在实现。我的感觉告诉我，这种场景我以前已经见过很多次了，因为它是如此的熟悉。我终于追上了这个我所痴迷的女人，生怕她一去不复返了。我气喘吁吁地抓住了她，一把把她抱在怀里。她的皮肤紧致而富有弹性，身体凹凸有致，毫无疑问，这方方面面都证明，这是娜兹凯的身体。但是当我低下头想要亲吻她的时候，却惊讶地发现，那是我妻子的脸。这个吻异常甜蜜，甚至前所未有地令人沉醉。于是我又吻了一次，把她整张脸都吻了个遍。我欲火中烧，把她扛在肩上往海边跑去。我来到一个小房子,这个房子与旁边的房子相比，显得格外与众不同。我意识到，这个小房子是我妻子在亚历山大的一个亲戚的。他曾经在这里招待过我们。我带着满身的欲火走了进去。我似乎知道右边的房间是露天的，中间的房间最合适，因为它有个高高的带顶的阳台，就像市场里的商店一样，并且还邻着海。此外，里面还有一张柔软的大床，一盏红色的灯，和一张玫瑰色的床垫。我把手指从扛着的屁股下面抽出来，打开了灯的开关，然后一把把肩上的女人扔到了床上，像狮子捕猎一样扑了上去。我们激烈地亲吻着，翻滚着，可是就在意乱情迷之际，我却突然感到一阵强烈的悲伤。这种悲伤就像九月的炽热一样强烈。我感觉就像是突然从高空中坠落一般。多希望自己就这样死去了啊。但是，马上我感觉到房间里有股诡异的气息，我被吓得一弹。我看见一个影子在楼廊里从门前一闪而过，还听到窗帘的簌簌声。窗帘晃动着，就像一阵狂风吹过一样。我喊了一句：“谁在外面？！”没有人回答我，但我却听到了踩在木板上的脚步声。这么一个不怀好意的不明人士让我害怕极了，感觉自己正面临着巨大的危险：这是个杀手吗？是来杀我的吗？我从床上下来，踮着脚尖轻轻地走过去，打开了白炽灯的开关。一瞬间，整个房间都被照亮了，我的妻子吓得蜷缩成一团，紧紧地抓着身上的被子。我环顾了一下四周，看见梳妆台上放着一个塑料盘子，上面堆着好多果皮，旁边还放着一把菜刀。看到这个，我的心都颤抖了起来。我看见自己抓起木质刀柄，反手把刀藏在身后，然后打开了门。我看见一个人影在圆形的走廊上跑着。这个走廊通往那个临海的阳台。我把走廊和阳台的灯都打开了，好让自己能够彻底看清楚这个人影。我吓得失魂落魄地，抓刀柄的手不自觉地颤抖着。那个人影一闪而过，跑进了阳台，就在他正准备从墙上跳下去的时候，却意外地发现下面迎接他的是波涛汹涌的海绵。于是他只好放弃这个打算，藏在了一个墙角。他本可以从这里跳到空地上，然后钻进沙漠里的。但是身后无边无际的黑暗令他不得不像只受惊的老鼠一样蜷缩在角落里，举着双手向我求饶：

“去惩罚魔鬼吧！求你放过我！”

“贱人！下贱坯子！刚刚的人就是你吗？！”

他挤出一丝苍白的笑容，颤抖着说：

“我可以跟你解释！”

我几乎快要不相信眼前的一切了。我从来没有想过，埋伏在这儿的人竟然是法赫米·阿齐兹。我看见自己走到了他跟前，朝他的腹部挥动着菜刀：

“你这个贱人胆敢到我的卧室里来偷听？”

他哈哈大笑了起来，这令我想起了那些过去的友谊和亲切的回忆。他说：

“笨蛋！你怎么能这么想呢？我是来看望你的啊！难道你要用菜刀来招待客人吗？”

光凭这种厚颜无耻的虚情假意就足以让我把手里的菜刀砍进他的肚子了，但我还是朝他吼了起来：

“我从来没有见过谁像你这样看望朋友的！我比你爸妈都要了解你！我知道无耻的种子已经在你身上根深蒂固了！但我竟然不知道这种无耻还能疯狂到如此地步！”

他露出不满的神色，用演戏一般的浮夸口吻说：

“笨蛋，难道你就是这么看待我的吗？我可从未有一刻停止过爱你。我以我的名誉发誓，我从下午开始就一直在阳台这儿等着你了！我特意推掉了行程，就是为了来见你一面！你都不来杂志社了！我是担心你才来的！”

“谁告诉你我在这儿的？混蛋，你究竟是从哪弄到我的地址的？”

“笨蛋，你不要污蔑我！你要记得，我是你的朋友，是你的兄弟！你要记得我们曾经患难与共过！相信我，我知道你和这座房子的关系！你请过我和娜兹凯到这儿来！我们甚至还认识这房子的主人，也就是你妻子的亲戚呢！机缘巧合，我刚好从这里路过！就想来问问你的情况！我看见门开着，你俩的衣服也在，就待在这儿等你们了！这就是事情的经过！”

我郁闷到了极点。我本想冲他大声吼几句，可是却堵在喉咙里发不出声来。我慌了几秒，手足无措地往四周看了看，我本打算把菜刀扔到海里，但就在我转过脸去的时候，我感觉到他站了起来。我猛地看见他的眼里满是沮丧和挫败，原来他趁我不备的时候偷袭我，甚至正打算用双臂箍住我呢……于是我出其不意地转过身就朝他的两腿中间踢了一脚，他失去平衡像颗椰枣树一样倒了下去。我马上把刀捅进了他的腹部，一直插到了底，然后抽出来又捅进了他的心脏。我像一头疯狂地撕咬着猎物的野兽一样，不停地捅着，直到我确信他已经死了。我晃了晃他的身子，把他扶起来靠在墙上，抓住他的两只脚抬了起来，把他扔向了浪里。他顺着坡滚了下去了，然后就不见了。只有海浪翻滚的声音。很远的海面上，浮着一层层的泡沫，海面上倒映着点点的星光，透出一抹血红色。我重新回到屋里，发现厨房的灯还亮着，于是走了进去。我找到一根长长的红色塑料管子，把它接在了水龙头上，另一端则拉到阳台上，然后我抡圆胳膊把菜刀扔到海里。我把管子放在地上，水喷涌而出，地面一下子全湿了。水流径直流向墙脚的下水管道，然后流向了大海。我把木地板冲得干干净净。我知道，海浪保存血的印记绝对不会超过一个小时。然后我看见自己走进了中间的房间去找我妻子。她用被子紧紧地裹着自己，看上去她似乎什么也没看到，什么也没听到，对刚刚发生的事情一无所知。可是同时，她看上去又像是什么都知道的样子。我本来还有一丝轻微的不安，但是当我在她身边躺下的时候，却感觉到了前所未有的惬意。我甚至感觉到一种强烈的幸福感，就好像做了一件生命中最伟大的事情一样。我朝妻子侧过身子，装作什么也没发生过一样。此时此刻，我只想安静地抱着她，享受着刚刚的所作所为所带来的巨大的成就感。房间里突然冒出来一股醉人的味道，并马上弥漫到了每一个角落。那是一种昂贵的香水味。我的身体立马亢奋了起来，我的欲望又重新燃烧了起来，我像跟烧红的铁柱一样硬了起来。我知道，我的身体恐怕再也无法放松下来了。

第十五章　脖子上的锁链

看上去，这是个电梯。它像极了开罗街头的变电箱。看上去，面前的镜子里和我面对面站着的这个人，就是我自己。这面镜子占据了电梯里面对着门的那面墙的一半。灯光昏昏暗暗的，像是从电梯的天花板后面发出来的一样。灯光旁边，围绕着一圈阴影，整个天花板都快被阴影覆盖了。镜子里面那个看起来像是我自己的人，身穿一件深绿色的外套，上面点缀着小扁豆样子的黑色圆点，衣领像披风的衣领，开口从胸口延伸到腹部，有两颗扣子和两个扣眼，上面的那颗扣子是双层的，一层在外面，一层在里面。外套里面，是一件黑色高领长袖 Helanca 汗衫，下面则穿着一条 Charlston 式阔腿裤。他的脖子很短，脑袋圆圆的，脸很白，头发也花白了，鬓发很长，鼻子像根水笔一样直挺挺的，鼻梁上面挂着一副眼镜，镜框是深绿色的。他的额头紧紧皱起，头顶上有一片秃顶的地方，似乎正努力地在一片岛屿上开辟出一条沙漠颜色的道路，就像那种甜南瓜的嘴儿。无论如何，他的长相确实令我震惊到了，我相信，他完全不输给任何我所认识的总是把自己收拾得体体面面的人。他抬起手向我打招呼，我把鼻子上的眼镜扶了扶，我隐约感到一丝恐惧的气息。电梯正摇摇晃晃地徐徐上升着。我看上去就像是刚刚从长久的莫名的幽冥中剥离出来一样，也许我现在刚刚出生……

电梯停了下来,外面的门被拉开。透过里面的那层玻璃门,我看见一个牛高马壮、大腹便便的男人，他下巴很长，两只眼睛往外凸起，眼神里满是对未知命运的妥协和顺从。他穿着一套灰色的西装，尽管款式已经非常老旧了，就像是十九世纪的东西,但是非常整洁。他的两只耳朵像兔子一样长,脑袋小小的,仿佛除了那一块头发繁密的头皮，就没有其他东西了一样。他的头发卷卷的，中间掺杂着些许白发。领带紧紧地缠在他的脖子上，所以他左右晃动着脖子，像是想要把这个令人窒息的枷锁从脖子上解下来一般。他手里拿着一个金字塔形状的胀鼓鼓的皮包。他冲我微笑着，露出一颗金牙，两片嘴唇由于抽多了烟而变成了烧焦的样子。我也对他笑了笑,并对他说:“你好呀,阿巴斯！”。他走进电梯，伸出右手跟我握手，艰难地喘着气对我说：“先生，您好！”说完，他自然地转过身，用力地拉上了外面的铁门，然后按下开关关上了里面的玻璃门，接着按了顶层的按键。

那么，这就是“阿巴斯·那哈米达”了。他父亲名叫那哈米达。他总是不厌其烦地向每一个问他或者表现出好奇的人重复这个名字的故事，也不管人家是出于嘲讽还是出于好奇：他爷爷过去是个雇农，但是子女众多，所以根本无力养活他们，尽管如此，他奶奶还是在生产之后四十天又怀孕了，并且怀的还是双胞胎。当他父亲出生的时候，政府把他们之前的孩子都带走服徭役了，因为夫妻二人根本无力抚养他们。虽然如此，他爷爷还是为他父亲的到来感到非常高兴，所以给他起名“那哈米达”。没想到这名字还真应验了，那哈米达果真成了兄弟姐妹中唯一没有被政府带去服徭役的孩子。安拉眷顾，他让自己所有的孩子都接受了良好的教育，其中阿巴斯就毕业于戏剧艺术高等学院。尽管他读的是评论专业，但真正的专业却是表演，并且认为自己在这方面完全不输给科班出身的那些人。因此，他成了第一个非科班出身，却被导演们发掘出来在广播、戏剧和电影领域大放异彩的人。尽管如此，他还是一直提心吊胆的，生怕哪天突然颁布了一部法律，禁止聘用他们这些非科班出身的演员。他现在可是在部队的政治部有份正儿八经的工作，他为什么就不能像其他人一样满足于偶尔在广播节目里客串一下呢？他递给我一支烟，然后替我点着了它。我知道，他又要开启那个我俩每次见面都要谈论一番的话题了。我自顾自地抽起烟来，心不在焉地盯着地面。我知道，他的皮包里什么神奇的东西都有：请愿书、笔记本、剪报、政府决议的复印件、剧本、节目策划书、他给学校或者大众广场导演的戏剧剧本、《金字塔报》，甚至还有用来换洗的干净衬衫，因为他每个星期都要在开罗住上五天，只有剩下的两天住在自己位于东部省侯赛尼亚市的家里。似乎我们俩经常在这个电梯里碰面，然后一起到某个地方，坐着聊聊天。每次只要我不先说离开，他是绝对不会先行告辞的。

显然，他是从三楼上的电梯，电视戏剧监管局就在那里，所有的导演、秘书之类的都汇聚在此。监管局对面的楼道就是二套广播电台，四层是“阿拉伯之声”广播电台和诗人艾哈迈德·拉米[①]的办公室，至于其他的管理部门则全都挤在对面的沙里芬大楼里。沙里芬大楼位于沙里芬大街和阿勒旺大街的交叉路口，广播台租了整整两层楼，把它们分成许许多多个小房间做办公室。至于顶层，也就是屋顶的地方，则租给了服务协会。服务协会里的人都是在广播领域工作的。他们把顶层变成了一个广播俱乐部。服务协会的办公室都集中在邻近沙里芬大街的这一侧,临近阿勒旺大街的那一侧先是被改成了一个大厅，四周被阳台像滨河大道一样环绕着,后来又被分成了两个小厅。一个用来做了咖啡馆，里面放满了桌椅，墙面有的是木制的，有的是玻璃的，有的则是镜面。另一个厅则是排练厅，它的阳台邻着阿勒旺大街。老旧的阿勒旺工作室大厦就高耸在阿勒旺大街上。

尽管现在已经是深夜了，温度也很低，但是阿巴斯·那哈米达还是大汗淋漓。我问他：“俱乐部里现在有人吗？”

他胸口剧烈地起伏着，喘着粗气说：

“俱乐部都会通宵开到早上！”

接着，他补充道：

“那里有排练，还有采访！明天‘城市之光’节目要专门为俱乐部的所属单位，也就是服务协会办一场晚会呢！所有的艺术家们都是无偿志愿参加的！”

我又问他：

“现在伊努谢赫在那儿吗？”

---

① 艾哈迈德·拉米（1892—1981）。

他回答：

“在的！他是服务协会的董事长，也是俱乐部的老板，办这个晚会就是他的主意！这一整天，他都忙得跟嫁女儿的母亲一样！”

我感到一阵突如其来的沮丧，心里琢磨：怎么会这么沮丧呢？我为什么要问伊努老先生呢？我终于明白了，原来自己来到俱乐部是出于和阿巴斯·那哈米达一样的目的，那就是找个安全的地方不受打扰地睡上一两个小时。我也知道，自己的野心绝不仅限于此，我还想偷偷溜进邻近沙里芬大街那一侧的一个很偏的房间里。准确地说，是俱乐部董事长阿卜杜·阿齐兹·伊努谢赫的房间。他是个善良的老头，总是戴着顶小毡帽，长长的胡须都花白了，身材高大威猛。他是穆斯林兄弟会第一批领导层的重要成员，所以有了谢赫的称号。他目前在这个俱乐部里，每天打交道的什么人都有，他知道里面很多人道德放纵败坏，但是他也知道，大部分人还是品德高尚、内心纯净的。他的房间并不是我真正的目的地，因为他不在的时候，这个房间是锁着的。而我要去的其实是它隔壁的会议厅。那个会议厅很大，像个大帐篷一样，摆着近百把宫廷样式的镀金椅子、几十张茶几和大理石面的小桌子。至于地面，则铺着昂贵的地毯。这个厅本来是用来召开大型会议的，在里面睡上一觉绝对是一种享受。

我从右边往那个房间走去。我相信，对于想要彻底与世隔绝的人来说，这绝对是一个绝佳的藏身之地。这个房间很少向访客开放，就算是用来招待访客的时候，房间的一个小角落就容得下他们了，坐在那里是绝对看不到躺在椅子后面的人的。

它的门通常是锁着的，但是一些演员和导演有钥匙，他们偶尔不守规矩地偷偷钻进里面攒钱美美吃顿午餐。

有一次，伊努老先生把他们逮个正着，对着所有人大发雷霆，于是在俱乐部所有的墙上都贴上了标语，以示对这个地方的尊重，同时也阻止了人们随便闯进房间。所有人都服从了他的命令，除了过气演员伊斯玛仪・努埃曼之外。伊斯玛仪・努埃曼心地善良，和舒克里・萨尔汗、萨拉赫・曼苏尔[①]、萨米哈・艾尤布[②]、阿卜杜・梅内姆・易卜拉欣[③]等大明星一样，是戏剧艺术学院的第一批毕业生。他现在是教育部校园剧场的督查，同时，他作为电影演员工会理事会的成员，也总是为演员们的事情忙得焦头烂额。他一直想成立一个只由演员构成的工会，谈起表演艺术来头头是道，世界上新出版的所有戏剧作品和评论作品他从来都不错过，所以从荒诞派，到愤怒派、甲壳虫派、嬉皮士派，他对这些最新的艺术流派全都了如指掌。他每次出现的时候，口袋里总是装着一本英语书或者法语书，以及所有当天出版的报纸、杂志和书籍。进来之后，他便找个座位开始阅读起来。尽管如此，由于某种不知道的原因，他也还坚持从事着表演工作。他最适合的艺术形式是电影，因为他身材匀称敦实，无论春夏秋冬，总是穿着一套熨得整整齐齐的西装，短短的肉嘟嘟的脖子上一定会打着一条领带，但是衬衣衣领上要么就是落满灰尘，要么就是沾满了汗渍。他的脸圆圆的，五官都长得很低调，鼻子不过就是一个记号罢了，只不

---

① 舒克里・萨尔汗、萨拉赫・曼苏尔（1923—1979）。

② 萨米哈・艾尤布（1932—）。

③ 阿卜杜・梅内姆・易卜拉欣（1924—1987）。

过上面带着两个柔软的鼻孔，嘴巴也不过就是一抹高贵而忧郁的微笑。他举止十分有教养，心地善良，待人友好，说话言简意赅。只要他觉得有迫切必要的时候,说起话来就会抑扬顿挫。他阐述某件事情的时候，都会用动听、沉稳、威严的声音给出最新的信息，并提出合理的、确凿的证据。当他谈起政治的时候，俨然一位资深的政治家。他就像是一本百科全书，对世界各地、历朝历代的所有政治家的名字和生平了如指掌，对非洲、拉美和以色列的事情也谙熟于心。他在这方面的言论是与众不同的，我从来没从那些大教授、大文学家那里听说过，因为他总能将政治同文学和历史结合起来，总能在一部戏剧里用萧伯纳的话来总结某个领导人的所作所为，总能借用美国小说家斯坦贝克[①]、霍华德·法斯特[②]，或者俄罗斯小说家契诃夫、陀思妥耶夫斯基的小说来分析历史，总能把天气预报和阿卜杜·纳赛尔的宣言联系起来，总能把服务员上迟了咖啡和我们经历过的战败联系起来。他的言论坦率而大胆，总是通过这样那样的方式将他对导演、演员和编剧的意见开诚布公地表达出来。所以每一个人都清楚他对自己的看法。也许就是因为这一点，导演们才不愿邀请他出演节目。也许正是因为他那极度的傲骨，才会从来没有向任何一个关系或近或远的导演提起过工作的问题。甚至，他对这个问题完全就不屑一顾。他是唯一会对所有人微笑的人，唯一会对暗地里或者公开嘲讽他的人以德报怨的人，唯一会借钱给炒自己鱿鱼的领导，并且还不期望归还的人，有人凑过来借走他两皮亚斯却有去无回。他要是在俱乐部

① 斯坦贝克（1902—1968），诺贝尔文学奖得主。

② 霍华德·法斯特（1914—2003），著名编剧。

吃午饭的话，所有在场的人，就连勤杂们，全部都能被惠泽到，尽管他也不是大富豪。但是他的生活比喜剧电影还要欢乐，因为他从母亲那里继承了位于市中心谢里夫大街上两栋相邻的大房子。他过去是独生子，在他的生父去世之后，母亲又嫁给了另外一个男人，生下一个女儿。他的继父是个小职员，母亲是出于爱情嫁给他的，他也是深深地被她这个人所吸引，所以完全地跟她的资产划清了界限。他的继父已经去世了，他的妹妹无法一个人孤零零地住在阿拔斯亚的大房子里，因为那个房子如果出租，租金收入很高，而她的退休金又没多少。于是他就把妹妹接了过来，和他一起住在新埃及的房子里，把阿拔斯亚的那个房子赠给了刚刚结婚的，从小就开始服侍他母亲的老妈子。他全心全意地呵护着这个妹妹，并从教育部的同事里为妹妹挑了一个受人尊敬的男人做丈夫。这个男人很穷，但是品德高尚，上进努力，所以在事业上扶摇直上，晋升速度快到令人嫉妒的程度。婚房的问题成了他俩结婚路上的一大障碍，伊斯玛仪毫不犹豫地把自己的房子，连同里面所有他母亲从国外买来的奢华昂贵的家具都送给了他妹妹，自己成了市中心的一个流浪汉，参加各种艺术晚会和聚会。他的固定住所是印第安纳公寓，老板是一个希腊老太太。滑稽的是，这个公寓就是他从母亲那继承来的两栋房子其中一栋。他每月都从希腊老太太那里收租金，可是他自己同时又是这个公寓的住客。所以无论她有没有按时交租金，他每个月都按时把自己该付的那份房费给她。他从来没对她说过："从你欠我的租金里直接扣我欠你的房费就行了！"每次有朋友来公寓拜访伊斯玛仪，当他们坐在会客厅里等他的时候，老太太就会和他们说起这事儿。因此，她对他的客人格外上心，他不在的时候，她就替他把所有打电话来找他的名字都记下。并且，她对他的房间和床铺也给予了特殊关照，洗床单的时候总是不忘把他的衣服也加进去一块儿洗了，因为她知道，他一定会出于好心把旅馆所有的干洗费全都付了的。他已经四十出头了，但还从来没有考虑过结婚的事情，也从来没有和任何女性谈过恋爱。所有人都知道背后的原因是什么。那就是他手上极其严重的皮肤病。安拉啊！那两只手看上去就像是被烧伤了一样，一直在蜕皮，就像是灰色的鱼皮，手背上到处都是裂口，不停地掉着碎屑。得了这种病，他也并不懊恼，但就是不得不经常去挠它，这令病情变得更加严重，于是他便开始训练自己克制挠的冲动。每当一只手的手指开始挠另一只手的时候，他就立马下意识地把手抽回来。他也经常有意识地把手藏在裤兜里，尤其是在他拍的为数不多的几部电影，自己出演的那几个一闪而过的片段里。渐渐地，他习惯了很长一段时间都感受不到双手的存在，只有当细菌令他痒得无法忍受的时候，他才会想起它们。痒的时候，他就用手掌轻轻地摩擦着那些瘙痒难耐的地方。母亲花了二十年多年为他寻医问药，在这期间，他去到了好几个国家的首都，把双手展示给最著名的皮肤病医生看，可都是失望而归。所以，他实在是厌倦了涂抹膏药，厌倦了各种草药和止痛药。尽管如此，每当谈论起这个灾难的时候，他总是发自内心地微笑着，然后轻描淡写地说:“朝夕相伴了这么长时间，我都喜欢上这个病了！我永远不会忘记，这个病给了我机会去周游列国，参加各种强化班，精通了英语和法语！我现在阅读的这些来自欧洲的珍贵的思想瑰宝，将令我受益终生，是它给我弥补了我们国家的缺憾！我手上的病好治，但这病要是生在了民族的思想里，那就难治了！”

他走出房间，轻手轻脚地拉上了门，胳膊下面还夹着好大一卷报纸和杂志。他昂首阔步地走过了长长的走廊，却没有发出一点声音。这时的天灰蒙蒙的，空中下起了毛毛细雨，雨珠穿过走廊的雨篷落在了伊斯玛仪·努埃曼头顶上那个光秃秃的小岛上，于是他伸出那只蜕皮的手，用天蓝色的丝巾擦了擦雨水。他没有往后看，所以并没有发现我。我轻轻地推开房门，走了进去。突然，我被一声尖叫声吓了一跳，我紧张地四下张望着,寻找声音的来源。我听到一个女人的声音颤抖着央求我：“快锁门，求你了！”我转过身，看到了门上有个插销，可以从房间内部把门锁上，于是我把它推了进去，这样一来，这扇门就不可能从外面打开了。我朝着声音传出的方向走了过去，发现房间的尽头有一个大柜子，像一面墙一样，上面放满了各种文件、报刊、本子和书籍。它的两边还放着好多 Ideal 公司生产的金属柜。我知道这个柜子后面有一块空的地方，宽度大概够四个人肩并肩站着，长度大概够五个人肩并肩站着。这个地方是伊努谢赫专门用来在会议期间和别人一起做礼拜的，所以他在这里铺了一层昂贵的地毯。于是这里变得庄严肃穆了许多，没有一个人敢随便靠近，只有想要做礼拜的人才敢进来。我看见自己两腿哆嗦着走近这片区域，我歪着头，好看见是否有人在里面被挡住了。我瞥见了一个高个女人的背影，她基本上全裸着，浑身上下只穿了一条手掌大小、什么也挡不住的内裤。我所有血管里的血液都沸腾了起来。她惊慌失措，像是被魔鬼触碰了一样。她手忙脚乱地把衬衫从裙子里解出来好穿上它，高高翘起的屁股左右摆动着。她转了过来，我看到了她的脸，她发出了一声没有声音的尖叫，蜷缩成了一团。

“是你呀？！你想干什么？”

她惊慌失措地这么问我,脸吓得苍白,没有一丝血色。我说：

“别害怕！我什么也不想要！但是你怎么了？到底发生了什么？”

她坐在地上哭了起来。这时她已经穿上了衬衫，正在开始穿裙子。当她的头从领口钻出来之后，便开始挥着手臂寻找裙子的一个袖子。我走上前去帮她。我抓到了袖子,把它拉直了,好让她的胳膊穿进去。等她穿好两个袖子之后，便开始把胸口下面的裙子往上拽。她泪眼婆娑地看着我的眼睛，我感觉她似乎快笑出来了，因为她的眼里总是闪着一种嘲笑意味的光芒。我觉得自己应该坐下来，好调整一下呼吸。于是我面对着她也盘腿坐在了地上。我俩互相看着彼此的眼睛，直到我俩突然都无声地大笑起来。她那两条赤裸裸的腿还彼此交织在一起。

我从来没有想过，梅萨·巴哈拉维竟然会陷入这种荒谬的尴尬境地。基于我对她的了解，我从来没有料想到她会如此廉价。她不仅被所有人喜爱，甚至还享受着他们的尊敬，因为她有大学文凭，毕业于文学院的法语系。她来自一个保守的土耳其家庭，深深痴迷表演艺术。她让所有人相信，她是放低身段才屈就在艺术圈的。她还经常暗示，自己一定能够成为历史上的先驱式人物，是她证明了，保守家庭的大家闺秀也可以进入表演领域，把表演变成一种受人尊敬的东西。她确实在许许多多的戏剧场景中都出现过，广播台的导演们都对她垂涎欲滴，所以不停地邀请她参演自己的电视剧。她的演技一般，但是有很强的幽默感，所以饰演的角色也能被很多观众所接受。她扮演的大部分都是魅惑的角色，这很适合她，就像是本色出演。她的身体凹凸有致，灵巧而充满活力，就像是一个好色的雕刻家用点燃石头的火热模板雕刻而成，胸部和腹部就像是一幅彩色的地图，腰肢纤细，圆润的臀部流畅地延伸至大理石般的大腿，黑色的大眼睛，声音嘶哑，却像绸缎般柔软，饱含着各种生命的激情。她从来不参加演艺圈的晚会，人们也从来没有在公开场合见她身边出现过任何男伴，所以她从来没有过任何绯闻。只有年龄大一点的人才敢调戏她，但也都是战战兢兢、如履薄冰。她在俱乐部的舞台上排练的时候，偶尔会接到一两个电话，所有人都知道那是老妈子打来的。她之所以打电话来，是为了确认她是不是在俱乐部，因为她没有准时回家吃午饭。这就是她在所有演艺圈的人眼中所树立的形象。而我，成了唯一知道这些都是一派胡言的人。这都得益于我永远都在流浪，寻找一个住所、一块面包、一杯茶、一根卷烟。当我意识到自己无法在演艺圈和新闻界谋生的时候，我便重操旧业，捡起了我小时候在村子里学到的手工活儿——缝制大袍。我很早之前就掌握了使用缝纫机的娴熟手艺，甚至敢和人打赌一个晚上做出二十件大袍。但是对于这个职业，我对它是很不屑的，因为它令我没有机会读书或者写作了。所以，只有在需要救急的时候，我才会临时做一段时间，尤其是在逢年过节的时候，比如斋月，每到那个时候，我就在城里的贫民区或者靠近农村的偏远郊区的大街小巷里穿梭，寻找一个缝纫店铺，跟个师傅。的确，在外人看来我现在是个知识分子，但是这个职业的烙印还是深深地刻在我身上，留在了我拿起布来娴熟的动作里，留在了我的脑海里，留在我张口闭口就是这个行业的专有词汇的言语里。很快，师父就会明白我是干这个的料，问我：

“师傅，你吃早饭了么？”

我含糊其辞地回答他。于是，他便会叫人端来一叠豆子和一壶茶。我站起身和他打招呼，然后坐上缝纫机——通常是 Singer 牌缝纫机，我解下上面的皮带，拿起油瓶小心翼翼地给机头里面滴上机油，又给外面的一些开口处滴了几滴，并用块抹布擦了擦，然后把线穿到针里。我把手伸到下面，把梭头取出来，好看看里面是否卡线，或者是不是需要重新上线。那个师傅盘腿坐在案板后面——也就是一块没有腿的裁衣服的台板，认认真真地看着我的一举一动，研究着我上油、穿线的手法，以及每一个自信满满的动作，好确认我确实有出色的手艺，也真心实意地在找工作。然后他便会从旁边拿起一卷剪裁好的布料扔在我面前的缝纫机桌面上，等着看我的下一个举动：解布卷、整理布块、以及挑一块合适的布料开始缝。接着，他就开始自顾自地裁剪起来，把其他细节方面的话留到晚些时候再说。他教我对顾客说，这块布料多少多少钱，但是专门给你打个折，折后多少多少钱。他还问我：你老家哪里的？我就把自己的情况都一五一十地告诉了他。然后他对我说：欢迎你，希望安拉保佑你在外地遇到的都是好人。

侯赛因·哈尔夫什师傅的店铺在沙里耶门[1]街上，旁边就是凯旋门墓地，这是唯一适合我性格的店，所以我在那接连干了四个季节，并且在这些季节中间，还断断续续地干了几个星期。店铺的对门是一家熨衣店，侯赛因师傅经常要跟那边打交

---

① 沙里耶门，开罗市中心古城门之一。

道。熨衣店的老板叫伊奈勒·马尔祖高，年纪三十出头，容貌英俊，小麦色的皮肤，目光凶狠，像极了演员陶菲格·迪肯[①]，几乎就是他的翻版了，但其实他心地特别善良，性格也很温和。他挣了不少钱，就住在店铺楼上。他住的房子是他自己的私产，所以生活相当宽裕，是众所周知的有钱人，人们都说他的这个房子比法蒂玛时期[②]的金币还值钱。他母亲给他和东部省法古斯镇的一个姑娘定了亲。那姑娘名字叫作阿齐泽·卡什兰，长得特别俊俏。据说她过去是文学院的学生，但是留级了四年都没有获得学士学位，后来就因为品行不端被开除了。她和伊奈勒·马尔祖高一成亲，就说自己被他们骗了，因为他们说他是个知识分子。要是自己早知道他不过就是个熨衣工的话，肯定是不会嫁给他的。由于她的美貌太充满诱惑力，伊奈勒·马尔祖高一直不敢对她掉以轻心，所以经常没日没夜的和她吵架，基本上每天都会把她打一顿。每每这时她那撕心裂肺的叫喊声在街道尽头都能听到。剩下的时间，她就扯着嗓子、用最脏的词语和婆婆对骂。所以整条街都知道阿齐泽·卡什兰不是个好欺负的姑娘，也知道她堕了两次胎，知道她之前有过四次失败的婚姻，进行过四次处女膜修补手术，这些都是在结婚之前她婆婆所不知道的。这令伊奈勒·马尔祖高对她，对自己母亲，对整个世界都怀恨在心，经常把妻子和母亲一起打，打到三个人都血流不止。所以每隔几天，阿齐兹·卡什兰就要收拾衣服离家出走一次，几天之后，就回来要离婚协议书。这时她婆婆就会想方设法阻拦她，声称离婚不可能，除非她嘴上

① 陶菲格·迪肯（1924—1988）。

② 法蒂玛时期为公元 909—1171 年。

长胡子。于是新一轮的争吵又爆发了，又暴露出一些令人瞠目结舌的新秘密。比如，最新的一个就是，婆婆说阿齐泽·卡什兰来自一个淫乱的家庭，她的母亲是穆罕默德·阿里街上的一个舞女！而从阿齐泽的回答里，大家也知道了她母亲确实是从事艺术行业的，至于她婆婆，则是个拉皮条的，靠压榨失足妇女的血汗建起了这个房子。阿齐泽的舞女母亲是唯一没有被她婆婆拉下水失身的，所以她婆婆才肯让儿子娶她。就这样反反复复，直到有一天阿齐泽·卡什兰出去了之后就再也没回来。伊奈勒寻遍了每一个地方。毕竟在他的内心深处，他还是深深地爱着自己的妻子。他没日没夜地哭泣，直到泪腺都哭干了。人们对他的悲伤视而不见，反而狠狠地责备他，劝他应该感谢安拉把他从这个悲剧里拯救出来了。伊奈勒·马尔祖高别无选择，只能假装对阿齐泽恨之入骨，为了让大家相信自己已经把她彻底忘记了，他又娶了同一条街上的一个姑娘，圆了房，生了个孩子，弥补了过去阿齐泽坚决不愿意干的事情。或许这早就说明了，她从来就没有安下心来和伊奈勒踏实过日子。

我第一次在广播俱乐部见到阿齐泽·卡什兰的时候，完全被震惊到了。当知道她自称是梅萨·巴哈拉维的时候，我感觉天旋地转。她对我很了解，就像我了解她一样。有一次我在电梯里和她单独待了两分钟，我微笑着轻声对她说：

“阿齐泽，你好呀。”

她眼神炽热地看着我，用大胆而充满挑衅意味的语气说：“你好，先生。”我并没有接话，仿佛我们中间达成了一个口头协议一样，谁也不要干涉对方。我知道，她就像是演艺圈众多现象中一个稍纵即逝的现象，她既不是第一个，也不会是最后一个。因此，就像岁月教我的，该是你的就是你的，别人管不着。但是我从来没有料想到——她也一样没有料想到——我们会在这么一个奇怪而惊险的场合里再次见面。

她的眼睛还在死死地盯着我的眼睛。她说：

“流氓，无赖，你在监视我吗？”

我平静地回答说：

“我不是流氓，也不是无赖！天呐，我并没有监视你！我偷偷地溜进来，是为了把脑袋靠在某把椅子后面睡上一个小时的！”

她看上去似乎相信我了，说：

“你从来没有梦想过会有这种机会吧！你真是走运了！”

我说：

“冤枉啊，你冤枉我了！”

她问：

“你到底是干什么的？”

我说：

“你很清楚，我是个记者、文学家、作家！”

她轻轻地摇了摇头，把披在背上的瀑布一般的头发撩了一下，说：

“是的，我知道！我还出演过一次你创作的节目呢！但是，缝纫师又是怎么回事？”

我说：

“那是我小时候学的一门手艺！每当生活拮据的时候，我就干一干缝纫！但是现在，应该是你来解释一下我看到的是怎么回事？”

她的眼睛里闪烁着泪光：

“我真是倒霉啊，倒霉透了！无论如何，还是感谢安拉！”

她站了起来，这时有人在外面推了一下门。我俩吓得一哆嗦，齐声私语：

“真是丢脸！”

然后我们都惊讶地发现，我们都把自己扔到了对方怀里，寻找庇护。她的气味真是令人沉醉。门外有声音在念叨：

“伊努谢赫用钥匙把门锁上了！他必须把它锁上，才能避免那些可能发生在里面的闹剧！我们快离开这里吧，免得被别人说我们企图破门而入！”

于是，脚步声渐渐离远去。她温柔地推开了我，指着我的胸口说：

“我要人给我宽衣解带，人却不理我。来个壮汉，又不是我喜欢的。”

我这才注意到自己已经弦儿紧绷，全身上下都被汗水浸湿了。于是我疯狂地朝她扑了过去，说，别跟我谈哲学！我紧搂着她，吻她，每一寸肌肤都不放过。我疯狂而野蛮地扒光了她的衣服，把她抱在怀里，她的身体立刻酥软了下来，像根柔软的竹子。我发誓，这一刻的热度，这份销魂，没齿难忘！在这将近一个小时的时间里，我感觉度过了人生中最神魂颠倒的时刻。我站了起来，扣上裤子扣子，系上裤腰带，然后用手指轻轻地拨开了门销。我从门缝里往走廊里看了看，然后气喘吁吁地跑了出去，溜进了排练厅，再从那里走到了俱乐部的入口。我挑了张桌子坐了下来，刚好看见她从左边的走廊走了出来。我向她打了个招呼，于是她便走了过来，装作偶遇一样。她给我点了杯咖啡，给自己点了杯茴香水。然后，我开始听她给我讲她和伊斯玛仪·努埃曼的故事：

“对了！我对你很满意，因为我感觉你很地道！你知道我很多事情，但是并没有对任何人说过。你做得最好的就是，你完全没有干涉我，也没有试图接近我。安拉也会保守你的秘密！”

我说：

“先别说我，说说你和伊斯玛仪·努埃曼的故事！我就只想了解这个！”

她摊开手，极其淡定地说：

“我爱过他！在这个世界上，我从来没有像爱他那样爱过任何人了！整个演艺圈没有一个人知道，他是我生命的全部！这令我对他的爱越来越深！但是，我从来都不了解他：这是我生命中第一次无法了解一个男人。今天，我本来以为自己就快能了解他了。可是，我突然说服了自己，我永远也无法了解他，就算我玩花样儿，也做不到。他这个人太奇怪了，太奇怪了，太奇怪了！你能想象到，他是我生命的全部吗？是的，我和他的故事说来话长。当我还是个小学生，在学校的剧院表演的时候，我俩就认识了！那个时候他负责巡视我们的节目，刚好看见我在舞台上饰演埃及艳后，他认可了我，还在集会上通过麦克在众人面前表扬了我，说我是个奇迹，一定会前途无量！我还和他说了话，在之后上学的那么多年里，他这番话一直驻扎在我耳朵里！我坚信自己就是为了表演而生的！我本来想考表演学院的，但是我父亲对艺术有心结，一提这俩字就恨之入骨！他过去是法古斯县一个村庄的谢赫！我的意思是，在和我母亲结婚的时候，他是个谢赫！而我的母亲，则是专门护送新娘子的，各个地方的人都得过来找她帮忙。我的父亲爱上了她，并和她结了婚，然后在一起在开罗生活了好多年。这些年里，我父亲变卖了很大一部分财产，也失去了谢赫的身份。当他发现在开罗的生活成本实在太高的时候，便回到了乡下，把我妈关在家里，禁止她继续从事艺术行业。村里的老人都指指点点，嘲笑他有个抛头露面的艺术家妻子。要不是他深爱着我母亲的话，肯定早就休掉她了。然而他实在是憎恨艺术，也不准我在他面前提起这个东西！但我还是背着他，暗地里在大学剧团、业余爱好者团队、群众演员社团演戏，以至于忽视了文学院的学习，被开除了。所以我不敢回家，便和同样退学了的学生会主席结婚了。但他游手好闲晃荡了好几个月，我就和他离婚了，他去了科威特工作。后来，我和舒卜拉的一个纺织品富商结婚了，过去我和我前夫就住在他的房子里。但是，他以前也结过婚，还有一群孩子，他们恨我入骨，威胁说要毁我的容，或者杀了我。他们的父亲性格软弱，怕了他们。我也为自己担心！所以我和他开诚布公地谈了这件事，于是他给了一笔比结婚聘礼还多的钱，然后流着眼泪和我离了婚。我俩离婚两个月后，他就去世了。离婚之后，我便不停地搬家，不断打听家乡的消息，我才知道，我父亲已经去世好几个月了，留下了他和我妈生的另一个女儿！我妈把所有继承来的遗产都变卖了，开了一家女衣剪裁店！我对自己说，姑娘，回到母亲那去吧，和她一起在店里生活，这对你来说是最好的！但是我觉得我妈变了，有点容不下我了，也不相信伊奈勒跟我订婚了。顺便说句，我并不讨厌他。他是个聪明孩子，是个爷们儿，但就是幼稚不开化！如果他是我自己选的，我会调教加工他，让他符合我的规格！但事实上，在我看来，我是被大家推向他的！我对自己说：你就暂时接受了他吧，这样你才能回到开罗，继续从事你热爱的事业！重要的是，后来发生的那些闹剧，你都亲眼看到了！其实，你过去看到的样子，并不是真正的我！过去，我故意表现出粗暴蛮横的样子，好让伊奈勒讨厌我，从而休了我！街上那些不好的流言蜚语都是因我而起。但伊奈勒了解我的人格，这似乎是他生命中唯一明白的东西。当我确定了就算用旧靴子砸他，他也不会放弃我的时候，我就决定要彻底离开他的生活，彻底改掉我以前的性格。于是我提着一行李箱衣服，在凌晨的时候把自己丢进第一辆出租车，然后把原来的自己彻底扔进了路边的垃圾桶里。我在新埃及的一家餐馆里一直待到了天亮，然后去找我的一个大学同学，她的丈夫是苏伊士运河前线的一个军官，没日没夜地工作，以至于她几乎都忘了自己结婚了。她现在和寡妇母亲，以及一个年幼弟弟住在一起！我本来想拜托她通过她丈夫的关系帮我找一份体面的工作，但是命运总是给我惊喜！我在她家门口碰上了伊斯玛仪·努埃曼！我高兴坏了。我迫不及待地走了上去，差点激动地抱住了他：努埃曼先生吗？太不可思议了！他的记性真是不错。他盯着我的脸看了半分钟，然后说：'阿齐泽·卡什兰！'我惊喜地叫了起来：'天呐！'他眼中也出现了同样惊喜的神色，像个傻子一样微笑着从上至下地打量着我！然后说：'什么风把你吹到这儿来了？你来干什么呀？我正要去表演学院呢！'我问他：'你住在这栋楼里吗？'他告诉我：'是我妹妹住在楼上，这里过去是我的房子！我今天要在她家吃午饭，祝你阿舒拉节快乐！对了，你要是愿意的话，一起来吃饭吧！’我说：‘谢谢，我是来看我朋友海莱·萨姆迪斯的！’他说：‘叫上她和她母亲、弟弟一起吧，欢迎他们，你让她给我打电话，她那里有我的号码！’午饭过后，我们就到了他在五层，也就是楼顶的房子！我们坐在阳台上，喝着啤酒，抽着烟，一直聊到深夜！我们离开的时候，他站在我身后悄悄地把他所有的日程安排和地址都告诉了我，说希望再次见到我！两天之后，我就和他坐在了 Perroquet 赌场，向他讲述我的悲惨命运！他听得都快哭了！就是在当天晚上，他给我制定了一个进入演艺圈的计划！他给我挑了梅萨·巴哈拉维这个艺名！在印第安纳公寓给我租了一个在他房间对面的房间！并给了我一笔钱，还把我托付给希腊老太太，告诉她我出身名门！对了，希腊老太太就是我在排练厅的时候经常给我打电话的那个人。对我而言，她就像母亲一样！在那之后，伊斯玛仪·努埃曼便经常和导演、演员、制片人们提起我，为我铺起了一条阳光大道，所有人都迫切地想一睹我的真容！正因为这样，我和阿兹拜克剧院的一个导演第一次见面之后，便得到了工作机会！他当时正在给一个大型私人剧团导演一部话剧！令我震惊的是，他给我的角色——竟然也是——埃及艳后，我总共上场了十分钟！观众们都被我的表演惊艳到了，纷纷为我鼓掌叫好，这让我如沐春风，感觉自己好像重获新生了一般！也就是通过这次出演，所有的导演都知道了我！伊斯玛仪·努埃曼接二连三地给我安排各种认识人的机会，在见导演之前给我详细分析他们的心理，分析我将要出演的角色，还借了很多重要的书让我看，并给我把所有的报纸杂志都买了下来，大半夜地给我送过来！几天前，他给了我一份哈桑·伊玛目[1]的电影演出合同！尽管签了合同，但我还是不敢相信自己如此轻而易举就成为一名演员！我的角色竟然是男主角的女秘书，要知道男主角可是鲁什迪·阿巴左（1926—1980，著名影星）啊！所有的这一切，他从来没有表现出任何图我回报的样子！我猜想，他也许是想和我结婚，但是他却明确跟我说，他的生命中根本没有结婚的计划。现实生活里，一个男人给了一个误入迷途的女人这么多帮助，却不图任何回报，这太不可思议了！很多时候，无论在什么地方，我都极力争取和他独处的机会，我吻他，他也炽热地回应我，这表明他内心深处是想要我的！出于我对他的爱和感激，我决定毫无保留地用身体回报他！

过去，凭借一张毫无价值的票子，那些愚蠢、懦弱、卑贱的男人都能骑我，可他们中却没有一个是我想要的！至于这个男人，我则是心甘情愿地想把要自己献给他！我决定，消除一切猜测和担忧！我想知道结局，好彻底安下心来！我猜想，他也许是在抑制自己，因为没有合适的地方，毕竟住在公寓不方便，所以，他并没有对我采取任何行动！但是今天，他在俱乐部见到我的时候，第一次主动拥抱了我，还反常地把手臂放在我的背上，我的大脑瞬间一片空白！当时的俱乐部空无一人，我俩走到了走廊里，我向他告白！他也对我吐露真情！我们刚好看到后面的这个房间敞开着门。我们走了进去，开始疯狂地拥抱、亲吻、翻滚，我兴奋得浑身关节都软酥了。于是我站起来，推上门销锁上了门，然后藏到了柜子后面。我脱光了衣服，但是这个该死的软骨头，竟然像一片风中的羽毛哆嗦个不停，还

① 哈桑·伊玛目（1919—1988），著名导演。

用恐惧的喘息对我说：‘不！快穿上你的衣服！你疯了吧！我要出去了！’他毫不犹豫地那么做了！扔下我自己跑了出去！我就像是从‘岛屿高塔’[①]落到地上，肋骨断了。直到现在，我也还没从打击中恢复过来。我不知道，当我们再次见面的时候，我该对他做什么，或者他会对我做什么！我相信，他是善良的，绝对不会做任何伤害我的事情！现在，我越来越爱他了，因为我很确定，他不是个卑鄙小人，他不图我任何回报！！刚刚你撕裂了我，我撕裂了你，但是我们彻底放松了！抱歉，我得走了，我还有一场广播剧的排练！”

地面剧烈地晃动了几下，马上电梯就停了下来。阿巴斯·那哈米达走上前去，打开了电梯里面的门，然后又拉开了外面的门。于是我们看见，俱乐部的灯光洒满了整条走廊。从不远的地方传来收音机里的歌声、各种乐器的演奏声、摇骰子的声音、碰杯的声音、肆无忌惮的笑声、歇斯底里的哭声、声嘶力竭的怒吼声。那是在进行几个小时之后就要开拍了的彩排。我知道，现在肯定是斋月。因为我想起来，今天当我走在谢里夫大街的时候，街上静得出奇，什么人都没有。直到太阳落山之后，我才听到了收音机里艾麦勒·法赫米[②]在揭晓谜底的声音，并且还伴随着闹哄哄的音乐声。

阿巴斯·那哈米达先我一步走了进去。迎面一片绿色，墙角的电烛发出昏暗的光，就像是毛玻璃做成的睫毛上面肿起的眼皮。地面也是铺着浅绿色的云母板，墙上也被刷着绿色的油

① 开罗最高建筑之一。

② 艾麦勒·法赫米（1926— ），享誉阿拉伯世界的女播音员。

漆。墙壁上到处都挂着各种临摹的世界经典名画。长方形的大厅两边摆着两排桌子，每张桌子周围都放着四把竹椅。墙上有好多面大窗户，窗户外面是一条狭窄的走廊。走廊外面围着一圈半个人高的墙。经常有人趴在上面七嘴八舌地扯着闲话。入口右手边，也有一条走廊，连通一个小餐厅。餐厅旁边就有一扇门，朝走廊开着。如果走到那个走廊，再往右拐，往前走上一段，再往右拐，就到了后面房间的门口，也就是挨着俱乐部董事长伊努谢赫房间的会议厅。入口左手边，则是一条很宽的走廊。进去之后，对面就是一个小台子，后面坐着一位男人，他负责收信，也提供咨询。他旁边摆着一台电话。通过这个人，任何一位来俱乐部的人，只要你感兴趣，都可以打听到他的消息。并且，通过他，你也可以了解到任何一场排练，以及任何关于拍摄的消息。甚至对于那些有很多人参加的秘密晚会，他也了如指掌。整个晚上，他都得和他们保持电话联系，告诉某个人谁谁谁在某个地方等他，告诉谁谁谁他应该带上这个或者那个。在这个台子旁边，有一张大沙发和两把艾斯尤特风格的、带褥垫的椅子。另一边，也是一模一样的摆设。进来的人可以坐在两边的沙发或椅子上等待排练或者开拍，或者走进那条从四面八方包围着俱乐部的狭窄走廊，然后，来到一个宽敞的长方形房间。房间中间是一个巨大的台子，台子四周全是椅子，就是排练台。

就像往常一样，我往一旁的沙发走了过去，瘫坐在了上面。然后我觉得自己的姿势好像有点不大合适，于是我马上坐正了身子，抬头挺胸，把后脑勺靠在靠背上，并跷着二郎腿，就像所有来俱乐部的明星一样。我知道，就算我没有要求，服务员穆斯塔法也会主动给我端来一杯咖啡，并且还不用我付钱。这是对我的款待，就像对所有来俱乐部的人都能受到如此款待。在他眼里，我是位尊贵的作家、编辑和记者。他至今还不知道，也许永远都不会知道，这不过是个不为人所知的头衔罢了，事实上，名不副实。但是全凭这些头衔，我才有机会这么趾高气扬地坐在这里，并且偶尔还有节目花四块二毛五买下一个我写的五分钟的小故事，然后我就用这笔钱去把沙里芬大街和阿勒旺大街交叉路口，也就是这栋大楼下面的快餐店和香烟店的赊账给付清了。当然，还有咖啡馆的赊账。或者，付掉一部分。我会尽量留下一丁点儿钱在口袋里以备不时之需。年轻小伙、群众演员萨米尔·本杜克教给了我一个天才的主意，令我在一个星期之内就在俱乐部里出了名，每个人都知道了我的名字。因为我把俱乐部的电话号码留给了每一个我所见到的人，给了每一个我见过的女演员，她们都以为我可以把她们引荐给导演，或者在报纸新闻里给她们美言几句，并登上她们的照片。我把号码留给了所有在我经济拮据时借给我钱的人，所有我求他们给我找工作的人，留给了一些以为我在演艺圈有点儿地位的亲朋好友。所以，每隔几分钟，电话铃声就会响起，咨询员便一本正经地呼唤我："某某先生！某某先生！"如果我错过了电话的话，就会有个服务员朝我跑过来，嘴里喊着："某某先生！谁谁或者谁谁今天打了四次电话来找你！谁谁让你回个电话！……"我就像别人一样，潇洒淡定地摇摇头，对他说上一句"谢谢你！"如果我身上有烟的话，我还会递给他一根烟……

我不耐烦地睁开眼睛，感觉嘴里有股苦味。我仿佛看见对面沙发上摆着一个法老时期的木乃伊大小的雕塑，它有种陶器一样的颜色，细节都雕刻得淋漓尽致，栩栩如生。两只杏眼里有一种令人生厌的自以为是的眼神，鼻子又长又直，像数字 1 一样，鼻子下面两片厚嘴唇厌恶地紧闭着，嘴缝里还飘着一阵烟。他的手臂很长，纤长的手指端着一杯咖啡。手指上的婚戒闪闪发亮。衬衣袖口有两颗扣子。咖啡杯停在嘴边，脖子上打着一条红色的昂贵领带，衣领是白色的，黑色的外套显得格外优雅。很快，我认出那是剧作家米舒先生，他为二套广播台翻译美国剧作家阿瑟·米勒的戏剧，以及福克纳的小说，当然，他也为广播台写一些剧本和情节紧凑的小故事。他手中的咖啡杯晃动了起来，于是他不得不把它放在了小茶几上的盘子里。他咧开嘴大笑起来，露出了一口大黄牙。马上，我便知道他是在嘲笑我的样子。马上，我便知道，在过去的几十分钟里，整个俱乐部到处都能听到我的鼾声。虽然我并没有听到，但我百分之百确定，这确确实实发生了。我难为情地笑了笑。如果只有米舒先生一个人在的话，我就不会感到这么难为情了。但是女演员哈米黛·布勒布尔也坐在他旁边，和他一起进行着他俩最大的爱好：对别人指指点点。一旦米舒感觉到这会愈演愈烈，发展到对别人造成侮辱的时候，就会眉头紧锁，抬起头傲慢粗鲁地大喊："够了，孩子！这样就够了！我说，够了！我们过分了！换个话题吧！"他总是这样朝着和他说话的人大喊大叫，尽管在过去的几分钟里，对方看上去还是他最亲密的朋友。甚至，米舒先生还会严厉地大喊："快点，小子，赶紧走开！"即便对方没有立刻微笑着起身离开，他也不敢抵触米舒的这个命令。因为米舒原本是一位中学的化学和生物老师，他去过好几个地方，一直做到了这门课的首席督查员。在这些演员、导演和管理人员中间，就有他的学生。在所有人眼里，他是个严厉的老师，是自律、自尊、自信、自重的楷模，总是能对爱国、自由、社会公平和责任感有各种各样的新式解读。年轻的广播剧导演哈米德·沙拉夫——过去也是他的学生——说："过去我们班上有个同学特别淘气，有一次，他抓着桌布，敲着桌边，还大喊大叫着，这时米舒先生不知从哪儿突然冒出来，他生气地停下了脚步，那烧瓷颜色的脸瞬间变成了水罐的黄色，他颤抖着站着，挥动着长胳膊。他一出现，教室里的喧闹声瞬间光速消失得无影无踪。那个孩子羞愧得要死。所有人都凝神静气听米舒怎么教训他。这次的教训，与其说是训斥，不如说是一堂关于爱国主义和文明行为课：这个破坏课桌的孩子，事实上，就像是用鞋子打自己的父亲，因为这张桌子是用他父亲缴的税钱买来的。等到学校需要买新课桌的时候，他父亲又得重新缴血汗钱。这个大喊大叫、胡作非为的孩子，简直就是一头无知而野蛮的畜生，根本不适合来听课，也不适合接受知识。"年轻的广播导演还说，要是没有这堂课的话，他自己可能已经辍学了。至于那个引发这堂愤怒的文明课的孩子，现在已经出人头地了，已经成为民族剧院最耀眼的明星演员之一，以至于米舒先生还专门为他写了一个剧本——《火焰》。可是，最后却是另外一个演员出演的这个角色，因为当时这位年轻演员随同一个学习访问团出国了。但是米舒先生依旧为教过他而自豪，因为是他给了自己灵感，创作出这么一个成功的剧本。

显然，我就是他和哈米黛·布勒布尔在指指点点的对象。哈米黛·布勒布尔用手指着我，朝服务员喊了一句：

“给他来杯黑咖啡！”

显然，我在等着米舒先生离开。我相信他很喜欢我，也很愿意和我一起走走。

马上，我跟他并肩走在了大街上。这似乎是尼罗宫大街。时间好像接近午夜了。显然，我现在已经达到了目的。这种大晚上和朋友米舒先生闲逛是我最喜欢的事情之一了，因为这样我不仅可以在亲密朋友的陪伴下虚度一整晚的时光，还能抽上没有滤嘴的 Capitol 香烟。还有一个极大的好处就是，在此期间，我的想象力能和米舒先生的想象力、以及他的学识碰撞出不少的火花。他会给我讲他戏剧创作的灵感、最初的底稿、一些在第一幕出来之前就迫不及待地想写下来的终幕。他会给我讲阿瑟·米勒的作品特点，说自己非常喜欢他，并且深受他的影响。他会给我讲福克纳式美学，说自己非常喜欢他的诚恳，因为他对自己的疯狂本性毫不掩饰。他非常讨厌文学评论之类的书，认为那是一种附着在伟大的文学作品皮肤上的痘痘，除了毁容丑化它们再也没有别的作用。他建议我丢掉这些书，不要在它们身上浪费时间、分散精力，以免被它们模式化。我最好读文学作品本身，因为只有它们才是唯一能令我受益的东西。米舒先生身上一些奇怪的特质，我不是很理解，比如，他作为一个娴熟的剧作家，却很不喜欢看戏剧演出。对此他毫不隐瞒，总是强调说自己观看戏剧演出时间最长的一次也没有等到第一幕结束。他住在麦阿迪区边上，所以如果我们偶遇或者约见的话，我通常都会把他送到卢克门火车站，让他赶上当天的最后一趟火车。可是往往他和我聊得太起劲了，就忘记了时间错过了最后一趟火车。这样他便有了理由转向通宵营业的地方抓上两瓶酒，因为只有喝醉了，他才肯坐出租车。他认为只有下里巴人才坐出租车，出租车司机都无脑轻浮。但是在这样的夜晚，相较于地铁，他还是更愿意坐出租车。那是因为不久前的一个晚上，他乘坐地铁的时候，由于刚刚结束一场和一个剧院大领导的激烈讨论，实在是累得筋疲力尽了，于是一上地铁便睡着了，一直坐到哈勒旺[①]才醒。他气得不行，便又重新坐上了同一辆火车。然而，他又再次睡着了，这次他一直坐到卢克大门才醒。所以在那之后的好多天里，他都一直在嘲笑自己，生自己的气。

他开始讲到我的问题上来了：

"看上去你似乎很享受漂泊流浪啊！人家都争着给电视写剧本，挣成百上千的钞票，只有你是个例外！的确，你不属于钻营的人，但你的愚蠢也是没谁了！你说他们都不愿意雇你！我来告诉你原因，你写的作品都太一目了然了，我们的导演们一般都喜欢朦胧的东西，哪怕他们什么也看不懂，他们中的大多数人其实啥都不懂！但是朦胧的艺术作品能够迷惑他们的想象，能够让他们以为这是一部深刻的作品！孩子，你听好了！我愿意帮助你，把你写的东西朦胧化。你就去写一个夜剧吧，写好之后拿过来我帮你把它朦胧化，这样它立刻走红。你不要担心！我会根据我的理解来修改它。我会把他交给那些相信我的品位的导演中的任何一个，让他把它排成戏剧！重要的是，你要先写出来！你把干货拿来，我就给你应得的东西。我了解你们这个年纪的人。你们热情尝试，但也过度痴迷形式，尽搞些空洞的花架子。让我来告诉你为什么你写不出优秀的作品！

---

① 开罗南部郊区之一。

你准备工作做得太多了，就好像你要去征服阿卡城一样！而结果却往往由于负担过重，你便一直在胡乱地东拼西凑，不过就是把一切乱七八糟的东西用胶水粘在一起罢了！最后因为急于求成，你心生厌倦，开始逃避写作！事实上，艺术的创作过程根本不是这样的！这个东西本质上是一场游戏！是艺术家与受众之间的一场游戏。什么时候艺术家教会受众游戏的规则，那他就能玩得得心应手了。通过这些被艺术家描绘出来的游戏规则，读者就会明白，什么东西才是应该了解的。读者也在和你玩耍呢！他们逗弄你，就像你逗弄他们一样，逗弄的意思就是，无须明说，他们明白你所有的暗示！听我的劝吧！当你准备写作的时候，你要感觉像是要去做游戏一样。尽可能的开心、乐观、满怀爱意。等你什么时候有了这种感觉，那你就会发现自己融入好的写作了！笨蛋，你听明白了吗？我苦口婆心地跟你说了这么一大堆忠告！虽然你是个懦夫，根本不配！现在，我要走了，因为我还在这个楼里约了一个人，他肯定不愿意见到你这种笨蛋！这两毛五皮亚斯、三根烟都给你了，够你快活一阵了！”

我独自一人回来了，走在一个跟“鲜花广场”有些类似的广场中，朝着自由咖啡馆的方向。咖啡馆外部大多数灯都熄灭了，突然有人挡住了我的去路。我害怕地惊叫了一声。我认出来，那是演员萨耐·卜塞吉，哈姆雷特的粉丝，他个子不高也不矮，特别瘦弱，酒红色的皮肤，额头高高凸起，上面还盖着两缕滑稽的黑发，就像农村妇女的鬓发一样。他的鼻子很长，稍微有点大，鼻头尖尖的，嘴巴很大，嘴唇特别厚实，还有一口龅牙。他的嘴巴永远都在说话，好像一刻都关不上。当他神情严肃地讲什么事情的时候，也会偶尔大笑起来，其中混杂着嘲笑、奚落、幽怨、责备的意味，直到最后狂笑不止，声音都哑了。这种笑声通常都原因不明，但疯狂的光芒却清晰地映射在他的眼里。他穿着一套最新款的西装，上衣背部的下面有两个开口，腰部紧束，外套领口很大，脖子上挂着一条相当宽的领带，看上去就像是一颗洋葱下面挂着一块昂贵的花纹布料。衬衫的领口是浆过的，很宽，金色的领带夹把领带固定在了衬衣上，衬衫袖口的扣子是双层的。他毕业于戏剧艺术学院的表演系，演的是莎士比亚笔下哈姆雷特的角色，得分很高。评判委员会里都是学院和公众生活里的表演和评论大腕儿，大家都对他赞赏有加。他的毕业名次是第三名，那么为什么人家都变成了光芒万丈的明星或者明星胚子，而他却还是默默无闻，常常奔走在广播站的走廊里四处寻求演出机会呢！难道他作为一个优秀的科班出身的专业演员，却时运不济到连那些游手好闲的人机会都比他多，成就都比他大吗？那个叫阿卜杜·瓦迪阿·杜达尔的小孩儿，小学毕业证都没拿到的矮子，几年之前还在著名群众演员经纪人拉伊夫·祖赫迪的手下打杂，干的活儿就是传达工作指令和行程安排。后来他竟然胆大包天，报名参加了广播台的表演考试，结果撞了大运。他的工作也还是帮助导演们制造一些戏剧中的配音效果，但现在也开始演角色了，甚至演一些节目、晚会和连续剧里的主角，而这些角色本来只有那些俱乐部里的科班出身的演员才有资格出演的。所以，是专业演员演了龙套的角色，而龙套演员演了专业演员的角色吗？安拉的子民啊，怎么会这样呢？阿卜杜·瓦迪阿·杜达尔竟然演过“信士首领”阿里[1]，演过哈查吉[2]，还演过拿破仑·波拿巴和欧玛尔·马克拉姆[3]，这难道不是疯了么？！一路走来，他最后竟然被人请来在一个介绍阿卡德奋斗故事的节目里，出演青年阿拔斯·阿卡德！！这个节目的导演简直是老逼养的。每次他在分配角色的时候，只要一看见我，就会背过身去，转向阿卜杜·瓦迪阿·杜达尔，给他拥抱。这后面藏着多大的隐情啊！吃人嘴短的记者们，躲在洞里的批评家们！你们要是还有良心的话，就张开你们的尊口，代表我，代表我这些可怜的同僚们，把这句话说出来吧！就像艾比谢赫说的那样，这个时代里，伊斯兰教反而变得像个异乡人，老娘都靠女儿出卖自己养着！！这个时代流行冒牌先知，而你们这些时代之子，不过是这个即将显现的假先知的影像而已！艾比谢赫说这句话不过是一种泛泛的经验之谈，不想它真的变成了现实！我发誓，年轻人啊，小子，多希望你能见见艾比谢赫，让他在你的心里种下虔诚，给你永远说真话的勇气啊，听天由命吧！艾比·谢赫·卜塞吉，他是我的叔叔，他是爱资哈尔[4]出来的教法学家，出了很多教法方面的专著，爱资哈尔大学里人人都在研究他的这些专著。艾比谢赫一直教导我们要心存安拉。我的悲剧和厄运都是他的诅咒！我的父亲、叔叔们、舅舅们，以及所有位于贝尼苏韦夫省的部落成员全都对他不满，因为我们求他发布宗教阐释，允许我进入戏剧艺术学院，结果被他无情地拒绝了。他只是说：“天呐，如果他们把太阳放在他的右手——指

① 阿里，伊斯兰四大正统哈里发之一。

② 哈查吉（660—714），伍麦叶朝著名军事将领。

③ 欧玛尔·马克拉姆（1750—1822），抵抗法国侵略的埃及民族领袖。

④ 埃及著名的清真寺和大学合一的宗教学术机构。

我的右手，把月亮放在他的左手——指我的左手的话，我也不同意他进入这个淫邪堕落的领域。就算他当个清洁工、面包师傅、擦鞋匠，那我都祝福他，因为安拉也会祝福他！”但我还是违背了他的意愿，考进了戏剧艺术学院，终日和一群人渣混迹在一起！我亲眼看见，男女同学之间那些勾当，能羞死耍把戏的！我也亲眼看见有人急于一夜成名，公然算计别人！年轻人啊，小子，我跟你坦白，很多时候，我也会软弱，差点就和他们同流合污，和他们一起剁肉做砂锅泡馍！很多时候，我明明都准备铺上桌布开始和他们一起吃泡馍了，但是我却突然像个玻璃罐一样，从颤抖的手中滑落在地，摔得粉碎，随时可以扎人！很多时候，我被疯狂统摄要做傻事，却突然清醒地意识到我在重要的时刻糟践了自己，在路上给偶然路过的行人分发泡馍和碎肉！所有人都像躲避刺儿一样躲避着我，导演们却像害怕我伤害他们一样，夸张地向我献殷勤。有时候，我感觉自己就是一个坏脾气的孩子，他们都要着花样儿戏弄我，有时给我一块小甜点，我就能在某个短节目中演个五分钟的角色了！我在戏剧学院的同学和朋友，全都为了一丁点儿廉价的利益，就背信弃义，尔虞我诈，互相出卖，一群奸夫淫妇！堕落就像流感一样，以迅雷不及掩耳之势在他们中间传播！那些得益于疯狂而愚蠢的七月革命而能够出演一些重要角色的人，事实上都是一些下流之辈。他们就是第一批通过牺牲自己的身份、地位和名气，来谋取蝇头小利的人。也许，他们的野心也就仅限于搞上一个堕落的女子罢了！艾比谢赫援引过先知一句意味深长、见识长远的话：不要把知识传授给那些下流之辈的孩子，因为他们——用艾比谢赫的话来说——会带着知识一起堕落到深渊！自称是有人性、有良心的记者、评论家和作家的人啊，你知道阿卜杜·瓦迪阿·杜达尔把导演的人性都抹杀了吗？！导演主动放弃了自己的角色，心甘情愿让给阿卜杜·瓦迪阿？我告诉你是怎么回事吧！阿卜杜·瓦迪阿·杜达尔本来是导演和演员中间的联络人，他利用职务之便为导演从演员那里收取酬金！这还都是明码标价的，所有人知道，就连广播台台长、新闻部长也都一清二楚，但是他俩都对此视而不见。他的理由就是，导演们太惨了，相对于演员的片酬而言，他们的薪水微乎其微，所以一部晚间剧的贿赂金是一镑钱，半个小时半镑钱，电视连续剧每四集两镑钱。即时兑换窗口就在录影棚旁边，所以演员们拍摄完从录影棚出来之后，就直奔兑换窗口，然后拿着票据去隔壁钱庄。见面交钱地点通常是在盎格鲁酒吧或者对面的祖祖·马蒂[①]餐厅，后者就在谢里夫大街的民生银行大楼前面，离广播大楼近在咫尺。演员们聚在这里，喝着啤酒、马提尼，吃着葡萄干，把贿赂金送进阿卜杜·瓦迪阿·杜达尔的口袋里。拿到钱之后，他马上奔向导演，或者在俱乐部里，或者大厅角落、电梯、洗手间，在神不知鬼不觉的情况下，暗暗向导演表示忠心！就像有些廉洁的导演不接受贿赂、不收礼物，也不搞潜规则一样，也有一些演员是不行贿的，因为他们如果那样做的话，就会丧失掉自信，但他们只想凭借自己的才华心安理得地挣钱！这些人都是笨蛋，以我为最。他们的野心就像天堂里魔鬼的野心一样。端正的品行、高尚的节操、澄净的内心对他们在事业上的帮助微乎其微，除非他们给人们的眼睛里撒灰。鸟儿要不是同类相聚，就该灭亡了。时不时地，会

① 祖祖·马蒂（1914—1982），埃及女演员。

有一位高尚的导演遇上的一位同样高尚的演员，一起呈现出一部高尚的作品！然而这样的偶然机会越来越少，直到才华的火焰都成了灰烬！靠品行和节操成名的人多倒霉啊！！我知道有很多好人，他们为了争夺机会，亲手玷污了自己的好名声！他们结交阿卜杜·瓦迪阿·杜达尔之流，讨好他！但是这个杀千刀像是会读心术一样能够辨别哪些人是真坏，哪些人是假坏。所以当他坐在导演身边，代替他分配角色的时候，便只会考虑那些贱到骨头里的人。毫无疑问，一团糟。但是，跟我说说：这么大半夜的，你要去哪？你身上的这件衣服穿了一个多月了吧，它看起来真是太不体面了，所以你到底经历了什么？对了，我喜欢哲学，我和艾比谢赫学习过，我非常欣赏斯多葛学派[①]！你知道，我只喜欢内心纯净的人！但我看你经常在我身边晃悠，你从我这借了好多烟，也从来没见你归还过，所以我现在把烟和打火机都给你。并且，在俱乐部的时候，你也经常趁我不注意的时候偷偷把茶水、咖啡记在我的账上。所以，坦白跟我说吧，你是受他们中的某个人指使跟踪我吗？指使你的那个人是谁？是导演奥斯曼·马赫迪吗？他知道我手里有能够让他从地球上消失的文件。我也知道他一直在处心积虑地想要找出我的作品的毛病，就算是暗杀我的事情他也敢做！还是那些妄自宣称自己是国家安全结构的秘密警察？我知道有人在背后传播一些关于我的子虚乌有的罪名，有人说我是性变态，有人说我好色，有人说我是穆斯林兄弟会成员，还有人说我是共产主义者！事实上，我唯一犯的罪就是看见了他们，看见他们

① 斯多葛学派，古希腊著名哲学派别，以平等、自然、禁欲等思想为人瞩目。

往地上磕头，对象却不是安拉！我不再从政了，我也不再是学生会秘书了。众所周知，自从爆发革命以来，我就脱离了穆兄会，在我认清了马克思主义者了几个月之后，我也彻底和他们断了联系！他们如此肆意诋毁我，因为他们感觉我暴露了他们的秘密，我看到了他们的缺陷。于是他们把关于我的谣言添油加醋地传得满天飞。告诉我吧，到底是谁指使的你？比起他们所有人而言，我和你的交往是时间最长的！我虽然像你一样安贫乐道，但是每次只要你向我求助，我肯定会立马伸出援手！难道你求我给你买个炸豆丸子三明治当午饭的那天，我没请你吃烤肉吗？难道那天你在俱乐部里写东西犯烟瘾的时候，我没给你买上一整盒烟吗？我知道你是在给广播台写剧本，可即使是这样，你也没有暗示导演可以请我出演！难道你说你要回老家的那天，我没借给你五十皮亚斯吗？你对我了如指掌，可是却从来没有告诉过我任何关于你自己的事情！难道你不知道我从今晚刚入夜的时候就一直像影子一样跟在你身后吗？我看见你进到一些地方，马上又出来了，你在一些地方停下了脚步，一会儿又接着走了，你拐进了一些奇奇怪怪的小路，然后又绕了回来，你的行为太奇怪了。在刚入夜的时候，我就在阿勒旺大楼茶馆的佣人专用楼梯里亲耳听到你说：所有用名誉来做交易的人,最后都会淹死在血海里。为什么在我们针对道德、人性堕落的进行了一番唇枪舌剑之后，我刚一离开，你就说这样一句话呢？讨论的时候，我的确是站在你的对立面，你的语气和那些你很了解的我的敌人们的语气一模一样！坦白说，今晚我本来决定不邀请你的，我倒要看看你能晃悠到哪儿，看你疲惫不堪的小船能停泊在哪儿！

该死的！每次只要在深更半夜里见到我，卜塞吉肯定就会用这些话来折磨我，怎么那么多次都能碰上呢！我要如何才能摆脱他？坦白交底就是最快的路线。我总是听到这句格言：真相是不会害羞的。我截断他的路，而不让他截断我的路的唯一方式就是，在他开始无休无止的自言自语之前，我向他坦白事情的真相。

这个笨蛋并没有给我宽限时间，他用带着怀疑的锐利眼神死死地盯着我的眼睛，就好像在说：我抓住你了。我笑着对他说：

“萨奈！坦白说，我在这座城市无家可归！每当我手里有点钱的时候，我就住在凯鲁特·贝克大街上的廉价旅馆里，没钱的时候，我就流落街头。那些你看见我进去之后又马上出来了的地方，是我一些熟人朋友的家，我本来想住在他们那的。我囊中羞涩这个事情，就像你和导演之间的危机一样，都是个秘密！名誉、尊严以及其他你看重的品性，这些对于我而言，都是考验！”

他相信了我的话，又同情地点了点头，遗憾地说：

“这是一个龌龊的国家，这点毫无疑问！这点我早就料想到了！你真是个可怜人！我还以为你对我图谋不轨呢，原来你只是个路人而已！这个国家真是混蛋！让好人流过街头，没吃的，没住的！眼睁睁地看着你一整天都吃不上饭！只有安拉知道我口袋里还剩几个子儿！但我还是可以在杜姆亚特店那儿给你买上一份豆子晚饭！我不会把东西交到你手里的，我要和你坐在一起，看着你在我面前吃完它！你这一整天都没抽上烟吧！拿着这根剩下的烟头吧，一直到餐馆！”

我像个孩子一样走在他旁边。我刚才明明还没有感觉到饥饿，但是现在，我已经口水直流，饥肠辘辘了。走在路上的时候，我想起来，自己已经和他这样说过几十次了，每一次他的回答和反应都是如出一辙,就像他第一次听说时一样。我知道，我应该喜欢他的，我不应该躲避他，我也不应该站在俱乐部大厅里在一群朋友面前模仿他,用我惟妙惟肖的模仿供他们取乐。我对他的语气和思考方式都能模仿得恰到好处。

我们走到达杜姆亚特餐馆门口的时候，看见员工们正在收拾桌子，准备打扫卫生。不一会儿，我就坐在了一个离桌子老远的角落里。我孤身一人。显然，我已经吃完了一盘豆子和两张大饼，我手里还捏着半个法郎银币（1 法郎是 4 皮亚斯）。我一看见服务员朝我走过来,便立马伸手把硬币扔在了桌面上，等着它发出清脆的碰撞声。我总是习惯这么做，因为我担心人多的时候服务员弄混了，在我出门的时候堵住我说我没买单。这样的话我便可以告诉他，桌子上发出声音的时候，我就已经给了他正好半个法郎了。然后，我看见自己站起来准备动身离开。

又是这栋楼吗？到底是什么把我带到这儿来的？我感觉自己好几个星期，甚至好几个月，都没有来位于沙里芬大街和阿勒旺大街街角的广播大楼周围晃悠了。看上去，现在好像是正午，或者午后一点点。我想起来，我应该赶快逃离这个地方，不然就得被人抓住了。因为我马上回忆起来，我还欠沙里芬街角的烟贩子三镑钱，欠阿勒旺街角的烟贩子两镑钱，欠旁边的咖啡馆大约 70 皮亚斯，欠它们中间的理发店半镑钱。于是，我立马转过身打算离开。但是，我又突然回想起来，现在不管怎样，我都应该都走进这栋楼里，因为有件极其重要的事情等着我去办。

我看到自己小心翼翼地走在一个狭窄的楼梯间里，手边是铁栏杆。马上我便认出来了，这是佣人专用楼梯。这里对于我而言是如此的亲切而熟悉。很快我便知道，自己正在往走道尽头的一个小房间走去。显然，那个房间其实是一套房子里的厨房。那套房子就邻着这个狭窄的长方形梯头。房子大门已经锁住了，但是佣人专用楼梯这边的门还开着。

我想起来，这是法伊德・乌祖里经营的餐厅，专门给这栋楼里在占了两层楼的广播台工作的职员们供应茶水和咖啡。每天有成百上千的艺术家们光顾这里,他们有的来自二套广播台，有的来自“阿拉伯之声”广播台，有的来自戏剧审查站，还有一些有头有脸的审查员、播音员、主持人和行政高管也会来这里。

我知道了，自己肯定是刚从二套广播台出来。然而，我并没有走公用楼梯，也没有在电梯口停下来好坐电梯上到俱乐部去，而是转到了一个像是地窖一样的入口。于是我便来到了这个楼梯，走进了这个厨房。厨房里什么也没有，只有一张色彩斑驳的木桌子，上面摆着一台 Primus 牌煤气灶，旁边放着许多大大小小的杯子和铝制茶壶。桌子旁边还有一把办公椅。煤气灶的火在烧着，上面架着一个大茶壶，里面装满了准备用来泡咖啡或者泡茶的开水。法伊德・乌祖里的母亲，是个五十好几的老太太，但是她的身体依然很紧凑，即便是风吹的时候，她像棵枯树一样摇晃。她的骨架很大，四肢粗壮，面部皮肤特别干燥，像个发酵的面团一样，经过长时间发酵膨胀，已经开裂、发皱，由于经常熬夜、痛哭流涕、扇自己耳光，她两只眼睛永远都是肿的，周围布满了皱纹。她带着头巾，太阳穴两边垂下来几缕白发，但是中间还夹杂着几根黑色和红色的头发。她脑袋后面的两个粗辫子似乎在说明着，它们的主人不久前还在因自己这一头美丽的秀发而沾沾自喜。她的两片嘴唇紧闭，似乎在倾诉着数不尽的隐忍的悲伤和遗憾，像两粒草莓一样。她走起路来有点O型腿，说话的时候，声音低沉，语气里充满了智慧，这也反映出她身上根深蒂固的母性的仁慈和温暖。她说起话来偶尔会咬字不清，字母S直接就发音成sh，尽管她牙齿很齐整一个不缺。

她本来是一个交警的妻子，夫妻俩住在宰娜白夫人区哈奈非大街大坝巷的一套老旧房子里面。他们住在三层，租金是八十皮亚斯，有三个小卧室和一个方方正正的客厅。他们的房子是用木板搭起来的，所以墙上经常会掉木屑，露出细木条。她丈夫年纪轻轻就撒手人寰了，留给她三个儿子和一个娇嫩的女儿，以及一份少得喝水都不够的补贴金。女孩是老大，长相出众，融合土耳其人和希腊人的特点，但更像希腊人一点。她皮肤白皙，头发黝黑发亮，四肢修长。她和所有的兄弟都像母亲一样，有一张大嘴，紧闭的双唇总是害羞地颤动着，鼻梁直挺挺的，就像被浆过的衣领一样紧束，个子高高瘦瘦的。二儿子穆尔泰迪·乌祖里是个聪明的孩子，在法学院念书，他也一样，长得像月亮一样俊美，文质彬彬的，每次只要感觉到一丁点尴尬，本来白皙的脸庞就会像个农村的少女一样变得通红。和母亲一样，他说起话来声音也很小，你们肯定会被他的外表所欺骗，以为他是个大户人家娇生惯养的孩子，但是只要你和他接触一会儿，马上就会被他身上的男子气概和刚毅气质所震惊到。这些都是一个真正的本地男孩才具有的。

你会惊讶地发现，他知道很多连住在这栋房子里的知识分子也不了解的重要知识，得益于长期以来的持续关注，他了解阿拉伯世界各个地方的著名作家、诗人和记者，也熟知各个阿拉伯地区的风土人情和达官显贵，他知道很多名人和明星的生平经历，甚至还知道很多他们不能示人的秘密糗事。这些隐私和他们在人前展示的东西完全矛盾。但安拉是宽容的、替人保守秘密的。天啊，我们遭到的中伤诋毁和背后说人坏话，已经够多了！

他从学院出来之后，就会来到餐厅，但他并不是来给母亲帮忙的，只是为了陪着她而已。他随便从某张桌子那里拽把椅子，在走廊的尽头坐下，把两条腿架在栏杆上，悠闲地读着书、报纸或者杂志。他上方就是佣人专用楼梯，看上去就像是一只消失了几百万年的神兽的骨架一般。他读书的时候全神贯注，求知若渴，只有当她母亲实在忙不过来的时候，他才会站起来让她靠边站，自己来处理顾客的各种要求，而他母亲就去洗杯子、采购或者做饭。事实上，这个餐厅是以他弟弟法伊德的名字取名的。法伊德比他小一岁，但是看上去却比他成熟得多，弟弟比他高，但是没他聪明，也没那么爱学习，从近处看的话五官没那么协调，但是从远处看就像个电影明星。因为他也像他们一样，穿着最华丽的衬衫、最华丽的裤子、最华丽的鞋子和最高级的袜子，为了露出浓密的黑色胸毛，他总是把胸口以上的扣子都解开，里面也从来不穿背心。他出现的时候，要么端着一个装满杯子的盘子，要么端着一个空盘子，要么在从餐厅去办公室的路上，要么在从办公室回餐厅的路上。他的右耳朵上总是别着一支铅笔，只要他一回到餐厅，就马上打开柜台抽屉，拿出一个纸张都变得软塌塌了的旧本子，记下送到各个办公室的每一单的价格。在等餐的时候，他就悠然地倚靠着门，吹着阿卜杜·瓦哈比[①]的那首“火车啊，告诉我你要去哪里”的口哨，要么就是唱着阿卜杜·哈利姆·哈菲兹[②]的那首“我喜欢你”或者莱依拉·穆拉德[③]的“比我眼睛还宝贵的人啊，我心向你心倾斜”。每一个见到他的人都会以为，他大概就是唐璜本人吧，唯一的爱好就是用炽热的感情去勾引女孩子。但是每一个这么以为的人，只要看到他和任何一个女孩或者妇女，哪怕是个卑微的女乞丐说话，都会被震惊到。因为每到那个时候，他都恨不得把脸埋进地里，由于脸颊消瘦让人误以为是张长脸的圆脸蛋瞬间变得通红，话都说不利索，嘴里永远只能吐一个词：好的。好的，夫人。好的，先生。只要有人和他争论本子上记下的消费价格，他就会用极其彬彬有礼的、温柔的声音关上争论的大门：你我之间有安拉在，世间是和平的。大到位高权重的董事长，小到身份卑微的小喽啰，所有人都喜欢他。因为他身上好像有种魔力，让你没有缘由地被他吸引，诱惑着你接受他，所以，人们提起他的名字的时候总觉得分外亲切。他是唯一高管们都向他敞开大门的人，哪怕是他们正在召开秘密会议，或者房间里人满为患座无虚席的时候。

---

① 阿卜杜·瓦哈比（1902—1991），埃及现代著名歌手、作曲家、演员。

② 阿卜杜·哈利姆·哈菲兹（1929—1977），埃及现代大歌唱家。

③ 莱依拉·穆拉德（1918—1995），埃及现代著名女歌唱家、演员。

当看到这样一个优雅、整洁、英俊、有礼的青年，端着咖啡走进来，带着温柔而羞涩的微笑弯下腰，小心翼翼地放下咖啡杯的时候，高管的客人们得有多惊喜呀！有时，在某个官方会议上碰到关于某些敏感话题的激烈争辩，他会听上几分钟；有时，一些秘密和真相也会传到他的耳朵里，他凭借与生俱来的聪明马上就能明白，但是只要他走出门，就什么都不记得了，有时，他也会听到一些针对隔壁办公室的工作人员的谩骂和指控，也许他下一刻就得去那个办公室了，但他都会装作什么也没听到的样子。

他基本上已经学会读书识字了，但是小学六年级的时候，他由于不能忍受老师的粗鲁野蛮和教材的杂乱无章而选择了辍学。辍学之后，他就在各行各业中辗转，干过熨衣学徒、轮胎学徒、汽车电气学徒等等。但是，他的内心深处却痴迷着表演艺术，一心想把表演作为职业，也误认为自己不需要所谓的什么证书。当他知道演员们都是从戏剧艺术学院毕业，拿着高文凭的时候，便想像很多人一样走走后门，但却发现这条道路异常艰难。这个时候，他惊讶地发现自己能够把从艾哈迈德·拉米[①]、麦蒙·辛纳维[②]的歌词里记下来的许许多多的凌乱词语，组织成一行行押韵严格的华丽语句。于是他决定，就像他见到过的很多年轻人一样，给歌手写写歌词碰碰运气。在他们这条古老的大街上，最高一栋楼楼顶住着一个才华横溢、词汇与众不同的歌词诗人，要不是因为他年纪轻轻就患上了心脏病的话，他的前途一定不可限量。他是广播台的一个小职员，

---

① 艾哈迈德·拉米（1892—1981），埃及诗人。

② 麦蒙·辛纳维（1914—1994），埃及现代著名诗人。

专门在银行旁边的小窗口派发证券。正是通过这个工作，他得以认识了很多艺术家，于是他创作的歌词便传到了一些著名歌手和作曲家的手里，甚至都快传到乌姆·库勒苏姆和阿卜杜·瓦哈比的手中了。法伊德经常去他顶楼的家里或者广播台的办公室里找他，把自己写的歌词给他看。他看到法伊德为了一个虚无缥缈的幻想，连生计都不顾了，非常同情他。法伊德的母亲也跑来找诗人，求他劝一劝自己的儿子，让他迷途知返。诗人知道这很难，但他还是尽可能地妥善解决了这件事情。他的职位让他知道，新楼里的广播台需要一家专门为其员工提供服务的餐厅，于是便建议负责人腾出一套空房子，并说服法伊德，让他相信，如果他承包下这家餐厅并负责经营的话，就是处于自己所热爱的事业领域的中心了。并且，这也不需要任何的押金，要不了多少本钱。于是，没过几天，这家餐厅就变成了这些办公室里不可分割的一部分，法伊德·乌祖里就变成了这个私人社区里一个众所周知的人物。他有能够迅速和别人打成一片的天赋，也比其他兄弟姐妹更加善于赢得所有人的同情和帮助。

他总能抓住一切机会，用某种方式告诉你，他不仅仅是个卖咖啡的，还是个作词家，只是因为缺乏机遇而没有成名。如果他知道你是个诗人或者记者的话，他就会在你走出任何一间办公室的时候，来到你旁边，和你滔滔不绝地说话。要是来到了通往佣人专用楼梯的门口的话，他就会邀请你去餐厅喝上一杯。

我第一次遇到他的时候，他就是这么对我的。当时，黎明的曙光洒落在佣人专用楼梯的梯井里，就像是特意选择了这里作为栖身之所，好把光线倚靠在楼梯栏杆上一样。阴影中的餐厅令我回忆起，在我那偏远的小山村里，那些我经常光顾的亲切的小商店。我想起来，每次只要有个咬文嚼字、卖弄学问的人在走进餐厅的时候瞥见我，就会用眼神示意我应该清楚自己的位置是佣人专用楼梯，而不是坐在这儿谈论文学创作的时候，我就尴尬不已。我想起来，我显得很不服气，经常诱惑他们参与我们的讨论，就那么站在狭窄的楼梯间里，那一场场简短而热烈的讨论会，在我心里留下了美好的回味。

我已经来到了餐厅门口。我朝里面看了看，一个人也没有看到。煤气灶就在原来的地方，但是没有开火，脏杯子乱七八糟的到处都是。我心想，这种情况经常出现，尤其是在下午的时候，一切活动都停止了，整栋大楼都安静了下来。我想喝上一杯精心泡制的热茶。于是我娴熟地点燃了煤气灶，给自己泡起茶来。我想起来，这种事以前也经常发生。甚至还有过一位顾客向我点了一杯茶，我果真给他泡了一杯，还在本子上记了账，然后叫来服务员给他端了过去。

在关掉煤气灶开关的时候，给里面灌满空气的时候，我突然想起，这是个千载难逢的机会，现在有比喝茶重要得多的事情。于是，我搬来一把椅子，放在了这个隐蔽的小角落里，向后靠着坐了下来，把头靠在背后墙上，两条腿则架在对面的墙上，然后便沉沉地睡了两个小时，或者更长的时间。要是法伊德的母亲来了并发现了我的话，就会看着我说："亲爱的！继续睡吧，你看起来累坏了！"然后她可能就会关上门离开了，第二天早上再过来。要是她的儿子穆尔泰迪看见我的话，就会把我叫醒，问我有没有读当天的《金字塔报》。要是他的二儿子法伊德看见了我，就会等到要离开的那一刻才叫醒我，问我愿意离开，还是留下，或者和他一起回家。要是她的小儿子穆尔泰吉看见我的话，就会给我煮一杯浓茶，然后摇醒我，嘴里轻声喊着：醒醒，醒醒……

我搬出来的椅子一条腿坏了，所以我得把它靠在角落里，我把全身的重量都压在了椅子与墙角形成的三角地带上，以此来保持椅子的平衡。我的呼吸开始规律起来，在这个拉上了窗帘的独处空间里，我的眼皮越来越重，视线也越来越模糊。我听见了一阵脚步身，在长长的走道里向我逼近。我敢断定，这一定是埃米尔·法伊格的脚步声。他是个年轻的龙套演员，没啥天赋，思想也不开化，但他的外表很有迷惑性，看起来像个副部长、外交官、高官办公室主任之类的人物，显得格外稳重严肃。他有一张长脸，脸颊饱满，嘴唇很厚，鼻子直挺挺的，就像是整过容一样标准，两只眼睛里总是透着智慧的眼神，头发浓密，但是鬓角被剃得短而整齐，后脑勺上的头发也被剪得短短的，服服帖帖地趴在上面，流线型顺滑，结束的地方界线分明，就像一条细线一样。他的脸呈小麦色，胡子都被剃光了，经常戴着一副眼镜。他穿着一条榛子色的长裤，一件深色的格子羊毛上衣，并且还打着一条打结处弯曲的领带。

他口齿伶俐，能说会道，看起来像个自信满满的大知识分子，但是几分钟后，你就会发现，他其实对啥都不相信。他所有的知识来源，不过是混入论坛或录制节目讲话人中间捡来的只言片语，就连他平时那些言之凿凿的言论，也都是源自二套广播台的发言稿，胡乱使用一番。但是这一点他能掩盖很长时间，因为他知道什么时候自己有权说话，什么时候应该自重保持沉默。并且，他还懂得倾听的艺术，他听你说的时候，总是表现出听得津津有味的样子，给你一种他对你说的内容非常感兴趣的印象，所以如果你真有话要说的话，绝对不会对他有所保留。最开始认识的时候，他会抬头挺胸，表现出一副傲慢的样子，但是在他了解你之后，就会立马转变态度来迎合你。如果他知道你是个导演或者作家的话，那么他就会毕恭毕敬，近乎卑躬屈膝地跟你说话，想方设法博取你的同情。他会和你说起他那病重的母亲，说起那些父亲去世之后全靠自己一人抚养的弟弟妹妹们。如果你是个官员的话，那么他就会——轻描淡写地——向你抱怨那些漠视他工作权利的导演。你要是个默默无闻的小记者的话，他就会向你介绍自己以前在老牌剧团里获得的荣誉，讲自己那些只有傻子才会否认的天赋和才华，讲那些堂而皇之收受贿赂的导演。如果你是个导演助理的话，他便会请你喝上一杯茶、抽上一根 Belmont 香烟，并含蓄地承诺你，只要你能让导演注意到他的才华，以后还会有更加慷慨的招待。他每天都很忙碌的样子，比如一整天都待在阿勒瓦的录影棚里，就为了在一个节目里说上一个单词，或者在一部剧里说上一行台词。如果他被请去出演一个有很多集的节目，他会承担些额外服务，主动凑到导演旁边，哪怕是帮着拎包、搬录影带、召唤正在休息的演员、拽人去楼下的咖啡馆里找人、找某个负责人在离开之前签字、和管理人员一起准备预算文件，然后追在勤杂人员身后保证当天的预算到位。但是，他总是入不敷出。我记得第一次见到他的那天，确切地说是在这个餐厅里，法伊德·乌祖里把他介绍给了我，然后又把我介绍给他说：

“某某记者！”

于是他信心满满地问我：

“在谁的版面上呀？我的意思是，你和哪些板块负责人一起工作呢？”

我郁闷死了，不耐烦地回答他说：

“不和任何人！”

然后我就没再说话了，但是一会儿之后我就有点后悔了，因为他痛快地接受了我的这“一巴掌”，继续热情友好地接着和我说话，甚至还执意要请我今夜晚些时候到费沙维咖啡馆喝杯茶。

我看见自己一言不发和他并肩走在费沙维咖啡馆附近，似乎，我俩已经绕着它走了好长时间了。每次我们走到咖啡店门口的时候，他就要离开一会儿。他走到里面的包厢看了看，然后又回来拽上我重新开始在侯赛因广场上走个几分钟，然后我们又再次回到咖啡馆。不难看出，他确是认真地请我，但却想要另外一个人买单。确切地说,就是他现在正在寻找的那个人。他笑容满面地回来了，叫我进去，我便知道，那个将为我们的茶水买单的人已经到了。就像我期待的那样，一位非常严肃的先生站着迎接我们，他身材修长，戴着一副宽边的黑框眼镜，有着土耳其人的五官，棱角分明，稍微有点轻微的金发碧眼。他在一整套西装外面穿了一件极其昂贵的大衣，右手握着一串镶嵌象牙、黄金和白银的念珠。他向我打招呼：

“欢迎，先生们！”

他说这句话的时候，用的一种贵族的强调，声音浑厚，就像是从喉咙深处发出来的一样。我也向他问好。埃米尔·法伊格指着他对我说，似乎在威慑我似的：

“穆哈辛·凯米勒·班德里先生。”

“您好，先生！幸会！看来我真是幸运！”

我就这样重复了好几遍。穆哈辛·凯米勒·班德里前不久是我们国家驻莫斯科的大使，他过去是个作家，我读过一些他写的游记和翻译的小说，他坚决反对殖民主义，政治立场令人尊敬。并且，他来自上埃及的一个显赫家庭。他示意我们坐下，给我们每人点了杯绿茶，还把他的外国烟递了过来，并把金色打火机放在了上面。几分钟之后，我发现这个人对诗歌和方言诗歌热爱到了一种痴迷的地步，因为他一直在反复吟诵着贝拉姆和艾比·布赛纳的方言诗，以及哈菲兹·易卜拉欣[①]、阿卜杜·哈米德·迪卜[②]、伊玛目·阿卜德[③]的诗歌。幸运的是，这些诗我都能背出来很多，他一开头我就能滔滔不绝接下去。我给他吟诵了一整本贝拉姆不知名的打油诗，他既欣赏又感激，都快踮起脚了。就这样，一首接一首的诗，他给我点了一杯又一杯的茶和咖啡，并不断地递给我烟，直到我抽得心满意足。然后，我惊讶地发现他躲到墙角，拿出他的高级钱包，用他那纤长的手指在里面翻了几下，拿出一张纸币攥在手里，然后把钱包放回了里面的口袋,并把钱悄悄塞进了大衣兜里。我以为，他是准备叫服务员过来买单了。他转向埃米尔·法伊格,对他说：

“你去看看报纸来了吗？麻溜点儿！把所有的报纸都给我们拿过来！去服务员福艾德大叔那里拿！”

然后，他喊了一句：

---

① 哈菲兹·易卜拉欣（1872—1932），埃及近代著名诗人。

② 阿卜杜·哈米德·迪卜（1898—1943），埃及现代诗人。

③ 伊玛目·阿卜德（1862—1911），埃及近代诗人。

“艾布·哈麦达！把埃米尔先生要的东西给他！”

当埃米尔转过身背对着我们的时候，他就把手伸到桌子底下，意味深长地看着我的眼睛，说：

“把手伸过来！”

我吓得浑身发抖，尽管如此，我还是把手伸了过去。于是，一张摸上去数额不小的纸币塞到了我的手掌心。就像是一桶冷水从头上淋了下来，我浑身都湿透了，眼泪也快夺眶而出。他的眼神严肃了起来，用低沉的兄弟般的威胁语气说：

“我跟你说！我救穷不救急！我不习惯别人辜负我希望，所以你千万别成为第一个辜负我的人！那样的话，你一定会付出惨痛的代价！”

说完之后，他温柔地冲我笑了笑。我往四周看了看，看见我们对面的那间包厢是空着的，所以没有人看见刚刚发生的一切。我想起来，我已经好几个月没有见过钱长什么样儿了，我要吃、要喝、要睡觉、还要四处奔波。于是，我自甘下贱地接过钱，把它放在了口袋里。我突然产生了一种担忧：谁告诉他我穷呢？我的样子能看出来这一点吗？难不成我脑门上烙印着乞丐二字？！我看着他的眼睛，发现了一种看似高贵的东西，但是又掺杂着一层邪恶或不纯净的阴影。

埃米尔·法伊格拿着一摞报纸和杂志走了过来，扔在了我们面前，于是我们马上翻阅了起来。我注意到，埃米尔·法伊格正在用一种充满了困惑的紧张而担忧的眼神瞟着我，就像是要控诉我背叛了他一样。我的担忧开始加剧，但我还是决定暂时对他视而不见。显然，他想对那个人说点什么，最后，他转向那个人，用一种对哈里阿里发说话的语气说：

“你知道我刚刚碰到谁了吗？”

那人说：

“我知道！肯定是那个蠢货爱国主义方言诗人！”

埃米尔说：

“是的！”

我急忙问：

“你是说穆赫泰尔·拜赫鲁勒[①]？”

那人噘着嘴生气地说：

“是穆赫泰尔·齐夫特[②]！”

我吓了一跳，这是今晚我们坐在一起之后，从他嘴里蹦出来的第一句脏话！他改变脸色对埃米尔说：

“我注意到他盯着我们看了好几分钟了！他刚从这里路过！今天还牵着两个小孩呢！他是牵着他们来乞讨的！真是个贱人！我绝不会再给他钱的！我就让他饿着，看他能厚颜无耻、仰着鼻子撒谎到什么时候！几天前，他怎么可以眼睁睁地看着我朝他走过去却都不停下来和我打声招呼呢？我给了他吃的，他怎么能挑战我呢？！难道他忘了自己身上那件西服还是我给他的吗？！”

于是，我往埃米尔身上那件昂贵的西服看了看，我知道，这也是他给的，只是被重新裁剪了一下，改了尺寸而已。我感到内心剧烈起伏，就像是失去了童贞一样。然后，我就到了方言诗人穆赫泰尔·拜赫鲁勒的家里。他家里就只有一个房间，在凯鲁特·贝克大街某条巷子里的一栋丑陋不堪、臭名昭著的

① “拜赫鲁勒”在阿拉伯语中是小丑的意思

② “齐夫特”在阿拉伯语中是沥青一类的黑色脏物，类似英文的 shit。

房子里。他和妻子以及八个孩子全都挤在这个小房间里，他们在地上铺了报纸就直接睡在上面。房间里除了一个歪歪扭扭的煤气灶和一些锈迹斑斑的瓶瓶罐罐，就没有别的东西了。他每天中午起床，然后就去走街串巷找块鸦片膏，有了它，他的身子才能站直了。然后再喝上一小瓶廉价酒，这样他的神智才能振作起来。接着，他就会去找一份面条、一锅炸土豆或者一锅豆子汤。至于他是如何能做到这些的，则是个神奇的秘密，我感觉只有在埃及才能办到。似乎，他总是能用某种方式成功地打发一天。他原本绝对有资格成为一位讽刺诗明星，因为他有着出众的天赋，能够在诗里描绘出一幅幅具有浓浓的讽刺意味和深刻的哲理意义的画面，但是他本性下贱，卑鄙至极，总是为了双倍的报酬，以自己的名义或者帮其他一些著名诗人写一些现在流行的独白诗。他以前经常在一些报纸杂志上发表方言诗歌，发表两天之后，他便跑去报社，像个街头混混、流氓恶棍或者蔬菜贩子一样讨要稿费，要是没有及时拿到钱的话，他就用各种市井淫秽的词句写一些尖酸刻薄的方言诗诋毁该报社，诋毁那些社长和编辑。然后把它们像传单一样四处分发，借此制造出个世纪丑闻。所以现在所有的报社都不提他的名字，歌唱家们也都躲着不见他。于是，他便只好转战歌舞厅，靠给舞女们写一些滑稽露骨的即兴诗歌来换取一个晚上的安身之所，或者在凌晨的时候拿上几个先令的报酬走人。他把自己的才能也出租给那些议会候选人，为商人们写一些斋月期间印在传单上的宣传诗。并且，无论他发表什么垃圾东西，都会把自己的照片附在上面：光秃秃的脑袋，太阳穴两边耷拉着几缕稀疏刘海，就像是低级妓女头上的刘海一样，两只邪恶无耻的杏眼，透着卑鄙下贱的脸颊，一张肉欲横流的大嘴，两片嘴唇总是张开着，挂着一种愚蠢黏稠的微笑。

现如今，他所有的希望都寄托在了两个女儿身上。安拉眷顾，她俩生性幽默，落落大方，还有一副悦耳动听的好嗓子，说起话来总是带着一种玩笑的意味，但是又很讨人欢喜。大女儿十三岁了，身材已经很惹火，小女儿还只有八岁。他把她俩看作双胞胎一样，给她们起了两个颇有艺术感的名字：榛子和杏仁，还为他俩写了一些搞笑的独白诗，并委托一个在穆罕默德·阿里大街上与歌女厮混的落魄音乐家为之谱曲。作为交换，他给对方写一些用来在婚礼上演唱的歌词。通过各种手段，各种奔波折腾，他终于把这对双胞胎推介到了一家位于金字塔大街上的歌舞厅。于是，每天黄昏的时候，他就喝得微醺，把两个女儿带到歌舞厅，等到凌晨的时候，他就已经喝得酩酊大醉，趔趔趄趄地把她俩带回家。两个女儿的工资都交给母亲来买吃的，但是小费都被他拿走了……

“他竟然自称爱国诗人，真是滑稽！这难道不是一件让人笑破肚皮的事情吗？”说这句话的声音和我的声音不一样，我吓了一跳，发现说的人原来是穆哈辛 · 凯米勒 · 班德里。原来他已经又开始和埃米尔 · 法伊格聊起这件事情了。

突然，穆赫泰尔 · 拜赫鲁勒带着他的两个女儿——榛子和杏仁进来了，笔直朝着穆哈辛 · 凯米勒 · 班德里走了过去。而穆哈辛却依旧待在原地，根本没有在意他。穆赫泰尔 · 拜赫鲁勒微笑着迎了上去，和他行着贴面礼说：

“天呐，我那天竟然没有看见您！您为什么不相信我呢？我那时神志不清了，还请见谅！就在您见到我几分钟前，我刚喝了五杯啤酒！像我这样的野狗怎么可能对您这样的尊贵的先生视而不见呢？我要真是故意对您视而不见的话，那我就应该被人用鞋来踢！那我为这些孩子求安拉保佑的事情也都不能应验！”

他还想再次亲吻穆哈辛的脸，但是穆哈辛先生粗暴而傲慢地把他推开了。要不是当时拜赫鲁勒就靠在椅子边上的话，恐怕得被推得站都站不稳了，他用虚弱的声音说：

“您冤枉我了！我现在还是先离开，等你的心情好点再说吧！”

然后他牵着两个女儿离开了，穆哈辛先生看着他离开的背影咬牙切齿地说：

“畜生！臭要饭的！”

我感觉脖子上遭到了一记重击，像是被打断了一样，于是我像块儿破布一样坐直了身子，然后又调整了一次，接着又回到了原先的姿势，像个下人一样坐在这位威严尊贵、有着辉煌履历的先生面前。但我立刻又重新改变了一下坐姿，故意向后倚靠着，带着一丝隐秘的挑衅意味跷起了二郎腿。于是我看见他额头上青筋暴起，眼睛里飞速地闪过一道火光。我试探性地问他：

“您不从事外交工作，也不进行写作了吗？”

他大笑了起来，说：

“所有人都分不清我和我叔叔！朋友，那是我的叔叔！我叔叔穆哈辛·凯米勒·班德里先生才是个大使、作家和翻译家呢，他现在正在国外疗养呢！”

说完他拍了下手叫服务员，在服务员艾布·哈麦达还没过来之前，他就已经掏出了两埃镑，把它们扔在了桌上的一个小盘子里，说：

“希望还能第二次，第三次见到你！再见！”

他从桌椅中间撤了出去，向我们挥了挥手，我们目瞪口呆地看着他离开了。我的脑海里闪现出一个念头，它告诉我，有生之年我恐怕再也没有机会再见到他了。就算我在路上偶遇他，我也会故意装作没看见的样子。

然后，我来到了一个公共洗手间里，旁边是一座清真寺。也许是侯赛因清真寺。我展开手里的这张钱,发现它是绿色的，上面有个红色的宣礼塔。这是一埃镑。我欣喜若狂，我决定，我要一直保存着它，无论什么原因，都不去花它。我把它卷了起来，卷成了一根细细的香烟的样子。然后，我把它塞进了内裤右边的松紧带的开口里，因为我经常是侧在右边睡觉的。我知道埃米尔·法伊格还在洗手间外面等着我，为此我很高兴，因为人在深夜里是需要陪伴的……我看见自己跟在埃米尔·法伊格身后，正在一个泥土堆砌而成的松松垮垮的楼梯上往屋顶上爬。这个房子和我老家旁边农场里的土房子别无二致。尽管据说我们现在是在吉萨省，我们倒了两趟公交车，并且穿过了好几条街道，才来到这个偏远的农村。到屋顶之后，我们拐进了一个小房间，里面摆着一张老式铜柱子床，床上铺着一床干净的白床单。一位农村老妇人接待了我们，她颤巍巍地站起身来，每挪动一步都异常艰难。她向我打了句招呼，然后走了出去。埃米尔·法伊格从床的铁架子上拿下来一件柔软的大袍扔给我说：

“把你的衣服换下来吧！”

我闻到了上面的汗臭味，拒绝了：

“不了！我就这么睡吧！”

然后我脱下鞋子，把臭袜子也脱了下来塞在里面，然后在床上躺了下来。于是他换上了那件大袍，也在我身边躺了下来，说：

“明天中午十二点，我在俱乐部有一个‘五点差五分’节目的彩排！”

我迷迷糊糊地嘟哝道：

“我们还是先睡吧！”

说完我便睡着了……

我独自一人漫无目的地在沙里芬大街上晃悠。我注意到，那个黑人诗人从沙里芬大楼走了出来，也就是那栋里面有好多高级官员办公室、直播间、苏丹之角广播台和巴勒斯坦之角广播台的大楼。他是诗人马哈茂德·福朗瓦尼，尽管年纪轻轻的，却早已名声在外了。他是参加现代阿拉伯诗歌运动的诗人中的佼佼者，作为一个独立的声音勇敢地表达了黑人的观点，因为黑人是黑色大陆的儿子，更有资格获得解放。他是苏丹裔的，出生在开罗，所以便有了埃及人的性情、口音和文化。也有人说他的远祖是利比亚人，有些时候，他表现得还有点沙特人的基因，又或者说他母亲是海湾人。他很有名气，活得像个政治难民一样，没有一个人知道他是怎么做到的。也许，是因为他从幼年就染上了革命斗争的色彩，这令他和阿拉伯地区的各个执政力量之间都有非常明智而谨慎的冲突，这样的话，他既能保持自己作为革命声音的形象，同时又不会损失各大执政当局的支持。他可以在各个阿拉伯国家之间辗转，时而在这个国家首都生活一段时间，时而去另一个国家住上几天，就像个政治难民一样。他在开罗接受的教育，在文学院的阿拉伯语系读的大学。在此期间，他还在一份革命日报担任审校编辑。据说他总是逃课，所以到了考试的时候，他便跑到系主任那里要求免考。他的理由就是，自己是一名颇有名气的自由诗人，学校应该为有这样的学生而感到骄傲。系主任自然没有同意。实际上，没有谁知道他说的这件事到底是事实，还是围绕他编织的众多谣言中的一个谣言而已。同样，也没有任何一个人知道他是否拿到了毕业证。事实上，他的确是一名了不起的大诗人，他现在定居在叙利亚，以专家的身份在文化部的某个司局工作。他现在是带着任务来埃及访问的，这项任务可能会需要好几个月的时间。他已经和一位来自加沙的巴勒斯坦女人结婚了，生了六个孩子，和他一样面容白皙，都长着像鳄鱼眼睛一般凸出来的两只闪亮杏眼，窄而尖的额头，小嘴巴，大牙齿，小身躯。现在，他在阿勒旺和沙里芬大楼的五层租了一套家具齐全的套房下就是广播台的各个办公室……

我想起来，我和他约了见面。我非常期待这些见面，因为他说要请我吃午饭，好在吃饭的时候给我读上几章他创作的第一部诗歌剧里的最新内容。事实上，在此之前，他已经出过好几本诗集了。但他还是想听听我的意见。这是个千载难逢的机会，因为我终于可以吃上一次家里做的午餐了。这么多年来，我一直很想念家里厨房的味道和家庭的氛围。并且，还有一顿诗歌的盛宴等着我。我看见自己坐在了一个装修豪华的会议室的角落里，这里摆满了样式经典的椅子。我旁边的墙上，是一个用红色耐热砖砌成的大壁炉，它的形状就像是法老时期的大门，两侧的上面部分还有莲花样式的装饰。壁炉另一侧旁边的椅子上，坐着那位著名黑人诗人，他穿着咖啡色的意羚皮夹克，一条赫尔德牌黑色羊毛长裤，夹克里面是一件奶油色的半高领羊毛背心。他大口大口地抽着烟，手里翻着一叠满是涂改痕迹的纸。很有可能，这就是他要给我读的诗歌剧的草稿。不一会儿，他把视线从纸上抬了起来，神经兮兮、又有点紧张地喊道：

“我们今天还吃午饭吗？太太，午饭还没准备好吗？”

我听到从厨房传来一个粗鲁得像男人声音的女人声音，那个声音更加神经兮兮，更加紧张，带着一股埃及农村野孩子特有的口音：

“福朗瓦尼，你就只知道坐着发号施令！”

他转头看向我，眼神里带着惶恐和责备的意味，于是我只好低下头，避免令他尴尬。他开始更加用力地吸着烟，眉头紧锁，努力把注意力集中在手中的纸上。六个大大小小的孩子像是蝗虫一样的颜色，整个房间里到处都是他们的吵闹声和调皮捣蛋的身影。他们互相追逐着，嘴里大喊大叫着。他们中有个孩子摔倒了，于是整个地面都在震动；有个孩子把东西撞碎了，吓得尖叫了起来。这时，福朗瓦尼已经把手里的纸按照顺序整理好了，他转向我，开始用颤抖的声音读了起来，场景、时间、人物纷纷纷至沓来。当他开始读到对话的时候，声音更加颤抖、更加温暖。但他还没把一整个场景描述完呢，就感觉自己的声音，甚至是整个自己都被孩子们的吵闹声给淹没了。厨房里传来一阵锅碗瓢盆的碰撞声，然后是水龙头开到最大的哗哗声。他突然用尽所有力气，大声地喊了起来：

“够了，狗崽子们！你们都给我到里边去！老婆，你来把这些孩子给我教训一下！”

这时从厨房里走出来一个矮矮胖胖的敦实女人，她看上去年纪不大，但是脸上没有任何表情，整张脸就像块半红半白的五花肉，两只大大的黑眼睛里升腾出犀利的目光。她的整张脸，直到脖子，全都是烧伤的疤痕，既恐怖，又令人悲伤，引人同情。她用更加暴躁的语气说：

“你大喊大叫什么呀？叫得我心烦意乱的！就不能稍微冷静一点吗！脑子包着铁皮吧？”

他跷起二郎腿，晃着手指，就像在和国家总理进行严肃的政治谈判一样，一本正经地说：

“你要是不尊重你自己，我这就拿鞋抽你！”

说完，他就表现出一副后悔莫及的样子，为自己刚刚的口无遮拦后悔不已。她用威胁的语气朝他吼道：

“福朗瓦尼！请你自重！”

他彻底被激怒了，喊道：

“狗娘养的！你才应该自重一点！”

她也朝他喊：

“你才是狗娘养的！还是个狗杂种！”

他把手中的纸一扔，像头愤怒的狮子一样站起来朝她扑了上去，我急忙起身用尽全身力量拉住了他。至于她，则像一个深知对手套路的摔跤手，挡开他的进攻。他用力地挣脱了我，跳上前去对她一顿拳打脚踢。她边喊边骂，用尽了一切污秽的下流话！这让他打得更加厉害了。而孩子们都吓得尖叫了起来。但是那种浮于表面的惊吓表明他们对这种场景早就习以为常了。我用尽全身力量，试图把他俩分开，但是他俩隔着我还是扭打在了一起，互相拳打脚踢，吐着口水。一直打到福朗瓦尼累得瘫坐在了椅子上，他气喘吁吁的样子让我担心他一不小心就会断气。我发现自己正处于一个尴尬的境地。于是我打算离开。他拉住我说：

"坐下！我们继续读诗！你看到的这些都不关你的事，这就是我们日常生活！这只是非常寻常的对话罢了！"

我说：

"我不认为你现在还能接着读下去了！我也不认为你还听得进去！"

然后我再次站了起来，他也站了起来，和我一起朝门口走去……

我惊讶地发现，我俩一起坐在了广播俱乐部邻着阿勒旺大街的阳台上，周围一片寂静。福朗瓦尼在已经抽完的烟屁股上又重新点燃了一根，凄苦地笑了笑，用依旧颤抖的声音说：

"这个疯子！你千万别被她吓到了,她本性并不坏,事实上，她是个非常伟大的女人。她深深地爱着我，这就是悲剧的秘密所在！你不是看到了她的脸和脖子吗？那是有一天她听到了我想要再娶一个叙利亚情人当妻子的传言，所以就在自己身上放了把火。我们竟然奇迹般地把她救活了，她是个疯子，因为她不知道我也深爱着她，并且敬重她！为了她，我牺牲了太多东西，对此我并不后悔，因为她也同样带给了我很多东西，她跟着我从一个地方流亡到另一个地方。在过去的这些年里，她从来没有像其他女人一样有过一个稳定的家。我们住过的所有房子都是拎包入住的出租房，租房花光了我的大部分收入，更何况我的收入本来就不多。我们的生活永远都只有廉价旅馆，旅行箱，和残留着别人汗味和垃圾的房间！有时候，我还把她和孩子们扔在一个老远的国家，而我自己却生活在另一个国家，这样一过就是一年多，甚至两年多，偶尔给她寄点杯水车薪的生活费！我已经好多次跟她提出过离婚了，我好担心什么时候我再提离婚，她真答应了的话，那我肯定得后悔死！”

然后他出神地抽起烟来，而我则陷入了极其矛盾的心理。因为不久前，我本来还是同情他鄙视她的，但是现在，他们两个都令我同情，而我只能鄙视一个未知的第三方。我感到，这个世界，所有的人，所有的事，都令我烦躁。然后，我看见自己站了起来，想要做点什么安慰他。我心里冒出个念头：我要是有钱的话，就请他喝上两杯，因为他现在的样子简直就是悲惨的化身。我感觉自己的心都要因为他，因为他们这个站在风口的家庭而碎掉了。他们这个家庭如果被风吹走了，任何崇高伟大的目标都弥补不了。我问他：

“喝咖啡吗？”

其实，我并不确定服务员是否还会响应我的要求，因为我想起来，我已经很长时间没有付过账了。尽管如此，我还是反复问了他好几遍，他点头，说：

“好的”。

于是我像只纸孔雀一样，两手插在裤兜里，大摇大摆地走到一边的过道，脑海里努力地计划着如何说服服务员穆斯塔法，让他相信我几天之后一定会来还账的……

我两只手撑在过道的墙壁上，被眼前的街景吓了一大跳。我仔细盯着沙里菲广播大楼后面的那栋楼一看，那是Cosmopolitan酒店，文学家和艺术家聚集的地方，他们经常在里面的东侧大厅喝酒。我想，某天也许我也可以坐在那个大厅里，只要我去的时间很早很早，大厅里除了我再没有别人就可以。我可以静静地享受一把从雕满贝壳花纹的木质屏风的缝隙里钻进来的宁静。那里面，所有的凳子、桌子、低长椅都和屏风是一个风格。那些长椅吸引着我长时间地坐在上面。我面前的桌子上摆着一摞纸，手里握着一支笔，还有一杯咖啡陪伴着我，慰藉着我的孤独。桌子上还有一盒没有拆封的香烟。我没完没了地写着，心里有无穷无尽的话需要写出来，尽管我现在并不知道那都是些什么，我只知道，我的心里有一团火在熊熊燃烧。激烈的冲突，困境，欲望，灾难，令人悲伤的尊严，浓重的悲伤，黑暗中闪闪发亮的思想，照亮了一片广阔的花园，花园里面还有小河在静静地流淌着……这就像是一个近在咫尺的梦。

“先生，您的咖啡！您坐在哪儿？”

服务员穆斯法塔站在我身边，手里端着一个盘子，盘子里放着两杯咖啡。我被他惊吓得不知所措。我想起来，刚刚我确实跟他点了咖啡，他没有像我预想的那样拒绝我，也许是因为我看上正在和一个朋友约会吧。不久前，我就和这个朋友坐在邻着阿勒旺大街的阳台上。我好像因为什么事情走开了，可能是为了上洗手间？也许，刚刚我的确去了洗手间吧！显然，我离开好长一段时间了，以至于我都把他给忘了。要不是咖啡来了的话，我甚至都想不起来他了。显然，我本来特别怀疑服务员能够给我咖啡，所以，为了避免在朋友面前尴尬，我差点就溜走了。我想，我的朋友肯定在等着我呢，而且他肯定有烟。于是我用手示意服务员穆斯塔法跟着我走。然后我俩就来到了阳台上。一眼望去，我一个人也没看见。所以，他肯定是以为我不会来了，就生气地离开了。我感到心烦意乱，沮丧万分。就在这时，我听到一声响指声，还有人吹着口哨在呼唤我。我悬着的心终于放下了，快步迎了上去。原来是我的好朋友，演员里的后起之秀——巴希尔·格里尼。他前途无量，有朝一日一定能成为一位大明星。他是个对电影和戏剧有着罕见的独特品位的人。他有着酒红色的皮肤，炯炯有神的眼睛，一张圆脸永远都保持着严肃的表情，但其实内心深处却藏着巨大的幽默感。他身材高挑匀称，穿着最昂贵却又最简单的衣服，夏天就是衬衫加长裤，冬天就在外面加件套头衫，围条围巾。但是衬衫的剪裁总是格外别致，套头衫也是从国外买来的 Saint Michael，是开罗从来没有过的款式，但都是特别沉稳庄重的颜色，同时又不失活力、慷慨和华丽。他先后毕业于开罗文学院的哲学系和戏剧艺术学院的表演系，所以他不仅有过人的天赋，而且还拿到了两个高等文凭。很久之前的一天，我第一次在俱乐部见到他的时候就被震惊到了，因为他是我见过的第一个手里拿着纳吉布·马哈福兹最新小说的演员。这本小说，就是在我俩中间建立起深厚友谊的桥梁，因为我俩都喜欢阅读文学作品，并且我们也都喜欢尤素夫·伊德里斯、萨拉赫·阿卜杜·索布尔、白德尔·谢基尔·赛亚布[①]和阿卜杜·瓦哈比·巴亚提[②]。他是民族剧院剧团的成员，在二套广播台的戏剧里演过很多个讲普通话的角色，这些角色扮演起来难度都很大，一些大导演甚至认定他在不久的将来能够担当电影的主角。比起

① 白德尔·谢基尔·赛亚布（1926—1964），伊拉克著名自由体诗人。

② 阿卜杜·瓦哈比·巴亚提（1926—1999），伊拉克著名自由体诗人。

我对他的才华的信任，他更加信任我的才华，他经常在排练台上提起我，想要吸引导演们雇我为他们写剧本。

他迎了过来，还不忘嘲笑我说：

“你是去买咖啡豆去了么？你都害我耽误排练了！你说要请我喝咖啡，结果自己溜掉了？难道你跑去参加修建大坝融资项目的谈判不成？！”

我笑着说：

“你不就想翘掉排练吗！”

他把脸转向一个角落里，两条腿都架在前面的一把椅子上，两只手偷偷地握在了一起。尽管服务员们和我，也许俱乐部的每一个人都知道他在把一块鸦片膏揉成一根线的样子，好把香烟里的烟芯弄出来，然后把鸦片膏搓成的线插进去。为了表示欢迎，我急忙说：

“你好！你好！”

我在他对面坐了下来，他递给我一支烟说：

“我们有一整晚的时间，可以去卡绥德·海伊尔船上喝上两杯威士忌！”

我说：

“但愿吧！”

一个惊人的大屁股从我们身边飘了过去，上面挂着一件丝质花纹衣服，隐约透出柔软的肉。我抬起头看向这个苗条的高个儿，中间是腰，细得跟个结婚戒指一样，往上是很宽的肩膀，丰满的胸部，双峰之间有道深深的沟壑，似乎在散发着玫瑰色的光芒，令人疯狂。这道沟壑从饱满而纤长的脖子开始往下延伸，黑亮的长发如瀑布一般垂在肩头。她的脸像个苹果一样，大大的嘴巴，大大的眼睛里似乎包罗万象。那是女演员哈姆迪亚·伊斯玛仪。她是通过旁门左道进入的演艺圈，就因为她曾经的丈夫是一个著名歌手。但是在他最红的时候，冒出个阿卜杜·哈利姆·哈菲兹，以及后来人，所以他从此就没落了。他本可以继续当明星的，但是他的性情实在是太过恶劣，举止过于粗鲁，对每个人都充满了敌意，这令他的朋友圈越来越窄，最后不得不时而投奔科威特，时而投奔西方国家，在巴黎和伦敦的歌舞厅里玩玩骰子。他落魄地回到国内，病一段时间，在第二任年轻妻子的悉心照顾下又重新恢复活力。在这个年轻妻子身上，他花了不少钱，另外，每个月他还得给前妻哈姆迪亚·伊斯玛仪一笔高达两百埃镑的生活费，因为她抚养着他们的三个女儿。所有人都知道，他是因为哈姆迪亚·伊斯玛仪行为不端而和她离的婚。哈姆迪亚·伊斯玛仪是个欲望强烈的女人，而他则瘦弱不堪，并且总是心事重重。他坚信，哈姆迪亚·伊斯玛仪肯定背着他和一些演艺圈的年轻人或者轻浮的商界大佬们搞到了一起。她一离婚，马上就进入了演艺圈，要求在一些电影、戏剧里担任角色，声称自己原本是个艺术家，是丈夫把自己囚禁在了家里给他当仆人，这就是他俩之间分歧的秘密,也是他们分手的原因。她果然如愿以偿得到了这些角色。当然，这都得益于她的翘臀、眼睛和伶牙俐齿，任何词语都可以从她嘴里蹦出来，她从来不会觉得不好意思。所以她的翘臀扭到哪里，所有人的口水就流到哪里。但是，他们中任何一个人都没有品尝过她身体的味道，因为只有极少数的人才有这个荣幸,并且还得花上巨大的代价。但是除了我的朋友巴希尔·格里尼，她没有爱过任何人，她迷恋着他的生猛，迷恋着他的青春活力。就像大家传言的那样，他能满足她某些独特癖好，并且他还会弹拨一些令她心花怒放、神魂颠倒的曲子。她是个狡猾的女人，一心想要巴希尔·格里尼对她明媒正娶，但是他总是用双头的辔头套住她：她要是再婚的话，就等于把孩子的抚养权拱手让给前夫，这样她便再也拿不到每个月的生活费了，而自己目前的经济状况，也无力弥补她；再者，自己前面还有一条还未开始的漫漫长路，他必须解开一切束缚轻松上阵。于是，她便同意了继续保持两人之间的情人关系，但是为了防止这小子翘尾巴移情别恋，哈姆迪亚·伊斯玛仪要求他给自己写了一张 20 万埃镑的保证金欠条并把欠条藏了起来。有趣的是，他俩之间的这种关系已经像水和空气一样，变得人尽皆知了。所有人都知道她为他花起钱来从不吝啬，总是在各大豪华商店给他不断地买东西。并且，他还能够随时把她从任何聚会中揪出来陪自己去任何想去的地方，能够随时冲她大喊大叫，能够让她在自己面前一句话都不敢说，或者只要他一声令下叫她走开，她便一刻也不敢停留。尽管如此，她还是偶尔会对他发动反击，通常力道很猛，她可以在任何地点、任何时候高声辱骂他，用最恶毒的语言摧毁他的文雅，揭露他的丑闻。但这很少发生。因为他知道如何在合适的时机避免她的反击，那便是迅速地搂住她，关上窗户，昼夜不分地腻歪上好几天，等到她的烈火暗淡下来，毒素吐完，再把她带去和别人见面。每每这时，她就会像只天鹅一样，兴高采烈地摇摆走在俱乐部的路上，浑身散发着香水味和女人味儿。

现在，她就在我们旁边的过道上趾高气扬走来走去，在我们之间没话找话，直勾勾地看着我的眼睛，留下意味深长的目光。我知道，像往常一样，他们两个之间又开始有裂痕了，也许几个小时前刚刚开始的。我也知道，今晚是她为了化解所谓的分歧而请客招待大家。我们今晚应该是要进行上一整晚的分裂和拜占庭式的争论了：从哪里开始，又从哪里结束，从哪里结束，又从哪里开始，循环往复，无休无止，并且最终的结局肯定是，他站起身和她回到她在杜高伊（吉萨和开罗之间的繁华城区）的家去，而我和那些偶遇上的朋友，就留下来继续把剩下的酒喝掉。我通常都是最后一个离开的人，也许，我会在黎明之后才离开。

我目不转睛地盯着这个神奇地上下摆动着的裂开的穹顶！盯着随着步伐而颤动的胴体！盯着光滑洁亮、光彩照人、流线型的大理石般的小腿肚！盯着圆润的脚踝！我感觉自己开始嫉妒我的朋友了，嫉妒他拥有一件如此弥足珍贵的宝贝。他似乎也觉察到了这一点，意味深长地微笑着对我说：

“你要是能帮我摆脱她，我肯定对你感激不尽！祝每一个能帮我和平、满意地摆脱她的人幸福安康！她像躲不开的定数缠上我了！但我很快就会找到摆脱她的方法的！”

我瞪大了眼睛，也许是因为震惊，也许是因为怨恨：

“巴希尔，你就是太得意忘形了！这是我第一次见到有男人想要从这么一个辽阔的天堂里逃出去的！”

他得意地说道：

“凡事都是有代价的！她的这个代价太沉重了！她基本上就是半个疯子！有些时候，在我们玩得正在兴头上的时候，她却拿着厨房的菜刀和我开玩笑！有一次，她瞎挥舞刀，差点就捅进我的肋！不是恨我，恰恰是欣赏我！邪门儿了！我的天，你有见过用这么暴力的方式表达自己喜悦的女人吗？！其次，她在床上太费汉了！坦白说，对她，必须霸王硬上弓！而你要想征服她，必须有耐心，有钢铁般的神经，甚至钢铁般的臂力，忍受她的撕咬、抓挠、呐喊和呻吟！疯狂的母狗！你要是做不到的话，她就能找出各种理由，吵架，再动手撕扯，最后发展到蛮力！！等她对你一通暴打，发完火之后，她又重新集聚力气，讨好你，乖乖任由你处置，这就是她乐趣的顶点！而这个时候，我的天，我的快感简直妙不可言！但是我实在是已经累得不行了，气喘吁吁，筋疲力尽了，所以那事儿像火苗一样一闪就结束了！然而，我还得马上打起精神准备第二轮战斗，趁着她还没冷却！！有时候我甚至有个龌龊的念头，就是这种丑陋的前戏，能不能让别人来做啊？当然前戏完了那人马上就走，我直接吃炉子上的热饭呢？！我从她那了解到的故事是，她九岁的时候被性侵了！！她生在亚历山大，父亲是个埃及人，母亲是个马耳他人！她父亲是一艘外国远洋客轮的船长，常年在高纬度海上奔波，所以每到暑假的时候，他父亲就会带上她和她母亲一起远航！三个人挤在一个小船室里。他父亲是个地道资深的酒鬼，再加色鬼，从不消停！每每这时，她一整晚都听着母亲的迷离陶醉交响曲，她自己就像被架在火上烧烤！在一个意大利的港口，她认识了一位德国海军军官，她父亲的朋友。她撩起了对方的雄性，在港口的海员俱乐部里被对方奸污了！从那天起，她就产生了深深的罪恶感，但她的内心深处，还是希望以同样的艺术手法，重复这种罪恶，但条件是要把剧情翻转过来！！这一定是因为她感觉最初那件事情是在她不情愿的情况下，被暴力胁迫发生的！！令人惊讶的是，这么鲜活的信息，都是她喝醉以后絮叨出来的，她一贯喜欢多嘴饶舌！！”

我的朋友巴希尔并不知道，他本想劝我不要贪恋她，但是却燃起了我的欲火。所以当她回来的时候，我紧紧地盯着她的眼睛。她也看着我，并回了我一个大大的微笑，眼睛里带着一个明显的疑问：你们两个耳语聊我聊够了吗？！于是我便和巴希尔告了别，跟在了她的身后。巴希尔叫住我，在我耳边轻声说：

“今晚，我们的任务就是想尽一切办法把保证金欠条从她那拿回来！因此，我们必须从现在开始就制定一个计划！在她把保证金欠条给我之前，我是绝对不会和她回家的！她要是说欠条丢了的话，我们就让她给我也写一个同样的欠条！”

我急忙说：

“我们会做到的！”

我追上她，凭借一股令我自己都嫉妒的勇气，我用胳膊搂住了她的腰，走在她旁边，她并没有反抗，而是把我带到了一个可以俯瞰到沙里芬大街的僻静角落里，对我说：

“这小子刚刚和你说了什么？！”

我说：

“没说什么！我们商量一起过夜的事儿呢！”

她惊慌地说：

“他今晚被预订了！”

我说：

“在卡绥德·海伊尔号轮船上！”

她说：

“是的！”

她笑了，在她打算接着说的时候，导演助理走了过来，把她叫走了。临走之前，她对我说了声：

“我马上就回来”。

说完她就像《天鹅湖》的芭蕾舞女演员一样，昂首挺胸地走了，而我的思绪却一直追随着她的背影翩翩起舞，直到她消失在我的视线里。

我趴在栏杆上，看着下面的沙里芬大街。我看见了沙里芬与尼罗河宫的交叉路口卖报纸的小贩和他那大大的货摊。我想起来，我本来还欠他七十五皮亚斯，但是他知道我的情况之后，就不再威胁我要我还钱了。他的货摊前站着里卜希·阿齐兹，他个子矮矮的，在《狮身人面像报》当一名电影评论员，也给二套广播台编写和翻译一些剧本，所以挣了不少钱。他出现的时候，手里永远都拿着厚厚的一摞英语和法语书籍和杂志，然后随便找个地方坐下。通常都是在哈吉咖啡馆或者 Cosmopolitan 的大厅，他会坐下来写点几个小时后就要被广播出来的东西。我在想，要不要把他叫上来在俱乐部里写作，这样的话也许我就可以从他那借上五十皮亚斯。好几个月之前，我就开始策划这个事情了，但是至今都没有找到合适的机会。尽管我知道，这对他而言不过是小事一桩罢了。但是问题在于，每次我下定决心要这么做的时候，都开不了口。我在想，要是俱乐部里只有我俩没有别人的话，或许能给我增加点勇气。我在考虑如何搪塞一下巴希尔，决定只按照约定和他聊这一个晚上，然后就下去追上里卜希·阿齐兹，就像每次我们见面时那样，我跟着他往他要去的地方走。尽管我很确定街上站着的人根本无法看清我，但我还是不安心，觉得有必要立马躲到墙壁后面去，因为我看见了艾哈迈德·艾布·赫尔布什。他是一份晚报的编辑，分不清字母艾力弗[1]和大棒，终日混迹在演艺圈里寻找人们胡编乱造的关于自己的花边新闻，然后常常跑来要我帮他重新编辑。而我的话，每次在报社旁边走累了的时候，就会跑去投奔他。我走进他的办公室，好坐着休息一会儿，喝杯茶。这个人，只要是有利可图，无论大小，他连自己的亲生父亲都可以出卖。最近他告诉我，警察向他打听我了，但是他没承认自己认识我。他说阿兹拜克[2]警察局的一位侦查官把他传唤了过去，让他供认所有关于我的信息，还让他无论在何时何地见到我都要及时地通知他们。我想，这一定是他为了逼我离开报社而瞎编的，这样他就不用请我喝茶了，因为他就是个一毛不拔的铁公鸡。但是我很快又想起来，里卜希·阿齐兹本人也因为我和他另外两个同事及朋友，面临过同样的状况。但是里卜希·阿齐兹凭借自己的地位、强势和人脉，了解到了事情的真相，他用一种特别智慧的语气暗示我说——但是并没有敞开明说，这件事情对于我而言，也许，是由于我和一些方言诗人走得太近了，他们最近由于支持共产主义的罪名和一些年轻作家一起被抓走了，就算是他们把我也抓起来的话，那我也不要害怕，因为就是个例行询问，更何况我从来没有参加过任何群众活动。我想起来，自己曾经问过里卜希：

“那你呢，你什么意见？难道我要自首吗？！”

① 艾力弗，阿拉伯语第一个字母，形状像汉字的笔划竖。

② 阿兹拜克，开罗城区之一。

他马上说：

“千万不要！”

说完，他又给了我一个暧昧不明的笑容，用一种意味深长的语气对我说：

“那些被抓的人里面有些人可高兴了呢，因为他们终于名正言顺地加入到斗争人士的行列了！有了这个烙印，他们就可以在文化圈拿着它做交易，这些人中间就有一个你的朋友，至于他的名字就没有必要提起了！”

似乎他看到了我的为难，于是便一本正经地问我：

“听着！你是共产主义者吗？”

我迟疑了一下，回答说：

“我的脑海里，的确有一些他们的观点！”

他又用同样一本正经的语气问我：

“那你相信这些观点吗？”

我说：

“我喜欢它们！”

他说：

“既然如此，那你就等着被抓吧！你应该勇敢地去面对！”

我有点害怕地说：

“但是我没有加入任何组织或者团体！我也从来没有践行过这些想法，也没有传播它们！我可不想因为莫须有的罪名而吃牢饭！”

他轻描淡写地说：

“那么你现在就应该从埃及逃出去躲起来，等到事情平息了再回来！他们正在肆意逮捕更多的年轻人，搜寻任何对他们自己有利的新消息呢！就目前这种情况看，逃走是最好的选择！因为他们肯定会让你屈打成招的，到时候后果就不堪设想了！他们肯定还会逼你说出一些伤害你朋友的话！”

我觉得他说得很有道理，于是决定无论如何都要出去躲一段时间……

我在一条像个深井一般的漆黑巷子里走着，然后进到了一个房间，马上我就辨认出，这是我来自亚历山大的朋友易卜拉欣·法吉拉维的房间。他是个家具店主，通过给家具抛光和上漆的生意挣了不少钱。他过去是一家还不错的小作坊的老板，但是后来发现了自己在方言诗歌上的天赋，于是便开始使用他的职业字典，写些新颖有趣的情歌。亚历山大当地广播台也播了一些他写的歌词。于是他在文学方面的野心促使他卖了作坊，只身勇闯开罗，试图从更宽敞的门户进入名利的世界。但是他时运不济，只能屈身住在这么一个顶层的摇摇欲坠的破屋里。这条叫作马阿鲁夫的巷子，里面的楼房全都是破破烂烂的，法院早就已经下发了拆除令。这条小巷子就在尼罗希尔顿酒店的正后方，所以从来都照不进阳光，也没有新鲜的空气，味道很臭，因为旁边就是满满当当的厕所，再加上湿度，连墙壁都像是汗涔涔的样子。尽管如此，他住在这里还是很高兴，因为这里去哪儿都很近，尤其是滨河大街上的新电视大楼，他最近刚好想在里面的婚庆部找份工作。我曾在帮艾布·赫尔布什编写的文艺新闻里故意插入了一些关于他的介绍，作为交换，他便让我在他家住上几晚。现在我又来了，他紧张兮兮地、冷淡地迎接我，尽管他已经将近一年甚至一年多没有见过我了。他用一种极其严肃的语气说：

“见到你真好！对了，警察来我这打听过你，我和他们说我对你一无所知。虽然这已经过去一段时间了，但是他们肯定还在到处找你呢！”

我苦笑了一下，因为我知道，法吉拉维没啥人脉，又向来独来独往，所以至今还不知道我那些被抓走的朋友已经被政府放出来了,政府也已经不再找我了。所以他至今还不明真相呢。尽管如此，我还是选择装作没有听到的样子，毕竟我的目的就是来凑合着睡上一觉。但是，你知道为什么我一坐在这个房间就会感到心情郁闷吗？难道是我感觉到自己是出于无奈被迫来到这里的，就像无家可归的人哪怕在警察局的牢笼里住上一晚都很高兴一样？还是因为这个房间实在是太令人窒息了,老鼠、蜥蜴、鼬鼠、蟑螂、蝎子什么的全都在墙上筑巢打洞？！马上，我想起来，许多年时间过去了，我当时还是带着同样的沮丧心情、以同样的姿势蜷缩在同一个房间里，就连这从恐惧的喉咙里发出的嘶吼声，都是我以前听过无数次的。尽管如此，我还是像往常一样，颤抖着站了起来。我从头到脚，从天灵盖到脚趾头都在哆嗦。我知道，法吉拉维留我一个人坐在这里，自己却在呼呼大睡呢。房间里的黑暗越来越沉重，肆意翻滚着，像沥青一样泛着白光，如同锅里的开水一般沸腾着。还好远远的角落里有根蜡烛发着昏暗的烛光。恐怖的嘶吼声还在不间断地持续着，地面似乎都被震动了。我看见法吉拉维的身体像根树根一样蜷缩着，浑身颤动着，两只手绕在脖子上，我朝他走了过去。我用力地晃着他，他猛地坐了起来，接着又站了起来，往四周看了看，尽管我知道原因，但我还是问他：

“小伙子，你怎么了？”

他说了件我本就知道，而他却一直津津乐道的事情：有条蛇刚刚一直缠着他的脖子，缠得他喘不上气来，差点窒息而死。我吓得踮起了脚尖，浑身颤抖了起来。法吉拉维在像颗椰枣一样的电灯开关上按了一下，屋里照亮了，问我：

“你喝茶吗？”

我回答：

“喝！”

他说：

“那你去马阿鲁夫街的尽头给我们买点茶和糖吧！”

我说：

“就快天亮了。”

他说：

“我这只剩一小块了，得留着早上再喝！”

我感觉自己应该现在就起身离开，但是天空很快就电闪雷鸣、下起暴雨了，他说：

“你来的时候天气怎么样？！”

我想了一会儿，想起来，刚刚的天气还很闷热；我想起来，现在正是盛夏；我想起来，夏天里到处都是可以睡觉的席子；我想起来，黑夜已经过去了。于是我决定，无论后果多么惨重，我都要从这个房间出去。

市中心所有的街道都漆黑一片，说明我在法吉拉维屋里以为的天亮并不是真的天亮，真正的时间并不是我手表上显示的凌晨五点，而是夜里十二点二十分，零点才刚刚过去二十分钟而已。我讨厌这个时间，因为这个时间点，两根差不多长度的指针总是欺骗我，导致我无法看清分针和时针，经常弄混。苏莱曼大街上的行人在四面八方发出的蓝色灯光里摸索着前行。地面上不时冒出人来，随便冲着一盏闪亮的灯喊叫，灯就灭了。车灯和路灯全被漆成了蓝色，全世界都被漆成了深蓝色。开罗的天空，炮声和战斗机的声音依旧震耳欲聋，逐渐扩散到远方，然后又从四面八方返回，然后马上开始变得越来越大，越来越强，整个地面都在剧烈地震动着，以至我们都不知道这振聋发聩的声音，到底是从天上降落下来的，还是从地面升上去的。显然，该死的六月，至今还没有从它的箭袋里把所有的失败的秘密倾吐出来。这场失败不单是失败，成千上万个像我一样的人至今还在旷野里遭受着毁灭性的轰炸，所有的婚礼都被无限期推迟。我来到黑漆漆的塔勒阿特·哈尔卜广场，惊讶地发现曼德布里哈吉已经在人行道上铺好了书籍和报纸，并把它们用一层油布盖着，他和几个孩子就坐在旁边。奇怪的是，尽管现在黑灯瞎火，电闪雷鸣的，但是仍然有人光顾，问他一些书名，他立马就能斩钉截铁地说自己这里有，但是得等到天明才开卖。我走到人行道上，坐在了他身边一捆用绳子绑好的报纸上。他说，有人向他打听过我，还在他那儿给我留了张纸条。他把手伸进大袍口袋里，掏出了一把钱、发票和纸条。他竟然能在黑暗中把我的那张纸条抽了出来，递给了我，并说：

“到里面来。”

他拉着我走到了他小摊后面的大楼门后的一个角落里，给自己点了根烟，又给我也点了一根，好让我借着光拆开纸条。事实上，我读一下上面的签名就够了，这是工程师穆赫泰尔·哈拜克的签名。他是我的老乡，也是我小时候的同学，现在一家制糖公司当工程师。他说军队想招他进预备队，他想在走之前见我一面。我把纸条轻轻地放进口袋里，就好像它是一块玻璃一样，生怕打碎了它。然后，我就在门后待着，等到烟抽完了，我才走了出来，潜入了黑暗中，不知道往哪里去。我注意到，我的双脚正引领着我走往沙里芬大街，尽管我确信，那里根本就没有我的安身之所。

第十六章　睁开惺忪睡眼

我一只手吊在从公交车车顶垂下来的金属杆上。车上挤满了人，所有人像一个面团一样被揉着，被榨着。该死的售票员已经成功地突出人肉重围，一步步向我逼近。他用手里的钢笔不停地敲着公交车的车顶，发出刺耳的声音，想借此来提醒乘客他的存在。

我在躲避公交车售票员这一方面是把好手。最开始时，我紧紧地攥着口袋里的那一皮亚斯,以应对实在没法逃票的情况，但是不到万不得已的情况下我是绝对不会在交通上花钱的。这种公交车根本看不起我们这样的人，还往往要多收我们的钱。后来，我实在身无分文了，也厚着脸皮去坐公交车，管它呢，随机应变吧。渐渐地，我开始享受这个逃票的过程了。即使我口袋里明明还有几个皮亚斯，我也要逃票。我不断创新各种逃票的方式，花样百出，我越发觉得那些还在用原始落后的方式逃票的新手真是太可笑了，他们的那些手法可能反而会招致售票员的怀疑。比如他们中有些人会故意避开售票员的视线，装作完全无视他的存在，或者是假装全神贯注地看着窗外，但其实什么也没看；还有一些人会趁售票员和旁边的某个人起争执的时候，坚定地站到售票员这一边，夸张地护着他，这样的话，一会儿售票员查他的票的时候就会不好意思了，就算是真要查票，那随便说句话便也能搪塞过去；另一些人则会在坐得比较远的乘客伸手递钱给售票员的时候，主动接过钱递给售票员，当售票员把票递过来的时候，他们便会故意拖延不把票递给买票的乘客，以此来混淆售票员的视线；还有一些人，他们在售票员对着一些走神的人喊："先生，查票"的时候，有人向后倚靠着，自信满满地喊"月票"……我立刻就知道，这人是逃票老手，而售票员可能真就放他一马了。至于我，则只要售票员朝我走过来，我便勇敢地死死地盯着他的眼睛，完全不去想车票的问题，就像它是我生命中一个完全陌生的东西一样。所以有时候，售票员会直接跳过我，但有时候也会查我的票，那时我便淡定地点点头，笑着说："好的，亲爱的。"然后我便把手从铁杆上放下来伸到他面前，好让他看见我仔仔细细地把它搓成一根细线插在手表表带里面的那张票。事实上，这是一张旧票，我随便捡来的，尽量把它保存成崭新的样子，这样我便能拿着它去到任何地方。如果它要是损坏了，而我再没有别的票了的话，那我就只能漫不经心地摇摇头说："亲爱的，有月票。"然后我便装作为了站稳身体，夸张地用力拽着吊在车顶上的铁杆，好让售票员看见我很忙的样子，完全无法腾出手来取车票。通常，我还有一件秘密武器，那就是我高超的表演能力。这件武器，我只在迫不得已，也就是售票员坚持一定要看到月票的情况下才拿出来使用。到那种时候，我便装作慌慌张张地在各个口袋里摸索，然后用戏剧般的动作推开周围的人，夸张而严密的表演。我时而看向地面，时而用求助的眼神看着身边的乘客，时而又以怀疑的眼神看着他们。目光会稍稍碰撞，接着顺滑地错开。我声嘶力竭地喊着：我被偷了，我的钱包连同里面所有的东西都不见了。人们啊，你们心里放点仁慈吧。小偷啊，你尽管把钱留着，求求你把里面的纸扔到地上吧，你不会遭报应的。于是，乘客们便忙乱起来，而趁着这当空，我已经悄悄地挪到了离自己最近的一扇门前，等售票员背过身去的时候，我便在最近的一站偷偷下车，然后爬上下一辆公交车。只有极少数的几次，我受到了挖苦和奚落，少到我都快不记得了。我甚至还记得，曾经有一天一个初级逃票者被大家嘲笑，当时他的窘状本身就够耻辱，而我竟没有心痛，我甚至下贱到和别人一起嘲笑他，虽然这种下贱本身并不属于我。或许，我这么做是为了掩饰自己也正在犯着同样的罪。钢笔急促地敲着公交车车顶的声音，依然还在折磨着我。单调的声音，足够把我放进公交车，让我被恐惧彻底笼罩，我讨厌这种感觉，我讨厌这个公交车，讨厌上面的乘客，也讨厌它的司机和售票员！

我知道，所有的这些念头和恐惧感几年前就已经离我而去了。我也知道，过去我不愿意乘坐任何种类的公共交通工具，因为虽然我手里依旧握着光滑的金属杆，但是在我看来，自己已经成了坐私家车的人了！紧接着，我的脑海里突然有个念头一闪而过，为此我懊恼不已，气得口干舌燥。那就是，我想不起来我的这辆私家车长什么样子了，就像许许多多熟悉的愿望一样，我不知道它们到底是实现了，还是只是我在白日做梦！然后我发现，我现在脑子里想着别的事情，以至于我都没法好好思考如何去应对售票员的问题了。他的敲打声越老越近，我紧张得心都快掉到地上被脚踩了。马上，我便发现，我是这辆车上唯一十字形站着的乘客，我往四周看了看，发现自己无法触碰到那些无形的身体，但是我能闻到他们的味道，我能感觉到我的胸口、后背、侧面、甚至是我那吊着的胳膊上都有他们的脉搏和心跳……

我知道，我正在精心准备一次和售票员的见面。显然，我已经好久，好久，好久没有见过他了，以至于我的技艺都生疏了，我的信心也不那么足了。我似乎隐隐约约地感觉到，自己远远没有以前那么厚颜无耻了，一种强烈的羞耻感和自尊心进入了我的身体，虽然我并不知道这是为什么。但是公交车的左摇右晃，和我在人群里被压成了肉泥的境况，又令我的羞耻感和自尊心荡然无存了！

我的脑袋越来越沉，我感觉它就像一个沉重的负担，压在我支离破碎的身体上，压在我完全消失在几十个人之中的身体上。他们的身体既不自主地在碾压着别人，同时也在无奈地被人碾压着。笔敲在木制车顶上的声音穿透了我的耳膜，我的每一根血管都因此而战栗。

我艰难地睁开双眼……突然发现自己坐在了一把柔软的皮椅上，手里拿着一份展开的报纸。我装模作样地读着报纸，好借此来避开服务员的眼睛，稍微睡上片刻……该死的服务员还在我耳边用勺子敲着碟子，试图叫醒我。他把我突然从睡眠的深海里拽了上来，吓得我魂飞魄散，好一会儿才恢复过来。碗碟的敲打声还回荡在我的脑海里，粗暴地刺痛着我。我感觉自己现在的脑子里就是一团糨糊。我一脸严肃地看着他，让他明白，我是醒着的，并没有睡觉！他扔给我一个鄙视而又不失教养的眼神，然后离开了。为了让他相信我，我连续咳嗽了几声，又调整了一下坐姿，装作聚精会神地翻阅着报纸。但是马上，我又沉入了睡眠的深海里。

我看见自己盘腿坐在老家的一棵枝叶繁茂的老桑树下。它的树枝伸到了我家的门上，窗户上，树下格外阴凉。这棵树已经有一百年的寿命了。这么多年，它热情友好地接待了无数从四面八方的风，令这个世界充满了沙沙声、和气、欢乐、友好和清澈的梦想。你不知道，这些东西究竟是来自于那些远道而来的客人，还是来自树枝上那些数不胜数的驻扎多年的鸟巢。我四仰八叉地躺在紧贴着墙壁的一把石凳上，头顶上的树叶在欢天喜地鼓着掌，似乎在追求一种长气息、无边际的快感和陶醉，在我的头上和身上掀起了阵阵微风，给地面铺满了成熟干瘪的桑葚果，而此时此刻，我正进退两难，既想要酣睡一场，同时又想要保持更酣畅的清醒……突然，几颗子弹从我头顶上一闪而过，吓坏了鸟儿们，惊恐了树枝树叶，原本清新的空气中瞬间弥漫着一股令人窒息的火药味。

我低下头，把头埋进了胸口，趁某个未知的监督员逮住我之前坐直了身子。站在我身边的服务员还在不停地敲着碟子，同时，用文质彬彬的语气向我发着最后的警告。其实，我最好选择装作没听到的样子。我感觉自己的手肘正撑在精美的云母板桌子上，这个姿势很舒服。我的面前是一份报纸，很有可能是一份老早以前的《金字塔报》，页面快散了，发黑了，变得破碎卷折。每当我努力睁开眼皮，迎面扑来的就是报纸上那红色的金字塔，我就越发觉得疲惫，于是我试图通过阅读来保持清醒。我的眼睛经过一个单词“坦率说”，瞄到了最下面穆罕默德·哈赛宁·海卡勒的名字和照片！我想起来，他写过一些谈论知识分子危机的文章，这些文章我读过好几十遍。我想起来，我一直保留着手里的这份副刊，就是因为上面有一篇鲁维斯·阿沃德的文章，但我并不记得具体是篇什么文章了。我想起来，我这一生都没有保留下任何东西，我的衣服全都被塞进一个手提包，寄存在了一个朋友那儿。那个朋友住在另外一座城市里，有一次，由于某种我现在想不起来的原因，以及为了某个毫无疑问十分重要的目的，我在来首都的路上去他那住了一晚。关于那个具体的目的,我只能想起一些模模糊糊的片段，它们时而清晰，但是大部分时候都是朦胧不清的！

我费尽全力好不容易才把头抬了起来，就像现在车站餐馆里坐在我面前的其他旅客们一样，把它固定在肩上。这些人来到这里，都是要远行的，也许一会儿过后马上就出发，也许还要稍等一段时间再出发，因此，他们全都保持着完全的清醒。只要火车的汽笛声一响起来,他们便提上大包小包和篮篮筐筐，牵上孩子，大步往站台上奔过去。显然，我之所以选择这家餐馆，是因为它是通宵营业的，我像天堂里的魔鬼一样贪婪地幻想着，也许自己能够利用一轮又一轮的乱潮，躲在人群背后小睡上片刻。毫无疑问，他们所有人都和我不一样，因为在这座城市或者他们不久之后即将到达的其他城市里，在某个地方总有个属于他们的小房间，至于我，则在任何地方都没有容身之所。然而，我并没有料想到，这个看起来文质彬彬、亲切善良的服务员，竟然能够对我残忍到如此地步！

显然，自从凌晨十二点那辆火车离开之后，他就开始留意我了。现在，宽敞的餐馆里空荡荡的，客人已经都走光了，放眼望去，只剩下摆得整整齐齐的桌子和皮椅了，洁净的地面上，装饰着光滑的、正方形的彩色木块。似乎除了我之外，那个服务员便没有别的工作了，所以他走了过来，坐在了我对面的桌子上，然后点了根烟，双手交叉抱在胸口，出神地抽起烟来。只要我的眼皮不由自主地闭上，他的眼神就会像磁铁一般死死地吸住我的眼睛，所以我必须时刻看着他的脸。我多希望我也有根烟啊，那样的话，我现在就能在他面前点燃它，借此来保持清醒……

尽管如此，我还是知道，这个服务员毫无疑问是善良的。他个子高高的，细长的脸，长长的鼻子，大大嘴巴，上面留着骚气的小胡子，下巴则剃得干干净净，脖子上系着一个黑色的领结。他总是习惯性地把手插在腰间那条雅致的白色围裙的口袋里，口袋里面的零钱一直会叮当作响！

我相信，这个好心的服务员是不会取笑我的，至少，他是不会直接轰我走的……我知道，他不这么做并不是尊重我，因为我一点小费都没给他，甚至单都没买！接着，我突然想起来，我坐在这里的借口是在等人，而服务员之所以对我表示尊重也纯粹是看在我等的那个人的面子上。那个人就是凯米勒·贝克·阿卜杜·安法尔。他来自曼努菲亚省一个地位显赫的古老家族，家产万贯。他长得像方砖红糖，个子很高，身材适中，高贵、刚毅、男子气概十足、广受信赖，总是穿着雅致的衣服，三十来岁的样子。他学识渊博，手里经常捧着一大摞昂贵的原版外国文学作品。我们经常坐在他旁边，听他给我们读一些莎士比亚的名著、契诃夫的眼泪、巴尔扎克的喜剧、陀思妥耶夫斯基的悲剧和拜伦的诗歌。他不仅给我们念，还给我们翻译，教我们区分优质艺术和劣等艺术。每次他一出现，就会带来数不胜数的珍宝。我们一听到这些作品，就马上感觉到自己变成了货真价实的知识分子。只要有机会，他就会夸赞最近几天深夜和我们坐在一起的某个人的某部作品，大家都是他请来的。和他一起享受教化和修养的人们，根本就不敢掏出自己的烟盒，因为我们周围的桌子上摆满了几十包他的香烟，全都敞开着口，呼唤着大家来抽。无论大家聊得多么起劲，聊天中无意识地一根接着一根地点上，这些烟盒永远都不会抽空。我们时不时地能从他那听到一些年轻人的名字，他们都是小说、诗歌、戏剧和评论领域的翘楚。这些人都是他的学生，尽管年纪都比他大。他早早地就发现了他们的才能，并对此深信不疑，还大方地为他们花钱，把他们介绍给自己那些当主编的朋友，好让他们发表这些年轻作家的作品。他甚至还有可能自己出钱给他们出书，并去找那些大评论家和专栏作家，让他们仔细地阅读这些书，做出评价。他心知肚明很多人都在欺骗他，他们从他那借走大笔大笔的钱，用来拯救自己谎称的危机，然后便消失好几个月，杳无音讯，踪迹全无。可是他还一直友好地打听他们的下落，傻笑着，自嘲着，从不对别人爆料什么。然而，我们能感受到他的痛苦。当他偶然间再遇见那些人的时候，他便会痛斥他们的目光短浅，然而最终他又会借给人家另一笔钱，或者悄悄地主动把钱塞到人家手里。每每这时，我们总能感受到他恨铁不成钢的痛心。这种时候，他总是特别亲切地重复着小仲马和大仲马的故事：小仲马责备大仲马的挥霍，说："爸爸啊，你就像个从窗户往外撒钱的人。"大仲马这样回答："儿子啊，没关系，毕竟有人捡！"

我突然间清清楚楚地回忆起所有的这些事情了。我之所以能想起来,全靠从服务员嘴里不间断地往外吐出来的重重烟云。我相信，他在刚入夜的时候肯定是喝了融了鸦片膏在里面的豆子汤，所以才会这么飘飘然地沉浸在香烟的烟雾里……我想，盯着我看的人，一定会相信我是清醒的，会放我一马，看在安拉的份上。那个服务员走开了，也许是对我彻底失望了，又或许是去办啥事了。我想比他更邪恶一点,于是我故意把眼瞪大,等到他突然出现，就会惊讶地看到我确是清醒的，没有趁他不备偷睡。但是我的背痛得要命，所以我不得不哈着腰。几乎都要向前倒在地上了。但我还是选择了把背挺直，靠在椅子靠背上，令它彻底地放松，两条腿张开往前伸着，我敲了敲脚背，打了几个哈欠，伸了伸懒腰，听到骨头咔嚓作响，像是要裂开了一样。于是我马上恢复原位，背靠着椅子，手肘放在椅子扶手上。我盯着空中看了好长时间，寻思着如何才能把我的眼皮分开，因为它们现在被好多眼屎黏在了一起，有些眼屎已经干了，有些还是黏糊糊的。但是我的脑袋还是不由自主地倒向了椅子靠背的边缘。马上,我感觉空气进入了一个张开的嘴巴里，很有可能就是我自己的嘴，然后它又被迅速地从狭窄的鼻孔里呼了出去。紧接着，我的耳朵里传进了震耳欲聋的轰炸机声，于是我立马睁开了眼皮，发现下巴上口水流的到处都是。我飞速地擦掉了口水，就像在删除一项确凿的指控证据一样。我贼头贼脑地往四周看了看，寻找服务员的身影，但是整个大厅里，一个人影都没有。我再次把头靠上,想要坚决果断地把嘴合上。炸弹轰鸣声消失了，我看见自己站在了老家的集市上。现在是清晨，我正在看着一头被宰的公牛，它那已经被割喉了的脖子里，还在鼾声大作。突然，从集市后面传来一阵撕心裂肺的叫喊声，也许这是在宣告一个人死了，又或许是这头牛的女主人的哀号！但是，叫喊声越演越烈，越来越夸张，以至于我都被惊醒了，我那纠缠在一起的眼皮终于解开了。火车进站时的轰鸣和汽笛声，让人胆战心惊，覆盖了地球的每一个角落！该死的服务员不知何时潜了进来，静静地站在一个离我不远的角落里观察着我,而我却浑然不知。突然,他开始难过地鼓起了掌！

然后我坐直了身子，想要看清大堂外面黑暗的程度，一点点释放出早晨的习惯的天青色。我突然感到一种越来越强烈的焦虑感，同时还伴随着一种凄惨的感觉。每次夜幕退去，清晨降临，而我们那个威严、高贵、亲切的朋友还没有出现的时候，我就会产生这种感觉。但是马上，我的心突然开始剧烈地跳动起来，并且像被蜇了一样刺痛……因为我意识到，我们那位威严而亲切的朋友几年前就已经去世了……然后我意识到，其实我内心深处一直知道这个事实，我已经为此痛哭流涕了几十个日日夜夜了……我又意识到，由于某种原因，我故意对自己隐瞒了这个事实……接着，我清楚地想起来，刚刚在那个服务员面前，我故意假装不知道我朋友去世的消息，所以才会像往常一样在这等着他的到来。我这么做的目的，就是为了让服务员同情我，然后允许我在这睡上片刻，养精蓄锐，好在白天的时候继续去大街小巷里游荡着寻找工作，或者寻找一点夹着豆子的面包屑和一杯茶水……然而，服务员已经决定了当个铁石心肠的恶人，他的眼睛里出现了一道道的红血丝，我也已经确信，他肯定会粗鲁地把我赶出去。于是我站了起来，厚颜无耻地跟他打了个招呼，从大堂里跑了出来，来到了车站月台上。我发现，这时的夜晚已经被染上了一层悲伤的绿松石色。我在脑海里寻思着，是时候找个通宵开门的新地方了，不是火车站餐馆，也不是整个车站地区。我走出大门，来到拉美西斯广场。尽管如此，我还是感觉到急促的敲碗声还在追逐着我，它们钻进我的耳朵里挥之不去，我愤怒地攥紧了拳头，哆嗦着转过身，恨不得把那个混蛋服务员的脸打得稀烂。可是我打到的却是一个几乎快要把我自己的拳头撞碎的坚硬的东西，我尖叫了一声，痛得眼泪直流，眼泪把眼皮都清洗了一遍。我明白了，我那纠缠在一起的眼皮这样才是真正地被解开了，以前的解开都是暂时的，就像我走过的那些岁月一样转瞬即逝，就像降落在遥远的、无边无际的空地上的炸弹一样呼啸而过，声音渐渐微弱，并没有造成任何伤亡。那个该死的、邪恶的、恐怖的声音又在我的耳旁响了起来，可是当我猛地一下睁开眼睛的时候，我却看见妻子微笑着站在床边，用喝茶的勺子敲着放在床头柜上的碟子。我大发雷霆，挥手打在了碟子上，加了奶的早茶被掀翻在地，杯子摔得粉碎，泼得地毯上到处都是。我突然变成了一个能说会道的厚着脸皮的小丑，对着我那可怜的妻子一顿痛骂，连带骂那个生养了她的人。然后，我突然感觉到，仿佛有一只手在剧烈地摇晃着我的心脏，试图唤醒它。于是我知道了，这才是我的眼皮真正被解开的时候，在此之前的，不过就是个转瞬即逝的幻觉罢了。并且，我也知道自己已经犯了个大错，我的颜面尽失。我哭了起来，一把把妻子抱在了怀里，抱歉地拍着她的背，讨好地亲吻着她的额头。她愣住了，不安而怀疑地嘀咕着：

“怎么了？发生了什么？”

我流着眼泪，在她背后说：

“我也不知道！我也不知道。”

当她怜爱地看着我的脸，用手为我擦去泪水的时候，我知道，这才是我的眼皮真正被解开的时候，在此之前的，不过就是一场挣扎罢了。我的视线完全清楚了，甚至看清了一只蚂蚁一遍又一遍地重复，想要从粗糙的地板砖下钻出来，冲向从百叶窗缝隙间播撒到墙上的一丝阳光。我站起来伸了个懒腰，祈求安拉宽恕，保佑我抵抗该受石刑的魔鬼。我走到窗前，洞开两个窗扇，瞬间，阳光便带着永恒而亲切的思念投进了我们的怀抱。